KB097253

현대시와 정념

현대시와 정념

ⓒ 2016, 엄경희

초판 1쇄 인쇄   2016년 08월 22일
초판 1쇄 발행   2016년 09월 05일

지은이   엄경희
펴낸이   신종호

디자인   인챈트리 _ 02)599-1105
표지그림   한지현
인쇄   케이피알 _ 02)2268-1242~3

펴낸곳   까만양
출판등록   2012년 4월 17일 제 315-2012-000039호
이메일   kkamanyang33@hanmail.net

일원화공급처   북파크
주소   경기도 고양시 일산서구 산율길42번길 13
대표전화   031)912-2018
팩스   031)912-2019

ISBN 978-89-97740-17-8 93810

이 도서의 국립중앙도서관 출판시도서목록(CIP)은 서지정보유통지원시스템 홈페이지(http://seoji.nl.go.kr)와
국가자료공동목록시스템(http://www.nl.go.kr/kolisnet)에서 이용하실 수 있습니다.(CIP제어번호: CIP2016019644)

현대시와 정념

엄경희 저

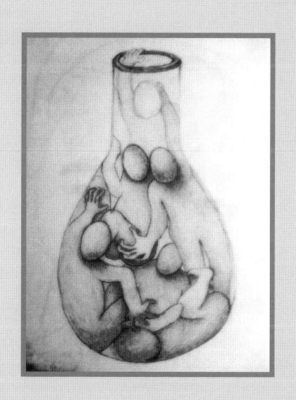

'정념'은 왜 문제적인가

그동안 시를 읽고 그것에 대해 무언가를 쓰면서 적지 않은 시간을 보냈던 것 같다. 어느 순간 이러한 읽기의 놀이와 쓰기의 노동이 겹친 나의 일과에 대해 '왜'라고 질문하게 된 것이 이 책을 묶게 된 계기다. 시를 읽고 그것에 대해 글을 쓰는 일에 매달리는 근본적 이유가 무엇일까? 예술적 아름다움을 발견하기에 앞서 그것이 정념(감정)[1]의 문제에 깊이 연루되어 있다는 사실을 생각하면서 나는 몇몇 철학자들의 논의를 뒤적이기 시작했다. 모든 시가 '서정성'으로 귀결된다고 할 수 없지만 고백적 장르로서 시는 인간의 정념과 정서를 가장 풍부하게 담아내는 것 가운데 하나이다. 나는 시인들의 정념과 그 정념을 다루는 방식에 골몰해왔다고 할 수 있다. 이러한 지향 이면에는 정돈되지 않는 감정의 출몰이 나를 끊임없이 괴롭혔고 그런 만큼이나 나를 매혹시켰다는 경험적 사실이 잠재되어 있다. 보이지 않는 이 내면적 사태의 정체는 무엇일까? 어떤 감정은

---

1) 감정과 더불어 주로 정념Passion이라는 낱말을 사용하고자 한다. 우리가 소위 말하는 '감정'은 파토스Pathos·정동(情動)Affect·감정(정서情緒)Emotion·감정(느낌)Feeling, 그 외에 감성sensitivity(감수성sensibility), 정감sentiment, 감흥sensation, 감동affection, 감명impression, 공감sympathy 등의 용어와도 깊은 관련이 있다. 이들 용어는 많은 공분모를 가지고 있다. 하나의 용어로 통일해서 표현한다는 게 매우 어려운 일임에도 불구하고 시인의 감정이 주로 고통과 연관된다는 점에서 정념이나 파토스에 가까운 뜻으로 '정념'이라는 용어를 사용하고자 한다. 관련된 주요 용어의 어원과 특징에 관해서는 다음 장 "감정 관련 용어들"을 참조하기 바란다.

일생을 풍요롭게 하지만 또 어떤 감정은 일생을 파멸로 몰아가기도 한다. 누구나 다 지니고 있는 너무나 인간적인 이 자질은 즐거움의 근원인가 아니면 넘어서야 할 장애인가?

우리는 드물게 특정 정념의 상태에 놓인 자신을 반성적으로 사유할 때가 있다. 정념의 작용력은 인간의 내면을 뒤흔들어 놓음으로써 나의 의지 너머로 나를 이끌고 간다. 사랑은 무엇이며 억제할 수 없는 슬픔과 기쁨·분노·우울·공포·연민·외로움·질투심·시기심·존경심은 어디로부터 생겨나는가? 그리고 이 다양한 감정들은 왜 나 자신의 의지나 지성 능력과 상관없는 행동을 낳는 힘으로 작용하는가? 문제는 촉발된 정념의 원인과 상황을 다 알았다고 해서 정념이 야기하는 쾌(快)와 불쾌(不快)를 마음대로 조정할 수 있는 것이 아니라는 점이다. '앎'이 도움이 되지 않는 당혹스러운 내면의 사태 앞에서 의지와 이성은 왜 패배를 선언하는가? 그런데 감정은 진정 해소되어야만 하는 것일까?

이와 같은 물음을 가지고 전전긍긍 몇 편의 글을 쓰면서 나는 답 없는 답을 만들어보려 했던 것 같다. 시의 연구 영역에서 정념은 주로 '서정'이라는 말로 막연하게 서술되거나, 아니면 정념이 시의 행간에 너무도 당연히 존재하기 때문에 오히려 미흡하게 처리된 면이 없지 않다. 아울러 외로움과 부끄러움·분노감·사랑 등을 언급한 경우는 무수히 많지만 그것의 실체를 끝까지 추적해보고자 했던 논의 또한 매우 드물다고 할 수 있다. 사실 개별 시인의 시에 내재된 정념을 정확하게 설명한다는 것은 불가능한 일이다. 하나의 정념은 유일한 것이고 그것을 다른 말로 대체한다는 것 자체가 불가능하기 때문이다. 그럼에도 정념의 실체에 육박할 수 있는 설명의 틀을 만들어보려 했던 것이 여기에 실린 몇몇 글인데, 고백하자면 이 글들은 의도만큼 만족스럽다고 할 수 없다. 정념에 관한 철학적 논의들을 읽어가면서 그것의 실체를 밝힌다는 게 쉽지 않은 일임을 절감

했기 때문이다. 우리가 상대의 마음을 완벽하게 읽어낼 수 없는 것처럼 어떤 정념을 규정하고 그것을 바탕으로 대상의 정념을 완벽하게 해석하는 일 또한 가능하지 않다는 게 솔직한 결론이다. 따라서 각각의 글에 내린 결론은 완결된 결론이라기보다 유보적 맺음말이라 할 수 있다. 아울러 이 책에 함께 실린 「서정주 시에 나타난 성애(性愛)의 희극적 형상화 방식과 시적 의도」와 「서정주의 『질마재 神話』에 나타난 웃음 유발의 원리와 효과」는 특정 정념을 다룬 논의라기보다 정념과 긴밀한 관련을 갖는 '희극성'과 '웃음'을 다룬 글이다. 희극성 혹은 웃음의 문제는 인간의 정념과 분리될 수 없는 사안이라는 판단 하에 포함시킨 것이다.

정념에 관한 철학적 논의들을 살펴보면, 정념은 대상에 대한 쾌 혹은 불쾌로부터 촉발되며 이는 육체(감각)적·생물학적 반응이라는 자연주의적 입장과 판단(지성)이 개입된 인지주의적 입장으로 대별된다. 전자의 입장은 주로 인간의 이성적 능력을 저해하는 부정적(동물적) 자질로, 후자의 입장은 주로 인간적 관계를 풍요롭게 하고 사물과의 접촉을 가치화할 수 있게 하는 매개라는 점에서 인간 고유의 긍정적 자질로 그 가치를 평가한다. 감정 관련 용어를 사전에서 찾아보면 "정념Passion은 정신의 만취상태이다.", "지배적 감정Passion은 여전히 이성을 정복한다.", "감성 Feeling은 지식보다 먼저 세계에 등장했다.", "감정Feeling은 지식과 대립하지 않고, 모든 의식 속에는 감정요소와 지식요소가 동시에 존재한다." 등 서로 상반된 견해들이 공존해 있다. 어느 한쪽이 옳다고 말할 수 없는 양가성을 지니기 때문에 정념 연구는 그야말로 난제일 수밖에 없다. 정념의 생성은 육체적 감각과 지성의 작용력 모두를 포함한다는 어중간한 논리로 오랫동안 심각하게 쟁점이 되어 왔던 이러한 이원적 논리를 무마시킬 수 없지만, 이 어중간함을 불식시킬 논리 또한 쉽게 마련되지 않는 것이 사실이다. 예를 들어 맛있는 것을 먹을 때 흡족한 기분이 들거나 뱀을

밟았을 때 느끼는 섬뜩한 공포 등을 감각의 문제로 설명하는 것이 가능할 것이다. 그러나 죄책감이나 수치심과 같은 도덕 감정을 감각의 문제로 귀결시키는 것은 부적절하며 억지스러운 일이다. 어떤 정념은 사회적 상황에 대한 판단이나 주변에 대한 인식으로부터 생겨나기도 한다. 또한 간혹 '놀람'을 정념에 포함시키기도 하는데 과연 이것을 정념이라 할 수 있는가 하는 문제도 제기할 수 있다. 이와 같은 문제는 정념에 관한 이론 체계를 섬세하게 적용하는 것이 필요함을 뜻한다. 아울러 사안에 따라 이론의 적용을 융통성 있게 혹은 일관성을 벗어나 허용해야 할 경우가 있음을 시사한다.

정념을 정의하는 일은 인간을 정의하는 일과 무관하지 않다. 진정한 정념론은 '정념'에 대해, 그보다 앞서 '인간'에 대해 정의하는 작업으로부터 시작될 수 있을 것이다. 그럼에도 나는 그것을 정의할 수 있을 만큼의 인간 이해의 토대를 아직 가지고 있지 못하다. 불가피하게 서양의 여러 철학자의 견해를 빌어 시각을 확보하고 해석의 틀을 만들 수밖에 없었던 것은 이런 이유 때문이다. 전체적 체계도 없이 산발적 적용에 머문 것도 이 때문이다. 때로 두서없고 억지스러운 적용은 아닌지 우려가 되기도 한다. 다만 보다 정교하게 시의 정념을 바라보고자 하는 간절한 시도 정도로 이 글을 읽어주길 바라는 마음이다. 한편 이 같은 자기반성과 고백을 통해서 자생적 정념론을 만들어낼 수 있길 나 스스로에게도 바라는 마음이다. 슬픔·기쁨·분노·우울·공포·사랑·외로움 등 개별 정념이 지닌 특수성, 즉 개별 정념을 발생시키는 원인과 대상, 그리고 정념에 수반되는 여건들, 중심 정념에서 파생된 또 다른 정념의 변이 양태에 대해 보다 깊이 있는 서술 작업이 아직 숙제로 남아있다.

정념이 인간의 섬세하고도 독특한 자질 가운데 하나라는 생각으로 여기 실린 글들을 쓰는 동안, 어떤 정념들은 서서히 사멸해간다는 생각 또한 하지 않을 수 없었다. 이천 년대 이후 시의 서정성이 급격히 축소되는 현상은 시의 문제가 아니라 현실의 문제이기도 한 것이다. 풍요로운 감정은 다양한 관계로부터 생겨난다. 따라서 이러한 현상은 관계의 매개가, 우리들의 관계가 축소되고 있음을 뜻한다. 적어도 내게 이러한 현상은 쓸쓸한 일이다. 아주 먼 미래에 정념론은 이미 낡은 인간론에 불과할지도 모른다. 그럼에도 아직은, 여전히 중요한 문제라 믿고 싶다.

2016년 9월
엄경희

■ 목차

감정 관련 용어들

1. 정념Passion

『옥스퍼드 영어사전』[1]에서 정념의 어원은 두 가지로 설명된다. 첫 번째 어원은 고통을 의미하는 고대 프랑스어 '파쉰passiun' 및 '파숑passion'과 라틴어 '파시오넴passiōn-em'이다. 고대 카르타고Carthago의 신학자 테르툴리아누스(Tertullianus, 160?~230?) 같은 초기 기독교신학자들이 '아파하다, 괴로워하다, 고통스러워하다'를 뜻하는 라틴어 동사 '파티patī'와 '파스pass'를 접두어로 삼아 변용한 명사 '파시오넴'은 주로 기독교신학 용어로서 프랑스와 잉글랜드에서 처음 사용되었다. 그 후 초기 중세 영어에서부터 '아픔, 고통, 고뇌, 수난'을 뜻하는 명사로 아주 빈번하게 사용되기 시작했다. 두 번째 어원은 그리스어 '파토스πάθος'와 라틴어 '파시오 passio'이다. 이 두 낱말도 역시 두 가지 의미로 사용되는데, 첫 번째 의미

---

1) 『The Oxford English Dictionary(OED)』: 1857년부터 출간되기 시작한 이 사전의 정식명칭은 『주로 철학회가 취합한 자료들로 작성된, 역사원칙들에 입각한 새로운 영어사전A New English Dictionary on Historical Principles: Founded Mainly on the Materials Collected by The Philological Society』이다. 이 사전은 1895년부터 이른바 『옥스퍼드 영어사전』으로 통칭되기 시작했고 1989년까지 총 20권이 출간되면서 권위를 세계적으로 인정받아왔다. 특히 이 사전은 현재에도 항목과 인용문이 계속 추가되면서 페이지가 약간씩 변경될 뿐더러 특히 '인터넷사이트'로도 게시되어 열람되는 만큼 이 사전을 인용하는 문건들에는 사전 명칭과 해당 낱말만 명시하고 권수와 페이지를 생략하는 관례가 현재 널리 통용된다. 그러므로 이 글에서는 이 사전이 아닌 다른 사전이나 문헌을 인용하는 경우에만 출처를 명시한다.

는 '피동적 존재,' '피동성,' '피행위자,' '행위를 당하거나 영향을 받은 사실,' '감응, 인상, 감동' 등이고, 두 번째 의미는 '정념情念, 정염情炎'이다. 즉 이 낱말은 "정신에 강력한 영향을 끼치거나 정신을 격동시키는 감정", "격렬하거나 명령하거나 압도적인 감정," "야심이나 탐욕, 욕망, 희망, 공포, 사랑, 증오, 희열, 슬픔, 분노, 원한감정처럼 심리적·예술적으로 정신에 영향을 끼치거나 정신을 격동시키는 감정" 즉 '정념이나 정염'을 뜻하는 데 사용된다.

이를 정리하면 정념은 고통이나 수난, 압도적 격정과 주로 관련되며 그 것은 외부의 힘에 의해 생성된다. 즉 정념은 '타인에 의해 당하다'라는 의미를 지닌다. 우리의 내면에 촉발되는 정념은 그 원인이 타인에게 있는 것이다. 이때 정념의 주체는 수동화된 상태에서 정념 속에 한동안 머물 수밖에 없다.

2. 파토스Pathos

『옥스퍼드 영어사전』에서 '파토스pathos'는 다음과 같이 설명된다. 그리스어 '파토스πάθος'에서 유래한 명사 '파토스'는 프랑스의 극작가 몰리에르(Molière, 1622~1673)가 1672년에 고통과 감정을 가리키는 데 사용하면서 유명해졌다. 이런 견지에서 파토스는 '말言이나 글, 음악이나 미술표현(또는 사건들, 상황들, 인물들 등)에 내재하여 연민의 감정이나 비애감을 자극하는 속성, 상처받기 쉽거나 우울한 감정을 부추기는 능력, 애처롭게 느껴지거나 감동적인 성격, 또는 그런 영향력'으로 정의된다.

『옥스퍼드 영어사전』의 '파토스' 항목에 인용된 것에 따르면, 1693년에 영역된 『블랑카르 의학사전Blancard's Physical Dictionary』(제2판)에서 파토스는 "우리의 신체를 괴롭히는 모든 부자연스러운 장애, 즉 파텐타

Pathenta 또는 파테마Pathema"로 정의되었다. 그리고 파토스는 예술, 특히 고대 그리스 예술과 관련하여 "영원하거나 이상적인 속성(에토스ethos)과 반대되는 일시적이거나 감정적인 속성"을 뜻하는 데도 사용된다.

『웹스터 영어사전Webster's New World Dictionary of the American Language』에서도 접두어 '파토'는 "병리학pathology에서처럼 고통, 질병, 통감痛感을 의미하는 단어들을 구성한다"고 설명된다. 또한 고통, 질병, 감정을 뜻하는 명사 '파토스'는 아파하다, 느끼다를 뜻하는 그리스어 동사 '파테인pathein(πάθεὶν)'과 '파스카인paschein(πάσχεὶν)'의 어근이다. 파토스는 고통을 뜻하지만 드물게는 "연민, 슬픔, 동감, 동정同情의 감정들을 유발하는, 체험되거나 관찰된 것에 내재하는 속성"을 뜻하고, "예술에서는 에토스와 반대되는 개인적이거나 정서적인 요소"를 가리킨다. 요컨대, 파토스는 '실재상황에서나 문학작품이나 예술작품에서 동감과 비감이나 연민감정을 유발하는 속성'을 가리킨다. 이런 견지에서 '베이소스bathos'라는 영어 낱말은 "부조리한 결과를 초래하는 거짓 파토스나 과장된 파토스"를 가리키는 용어로 사용된다.[2]

고대 그리스에서 파토스는 기본적으로 "신체의 고통이나 통증", "곤궁, 불운, 불행, 비운悲運", "영혼의 수동적 감정, 정념", "열애나 증오심 같은 맹렬한 감정", "신체나 영혼의 수동적 상태", "외면이나 내면의, 특히 색깔, 수량, 크기와 관련된 수동적인 상황, 상태, 사건", "심정의 감수성, 감정이나 타고난 취향" 등을 가리키는 낱말로 사용되었다.[3] 파토스의 복수형 낱말 '파테Πάθη'도 대부분의 경우에 '고통, 통증, 불운'을 뜻했고 때로는 '맹목성'을 뜻하기도 했다.[4]

---

2) 『웹스터 영어사전』(The World Publishing Company, 1960), 1072쪽 발췌 번역 참조.
3) 헨리 조지 리델(Henry George Liddelle), 로버트 스콧(Robert Scott), 헨리 드라이슬러(Henry Drisler), 『그리스어-영어사전A Greek-English Dictionary』, (New York: Harper & Brothers Publishers, 1853), 1078쪽.
4) 앞의 책, 1078쪽.

'정념passion', '불안perturbation', '감동affect'이라는 낱말들은 아우구스티누스(Augustinus, 354~430), 키케로(Cicero, BC 106~BC 43), 세네카(Seneca, BC 4~BC 65) 같은 학자들이 고대 그리스의 철학자 아리스토텔레스(Aristoteles, BC 384~BC 322)가 사용한 그리스어 '파토스'를 라틴어로 번역하면서 선택한 번역어들에서 유래했다.[5] 아리스토텔레스는 단일한 원리를 쉽게 드러내지 않는 감정의 다양한 상태들, 성향들, 속성들을 한데 묶어서 '파테(느낌, 감정)'라는 용어에 포함시켰다. 그는 『수사학 Rhetoric』 제2권에서 이런 감정을 15가지로 분류하고 그것들의 대부분을 둘씩 짝지어 자세히 다룬다. 분노와 관용, 사랑과 증오, 공포와 신뢰, 염치와 몰염치, 자비와 인색, 연민과 앙심(원한감정)이 그렇게 짝지어진 감정들이다.[6]

이를 정리하면 파토스는 통증에 가깝게 전달되는 고통의 감정을 포함하며 그 압도적 힘에 이끌려 존재는 격렬하고도 맹목적(수동적)인 상태에 빠지게 된다. 그런 의미에서 파토스는 질병의 감정으로 심화될 수 있다.

3. 정동情動Affect

『옥스퍼드 영어사전』에서 '정동affect'은 다음과 같이 설명된다. 이 영어 낱말은 한편으로는 "작용하다, 자극하다, 부추기다"를 뜻하는 라틴어 동사 '아피케르afficére'의 명사형인 '아펙투스Affectus' 즉 '완결된 행위의 결과'를 뜻하는 데서, 다른 한편으로는 "행사하다, 영향을 끼치다, 감동시

---

5) 에이미 슈미터(Amy M. Schmitter), 「17~18세기의 감정이론들17th and 18th Century Theories of Emotions」, 『The Stanford Encyclopedia of Philosophy』(Oct 15, 2010)〈http://plato.stanford.edu/entries/emotions-17th18th/〉.

6) H. M. 가드너(H. M. Gardiner), 루스 클락 멧카프(Ruth Clark Metcalf), 존 비브-센터(John G. Beebe-Center), 「느낌과 감정: 이론들의 역사Feeling and Emotion: a History of Theories」, (New York: American Book Co., 1937), 40~42쪽.

키다"를 뜻하는 프랑스어 '아펙테르Affecter'에서 유래했는데, '심정' 또는 '성정性情'을 뜻하는 낱말로도 사용된다.

"감동을 받거나 의욕을 느끼는 방식"을 가리키는 이 낱말은 '심리상태,' '기분,' '감정(느낌),' '욕망,' '의욕'을 뜻하는 데 사용된다. 그 용례들을 종합해보면, 정동은 특히 "외부로 드러난 표정이나 행동과 상반되는 내면의 심정이나 느낌을, 의향·의도·진심·본심을, 겉모습이나 외관과 상반되는 것을, 그리고 겉치레나 드러난 결과와 상반되는 것"을 뜻하는 데 사용된다. 아울러 "이성理性과 상반되는 감정(느낌)이나 욕망이나 욕구, 정염, 욕정, 사악한 욕망"을 뜻하는 데 사용된다. 그 외에 치우친 감정, 편애감정, 성정, 기질, 천성, 선호하는 감정, 호감, 애정, 허세, 비결(요령)을 뜻하는 데도 사용된다.

그리고 이 낱말은 신체와 관련하여 사용되기도 하는데 이는 인간의 감정이 신체 감각이나 반응과 긴밀한 연관을 지닌다는 점에서 주목되는 대목이기도 하다. 『옥스퍼드 영어사전』에 의하면, 이 낱말은 "신체가 어떤 것의 영향이나 자극을 받는 방식. 특히, 신체의 현재 상황이나 성향"을 뜻하는 데 사용된다. 그에 대한 몇몇 용례를 보면, 1605년 잉글랜드의 철학자 프랜시스 베이컨(Francis Bacon, 1561~1626)은 『학문의 발전The Advancement of Learning』(1873년 판, 제2부 제9장 제3절)에 "신체의 기분과 성향affects이 마음을 변화시키거나 마음에 작용하는 위력은 실로 지대하다'고 썼다. 1679년 토머스 브라이언(Thomas Brian, 1600~?)은 『소변을 관찰해서 질병을 예측하는 자The Pisse prophet』에 "환자들의 증상들과 성향들"이라고 썼다. 그리고 이 낱말은 "특수하게는, 정상 신체와 대조되는 신체의 상태, 찌뿌드드한 기분(가벼운 질병에 걸린 상태), 불편한 기분(병적인 상태), 질환, 질병, 병"을 뜻하는 데도 사용된다. 1533년 잉글랜드의 외교관 겸 학자였던 토머스 엘리엇(Thomas Elyot, 1490~1546)

은 『보건론Castel of Helth』(1541년 판, 54쪽)에 "구토는 비오는 날들의 찌뿌드드한 기분affects을 고쳐준다"고 썼다. 1563년 잉글랜드의 외과의사 토머스 게일(Thomas Gale, 1507~1586)은 『해독제Antidotrie』(제2장, 9쪽)에 "고열과 통증을 동반하는 병들affects은 아주 고약하다"라고 썼다. 또한 이 낱말은 심리학적 용어로도 사용되었는데, 1923년 『새터데이 웨스트민스터 거제트Saturday Westminster Gazette』(24 Mar. 181)에서는 "그들의 정신생활들은 지나치게 많은 콤플렉스, 굴곡, 정동affects에 시달린다"고 쓰였다. 1926년 잉글랜드의 사회심리학자 윌리엄 맥두걸(William McDougall, 1871~1938)은 『비정상심리학개론Outline of Abnormal Psychology』(26쪽)에 "'정동affect'과 '정서적인affective'이라는 낱말들은 모든 심정활동에 내재된 정서적 욕동의 측면을 의미한다"고 썼다.

이와 같은 내용을 종합해보면 정동은 외부로 드러나는 것이 아니라 인간의 내면에서 일어나는 것이며 이성과는 상반된 마음의 움직임이라 할 수 있다. 그것은 특히 신체 감각이 자극되었을 때 일어나는 반응과 연관된다는 점에서 내면에서 일어나는 감정과 신체 자극이 무관하지 않음을 시사한다.

4. 감정(정서情緒)Emotion

『옥스퍼드 영어사전』에서 '감정(정서)'은 다음과 같이 설명된다. 이 영어 낱말의 어원은 두 가지이다. 첫째 어원은 중세 프랑스의 "감정을 움직이다, 감동시키다"를 뜻하는 동사 '에무부아esmouvoir'와 "운동, 활동"을 뜻하는 명사 '모숑motion'에서 유래한 접미사 '숑tion'이 결합되어 형성된 명사 '에모숑esmotion=emotion'이다. '에모숑'은 1429년부터는 '내란, 민란'을, 1475년부터는 '심정의 동요나 흥분상태'를, 1498년부터는 '소란, 교란'

을 뜻하는 낱말로 사용되었고, 1580년부터는 '격정이나 정염情炎'을 뜻하는 영어 낱말로도 사용되기 시작했다. 둘째 어원은 "없애다, 내쫓다, 마음에서 떨쳐내다, 옮기다, 전이轉移시키다"를 뜻하는 고전 라틴어 동사 '에모베레ēmovēre'의 과거분사 어간 '에모트ēmōt'에 명사형 접미사 '이오iō'가 결합되어 생겨난 고전 후기 라틴어 '에모티오emotio'이다. '에모티오'는 1546년 내지 그 이전부터는 이동, 전위轉位, 전이를, 1550년 내지 그 이전부터는 심리적 동요(에모티오 멘티스emotio mentis)'를 뜻하는 낱말로 사용되기 시작했다.

그 용례들을 종합해보면, 초기에 '이모션'은 정치적 분란, 내란, 민란이나 반란과 더불어 운동, 교란, 동란과 이동, 이주를 뜻하는 데 사용되었지만 현재에는 그런 뜻으로 사용되지 않는다. 원래 마음의 흔들림, 흥분한 심리상태를 뜻하는 데 사용되다가 나중에 특히 타인들과 관련된 상황·분위기·관계가 유발하는 쾌감, 슬픔, 희망, 두려움 같은 어떤 강력한 심리적 감정이나 본능적 감정'을 뜻하는 데 사용되기 시작했다. 이는 이성이나 지식과 구별되는 것으로 '감격'을 뜻하는 데도 사용되었다.

용례 가운데 몇몇을 보면, 1841년 미국의 철학자 랠프 월도 에머슨(Ralph Waldo Emerson, 1803~1882)은 「우정Friendship」[『에세이집 Essays』(1st Ser. Londond ed. 193)]에 "시에서 … 자선심과 자족감이라는 감정들emotions은 … 불의 물리효과들과 비슷하다"고 썼다. 1922년 미국의 심리학자 로버트 S. 우드워스(Robert S. Woodworth, 1869~1962)는 『심리학: 정신생활연구Psychology: A study of mental life』(i. p. 16)에 "심병心病학자들의 견해대로라면, 정신교란은 기본적으로는 지성보다는 오히려 감정emotion과 욕망의 문제이다"라고 썼다. 1958년 브리튼의 작가 로렌스 더럴(Lawrence Durrell, 1912~1990)의 소설 『발타자르Balthazar』(iv. p. 82)에는 "어떤 음악을 듣고 기뻐하던 그는 노인이 부르는 멋진 송가를 경청하다가 감격emotion에 젖었다"는 대목이 나온다.

이와 같은 '이모션'에 관한 『옥스퍼드 영어사전』의 설명 가운데 주목할 것은 그 어원에 내란, 민란, 소란과 교란, 이동, 전위, 전이, 심리적 동요 등의 의미가 담겨 있었다는 점이다. 감정과 감동이 일어나는 심리적 사태를 보면 그것은 마음의 전쟁이며 동요라 할 수 있다. 격정적 마음이 가변적으로 움직이는 상황을 이들 어원이 잘 말해주는 것이다.

5. 감정(느낌)Feeling

『옥스퍼드 영어사전』에서 '감정(느낌)'을 뜻하는 영어 명사 '필링feeling'은 '느끼다, 감각하다'를 뜻하는 영어동사 '필feel'에 현재진행형 어미 '-ing'가 결합되어 만들어진 낱말이라고 설명된다. 영어 동사 '필'의 어원은 독일 서부지역에서 브리튼 섬으로 이주한 앵글로색슨족의 고대 영어 동사 '펠란félan'과 '게펠란gefélan'이다. '손으로 다루다, 손으로 더듬다, 느끼다' 등을 의미하는 어휘들에 상응하는 '펠란'은 서부 독일어권에서는 '폴량fôljan'과 같은 의미로 사용되었다. '폴량'은 '손手'을 뜻하는 고대 아리아Arya어 접두사 '팔păl-'과 '플pl-'의 서부독일어 '폴fôl'에서 유래했다.

그 용례들을 종합하여 정리하면 다음과 같다.

(1) '필링'이 동명사로 사용되면 여러 가지 감각들로 느끼는 행위 및 순간을 뜻한다.

(2) '감각재능'이나 '감각능력을 뜻하기도 하는 이 낱말은 특수한 시각, 청각, 미각, 후각에 귀속될 수 없는 모든 육체적 감수성을 포함하는 촉각에 느껴지는 느슨하거나 부드러운 촉감이나 감촉을 나타내는 데도 사용된다.

(3) 이 낱말은 수동적 체험, 감각될 수 있는 증거, 물체의 효과들을 감

지하여 습득하는 지식을 뜻하는 데도 사용된다.

(4) 이 낱말은 감정적으로 영향을 받는 조건이나 순간, 그런 조건이나 순간에 느끼는 감정들 중에도 주로 공포 감정이나 희망 감정을 뜻하는 데도 사용된다. 그리고 이 낱말은 감정들, 감수성들, 공감들 및 감응들을 집합적으로 통칭하는 데도 사용된다.

(5) 이 낱말은 감각능력이나 감각의욕, 그보다 더 고차원적이거나 더 세련된 감정들을 느끼는 감수성을 뜻하는 데도 사용되고, 이례적으로는 타인의 고통들에 감응하는 감성이나 동정심 즉 친절하고 공평한 기분을 나타내는 선량한 감정을 뜻하는 데도 사용된다.

(6) 이 낱말은 쾌감이나 고통을 감지하는 의식意識과 외부조건이나 외부적 사실을 감지하는 인식 또는 분별력을 뜻하는 데도 사용된다.

(7) 이 낱말은 어떤 것에 관해서 느끼는 소감, 정서적 태도나 의견, 감상, 전문적인 감정을 뜻하는 데도 쓰였을 뿐 아니라 언어감각과 본능적으로 표현되는 편애감정들을 뜻하는 데도 쓰인다.

(8) 이 낱말은 어떤 것에 속하는 듯이 느껴지는 성질이나 조건, 그런 성질이나 조건이 개인에게 영향을 끼쳐서 유발하는 감정적 인상을 뜻하는 데도 사용된다.

(9) 이 낱말은 심리학적으로는 [스코틀랜드의 철학자 겸 시인 토머스 브라운(Thomas Brown, 1778~1820), 스코틀랜드의 철학자 겸 정치경제학자 제임스 밀(James Mill, 1773~1836), 잉글랜드의 철학자 겸 정치경제학자 존 스튜어트 밀(John Stuart Mill, 1806~1873)처럼] 의식의 사실이나 의식상태를 가리키는 데도 사용되고, 일반적으로는 인식과 생각을 배제하는 감각, 욕망, 감정(정서)을 가리키는 데도 사용된다. 또한 독일의 철학자 칸트(Kant, 1724~1804)가 "어떤 심리상태에서 느껴지는 쾌감의 요소나 통감痛感의 요소"를 한정하는 데 사용한 용어인 '게퓔gefühl(감정,

느낌)'과도 상통하는 이 낱말(필링)은 증거를 요구하지도 인정하지도 않는 직관적 인식이나 믿음(신념)을 뜻하는 데도 사용된다.

『옥스퍼드 영어사전』에 인용된 구체적 용례를 보면, 1846년 "'감정feeling'은, 그 용어의 정확한 의미에서, '감각, 정서, 생각'이라는 하위개념들을 거느리는 상위개념(유적類的 개념)이다"라고 쓰였다. 1855년 "감정의 현존은 최우선적인 … 정신의 표시이다"라고 쓰였다. 1871년 "감정은 지식보다 먼저 세계에 등장했다"고 쓰였다. 1875년 "감정은 지식과 대립하지 않고, 모든 의식 속에는 감정요소와 지식요소가 동시에 존재한다"고 쓰였다. 1892년 "감정이라는 용어는 … 더욱 엄밀한 의미에서 의식의 양상들만 가리키는데, 그런 양상들은 특수하게는 주체의 성정들이라서 구태여 우리의 생각들이나 의지들과 똑같이 직접적인 방식으로 대상들을 선명하게 지시하지도 않는다"고 쓰였으며, "모든 심리상태나 심리현상이 유쾌하거나 불쾌한 요소나 측면을 지닌 것들인 한에서 우리는 그것들 모두를 감정의 휘하에 편입시킨다"고 쓰였고, "심리학자들의 대다수는 그런 감정은 (감정feeling―성질 자체, 유쾌함, 불쾌함을 차치하고) 어떤 성질도 지니지 않는다고 주장한다"고 쓰였다.

(10) 이 낱말은 미술용어로도 쓰이고, "건축물의 전체적 기풍이나 건축양식"과 "그것들이 감상자에게 주는 인상이나 감동"을 나타내는 건축용어로도 쓰인다.

정리하자면, '감정feeling'은 감각 특히 손의 촉각과 밀접한 관련을 갖는 낱말이라 할 수 있다. 그런데 손으로 만지고 그것에서 느껴지는 것을 분별하는 과정을 육체적 차원으로 볼 것이냐 아니면 인식이나 생각, 지식 등과 관련된 정신의 차원으로 볼 것이냐에 대해서는 위의 (9)에서 알 수 있듯이 의견이 분분하다. 이는 감정을 육체의 문제로 혹은 정신의 문제로 귀속시키는 감정이론의 양극화와 긴밀한 관련이 있다.

이상의 육친(肉親) 시편과 수필에 내포된 '연민'의 복합적 성격

1. 불우한 개인으로서 이상

이상(李箱, 1910~1937)의 문학세계는 지금까지도 여전히 낯설고 특이한 그리고 난해한 것으로 체험되고 있으며 이 같은 문학적 특성이 연구 방향을 결정하는 주요 요인이었다고 할 수 있다. 그의 문학성을 규명하는 데 그간 가장 많이 논의되었던 것은 이상의 의식세계가 드러냈던 자아분열의 양상과 전위적 형식미에 관한 연구라 할 수 있다. 초조와 불안 의식, 다급한 리듬, 실험성이 짙은 형식미 등에 대한 해명은 모두 이와 관련한다. 이 같은 논의들은 이상의 작품이 지닌 난해성과 형식적 미감, 의식세계를 풀어내는 데 주력함으로써 이상이 우리 문학사에 얼마나 큰 영향력을 끼친 존재인가를 규명해 온 것으로 판단된다. 기존의 연구 성과가 이상 문학이 지닌 천재성 혹은 전위성의 가치를 드러내고자 한 것이라면 본 논의는 연구 방향을 불우한 한 개인의 정념 문제에 초점을 맞추고자 한다. 즉 이상이 보여준 자아분열이나 전위적인 형식미 이전에 그의 내면을 추동해갔던 정념의 근원이 무엇이었나를 추적하고자 한다. 이상의 시와 수필에는 지극히 슬픈 존재의 비극적 서정이 깊게 배어있다. 그의 작품을 살펴보면 특히 가족사적 불행과 그로부터 파생한 갈등과 고통, 결핍감과 모순된 정념이 엉켜있음을 보게 된다. 육친과의 관계에서 빚어지는 정념은 모든 사회적 관계방식과 의식지향에 영향을 끼치는 토대가 된다는 점에서 매우 중요한 연구 과제라 할 수 있다. 그럼에도 이상의 작품이 내포하는 정념의 국면에 대한 연구자들의 관심은 아직 부족한 것으로 여겨진다.

정념은 언제나 무엇에 대한 정념이라는 점에서 특정 대상에 의해 촉발되는 특징을 지닌다. 아울러 대상에 따라 사랑, 증오, 연민, 기쁨, 슬픔, 노여움 등 무수히 다양한 정념이 발현될 수 있다. 이러한 점을 감안하여 정념의 대상을 '육친'으로, 이에 대응하는 정념의 종류를 '연민pity'으로 한정하고자 한다.[2] 논의의 초점을 육친과 연민으로 한정하는 까닭은 이 두 가지 사항이 이상의 근원적인 존재조건과 긴밀한 관련을 갖기 때문이다. 잘 알려진 바, 이상은 그가 4세(1913년)되던 해에 백부의 종손양자가 되어 친부모와 헤어졌다가 이십여 년 만에 육친 곁으로 돌아온다. 백부와 친부라는 이중의 부모 사이에서 자신의 삶을 가늠해야 했던 그에게 친부모는 근원적 소외와 결핍을 안겨준 분노의 대상이었으며 동시에 도저히 외면할 수 없는 연민의 대상이었다. 따라서 이상의 작품에는 육친에 대한 상반된 정념이 극단화되곤 한다. 본 논의는 이상의 내면을 고통으로 물들였던 육친에 대한 연민의 복합성과 그 원인을 밝히는 데 목적이 있다. 이는 이상의 자기이해, 자아분열, 가부장제에 대한 거부 등의 문제가 어디에서 연원하는가를 밝히는 데 실마리를 제공할 수 있을 것으로 예상된다.

---

1) '肉親'은 원래 조부모를 포함한 부모, 형제 등 혈족관계가 있는 사람을 뜻하지만 이 글에서는 이상의 친부와 친모, 그리고 남동생 운경과 여동생 옥희로 그 범위를 한정하는 용어로 사용하고자 한다. 이상의 수필이나 시에서 육친이 지시하는 것이 바로 이들 네 사람이기 때문이다.

2) 이 글의 주요 자료는 육친과 관계된 시 「肉親의 章」, 「家庭」, 「얼굴」, 「火爐」, 「詩第二號」, 「詩第十四號」, 「門閥」, 수필 「슬픈 이야기」, 「失樂園 ―肉親의 章」, 「동생 玉姫 보아라 ― 世上 오빠들도 보시오」 등이다.

2. 육친에 대한 이율배반적 정념

인간의 정념은 대상과 외적 상황, 그날그날의 건강 상태에 따라 쾌감과 불쾌감으로 변화하는 가변적 속성을 지닌다. 타인에 대한 사랑, 분노, 슬픔, 기쁨 등의 정념은 늘 한결같은 비중으로 지속되기 어렵다. 이는 자기 자신에 대해서도 마찬가지다. 이와 같은 가변적 속성에도 불구하고 혈육에 대한 정념은 예외적으로 가장 강력한 지속력을 지닌다. 혈육이 타자 일반과는 다른 존재이기 때문이다. 혈육은 '나'를 존재케 한 근원이며 유사성의 측면에서 '나'와 가장 밀착되어 있는 존재들이다. 혈육 간에 형성된 동일성의 지평은 자연스럽고도 쉽게 유대감과 친밀감을 만드는 계기 혹은 동력이 된다. 그렇기 때문에 혈육에 대한 정념은, 그것이 호의적이든 그렇지 않든, 다른 대상을 향한 정념과는 차등성을 지니는 것으로 설명되곤 한다.[3] 이상의 문학에 드러난 서정 가운데 큰 비중을 차지하는 '연민' 또한 그가 '육친'으로 명명한 혈육으로부터 발생한다. 이상은 백부에게 입적된 이후 이십여 년을 육친과 떨어져 지냈지만 궁핍하고 불행했던 육친에 대한 연민 때문에 무척 괴로워했던 것으로 보인다.

아리스토텔레스(Aristotle, BC 384~BC 322)는 연민의 정념을 다음과 같이 정의 내린다.

> 연민이란 파괴적이거나 고통을 주는 악덕이 그것을 당할 만한 이유가 없는 사람에게 행해지는 것을 목격한 것으로부터 연유하는 고통이다. 그리고 이러한 악덕이 가까이 있고, 자기 자신이나

---

3) 맹자는 차등 없는 사랑을 주장하는 묵가를 비판하면서 혈연적 유대가 지닌 사랑의 차등성을 강조한다. 혈연적 유대는 모든 사랑의 출발점으로서 이웃이나 타인에 대한 사랑과 다르다. 그러나 혈연적 유대에 의해 촉발된 사랑은 배타적 가족주의에 머무는 것이 아니라 '인(仁)'이라는 도덕적 가치에 포함된다. 김도일, 「맹자의 감정 모형 — 惻隱之心은 왜 兼愛와 다른가?」, 『동아문화』 제41집, 서울대학교 동아문화연구소, 2003.12, 참조.

가까운 사람이 이러한 악덕에 의해 고통을 받으리라고 예상될 경우 연민을 느끼게 된다.[4]

아리스토텔레스는 누군가 부당하게 악덕을 경험하는 것을 목격했을 때, 그리고 그 대상과 인접해 있을 때 연민의 고통이 발생한다고 말한다.[5] "당할 만한 이유가 없는 사람"이라는 말에는 연민의 대상은 악덕과 무관하게 선한 존재라는 사실을 내포한다. 아울러 인접성의 원리를 통해 대상이 멀리 있으면 연민의 정도가 약화될 수 있음을 시사한다. 여기서 부당한 악덕은 구체적으로 죽음, 신체적 폭력, 학대, 늙음, 질병, 기아, 추함, 육체적 허약함, 불구 등을 지시한다.[6] 이상의 육친이 견뎌야 했던 몇몇 불행은 이상의 연민을 깊게 자극하는 실질적 요인이 된다. 그런데 육친에 대한 그의 연민은 매우 모순된 형태로 드러난다.

나는 팔짱을 끼고 오랫동안 잊어버렸던 우두 자국을 만져 보았습니다. 우리 어머니도 우리 아버지도 다 얽으셨습니다. 그분들은 다 마음이 착하십니다. 우리 아버지는 손톱이 일곱밖에 없습니다. 宮內府 活版所에 다니실 적에 손가락 셋을 두 번에 잘리우셨습니다. 우리 어머니는 生日도 이름도 모르십니다. 맨 처음부터 친정이 없는 까닭입니다. 나는 外家집 있는 사람이 부럽습니다.(중략) 젖 떨어져서 나갔다가 二十三年만에 돌아와 보았더니 如前히

---

4) 아리스토텔레스, 『수사학 II』, 이종오 역, 리젬, 2007, 71쪽.
5) 연민에 관한 데카르트와 데이비드 흄의 정의도 이와 유사하다. 데카르트는 "그들에게 부당하다고 생각되는 어떤 악을 겪고 있는 사람들에 대한 사랑 아니면 선의와 섞여진 일종의 슬픔", 데이비드 흄은 "연민은 다른 사람의 불행을 염려하는 것"이라고 정의 내린다. 데카르트, 『방법서설·성찰·정념론·철학의 원리 외』, 김형효 역, 삼성출판사, 1982, 274쪽. 데이비드 흄, 『인간 본성에 관한 논고 2-정념에 관하여』, 이준호 역, 서광사, 1977, 116쪽.
6) 아리스토텔레스, 앞의 책, 74쪽 참조.

26   현대시와 정념

가난하게들 사십니다. (중략) 그렇건만 나는 돈을 벌 줄 모릅니다. 어떻게 하면 돈을 버나요 못 법니다. 못 법니다.

수필「슬픈 이야기」 부분

肉親의 章

基督에 酷似한 한 사람의 襤褸한 사나이가 있었다. 다만 基督에 比하여 눌변이요 어지간히 無智한 것만이 틀린다면 틀렸다.

年紀伍十有一.

나는 이 模造基督을 暗殺하지 아니하면 안된다. 그렇지 아니하면 내 一生을 押收하려는 氣色이 바야흐로 濃厚하다.

한 다리를 절름거리는 女人―이 한 사람이 언제든지 돌아선 자세로 내게 肉迫한다. 내 筋肉과 骨片과 若少한 立方의 血淸과의 原價償還을 請求하는 모양이다. 그러나 ―

내게 그만한 金錢이 있을까. 나는 小說을 써야 서푼도 안된다. 이런 胸醬의 賠償金을 ― 도리혀― 물어내라 그리고 싶다. 그러나 ―

어쩌면 저렇게 심술궂은 여인일까 나는. 이 醜惡한 女人으로부터도 逃亡하지 아니하면 안된다.

수필「失樂園 ― 肉親의 章」 부분

인용한 두 편의 수필은 모두 이상이 사망한 이후 유고로 발표된[7] 글이기 때문에 기록된 시기의 선후관계를 정확히 알 수 없다. 「슬픈 이야기」는 백부의 집에서 육친 곁으로 돌아왔을 때의 심정을 기록한 글이다. 이

---

7) 이상 사망 이후 「슬픈 이야기」는 1937년 6월 『조광』에, 「失樂園」은 1939년 2월 『조광』에 각각 발표되었다.

상은 집으로 돌아와 오랫동안 잊어버렸던 우두 자국을 만져본다. 우두는 천연두 면역을 위한 백신 바이러스로 예전에는 어깨에다 접종을 했는데 대부분 흉터가 남곤 한다. 이상이 우두 자국을 만져 보는 것은 자신의 아버지와 어머니가 모두 천연두의 흔적을 지닌 곰보였기 때문이다. 얼굴이 얽은 부모에 대한 진한 연민의 정념이 자신의 우두 자국을 만지는 행위로 드러나는 것이다. 이상이 기록한 것처럼 그의 아버지는 활판소에서 일하다 손가락 셋을 잘렸으며 어머니는 자신의 생일도 모르는 고아 출신이었다.[8] 이와 같은 부모들의 슬픈 이력과 그들이 여전히 가난하게 살고 있다는 사실 앞에서 이상은 비통해 한다. 더욱이 "그분들은 다 마음이 착하십니다."라고 그는 고백한다. 착함에도 불구하고 곰보에 손이 잘린 아버지, 태생도 모르는 어머니 그리고 이들이 줄곧 견뎌온 극빈은 이상의 내면에 슬픔과 염려를 촉발시키기에 충분한 요인이 아닐 수 없다. "그렇건만 나는 돈을 벌 줄 모릅니다. 어떻게 하면 돈을 버나요 못 법니다. 못 법니다."라는 고백에는 가난한 육친들의 삶을 구원하고픈 마음과 자신의 무능에 대한 강한 비애가 함께 담겨 있다.

반면 「失樂園」이라는 제목 하에 실린 「肉親의 章」에 드러난 태도는 「슬픈 이야기」와 매우 다르다. 이 글의 제목이 '육친의 장'이라는 점을 미루어 짐작해보면 남루하고 눌변에다 무지한 '모조기독'은 이상의 아버지를 지시한다. 아버지는 '나'의 일생을 압수하려는 자로서 암살하지 않으면 안 된다. 한 다리를 절름거리는 불구의 여인은 어머니를 지시하는 것으로 볼 수 있다. 어머니는 심술궂고 추악한 여인으로 그려진다. "이 한 사람이 언제든지 돌아선 자세로 내게 肉迫한다."는 진술에는 심리적 압박감이 묻

---

8) 고은에 따르면 이상의 아버지 김연창은 얼굴이 얽고 그다지 품위가 없는 개화기 서민계층을 대변하는 인물로서 관내부 활판소에서 일하다 사고를 당한 후 이발관을 차렸으나 번창하지 못했다. 어머니 박세창은 이름조차 없는 고아로서 백부가 혼인신고 때 세창이라는 이름을 지어주었다. 고은, 「이상 평전」, 청하, 1992, 21~42쪽 참조.

어 있다. 어머니가 '나'에게 살과 뼈와 피를 만들어준 대가를 요구하기 때문이다. 이러한 어머니로부터 '나'는 도망치고 싶어 한다. 아울러 '나'는 흥정의 배상금을 도리어 물어내라고 요구하고 싶은 원망과 억울함을 호소한다. 이 글에서 아버지와 어머니는 죽이거나 도망치고 싶은 존재들이며 '나'의 삶을 억울하게 만든 존재들이다.

「슬픈 이야기」와 「內親의 章」에 표현된 친부모에 대한 이해는 매우 상이하다. 착하고 불쌍한 부모와 심술궂고 추악하고 이기적인 부모가 이상의 내면에 혼재되어 있다. 그 정념의 상태를 보면 연민과 분노와 원망과 억울함이 복합적으로 뒤엉켜 있다. 이 두 수필에서 공통적으로 발견되는 것은 자신이 돈을 벌지 않으면 안 된다는 강박이라 할 수 있다. 누이 옥희는 오빠가 늘 돈을 벌어 보겠다고 마음먹고 장남으로서 의무를 다해보려고 애썼다고 회고한다.[9] 의무를 다 하려는 마음과 그 하중으로부터 벗어나고 싶은 욕망이 서로 강하게 충돌하는 가운데 육친에 대한 연민의 정념이 노정되고 있는 것이다.

3. 불완전한 유사성과 인접성의 세계

앞서 언급했듯이 이상의 생애 가운데 가장 중요한 사건은 그가 4세 (1913년)되던 해에 백부의 종손양자가 되어 친부모와 헤어졌다는 사실일 것이다. 1931년 백부 김연필이 사망하고 두 해 뒤인 1933년 이상은 그의 나이 24세에 자신의 본가인 효자동으로 돌아온다. 가족을 떠난 지 스무 해만에 집으로 돌아왔지만 이상이 가족과 함께 있었던 시간은 보름에 불과하다. 그는 가족을 벗어나 화가 구본웅과 배천 온천으로 떠나버린다.

---

9) 김옥희, 「오빠 이상」, 『이상문학전집 4』, 김윤식 편저, 문학사상사, 1995, 420~422쪽.

이후 1937년 사망할 때까지 이상은 자신의 육친과 함께 생활하지 않는다. 이와 같은 전기적 사실은 이상의 상상력과 사유의 지향을 결정짓는 중요한 요건으로 기능한다. 육친과의 생활공동체를 이룰 수 없었다는 근원적 결핍이 그의 문학에 커다란 영향을 미치고 있기 때문이다.

"주거를 같이하는 생활공동체라는 조건이 성립될 때에만 가족이라는 명칭이 성립"[10]된다고 볼 때 이상은 친부와 친모, 그리고 남동생 운경과 여동생 옥희와 더불어 정상적인 가족을 이루지 못했다고 할 수 있다. 우리는 일반적으로 자신과 직접적인 혈연관계에 놓인 친족공동체를 가족이라 생각하며 이를 자연스럽고도 당연한 것으로 생각한다. 그러나 이상은 그의 육친과 가족의 등식이 성립하지 않는 조건에서 생활했다고 볼 수 있다. 이상에게 백부와 백모, 백모의 전실 소생인 문경 그리고 조모가 실질적인 가족이었다고 할 수 있다. 이처럼 일반적인 가족형성의 파열된 구도가 바로 이상의 존재조건이라는 점에서 그의 내면에 싹트는 수많은 정념과 자기이해는 이로부터 파생한 것이라 할 수 있다.

보다 정교한 논의를 위해 육친과의 관계, 그리고 백부를 비롯한 실질적인 가족과의 관계 속에서 그의 내면에 생성된 갈등과 이율배반의 심리를 '유사성'과 '인접성'의 차원에서 설명해볼 수 있다.[11] 인상과 관념의 이중관계를 통해 인간의 정념을 설명하는 데이비드 흄(David Hume, 1711~1776)은 사랑이나 애정의 발생을 다음과 같이 설명한다.

사랑이나 애정은 유사성에서 발생하므로, 우리가 알 수 있

---

10) 이숭원, 「일제 강점기 시에 나타난 가족」, 『인문논총』, 서울여자대학교 인문과학연구소, Vol.11, 2003, 19쪽.
11) 정념을 촉발하는 동인 혹은 계기로서의 유사성과 인접성에 대해 아리스토텔레스는 연민을 정의하는 가운데 다음과 같이 설명한다. "나이, 성격, '아비투스', 지위, 가족 관계 등이 우리와 비슷한 사람들에 대해 연민을 가진다.", "가까이 있어 보이는 불행들이 연민을 자극하는 반면, 이미 일어났거나 혹은 오랜 시간 후에 일어날, 따라서 예상할 수도 없고, 기억할 수도 없는 불행들은 전혀 연민을 자극하지 못하거나, 혹시 자극하더라도 아주 미미한 정도에 그칠 뿐이다." 데이비드 흄의 논리는 아리스토텔레스의 견해를 확장한 것이라 할 수 있다. 아리스토텔레스, 앞의 책, 76~77쪽.

는 것은 다른 사람과의 공감이 그 생기에 정서를 불어넣어야 호의
적이라는 점이다. 쉬운 공감 및 호응하는 정서는 (혈연)**관계·친숙·
유사성** 등에서만 공통적이기 때문이다. (중략) 정신은 자신과 친숙
한 사실을 보고 만족과 안정감(ease)을 느끼며, 그 자체로 훨씬 값
지지만 자신이 잘 알지 못하는 대상보다는 자신과 친숙한 대상을
선호한다. 바로 이와 같은 정신의 성질을 통해 우리는 우리 자신과
우리가 가진 모든 대상에 대해 좋은 생각에 매료된다. (중략) 두
대상들 사이의 완전한 관계를 산출하려면, 상상력이 그 대상들 간
의 유사성·인접성·인과성 따위 때문에 한 대상에서 다른 대상으
로 전해져야 할 뿐 아니라, 이와 똑같이 쉽고 수월하게 두 번째 대
상에서 첫 번째 대상으로 되돌아갈 수도 있어야 한다. 어떤 대상
이 다른 대상과 닮았다면, 이 다른 대상도 반드시 원래의 대상과
닮아야 한다. 한 대상이 다른 대상의 원인이라면, 이 다른 대상은
그 원인에 대한 결과이다. 이것은 인접성에서도 마찬가지다.[12]

우리 자신과 거리가 먼 대상에 대해 숙고할 때, 우리는 우리
자신과 그 대상 사이의 공간을 모두 거쳐서 비로소 그 대상에 도
달할 수밖에 없을 뿐 아니라, 우리 자신에게서 그 대상으로 나아
가는 우리의 (사유) 경로를 매순간마다 바꿀 수밖에 없다. (중략)
인접한 대상은 우리 자신에 대한 관계 때문에 힘과 생동성에서 인
상과 버금가고, 먼 대상은 우리가 그 대상을 생각하는 방식의 단
속(斷續, interruption) 때문에 더욱 약하고 불완전한 모습으로 현
상한다. 이것은 먼 대상이 상상력에 미치는 영향력이다. (중략) 사

---

12) 데이비드 흄, 앞의 책, 103~104쪽.

람은 주로 공간적으로나 시간적으로 그리 멀리 떨어져 있지 않는 대상에 관심을 가지며 현실을 향유하고, 멀리 떨어진 것은 우연과 운명이 관장하는 것으로 방치한다.[13]

데이비드 흄에 따르면 애정의 정념을 발생시키는 가장 강력한 동인은 유사성이다. '나'와 대상 간의 유사성은 쉽게 공감을 자극하는 요인이 되며 이때 발생한 친숙함의 정서는 심리적 만족과 안정감으로 이어진다. 그런 의미에서 유사성의 관계에 놓인 공감의 장은 "한 대상이 다른 대상의 원인이라면, 이 다른 대상은 그 원인에 대한 결과"라는 인과적 고리를 형성하게 된다. 한편 시·공간적 인접성 또한 유사성과 동일하게 애정의 정념을 발생시키는 동인으로 작용한다. 이와 같은 원리를 적용해보면 육친이야말로 유사성과 인접성을 동시에 가장 잘 충족시킬 수 있는 대상이라 할 수 있다. 직계혈육과의 유사성은 부정할 여지없는 사항이다. 아울러 정상적인 가정이라면 육친과의 생활 가운데 인접성을 이루는 것이 당연하다. 그런데 이상은 육친과의 관계에서 유사성은 충족시키고 있으나 인접성을 충족시키지 못한다. 인접성이 충족되지 못할 때 유사성의 세계는 그 밀도가 떨어지거나 혼란을 빚게 된다.

나는24歲. 어머니는바로이낫새에나를낳은것이다. 聖쎄바스티앙과같이아름다운동생·로오자룩셈불크의木像을닮은막내누이·어머니는우리들三人에게孕胎分娩의苦樂을말해주었다. 나는三人을代表하여-드디어-

---

13) 데이비드 흄, 앞의 책, 172~173쪽.

어머니 우린 좀더형제가있었음싶었답니다.

　－드디어어머니는동생버금으로孕胎하자六個月로서流産한顚末을告했다.

　그녀석은 사내댔는데 올해는19 (어머니의한숨)

　三人은서로들아알지못하는兄弟의幻影을그려보았다. 이만큼이나컸지－하고形容하는어머니의팔목과주먹은瘦瘠하여있다. 두번씩이나咯血을한내가冷淸을極하고있는家族을爲하여안해를맞아야겠다고焦燥하는마음이었다. 나는24歲나도어머니가나를낳으시드키무엇인가를낳아야겠다고생각하는것이었다.

시「肉親의 章」 전문

배고픈얼굴을본다.

반드르르한머리카락밑에어째서배고픈얼굴은있느냐.

저사내는어데서왔느냐.

저사내는어데서왔느냐.

　저사내어머니의얼굴은薄色임에틀림없겠지만(중략)저사내어머니는배고팠을것임에틀림없으므로배고픈얼굴을하였을것임에틀림없는데귀여운외톨자식인지라저사내만은무슨일이있든간에배고프지않도록하여서길러낸것임에틀림없을것이지만아무튼兒孩라고하는것은어머니를가장依支하는것인즉어머니의얼굴만을보고저것이정말로마땅스런얼굴이구나하고믿어버리고선어머니의얼굴만을熱心으로숭내낸것임에틀림없는것이어서그것이只今은입에다金니를박은身分과時節이되었으면서도이젠어쩔수도없으리만큼굳어버리고만것이나아닐까고생각되는것은無理도없는일인데그것은그렇다하더라도반드르한머리카락밑에어째서저험상궂은배고픈얼굴은있느냐

시「얼굴」부분

시「肉親의 章」은 육친을 대상으로 한 글 가운데 가장 긍정적 태도를 드러낸 작품이라 할 수 있다. 이 시의 화자는 자신과 형제들이 태어난 전말을 어머니로부터 듣는다. 그리고 유산된 아우의 이야기도 듣는다. 이때 "어머니의팔목과주먹은瘦瘠하여있다."라고 말함으로써 모친에 대한 연민을 드러낸다. 아울러 이러한 어머니를 통해서 "나는24歲나도어머니가나를낳으시드키무엇인가를낳아야겠다고생각하는것이었다."라고 다짐하며 어머니를 닮고자 한다. 각혈의 고통과 자학과 분열을 거듭했던 이상에게서 좀처럼 발견하기 어려운 생명 의욕이 아닐 수 없다. 유산된 동생에 대한 안타까움과 "冷淸을極하고있는家族"을 위로하고자 자신도 아내를 맞이하고 아이를 낳겠다는 생각에는 육친에 대한 깊은 유대감이 배어있다.

그러나 시「얼굴」은 「肉親의 章」과 달리 보다 복잡한 정념의 혼선을 드러낸다. 「얼굴」에는 배고픈 박색(薄色)의 얼굴을 한 어머니와 자신의 유사성을 강조한 작품으로 이 시의 화자는 아이란 어머니를 의지하며 그것을 본받아 "어머니의얼굴만을熱心으로숭내낸것"이라고 말한다. 여기에는 상반된 두 개의 얼굴이 있다. 하나는 반드르한 머리카락을 한 얼굴이며 다른 하나는 배고픈 얼굴이다. 윤기가 나는 머리칼은 "배고프지않도록하여서길러낸것"과 연관되며 배고픈 얼굴은 "배고팠을것임에틀림없"는 어머니의 얼굴을 흉내낸 것과 연관된다. 화자는 배고프지 않게 자랐음에도 불구하고 배고픈 얼굴을 본받으며 닮아간 것이다. 여기에는 혈육 간에 생

성되는 끈질긴 유사성의 지평이 놓여있다. 이 유사성의 지평으로의 끌림은 어머니에 대한 본능적 유대감을 내포한다. 결국 화자의 험상궂고 배고픈 얼굴은 어머니의 얼굴이면서 동시에 '나'의 얼굴이라 할 수 있다. 이 같은 유사성에 대한 끌림에는 어머니에 대한 연민과 배고픈 얼굴을 "마땅스런얼굴"로 받아들이게 한 원망 그리고 그것을 그대로 닮아버린 자신에 대한 연민이 동시에 겹쳐있다. 이 부분은 이상의 작품에 드러난 나르시시즘의 근원이 무엇인가를 함축한다.

두 작품에 공통적으로 발견되는 것은 어머니를 '닮다'라는 의식지향이다. 어머니처럼 아이를 낳고 싶은 욕망, 어머니를 닮아 배고픈 얼굴이 되어버린 자신, 이 둘의 간극에는 어머니에 대한 사랑과 연민, 원망, 배고픈 얼굴을 한 자신에 대한 연민, 그리고 태생을 부정할 수 없는 비애가 내포되어 있다. 이상에게 이와 같은 유사성으로서의 인식은 육친과 '나'를 밀착시키기도 하지만 때로 '절연'하고 싶은 욕구를 상승시키기도 한다.

> 七年이 지나면 人間 全身의 細胞가 最後의 하나까지 交替
> 된다고 한다. 七年 동안 나는 이 肉親들과 關係없는 食事를 하리
> 라. 그리고 당신네들을 爲하는 것도 아니고 또 七年 동안은 나를
> 爲하는 것도 아닌 새로운 血統을 얻어 보겠다 – 하는 생각을 하
> 여서는 안되나.
>
> 수필 「失樂園 – 肉親의 章」 부분

이 글에는 육친과는 다른 식사를 통해서 체질을 바꾸고 새로운 혈통을 얻어 보고자 하는 욕망이 내포되어 있다. 그러면서 "–하는 생각을 하여서는 안되나."라고 말한다. 이러한 발언에는 육친과 절연하고 싶은 욕망과 그러한 욕망에 대한 죄의식 혹은 망설임이 암시되어 있다. 닮지 않고

싶은 욕구와 그럴 수 없다는 마음이 갈등하는 것이다. 이십여 년을 육친과 관계없는 식사를 해왔음에도 불구하고 육친과의 유사성이 근본적으로 부정될 수 없다는 사실을 이상이 몰랐을 리 없다. 육친과의 '닮음'을 지운다는 것 자체가 불가능하기 때문에 이와 같은 극단적인 생각을 하게 되는 것이기도 하다.

한편 그의 가족인 백부와의 관계에서는 대체된 유사성의 관계임에도 불구하고 친부모에 비해 상대적으로 유사성의 측면이 결핍되어 있으면서 동시에 공간적 인접성은 충족되고 있다. 여기서 백부와의 공간적 인접성이 완전한 친밀성의 토대가 되지 못했음을 생각해볼 필요가 있다. 자식이 없었던 백부 김연필은 이상을 매우 인자하고 엄격하게 보살피며 그를 친자식 이상으로 귀하게 여겼던 것으로 기록되어 있다. 고은은 "혜경은 연필에게는 아주 만족한 미동(美童)이었으며 그의 혈통에 대한 희망이며 그가 자라나면서는 일종의 정서적 동지였던 것이다.[14]"라고 밝힌다. 그런데 백부의 각별한 애정이 한편으로는 이상을 독점하고자 하는 욕망으로 나타나기도 한 것으로 판단된다. 백모는 "그애가 사직동이나 적선동으로 제 부모와 남매들을 찾아가지 않은 것은 아니지만 그러나 거기에 간다는 것을 알면 우리 어른한테 호통을 만났지요."라고 술회한다. 백부는 이상이 자신의 육친들과 만나는 것을 금하고 있었던 것이다. 이는 백부가 육친의 세계로 되돌아가고 싶은 이상의 본능적 욕구를 강하게 억압했음을 보여주는 대목이다. 여기에는 이상이 김연창의 아들이 아니라 자신의 자식임을 확고히 하고자 하는 백부의 과도한 애착이 숨겨져 있다. 한편 전실 소생 문경을 자식으로 둔 백모가 이상을 탐탁지 않게 여겼으리라는 것은 예상 가능한 일이다.[15] 이상의 누이 옥희는 "큰아버지의 끔찍한 사랑과 큰

---

14) 고은, 앞의 책, 37쪽.
15) 고은, 위의 책, 42쪽 참조.

어머니의 질시 속에서 자란 큰 오빠, 무던히도 급한 성미에 이런 환경을 어떻게 참아냈는지 모릅니다.[16]"라고 회고한다. 이와 같은 인접성의 세계가 사랑과 억압과 소외가 공존한다는 점에서 만족감과 안정감을 제공하지 못했으리라 생각된다.

대상과의 유사성은 충족되어 있으나 인접성이 충족되지 못할 때 친숙함의 정서는 약화되거나 혼란스러울 수 있으며 마찬가지로 인접성은 충족되어 있으나 유사성이 충족되지 못할 때 또한 친숙함의 정서가 약화될 수 있다. 그럼에도 타인과의 관계는 인접성만으로도 친숙함의 정서를 촉발하고 지속할 수 있다. 유사성이 필수조건이 아니기 때문이다. 타인과의 관계와 달리 육친과의 관계는 유사성과 인접성이 동시적으로 충족될 것을 요구한다. 육친은 혈연공동체로서 함께 생활할 때 정상적인 가족이 될 수 있다. 유사성과 인접성이 동시에 충족되지 않는 불완전한 상황의 지속이 이상의 존재조건이었다 할 수 있다. 오래도록 육친과 떨어져 살아야했던 이상에게 육친과의 유사성은 긍정과 부정으로 균열된다. 육친과의 유사성에는 인접성으로부터의 '소외'가 내장되어 있기 때문이다. 이와 같은 존재조건이 그의 육친에 대한 '연민'의 정념에 모순을 초래하는 원인이 된다.

4. 기아(棄兒)로서 자기 인식—'제웅'의 상징성

이상의 연민에 분노와 억울함, 원망, 죄의식 등 다양한 이율배반적 정념이 복합적으로 혼합되어 있는 근본 원인에는 유사성과 인접성의 세계가 동시에 충족될 수 없었던 존재조건이 있다. 이러한 존재조건의 시초에는

---

16) 김옥희, 앞의 글, 417쪽.

양자 입적이라는 전기적 사건이 놓여있다. 그렇다면 백부에게로의 양자 입적을 이상 자신은 어떻게 받아들였을까? 당사자인 그에게 양자 입적은 남들이 생각하는 것처럼 자연스러운 가부장적 전통이었을까? 신경정신과 의사 조두영은 이상의 양자 입적 원인에 대해 다음과 같이 설명한다.

> 상을 논한 문학평론가와 그의 전기 작가들은 그가 양자로 간 것에 대하여 한결같이 그 원인을 당시의 봉건적이고 유교적인 사회 문화 요소와, 부모의 적빈한 생활과 자식 교육에의 목적이라는 데에 두고 있다. 정말 이것 때문일까. 필자는 이런 것은 빙산의 바다 위 일부이고 더 큰 다른 무엇이 그 밑에 있다고 본다. 즉, 양자라는 것이 상의 생부·생모의 무의식에서 큰 저항 없이 받아들여졌다는, 아니 어쩌면 상 출생 이후 2년 간에 걸쳐 그렇게 할 생각이 그들 마음속에 있었을 것이라는 것이다.[17]

당시 "봉건적이고 유교적인 사회 문화 요소"라 함은 장자와 장손으로 이어지는 가부장적 가문 체계를 이르는데 이상의 가계처럼 큰 집에 아들이 없는 경우 작은 집 아들을 큰 집으로 입적시켜 가문을 이어가도록 하는 것을 말한다.[18] 가부장적 가문 체계를 자연스럽게 받아들였던 당시 상황을 염두에 둔다면 이상의 종손양자 입적은 사회적으로 크게 문제될 게

---

17) 조두영, 「이상의 인간사와 정신 분석—초기 작품을 중심으로 하여」, 『이상문학전집 4』, 김윤식 편저, 문학사상사, 1995, 278쪽.
같은 글에서 조두영은 이상의 모친의 태몽에 대한 정신분석을 시도한다. 이상의 모친은 통인동 큰 집의 광 바닥에서 은접시와 은항아리 등을 발견하고 괭이로 파내며 탄성을 지르는 꿈을 꾼다. 조두영은 이 태몽에는 큰 집에서 돈을 감추고 안 주어서 화가 난 모친의 심리가 반영되어 있다고 설명하면서 이상을 양자로 입적시킨 것은 그런 무의식적 분노에 대한 일종의 반동 형성(反動形成 : reaction formation)의 방어 기제라고 말한다. 즉 은혜를 입은 시숙을 향한 무의식적 분노를 정반대되는 행동으로 바꿈으로써 "시댁이 원하고 사회가 용납하고 그리고 남들의 동정도 받는 길"을 택했다는 것이 그의 분석이다. 조두영, 앞의 글, 279쪽 참조.
18) 이혜원, 「1920~30년대 시에 나타난 가족과 여성」, 『한국여성문학회』, 2005, Vol.13, 76쪽.

없는 일이다. "부모의 적빈한 생활과 자식 교육에의 목적"[19]을 원인으로 파악한 경우 또한 이상의 가계 형편을 고려해보면 추정 가능한 논리라 할 수 있다. 문제는 이러한 판단이 모두 이상의 외부적 상황을 통해서 추정한 논리들이라는 점이다. 이상의 내면을 파악하기 위해서는 이상이 자신의 양자 입적을 어떻게 받아들였는가 하는 문제에 초점을 모을 필요가 있다. 조두영은 이 문제를 추정하면서 '棄兒'라는 낱말이 나오는 이상의 수필에 주목한다.

> 어떻게 생각하면 이 가난한 母體를 依支하고 지내는 그 各部分들이 無限히 측은한 것도 같습니다. 땅으로 치면 土薄한 不毛地 세음일 게니까 ─ 눈도 퀭하니 힘이 없고 귀도 먼지가 잔뜩 앉아서 주접이 들었읍니다. 목에서는 소리가 제대로 나기는 나지만 낡은 風琴처럼 다 윤택이 없읍니다. 콧속도 그저 늘 도배한 것 낡은 것 모양으로 구중중합니다. 二十餘年이나 하나를 믿고 다소곳이 따라 지나온 그네들이 여간 가엾고 또 끔찍한 것이 아닙니다. 이런 그윽한 忠誠을 지금 그냥 없이 하고 母體 나는 亡하려 드는 것입니다. (중략) 내 마음은 버얼써 내 마음 最後의 財産이던 記事들까지도 몰래 다 내다 버렸읍니다. 藥 한 봉지와 물 한 보시기가 남아 있읍니다. 어느 날이고 밤 깊이 너이들이 잠든 틈을 타서 살짝 亡하리라 그 생각이 하나 적혀 있을 뿐입니다. 우리 어머니 아버지께는 告하지 않고 우리 친구들께는 電話 걸지 않고 ─ 棄兒하듯이 亡하렵니다.
>
> 수필 「슬픈 이야기」 부분

---

19) 고은은 이상이 백부의 집으로 입적된 원인을 부모의 빈핍과 백부에게 아들이 없었다는 점을 들고 있다. 고은, 앞의 책, 14~15쪽 참조.

이 부분에 대해 조두영은 "무엇보다 중요한 것은 「기아 하듯이」라고 강조한 점이다. 환언하면 그의 백부에게로의 입적이 가족들에게는 양자로, 그에게는 기아로 받아들여졌다는 점이다. 여기에서 「너희들」은 김씨 일가를 말하는 것 같다.[20]"라고 설명한다. 인용한 전후 문맥을 자세히 읽어보면 '너희들'은 조두영의 해석처럼 김씨 일가가 아니라 "一身의 食口들[21]" 즉 손, 코, 귀, 발, 허리, 종아리, 목 등을 지시한다. 모체인 '나'는 일신의 식구들이 잠든 틈을 타서 죽으려 한다는 의미라 할 수 있다. 이 같은 해석의 오류에도 불구하고 "기아 하듯이"라는 비유를 통해 이상이 자신의 입적을 기아로 받아들였다는 것을 지적한 점은 매우 심도 있는 해석이라 할 수 있다. 이 글에서 가엾고 끔찍한 자신의 육체가 죽어가는 것을 망(亡)하려한다고 표현하고 있는데 이는 또한 '기아(棄兒)하듯'과 동일한 존재 상태를 지시한다. 그에게 아무에게도 고하지 않고 '홀로' 죽음을 맞이하는 것과 부모로부터 버림받는 것이 등가의 의미를 지니는 것이다. 그런데 '기아'라는 비유의 사용이 백부에게로의 입적을 기아로 받아들였음을 입증하는 충분한 근거가 될 수 있는가? 시 「家庭」에 나타난 '제웅' 상징이 이러한 논리를 보완할 수 있는 좋은 예라 할 수 있다.

門을암만잡아다녀도안열리는것은안에生活이모자라는까닭이다. 밤이사나운꾸지람으로나를좇른다. 나는우리집내門牌앞에서여간성가신게아니다. 나는밤속에들어서서제웅처럼자꾸만減해간다. 食口야封한窓戶어데라도한구석터놓아다고내가收入되어들어가야하지않나. 지붕에서리가내리고뾰족한데는鍼처럼月光이묻었다. 우리집이앓나보다. 그리고누가힘에겨운도장을찍나보다.壽命

20) 조두영, 앞의 글, 272쪽.
21) 이상, 『이상문학전집 3 수필』, 김윤식 편저, 문학사상사, 1993, 62쪽.

을헐어서典當잡히나보다. 나는그냥門고리에쇠사슬늘어지듯매어달
렸다. 門을열고안열리는門을열려고.

시「家庭」전문

　이 시에 드러난 공간은 '우리집' 안과 밖으로 분할되어 있다. 식구들은
우리집 안에 있고 '나'는 우리집 밖 문패 앞에 있다. 문패의 소유주가 '나'
인 것을 보면 이 시의 화자가 우리집을 대표하는 가장임을 짐작해볼 수
있다. 그런데 문을 아무리 잡아당겨도 열리지 않는다. '나'는 식구들이 있
는 안으로 들어갈 수 없는 것이다. "안에生活이모자라는까닭"이 있기 때
문이다. 생활이 모자란다는 것은 결핍된 생활 즉 빈곤함을 뜻한다. 이 빈
곤함을 막아내기 위해 식구들은 '나'를 들여보내지 않는다. 이때 '나'는
문 밖의 자신을 '제웅'으로 인식한다. 제웅은 짚으로 만든 사람 모양의 물
건으로 주로 액막이에 사용된다. 속신(俗信)의 일종으로, 액이 든 사람이
나 병든 사람의 옷을 제웅에게 입히고 생년을 적어 넣어서 길가에 버리면
액과 병을 물리치게 된다는 믿음이 담겨있다. "나는밤속에들어서서제웅처
럼자꾸만減해간다."는 표현에는 가족의 액을 물리치기 위해 '나'는 길가
에 버려졌다는 의식이 내포되어 있다. 이러한 제웅의 숙명을 뿌리치고 화
자는 우리집 안으로 들어가려고 애원한다. 그러나 병든 우리집은 "壽命을
헐어서典當" 잡히며 몰락하고 '나'는 끝내 우리집 안으로 들어가지 못한
채 버려진다.
　살펴본 '제웅' 상징에는 '우리집'의 가난 때문에 '나'는 버려졌다는 의식
이 내포되어 있다. 버려졌음에도 불구하고 몰락하는 '우리집'을 목도하면
서 "나는그냥門고리에쇠사슬늘어지듯매어달렸다."라고 화자는 고백한다.
이 시에는 버림받은 자의 소외감과 버린 자에 대한 절박한 염려가 동시에
갈마들고 있다. 이 둘의 동시성이 이상이 가졌던 육친에 대한 정념이라 할

수 있다. 이상이 「詩第二號」, 「詩第十四號」, 「門閥」 등에서 반복적으로 드러냈던 가부장제에 대한 거부와 부정의식은 다만 전통과 충돌하는 근대의식 때문만은 아니다. 가부장제의 거부는 육친과의 관계에서 빚어진 소외감과 염려라는 양가적 정념의 동시적 출몰과 무관하지 않은 것으로 여겨진다.

> 나의아버지가나의곁에서조을적에나는나의아버지가되고또
> 나는나의아버지의아버지가되고그런데도나의아버지는나의아버지
> 대로나의아버지인데어쩌자고나는자꾸나의아버지의아버지의아버지
> 의……아버지가되느냐나는왜나의아버지를껑충뛰어넘어야하는지
> 나는왜드디어나와나의아버지와나의아버지의아버지와나의아버지의
> 아버지의아버지노릇을한꺼번에하면서살아야하는것이냐
>
> 시 「詩第二號」 전문

이 시에서처럼 이상이 표면적으로는 가부장제의 무거움과 거부의 심리를 강하게 표방하고 있는 것이 사실이다. 그런데 이러한 거부의 심리가 어디서 연원한 것인가에 대해서는 보다 신중을 기할 필요가 있다. 이상이 동생 옥희에게 보낸 편지 「동생 玉姬 보아라 – 世上 오빠들도 보시오」를 보면 그에게 가부장적 장남의 의식이 스며있음을 발견하게 된다. 이 편지에는 가족 몰래 애인인 K와 만리(萬里) 이역(異域)으로 떠나버린 여동생 옥희를 염려하는 오빠의 심경이 담겨있다.

> 네 血族의 한 사람으로서 잠자코만 있을 수도 없고 해서 –
> 三年은 果然 너무 기니 爲先 三年 작정하고 가서 한 一年 있자면

웬만큼 生活의 터는 잡히리라. 그렇거든 돌아와서 簡單히 結婚式을 하고 데려가는 것이 어떠냐. 지금 이대로 結婚式을 해도 좋기는 좋지만 그것은 어째 結婚式을 爲한 결혼식 같아서 안됐다. 結婚式 같은 것은 나야 그야 우습게 알았다. 하지만 어머니 아버지도 계시고 사람들의 눈도 있고 하니 그저 그까진 일로 해서 남의 嘲笑를 받을 것도 없는 일이오—

수필, 「동생 玉姬 보아라 – 世上 오빠들도 보시오」 부분

이 편지글에는 부모님과 여동생을 걱정하는 지극히 평범한 오빠의 목소리가 담겨있다. 결혼식도 올리지 않은 채 집을 나가버린 여동생이 남들에게 조소거리가 될까봐 염려하는 대목이다. 여동생이 당시 남녀의 관습을 거스른 것에 대해 이상이 주로 염려한 것은 부모님과 주변의 이목이라 할 수 있다. 이 같은 태도는 이상 문학이 지닌 전위적 성격에 비추어볼 때 상대적으로 보수적이라는 생각이 들게 한다. 육친과의 관계에서 그는 식구들을 걱정하는 장남이며 오빠였던 것이다.

다시 본래의 논의로 돌아가, 이상이 보여주었던 가부장제에 대한 거부의 연원을 생각해보면 그는 육친으로부터 버림받았음에도 불구하고 육친의 가난과 고통을 저버릴 수 없는 위치에 놓여있었던 것이다. 시 「詩第二號」에 나타난 "아버지의아버지의아버지노릇을한꺼번에하면서살아야하는것이냐"라는 구절에는 자신의 모순된 존재조건에 대한 항변이 노출되어 있다. 육친들과 떨어져서 살았음에도 불구하고 "나의아버지가나의곁에서조을적에"로 표현된 아버지의 무능을 떠안아야 하는 부당한 사태에 대해 분노하고 있는 것이다. 그런데 이러한 항변 이면에는 장남으로서의 의무를 쉽게 무시해버릴 수 없는 정념이 함께 내포되어 있다. 그것은 다름 아닌 육친에 대한 연민이다. 육친에 대한 연민의 정념이 엷었다면 오

히려 시 「詩第二號」에서 보았던 항변의 목소리도 없었을 것이다. 가부장제에 관한 부정의식은 전통 이데올로기와의 충돌이기 이전에 자신을 짓눌렀던 정념과의 싸움이라 할 수 있다. 육친으로부터 버림받았던 자가 육친을 돌봐야 하는 부조리한 상황, 그리고 그 상황을 벗어나고 싶지만 불쌍해서 외면할 수 없는 육친에 대한 연민이 서로 마찰하면서 끈질기게 이상의 내면을 괴롭혔다고 할 수 있다.

5. 맺음말

육친과의 관계에서 빚어지는 정념은 모든 사회적 관계방식과 의식지향에 영향을 끼치는 토대가 된다는 점에서 매우 중요한 연구 과제라 할 수 있다. 본 논의는 이상의 내면을 고통으로 물들였던 육친에 대한 연민의 복합성과 그 원인을 밝힘으로써 그의 비극적 삶의 실체를 구체적으로 규명하고자 하였다.

이상은 그가 4세(1913년)되던 해에 백부의 종손양자가 되어 친부모와 헤어졌다가 1933년 그의 나이 24세에 자신의 본가인 효자동으로 돌아온다. 이러한 전기적 사건은 육친에 대한 소외감과 결핍감을 낳는 계기가 된다. 한편 이상의 친부와 친모는 모두 곰보였으며 아버지는 활판소에서 손가락을 세 개나 잘린 장애인이었다. 게다가 친모는 태생을 모르는 고아 출신이었다. 이상은 육친과 떨어져 살았지만 극빈한 육친의 삶과 무관할 수 없는 장남이었다. 육친이 처해있던 불우한 삶은 그의 내면에 끊임없는 연민을 불러일으키는 고통의 끈이었다고 할 수 있다.

그런데 이상의 육친에 대한 연민은 매우 복잡한 정념의 다발을 함께 내포하고 있다. 그의 작품에 서술된 친부와 친모의 모습은 일관성을 갖지 않는다. 착하고 불쌍한 부모와 심술궂고 추악하고 이기적인 부모가 병립되어 있다. 그의 정념에는 부모에 대한 연민과 분노, 원망, 억울함이 복합적으로 뒤엉켜 있다. 이는 육친과의 유사성과 인접성이 동시에 충족되지 않는 불완전한 존재 상황으로부터 기인한다. 육친은 혈연공동체로서 함께 생활할 때 정상적인 가족이 될 수 있다. 그러나 이상은 육친과의 관계에서 유사성은 충족시키고 있으나 인접성을 충족시키지 못한다. 인접성이 충족되지 못할 때 유사성의 세계는 그 밀도가 떨어지거나 혼란을 빚게 된다. 따라서 오래도록 육친과 떨어져 살아야 했던 이상에게 육친과의 유사성은 긍정과 부정으로 균열된다. 육친과의 유사성에는 인접성으로부터의 '소외'가 내장되어 있기 때문이다. 이와 같은 존재조건이 그의 육친에 대한 연민의 정념에 모순을 초래하는 원인이 된다.

유사성과 인접성의 세계가 동시에 충족될 수 없었던 존재조건의 시초에는 양자 입적이라는 전기적 사건이 놓여있다. 그렇다면 백부에게로의 양자 입적을 이상 자신은 어떻게 받아들였을까? 이상의 수필과 시에서 이상이 자신을 '기아(棄兒)'로 인식한 흔적을 발견할 수 있다. 기아로서의 자기인식에는 버림받은 자의 소외감과 버린 자(육친)에 대한 절박한 염려가 동시에 갈마들고 있다. 이 둘의 동시성이 이상이 가졌던 육친에 대한 연민의 정념이라 할 수 있다. 이런 맥락에서 본다면 이상의 시에 종종 나타나는 가부장제에 관한 부정의식은 전통 이데올로기와의 충돌이기 이전에 자신을 짓눌렀던 정념과의 싸움이라 할 수 있다. 육친으로부터 버림받았던 자가 육친을 돌봐야 하는 부조리한 상황, 그리고 그 상황을 벗어나고 싶지만 불쌍해서 외면할 수 없는 육친에 대한 연민이 서로 충돌하면서 그를 괴롭혔던 것이다.

이상의 육친에 대한 연민은 분노와 억울함, 슬픔, 죄의식 등과 같은 정념의 다발 속에서 모순을 빚은 채 드러난다. 이 같은 연민의 복합성은 이상의 근본적인 존재조건을 함축한다는 점에서 그의 내면을 이해할 수 있는 본질적 요인으로 기능한다. 아울러 이러한 정념의 복합성은 그간 반복적으로 논의되었던 자아분열의 문제나 타자(안해)와의 관계방식의 문제에 대한 실마리를 제공할 수 있을 것으로 기대된다.

연민이 생겨나는 곳

1. '연민'의 조건들

시에 내포된 감정 혹은 정념의 문제는 시 연구 분야에서 너무나 본질적인 문제이기 때문에 오히려 그것은 종종 '서정'이라는 말에 묻힌 채 깊은 사유의 대상으로 이어지지 못하곤 한다. 어떤 감정이 드는 순간 우리는 그 감정의 상태에 빠지게 된다. 그렇기 때문에 자신이 겪는 감정이 무엇인지 생각할 겨를을 갖기 어렵다. 하나의 감정이 빠져나가면 다시 또 다른 감정이 밀려든다. 이 같은 연속성 가운데 일상이 전개되기 때문에 감정은 사유과정을 해체하며 경험되는 특성을 지닌다. 일상 속에서 감성과 정념이 사유의 대상으로 심화되지 않는 까닭이 여기에 있다. 외로움·슬픔·고독·사랑·분노·질투·기쁨·우울 그리고 연민과 같은 감정들은 순간순간 수없이 갈마드는 마음과 정신의 사태이며, 이는 인간 모두에게 해당하는 가장 보편적이며 초시간적인 존재 상태라 할 수 있다. 과학적 진보와 기술의 발달이 거듭되었음에도 누군가는 사랑의 감정 때문에, 누군가는 외로움 때문에, 또 누군가는 분노와 질투 때문에 스스로를 파멸시킨다. 이 같은 현상을 인류의 역사 속에서 반복하는 인간존재를 우리는 어떻게 설명해야 할까? 기술력으로 정복할 수 없는 인간적 DNA가 있다는 사실이 일견 다행스럽고 신비스럽게 생각되기도 한다. 이때 우리는 감정과 정념이 어디로부터 연유하는 것이며, 이는 진정으로 해결하거나 극복해야 할 문제인가 물을 필요가 있다. 아울러 각각의 감정과 정념은 늘 '나'가 아닌 다른 존재와 결부된다는 점에서 그것이 어떤 방식으로 나와 타자 모두에게 작용하는가를 생각할 필요가 있다. 다시 말해 지금껏 다루었던 '서정'의 문제에 대해 보다 섬세하고도 근원적인 접근이 요구되는 것이다. 인간 스스로 다 정돈할 수 없는 감정과 정념의 사태를 깊게 이해할 때 우리는 인간이 어떤 약점과 강점을 가진 존재이며, 또 얼마나 열정적이며 위대한가, 혹은 얼마나 비천한가를 알게 될 것이다. 인간의 수많은 정념 가운데 연민은 사랑이나 슬픔과 공분모를 가지면서 동시에 그와는 다른 감정이라 할 수 있다. 정념을 사유의 대상으로 삼을 때 다른 정념과의 차이를 분명하게 인식하는 것이 매우 중요하다. 왜냐하면 그것이 '나'와 타자의 관계가 어떤 상태에 놓여있는지를 알게 하는 본질이 될 수 있기 때문이다. 연민에 대한 탐구도 연민이 여타의 정념들과는 어떻게 다른가를 의식하며 출발할 필요가 있다. 우리의 마음은 불쌍한 처지에 놓인 사람을 보면 움직이기 시작한다. 단순하게 말해 이러한 마음의 작용이 연민이라 할 수 있다. 그러나 이것만으로 연민의 복잡한 작용태를 설명하기에는 부족함이 있다. 일찍이 인간의 감정과 정념을 사유의 대상으로 삼았던 아리스토텔레스(Aristoteles, BC 384~BC 322)는 연민의 감정을 다음과 같이 정의 내린다.

연민이란 파괴적이거나 고통을 주는 악덕이 그것을 당할 만한 이유가 없는 사람에게 행해지는 것을 목격한 것으로부터 연유하는 고통이다. 그리고 이러한 악덕이 가까이 있고, 자기 자신이나 가까운 사람이 이러한 악덕에 의해 고통을 받으리라고 예상될 경우 연민을 느끼게 된다. 연민을 느끼기 위해서는 자기 자신이나 가까운 사람들 중 한 명의 신상이 어떤 악행, 우리가 앞서 정의 내렸던 바와 같은, 혹은 그와 유사하거나 거의 비슷한 악행에 노출되어 있다고 생각해야만 한다. (중략)

도저히 회복될 수 없을 만큼 피해를 입은 사람들에게서는 연민을 찾아볼 수 없다(그들은 더 이상 고통을 당할 수 있다고 생각하지 않는다. 왜냐하면 이미 모든 고통을 소진해버렸기 때문이다). 또한 최고 수준의 행복에 이르렀다고 믿는 사람들에게도 해당되지 않는다. 그들은 연민보다는, 모독의 감정을 가지게 되기 때문이다. 모든 행운을 소유하고 있다고 생각하는 사람들은 당연히 어떠한 악도 자신들에게 이르지 못할 것이라고 생각하며, 그것 역시 하나의 행운이라고 믿기 때문이다.

이미 고통을 겪어보았고 또한 악행에서 벗어났던 경험이 있는 사람들은 본질적으로 자신들이 고통을 받을 수 있다는 사실을 믿게 된다. 예를 들면 인생에 대한 실질적인 지혜와 경험을 가지고 있는 노인들이나 약한 사람들, 나아가 매우 소심한 사람들, 교육받은 사람들이 이에 해당한다. 왜냐하면 그들은 예측할 줄 알기 때문이다. 부모나 자녀, 부인이 있는 사람들의 경우가 그러하다. 가족들은 그들 자신의 일부분으로서 앞에 열거한 악덕들로부터 고통받을 가능성이 있다. 마찬가지로 용기와 같은 정념, 예를 들면 분노나 대담함(이 경우 사람들은 미래를 예측하지 못한다)을 가지고 있지 않으며, 모독적인 기질을 가지고 있지 않지만 (사실상 이들은 자신들이 고통받을 수도 있다는 점을 예측하지 못한다), 이러한 극단적인 성향들 사이에 있는 사람들이 그러하다. 또한 아주 극심한 두려움을 느끼는 사람들도 역시 고통을 받는 사람들이 아니다. 흔히 아주 충격적인 일을 겪게 되면 사람들은 연민을 느낄 수 없다. 왜냐하면 이런 경우 사람들은 자신의 고통에만 신경을 쓰기 때문이다.

세상에는 여전히 정직한 사람들이 있다고 믿는 사람들만이 연민의 감정을 느낄 수 있다. 그렇지 않은 사람은 다른 사람들이 겪는 불행이 모두 자업자득이라고 생각하기 때문이다. 일반적으로 이러저러한 악덕이 자기나 가족 중 한 사람에게 이를 수 있다는 점을 알고 있는 사람이나, 혹은 더 구체적으로 자기나 가족들에게 이러한 악덕이 다가 오리라 예상하고 있는 사람들이 연민을 느낀다.[1]

아리스토텔레스는 누군가 부당하게 악덕을 경험하는 것을 목격했을 때, 그리고 그 대상과 인접해 있을 때 연민의 고통이 발생한다고 말한다. 연민에 관한 데카르트(René Descartes, 1596~1650)와 데이비드 흄(David Hume, 1711~1776)의 정의도 이와 유사하다. 데카르트는 「방법서설·성찰·정념론·철학의 원리 외」에서 "그들에게 부당하다고 생각되는 어떤 악을 겪고 있는 사람들에 대한 사랑 아니면 선의와 섞여진 일종의 슬픔"이라고 연민을 정의내리며, 데이비드 흄 또한 『인간 본성에 관한 논고 2-정념에 관하여』에서 "연민은 다른 사람의 불행을 염려하는 것"이라고 정의 내린다. 이들 정의는 누군가가 부당하게 불행을 겪는 것을 보고 느끼는 정념으로 요약된다. "당할 만한 이유가 없는 사람"이라는 아리스토텔레스의 말에는 연민의 대상은 악덕과 무관하게 선한 존재라는 사실을

---

1) 아리스토텔레스, 「수사학 II」, 이종오 역, 리잼, 2007, 71~73쪽.

내포한다. 아울러 인접성의 원리를 통해 대상이 멀리 있으면 연민의 정도가 약화될 수 있음을 시사하고 있다. 여기서 부당한 악덕은 구체적으로 죽음, 신체적 폭력, 학대, 늙음, 질병, 기아, 추함, 육체적 허약함, 불구 등을 지시한다.[2]

이와 더불어 주목할 것은, 연민의 정념을 갖는 사람들에 대한 아리스토텔레스의 통찰이다. 그는 연민의 조건을 "이미 고통을 겪어보았고 또한 악행에서 벗어났던 경험이 있는 사람들"로 제한하며 회복될 수 없을 만큼 고통을 당하거나 최고 수준의 행복을 누리고 있는 자, 극단적 성향이나 극심한 두려움을 느끼는 자는 연민을 느낄 수 없다고 말한다. 아울러 연민을 느낄 수 있는 자는 불행이나 고통을 예측할 수 있는 사람이며 "세상에는 여전히 정직한 사람들이 있다고 믿는 사람들"이라고 설명한다. 말하자면 연민의 감정은 악행을 예측하고 그것이 정직한 사람들에게 영향을 끼칠 수 있다는 우려와 확인이 이루어질 때 생겨나는 것이다. 그런 의미에서 연민은 타자의 불행과 고통에 공감하는 것을 의미한다. 연민을 불러일으킬 수 있는 이 같은 조건과 더불어 아리스토텔레스가 예시하고 있는 것이 '가족'이다. '가족'을 예시로 삼은 것은 연민이 가까운 사람, 혹은 가깝게 느껴지는 사람으로부터 촉발될 수 있음을 시사한다. 이 대목에서 다른 철학자의 얘기를 경청해볼 필요가 있을 듯하다. 데이비드 흄은 사랑이나 애정의 발생을 다음과 같은 유사성과 인접성의 원리로 설명한다.

> 사랑이나 애정은 유사성에서 발생하므로, 우리가 알 수 있는 것은 다른 사람과의 공감이 그 생기에 정서를 불어넣어야 호의적이라는 점이다. 쉬운 공감 및 호응하는 정서는 (혈연)**관계·친숙·**

---

2) 위의 책, 74쪽 참조.

유사성 등에서만 공통적이기 때문이다. (중략) 정신은 자신과 친숙한 사실을 보고 만족과 안정감(ease)을 느끼며, 그 자체로 훨씬 값지지만 자신이 잘 알지 못하는 대상보다는 자신과 친숙한 대상을 선호한다. 바로 이와 같은 정신의 성질을 통해 우리는 우리 자신과 우리가 가진 모든 대상에 대해 좋은 생각에 매료된다. (중략) 두 대상들 사이의 완전한 관계를 산출하려면, 상상력이 그 대상들 간의 유사성·인접성·인과성 따위 때문에 한 대상에서 다른 대상으로 전해져야 할 뿐 아니라, 이와 똑같이 쉽고 수월하게 두 번째 대상에서 첫 번째 대상으로 되돌아갈 수도 있어야 한다. 어떤 대상이 다른 대상과 닮았다면, 이 다른 대상도 반드시 원래의 대상과 닮아야 한다. 한 대상이 다른 대상의 원인이라면, 이 다른 대상은 그 원인에 대한 결과이다. 이것은 인접성에서도 마찬가지다.[3]

우리 자신과 거리가 먼 대상에 대해 숙고할 때, 우리는 우리 자신과 그 대상 사이의 공간을 모두 거쳐서 비로소 그 대상에 도달할 수밖에 없을 뿐 아니라, 우리 자신에게서 그 대상으로 나아가는 우리의 (사유) 경로를 매순간마다 바꿀 수밖에 없다. (중략) 인접한 대상은 우리 자신에 대한 관계 때문에 힘과 생동성에서 인상과 버금가고, 먼 대상은 우리가 그 대상을 생각하는 방식의 단속(斷續, interruption) 때문에 더욱 약하고 불완전한 모습으로 현상한다. 이것은 먼 대상이 상상력에 미치는 영향력이다. (중략) 사람은 주로 공간적으로나 시간적으로 그리 멀리 떨어져 있지 않는 대상에 관심을 가지며 현실을 향유하고, 멀리 떨어진 것은 우연과 운명이 관장하는 것으로 방치한다.[4]

---

3) 데이비드 흄, 『인간 본성에 관한 논고 2 – 정념에 관하여』, 이준호 역, 서광사, 1977, 103~104쪽.
4) 데이비드 흄, 위의 책, 172~173쪽.

데이비드 흄에 따르면 애정의 정념을 발생시키는 가장 강력한 동인은 유사성이다. '나'와 대상 간의 유사성은 쉽게 공감을 자극하는 요인이 되며 이때 발생한 친숙함의 정서는 심리적 만족과 안정감으로 이어진다. 그런 의미에서 유사성의 관계에 놓여 있는 공감의 장은 "한 대상이 다른 대상의 원인이라면, 이 다른 대상은 그 원인에 대한 결과"라는 인과적 고리를 형성하게 된다. '나'와 닮았다는 사실이 인간의 감정을 움직이는 가장 중요한 조건이라 할 수 있다. 혈육이나 가족이 다른 타자와의 관계보다 훨씬 강한 유대감을 형성하게 되는 이유가 여기에 있다. 한편 시·공간적 인접성 또한 유사성과 동일하게 애정의 정념을 발생시키는 동인으로 작용한다. 먼 대상을 멀게, 가까운 대상을 가깝게 느끼는 것은 너무도 자연스러운 일이다. 이를 보다 깊게 생각해보면 인간은 자신의 감성과 감각 영역 안에 있는 존재에 대해 쉽게 감정적일 수 있음을 의미한다. 따라서 시·공으로부터 멀어진 대상에 대한 감정은 옅어지거나 소멸될 가능성을 갖는다. 연민의 감정을 드러내는 시가 주로 혈육과 가족에 집중되는 것은 이와 무관하지 않다.

> 자식에게 石工 노릇을 가르칠 때
> 龍 鳳이나 菩薩 아니면
> 좋은 꽃 구름이라도 한 송이
> 새겨 놓고 밤 맞이하는 걸 가르칠걸,
> 내 워낙 머슴살이에 바빠 그걸 못 하여서
> 자식은 날마다 제 뼈다귀 울리며 돌만 쪼면서도
> 맨숭맨숭
> 네 모로

여섯 모로

맨 모만 새겨 놓고는

여기서 解放될 때는 그 갑갑증으로

불燒酒집으로 들어가서

누구의 멱살을 잡고

유리窓을 깨고

派出所로 들어가는 게 뵌다.

내가 서 있는 지게 진 머슴살이의 저승길에서도

환하게

派出所로 들어가는 게 뵌다.

서정주, 「石工 其壹」 전문

    혈육과 가족은 우리가 지닌 최초의 감정을 이끌어내는 공동체이다. 나와 가장 유사한 존재가 혈육이며 가장 인접해 있는 원초적 집단이 가족이다. 이 속에서 인간은 처음으로 감정의 섬세함을 체험하며 그것을 표현하고 내면화하는 방법을 습득한다. 가족은 태어나면서 시작되는 감정의 장인 것이다. 유사성과 인접성이 언제나 함께 성립되는 것은 아니지만, 이 둘이 겹쳐 있는 경우 인간의 감정은 어느 한 조건이 결손된 상황보다 지속적으로 생성될 수 있다. 일반적으로 부모와 자식의 사랑, 형제들 간의 우애 등이 그러하다. 자식에 대한 애정이나 부모에 대한 사랑을 표현한 시 가운데 서정주의 「石工 其壹」은 백미에 해당한다.

    이 시는 표면적으로는 자식을 잘못 가르친 아비의 한탄과 걱정이 주조를 이룬다. 그러나 그 이면에는 깊은 연민의 감정이 내재해 있다. 이 시의 화자인 아비는 머슴살이로 일평생을 보낸 사람이다. 그는 저승길에서도 머슴살이의 지게를 벗지 못한 채 이승의 아들을 걱정한다. 반면 아들은 석공 노릇을 하는 사람이다. 그는 용(龍)이나 봉(鳳) 아니면 보살(菩薩)이나 좋은 꽃 구름은 새기지 않고 "날마다 제 뼈다귀 울리며 돌만 쪼면서도/맨숭맨숭/네 모로/여섯 모로/맨 모만 새겨 놓고는" 스스로를 못 견뎌 싸움질이나 하며 파출소를 들락거리는 인사다. 용이나 봉황 등이 초월적이고 아름다운 세계를 함의한다면 석공이 새기는 '모'는 그야말로 모난 것을 의미한다. 원만하지 못한 이 돌의 깎인 형상은 불화를 자초하는 아들의 품성과 연관된다.

이때 주목할 것은 "날마다 제 뼈다귀 울리며 돌만 쪼면서도/맨숭맨숭/네 모로/여섯 모로/맨 모만 새겨 놓고는"에 보이는 행갈이이다. 단속적으로 이루어진 행갈이의 형태는 아들이 모만 새기고 있다는 사실 이외에 일견 열심히 일하는 모습을 드러내준다. 그는 제 뼈다귀를 울리며 망치와 정으로 고된 노동을 하고 있는 것이다. 적어도 게으름뱅이는 아니라 할 수 있다. 그러나 이처럼 열심히 일을 하지만 별 소용이 없는 짓을 하고 있으니 아비 입장에서는 연민이 들지 않을 수 없을 것이다. 아들을 이처럼 불쌍하게 만든 장본인이 아들 자신이 아니라 바로 아비인 화자라 생각하기 때문이다. 머슴살이 일로 바빠 잘 가르치지 못한 탓에 자식이 저 지경이 되었다고 생각하는 것이다. 따라서 "불燒酒집으로 들어가서/누구의 멱살을 잡고/유리窓을 깨고/派出所로 들어가는" 아들은 죄가 없으며 못난 아비(악덕)가 죄라 할 수 있다. 만약 이러한 아들의 모습을 제 삼자가 보았다면 한심하게 여겼을 것이다. 동일 대상에 대해 우리가 갖는 감정은 서로의 입장에 따라 다르게 나타나기 때문이다.

한편 이러한 연민의 마음이 이승과 저승의 경계를 허물고 있음을 볼 때 혈육에 대한 감정이 얼마나 집요하며 지속적인가를 생각해볼 수 있다. 혈육에 대한 연민은 다른 감정에 비해 그 지속력이 가장 끈질기게 작용하는 속성을 지닌다. 혈육은 물리적 시·공간의 인접성을 뛰어넘는 관계 속에 놓여 있기 때문이다. 즉 혈육의 관계에서 인접성은 물리적 조건에 크게 구애받지 않는다. 물리적으로 먼 거리에 있다할지라도 그들의 관계는 언제나 심리적으로 인접해 있다. 그런 의미에서 혈육에 대한 연민은 그 대상의 상황이 개선되지 않는 한 반복적으로 발생하게 된다. 이처럼 쉽게 끊어낼 수 없는 연민의 작용력은 연민하는 자를 고통스러움으로 몰아넣기 때문에 연민하는 자의 에너지가 거의 소진될 경우 이는 또 다른 감정, 예를 들어 짜증이나, 분노 나아가서는 증오와 같은 감정으로 돌변할 가능성을 지닌다. 가족애와 가족혐오가 병립하게 되는 내막은 다양하겠지만 연민도 그 가운데 하나일 수 있다. 인간은 누구나 극단의 고통으로부터 벗어나고자 욕망한다. 노력해도 잘 벗어날 수 없는 것이 혈육에 대한 연민이다. 때문에 연민이 자신의 발목을 잡는 족쇄라 생각되는 순간 그것은 가족에 대한 증오의 감정과 뒤섞이게 된다. 그런 의미에서 연민은 유대감과 시달림이라는 양가성을 갖는다.

2. '나'와 무관한 타자의 경우

혈육과 가족은 다른 타인들에 비해 상대적으로 '나'와 유사함 혹은 '나'와 인접함, 그리고 감정의 지속성이라는 최상의 연민 생성 조건을 지닐 가능성이 크다는 점에서 감정의 교류가 매우 수월하게 이루어질 수 있는 관계이다. 그렇다면 혈육이나 가족을 넘어서서 다른 타자들에 대해서 촉발되는 연민은 어떻게 가능한가? 타자들에 대한 연민을 촉발시키는 가장 큰 동력은 인접성이라 할 수 있다. 『맹자』에 기록되어 있는 제선왕의 '以羊易之' 일화는 인접성이 연민의 감정에 얼마나 중요하게 작용하는가를 잘 드러내 준다.

왕께서 대청에 앉아 계실 적에 소를 끌고 대청 아래를 지나가는 사람이 있었는데, 왕께서 그것을 보고는 말씀하시기를 '소를 어디로 끌고 가느냐?'라고 하니, 그 사람이 '장차 [잡아서] 종에 피를 바르는 의식에 쓰려고 합니다'라고 대답하였습니다. 왕께서 말씀하시기를 '소를 놓아주어라! 나는 그 소가 아무런 죄 없이 죽을 곳으로 끌려가는 듯 무서워 벌벌 떠는 모습을 차마 보지 못하겠다'고 하였습니다. 그 사람이 '그렇다면 종에 피 바르는 의식을 폐지하오리까?'라고 대답하였더니, 왕께서는 '어찌 폐지할 수 있겠는가? 양으로 바꾸어라!'라고 말씀하셨다고 합니다.[5]

아무런 죄도 없이 죽을 곳으로 끌려가는 소를 보고 제선왕은 불쌍한 마음이 들어 그 소를 놓아주라고 명한다. 그러면 제사를 폐지해야 하는가 묻자 왕은 소 대신 양으로 바꾸어 제사를 지내라고 말한다. 소를 양으로 바꾸면 양의 불쌍함은 어찌 되는가? 합리적으로 생각해보면 제사의 제물로 쓰이는 모든 동물의 고통은 차이가 없을 것이다. 소를 양으로 바꾼 제선왕의 행동에 대해 맹자는 "소는 보았고 양은 보지 못하였기 때문"(見牛未見羊也)이라고 설명한다. 그리고 차마 하지 못하는 '불인'(不忍)의 마음이 곧 인을 실천하는 방법(是乃仁術也)이라고 말한다. 여기서 중요한 것은 제선왕이 두려움에 떠는 소를 직접 보았다는 사실이다. 불쌍한 처지에 놓인 타자를 직접 보고 차마 모르는 척할 수 없는 마음이 곧 연민의 시작이다. 그런 의미에서 인접성이 결여된 연민은 인접한 대상에 대한 연민보다 그 마음의 상태가 상대적으로 추상적이라 할 수 있다.

---

5) 『맹자』, 우재호 옮김, 을유문화사, 2007, 81~83 쪽.
王坐於堂上에 有牽牛而過堂下者한데, 王見之, 曰, 牛何之오? 對曰, 將以釁鍾이니이다. 王曰, 舍之하라! 吾不忍其觳觫若無罪而就死地하노라. 對曰, 然則廢釁鍾與잇가? 曰, 何可廢也리오? 以羊易之하시니이다.

시에 드러난 연민의 감정에 공감하도록 하려면 시인은 독자가 연민의 대상을 되도록 가까이에서 느낄 수 있도록 배치해야 한다. 그래야 시의 호소력을 최대화할 수 있다.

지하도
그 낮게 구부러진 어둠에 눌려
그 노인은 언제나 보이지 않았다.
출근길
매일 그 자리 그 사람이지만
만나는 건 늘
빈 손바닥 하나, 동전 몇 개뿐이었다.
가끔 등뼈 아래 숨어 사는 작은 얼굴 하나
시멘트를 응고시키는 힘이 누르고 있는 흰 얼굴 하나
그것마저도 아예 안 보이는 날이 더 많았다.

하루는 무덥고 시끄러운 정오의 길바닥에서
그 노인이 조용히 잠든 것을 보았다.
등에 커다란 알을 하나 품고
그 알 속으로 들어가
태아처럼 웅크리고 자고 있었다.
곧 껍질을 깨고 무엇이 나올 것 같아
철근 같은 등뼈가 부서지도록 기지개를 하면서
그것이 곧 일어날 것 같아
그 알이 유난히 크고 위태로워 보였다.

거대한 도시의 소음보다 더 우렁찬

숨소리 나직하게 들려오고

웅크려 알을 품고 있는 어둠 위로

종일 빛이 내리고 있었다.

다음날부터 노인은 보이지 않았다.

김기택, 「꼽추」 전문

조선총독부가 있을 때

청계川邊 一○錢 均一床 밥집 문턱엔

거지소녀가 거지장님 어버이를

이끌고 와 서 있었다

주인 영감이 소리를 질렀으나

태연하였다.

어린 소녀는 어버이의 생일이라고

一○錢짜리 두 개를 보였다.

김종삼, 「掌篇·2」 전문

　위에 인용한 두 편의 시는 비슷한 대상을 시의 제재로 삼고 있지만 이
둘이 전달하는 시적 분위기와 감정의 층위는 서로 다르다. 김기택의 「꼽
추」에 등장하는 노인은 도시의 일상에서 자주 목격되는 평범한 걸인으로
묘사되어 있다. 햇빛도 없는 지하도에 엎드려 있는 '빈 손바닥'의 존재와
의 대면은 경험 가능한 현실의 풍경이다. 그런 점에서 이 노인과 독자와의

거리는 크게 벌어져 있지 않다. 그러나 2연으로 넘어가면 사태는 달라진다. 시인은 늙은 불구의 몸을 '알'과 '태아'라는 생명 이미지로 전이시킴으로써 노인에 대한 시각을 교정하도록 이끈다. "곧 껍질을 깨고 무엇이 나올 것 같아/철근 같은 등뼈가 부서지도록 기지개를 하면서/그것이 곧 일어날 것 같아"라고 시인은 말한다. 이것이 현실에서는 불가능할지라도 독자는 화자의 묘사에 따라 노인의 내부에 응축된 거대한 에너지를 느끼게 된다. 이 순간 노인을 향한 독자의 연민은 차단된다. 그리고 2연 마지막 2행의 장면은 마치 종교화를 보는 듯한 인상을 남긴다. 시인은 어두운 지하도에 있던 불구의 걸인을 빛의 공간으로 이동시킴으로써 그에 대한 연민을 지우고 거기에 신성함을 심어놓는 것이다. 이 같은 장면 묘사에 의해 노인은 더 이상 평범하지 않은 인물로 재탄생된다. 이때 노인과 독자의 심리적 인접성이 벌어지게 되는 것이다. 김기택은 불구의 걸인에게 생명적이고도 역동적인 에너지를 불어넣음으로써 연민보다는 우리가 망각했던 한 존재의 존엄한 가치를 복원시키고자 의도한 것으로 보인다.

반면 같은 걸인이 등장하는 김종삼의 「掌篇·2」는 김기택의 작품과 달리 연민의 감정을 고스란히 전달하는 데 충실한 시편으로 읽힌다. 이 시의 1연은 우선 불쌍한 거지소녀와 거지장님 어버이 그리고 그들을 모질게 박대하는 음식점 주인 영감의 몰인정한 행동이 맞물리게 함으로써 식당 안에 있을 가상의 구경꾼과 독자의 연민을 자극한다. 그러나 이와 같은 장면은 강한 연민을 낳기에는 부족하게 여겨진다. 음식점 주인 영감의 행동을 가볍게 탓하며 그냥 지나칠 정도의 평범한 장면이기 때문이다. 이 시가 촉발시키는 강한 연민의 감정은 2연의 "어린 소녀는 어버이의 생일이라고/一○錢짜리 두 개를 보였다."라는 극적 장면으로부터 야기된다. 거지장님 어버이의 생일이라고 돈을 보여주는 어린 소녀의 기특한 마음이 독자와의 심리적 거리를 한꺼번에 좁혀버리기 때문이다. 이 극적 전환에 의해 독자는 어린 소녀에게 감동하며 그를 더 가엾게 여기게 된다. 이처럼 생생하게 연민의 감정을 불러일으키기 위해서는 '나'와 대상의 거리가 최소화되어야 하며, 그 대상이 '나'와 무관한 생면부지의 타자라는 생각을 순간 망각해야 가능하다. 대상이 '나'의 심리적 영역 안으로 가까이 들어와야 하는 것이다. 따라서 연민이 촉발되는 조건으로서 '인접성'은 물리적·심리적 조건 모두를 포함한다. 둘은 상호적이다.

3. 자기연민의 경우

자기연민은 말 그대로 자기 자신에 대해 불쌍한 마음이 드는 감정이다. 연민의 감정은 대상과 인접되었을 때 더 잘 촉발되지만, 이때의 인접성은 주체와 대상이 완전히 일체가 됨을 뜻하는 것이 아니다. 연민의 감정은 주체가 대상을 '대상화'할 수 있는 능력을 포함한다. 즉 연민의 대상이 처해 있는 상황, 다시 말해 아리스토텔레스의 말을 빌자면 연민의 대상이 어떤 악덕에 의해 고통 받을 수 있다는 사실을 예측하고 확인하는 순간적 판단을 포함한다. 따라서 연민의 감정을 느끼는 자는 그 대상이 겪는 상황을 객관적으로 인식하면서 동시에 그것을 헤아려 공감 혹은 동감의 자리를 만든다. 모든 감정은 '무엇'에 대한 감정이라는 점에서 대상과 상호적이라 할 수 있다. 그런 의미에서 감정을 주관적이라고 규정짓는 것은 틀렸다고 할 수 없지만, 일견 단순한 논리다.

이 같은 '대상화'의 원리는 자기연민에도 적용된다. 타자에 비해 자기 자신은 지나치게 스스로에게 밀착되어 있기 때문에 오히려 자기연민을 불러일으키는 빈도수가 적을 수 있다. 자신을 대상화하는 과정이 타자에 대한 것 보다 쉽지 않기 때문이다. 아울러 자기연민에 빠지게 되면 인생을 살아갈 에너지와 자존감을 보충하기 어렵기 때문에 인간은 이러한 상태를 무의식적으로 경계한다. 세계 혹은 운명과 맞서는 에너지를 탕진하면 자기연민이 시작된다. 이러한 자기연민이 극심하게 깊어지면 삶을 포기할 수도 있다. 아울러 나약해진 자신의 내면 상태에서 연민은 고개를 들고 마지막 남은 에너지마저 서서히 고갈시킬 가능성을 갖는다. 타자에 대한 연민이 인간애, 혹은 세계애와 연관된다면 자신에 대한 연민은 자기애와 연관된다. 그러나 그 작용력은 다르다. 타자에 대한 연민이 타자에게 미칠 때 보호와 사랑, 유대감 등이 생성될 수 있다. 그러나 자기연민의 영향력은 자신에 대한 배려로 이어지지 못한 채 주체의 심리적 위축을 낳을 가능성이 크다. 그 자신 이미 에너지를 잃어버린 자이기 때문이다.

그 누구보다 자의식이 강한 시인들의 작품 가운데 자기연민을 들어 내놓고 표현하는 경우가 드문 것은 이처럼 자기연민이 '긴장감'의 상실과 연관되기 때문이다. 시의 언어는 일반적인 언어 사용에 비해 강한 긴장감을 표방하는 구조 속에 놓여 있다. 따라서 힘이 소진된 자기연민의 표방은 시적 미감을 획득하기 어렵다. 자칫하면 한탄이나 맥 빠진 신파를 구사하는 위험을 감수해야 한다. 그럼에도 시에 자기연민의 감정이 완전히 소거되는 것은 아니다. 시에 나타나는 자기연민은 크게 두 개의 방향을 노정한다. 하나는 부당한 세계에서 패배한 자가 드러내는 자기연민이며, 다른 하나는 운명과의 싸움에서 자신을 탕진한 자가 드러내는 자기연민이다. 부당한 세계와 관련될 때 일어나는 자기연민은 종종 분노의 감정이나 저항의식으로 전환되며, 운명에 의해 촉발되는 자기연민은 자학이나 우울(melancholy)로 전환되곤 한다. 긴장감을 상실한 자아의 상태가 시의 언어로 표현되는 것을 시인들은 스스로 용납하지 않기 때문이다. 시인들은 감정의 핵을 예민하게 느끼며 어떤 감정들을 어떻게 심화시켜야 예술적 미감을 얻을 수 있는가를 고민하는 자이다. 자신의 내면을 강화하지 않으면 동정이나 위로를 구걸하는 감상성에 사로잡힌 언어가 유출될 것이다. 물론 동정이나 위로를 구걸하면서 적당히 독자의 감상성을 자극하는 시가 없는 것은 아니다. 대중들은 이런 종류의 시에 더 열광하기도 한다. 우리가 자기연민과 관련하여 진지하게 생각해볼 작품은 그러한 허약한 시가 아니라 자기연민을 내포하지만 긴장감을 잃지 않는 작품이다.

일찌기 나는 아무 것도 아니었다.
마른 빵에 핀 곰팡이
벽에다 누고 또 눈 지린 오줌 자국
아직도 구더기에 뒤덮인 천년 전에 죽은 시체.

아무 부모도 나를 키워 주지 않았다
쥐구멍에서 잠들고 벼룩의 간을 내먹고
아무 데서나 하염없이 죽어 가면서
일찌기 나는 아무 것도 아니었다

떨어지는 유성처럼 우리가
잠시 스쳐갈 때 그러므로,
나를 안다고 말하지 말라.
나는너를모른다 나는너를모른다.
너당신그대, 행복
너, 당신, 그대, 사랑

내가 살아 있다는 것,
그것은 영원한 루머에 지나지 않는다.

최승자, 「일찌기 나는」 전문

아무도 모르리라.

그 세월이 어떻게 흘러갔는지.

아무도 말하지 않으리라.

그 세월의 내막을.

세월은 내게 뭉텅뭉텅

똥덩이나 던져주면서

똥이나 먹고 살라면서

세월은 마구잡이로 그냥,

내 앞에서 내 뒤에서

내 정신과 육체의 한가운데서,

저 불변의 세월은

흘러가지도 못하는 저 세월은

내게 똥이나 먹이면서

나를 무자비하게 그냥 살려두면서.

최승자, 「未忘 혹은 備忘 1」 전문

 두 편의 시는 공통적으로 참혹한 존재의 상태를 드러낸다는 점에서 비극적이다. 「일찌기 나는」에 드러난 존재의 비극이 운명과 관련한다면, 「未忘 혹은 備忘 1」은 부당한 세계와 관련한다. 그런 점에서 최승자의 존재의 비극은 '세계'와 '운명'이라는 두 겹의 자기연민을 내포한다. "일찌기 나는 아무 것도 아니었다."는 선언에 보이는 강한 자기 부정성은 추하게 문드러진 자기 존재를 당당하게 세계 밖으로 내던질 수 있는 힘을 내포한다. 아울러 "아무 부모도 나를 키워 주지 않았다"는 자기 기원의 부정 또한 절대적 소외를 무릅쓰는 강한 힘을 느끼게 한다. 그렇기 때문에 최승자의 화자는 독자에게 연민을 불러일으키지 않는다. 그가 독자인 '나'보다 더 비범하고 강인하게 느껴지기 때문이다. 그러나 "내가 살아 있다는 것,/ 그것은 영원한 루머에 지나지 않는다."라고 자신을 규정하며 그것을 백지 위에 적고 있는 한 존재의 내면을 헤아려 볼 필요가 있다. 그 순간 그의 내면에 새겨진 자화상은 어떤 것일까? 그 자화상을 그 자신은 어떤 감정으로 바라보았을까?

한편 "세월은 내게 뭉텅뭉텅/똥덩이나 던져주면서/똥이나 먹고 살라면서" 죽지도 못하게 "나를 무자비하게" 살려두었다는 고백에 대해 독자는 연민과는 다른 감정을 갖게 된다. 저 잔인한 폭력과 모욕을 견뎌낸 존재의 비극을 연민으로 감싸기에는 고백하는 자의 고통이 너무 커 보이기 때문이다. 상대의 고통이 지나치게 커 보이면 연민보다는 충격을 받게 된다. 고통을 감내하는 정도는 그 자신의 에너지의 함량만큼이다. 그런 의미에서 「未忘 혹은 備忘 1」의 화자는 여전히 강인해 보인다. 그럼에도 무자비한 세월 앞에 무너지고 있는 자신을 세상에 고백하는 순간 그가 자신 대해 어떤 감정을 느꼈을지 헤아려볼 필요가 있다. 시에 드러난 자기연민을 독자의 입장에서 깊이 사유하기 위해서는 시의 표면에 드러난 내용, 어조 등을 고려하는 것만으로는 부족하다. 다시 말해 화자의 목소리 뒤에 감추어진 심정을 헤아리는 것이 필요하다. 표면적으로는 자학과 분노, 우울의 감정을 드러낼지라도 이면적으로는 자기연민의 감정을 다 소거시키지 못한 비애가 거기에 있는 것이다. 여기서 한 가지 강조하고 싶은 것은, 자기연민의 문제에 대한 탐구는 타자에 대한 연민보다 훨씬 복잡한 논리를 필요로 한다는 점이다. 자기연민의 문제가 그 자신에 대해 메타적 성격을 지니기 때문이다.

이상의 시에 내포된 소외와 정념

1. 소외에 대한 개념 정의 및 이론적 토대

본 연구는 이상의 시에 내포된 소외의 복합적 양상을 정념의 문제와 연관하여 밝히는 데 그 목적을 둔다. 이때 소외의 양상은 '누가 소외되었다'는 사실이 아니라 '누가 무엇에 의해 어떤 방식으로 소외되었는가'를 의미한다. 소외는 자기 자신이 낯선 존재로 인식되는 상황이면서 동시에 한 개인에게 정념 혹은 독특한 기분이나 정서를 유발시키는 요인이 된다. 그런 점에서 소외는 정념과 분리되지 않는다. 본 연구는 소외를 관계가 빚어낸 비인간적 사태로 파악하고, 그것의 구체적인 '작용태'와 소외가 양산해내는 개별 '정념'의 상호 연관성을 분석함으로써 이상 시에 드러난 자기이해와 세계 인식의 문제, 그리고 소외가 야기하는 고통의 실체를 밝히고자 한다. 논의를 응집시키기 위해, 특히 타자와의 관계성을 가장 첨예하게, 상징적으로 보여준 '나'와 '아내'가 등장하는 시편에 주목하고자 한다.

그간 이상 문학에 나타난 소외 문제는, 특히 소설 연구 분야에서 매우 자주 언급되었던 내용 가운데 하나라 할 수 있다. 그러나 대부분의 기존 논의는 누가 무엇에 의해 어떤 방식으로 소외되었으며 그 작용태는 무엇인가, 아울러 소외가 낳은 정념의 구체적 양상은 무엇인가 등의 문제에 집중되어 있기보다 사랑을 포함한 관계 혹은 타자성의 문제[1], 육체성과 섹슈얼리티(Sexuality)[2], 근대 도시의 시·공간성[3], 정체성의 문제[4] 등 중심 테마를 논의하면서 소외를 지엽적으로 언급한 것으로 볼 수 있다. 사실 '소외'는 이와 같은 기존 연구의 중심 테마와 긴밀한 관련을 갖는다는 점에서 본 논의는 기존의 연구 성과를 깊이 참조하고자 한다. 이 가운데 특히 주목한 것은 이상 소설의 주인공이 '각혈하는 몸'과 '창부의 몸' 사이를 오가면서 근대 사회의 자기소외로서 실존적 불안과 공포를 드러낸다고 본 이재복의 논의, 이상 시에 드러난 '여성'(정조, 매춘, 창녀, 광녀) 이미지를 페미니즘적 시각으로 분석한 임명숙의 논의, 소설 「날개」의 '외출-귀가' 패턴 분석을 통해 주인공의 정체성 문제를 다룬 박상준의 논의, "자본주의 사회의 생산과 축적, 교환과 소비를 모두 배척하는 가운데 유희의 순간성과 변경 가능한 시공간, 실체를 판별할 수 없는 질료로서 육체를 그려 보이는 것"[5]으로 이상 소설의 의미를 결론화한 김주리의 논의, 이상 소설의 남성 주인공이 드러낸 '무기력의 의지'가 내포한 현실부정의 정신에 대해 논한 신범순의 논의 등이다. 이들의 논의는 이상 문학에 등장하는 인물들의 병든 육체성과 무기력 등을 통해 세계의 부조리에 대응하는 이상 특유의 문학정신을 밝혀내고 있다. 본 논의는 이 같은 논

---

1) 서영채, 「한국 근대 소설에 나타난 사랑의 양상과 의미 연구」, 서울대 박사학위 논문, 2002; 오주리, 「이상 시의 '사랑의 진실' 연구」, 신범순 외, 「이상의 사상과 예술―이상 문학 연구의 새로운 지평 2」, 신구문화사, 2007.
2) 이재복, 「이상 소설의 각혈하는 몸과 근대성에 관한 연구」, 「여성문학연구」 제6호, 한국여성문학학회, 2001; 임명숙, 「이상 시에 드러난 여성의 이미지, 혹은 "몸" 읽기」, 「겨레어문학」 제 29권, 겨레어문학회, 2002; 김주리, 「근대 사회의 관음증과 이상 소설의 육체」, 「문예운동」 제107호, 문예운동사, 2010.
3) 조해옥, 「이상 시의 근대성 연구」, 소명출판사, 2001.
4) 박상준, 「잃어버린 정체성을 찾아서―「날개」 연구(1)―'외출-귀가' 패턴 및 부부관계의 변화를 중심으로」, 「이상 문학연구의 새로운 지평」, 신범순 외, 역락, 2006; 신범순, 「이상 문학 연구―불과 홍수의 달」, 지식과교양, 2013, 111~122쪽.
5) 김주리, 앞의 글, 92쪽.

의를 수용하면서 소외와 정념의 상관성을 규명하고자 한다.

우리는 가족을 비롯하여 공적, 사적 집단에서, 이데올로기와 제도, 법, 성(Sexuality) 등등 생활 전반에서 소외를 체감한다. 즉 소외가 발생하는 지점은 다층적이라 할 수 있다. 이 같은 '소외'가 보편적 의미를 얻게 된 것은 근대 이후라 할 수 있다. 정문길은 프란쯔 파펜하임(Fritz Pappenheim)의 소외론을 빌어 "소외는 근대 이전의 사회에서도 존재했으나 그것은 〈당초 산발적으로 나타났던 상품생산을 향한 경향이 보다 확고하고 보편화된 발달단계에〉 이르러서야 비로소 현저해졌다[6]고 설명한다. 이는 '소외'라는 용어가 근대사회의 성립 시기와 맞물려 상품의 양도나 매각, 원초적 자유의 위탁이나 양도의 뜻을 나타내는 용어로 자리잡게 되면서 그 사용이 보편화되었음을 말한다.[7] 지금 우리가 지칭하는 '소외'는 근대의 독특한 삶의 형식 및 조건과 맞물려 있는 존재의 고립을 의미하는 것이다. "소외는 결핍·상실·부정·분리·상품성·物化(reification)·불안 등등을 나타내는 포괄적인 개념으로 이용[8]된다는 점에서 그 의미를 단선적으로 정의하기란 불가능한 것으로 여겨진다.

그럼에도 논의의 초점을 모으기 위해 그간 소외 문제를 집중적으로 탐구해온 철학과 사회학 분야의 사전적 정의를 고찰할 필요가 있을 듯하다. 과거 정신병자라는 뜻으로 사용[9]되었던 소외(alienation)라는 용어는 "라틴어 alienatio(소외, 외화 ; 타인에게 한 사물에 대한 소유권을 양도함, 이반(離反)이라는 뜻이다)와 alienare(양도하다, 소외시키다, 양분하다, 낯선 힘에 종속시키다, 타인에게 넘겨주다라는 뜻이다)에서 유래[10]한

---

6) 정문길, 『소외론 연구』, 문학과지성사, 1978, 18쪽. 정문길의 『소외론 연구』는 마르크스(Karl Marx), 에릭 프롬(Erich Fromm), 시이맨(Melvin Seeman) 등의 소외론을 매우 상세하고도 정밀하게 소개·분석한 논의로 한국에서의 소외론 연구에 기초를 제공한 가장 중요한 저서라 할 수 있다.
7) 위의 책, 18~24쪽 참조.
8) 위의 책, 200쪽.
9) 에릭 프롬, 『건전한 사회』, 김병익 역, 범우사, 1975, 114쪽.
10) 한국 철학사상연구회 편, 『철학대사전』, 동녘, 1989, 707쪽.

용어다. 철학과 사회학 사전의 정의[11]를 종합해보면 소외는 사물화된 관계, 낯선 힘에 의한 종속, 자기 자신과 객관세계로부터의 소원과 분리 등을 뜻한다. 소외가 발생하는 지점에는 언제나 대타자(대상화된 자신을 포함)와의 관계가 존재하며, 그 관계가 뒤틀린 상황에서 인간은 자신의 고유성이 왜곡되어 자기 자신이 아닌 상태로 폄하되거나 강등되었다는 감각과 정념을 느끼게 된다. 그런 의미에서 소외는 존재론적 층위와 사회적 층위의 양측에 걸쳐 발생하는 '상황'이며 '감정'이라 할 수 있다.

그간 소외에 관한 담론 형성에 적극적 노력을 기울여 왔던 학문적 영역은 문예학이나 미학 분야 보다는 철학과 사회학, 경제학 분야라 할 수 있다. 이는 소외문제가 대타자와의 관계 속에서 발생하는 존재론적·사회적 문제라는 인식 때문이다. 그러나 이와 같은 소외론의 주류적 흐름에도 불구하고 '소외'는 오로지 철학이나 사회·경제학 영역 안에서만 규정되고 해결될 수 있는 것은 아니다. 소외는 대타자와의 갈등이나 충돌 속에서 빚어지지만 소외를 체감하는 개인에게 그것은 사회적 문제의 한 양상으로 인식되기 이전에 슬픔, 우울, 분노, 외로움 등 다양한 정념을 발생시키는 원인으로 각인된다. 그것은 인간 존재에게 삶에 대한 고통을 안겨주는 현실상황이면서 동시에 심리적인 차원으로 번져가는 의식과 마음

---

11) 철학사전에 의하면 소외는 "사회적 관계 혹은 전체적인 사회 역사적 상황 속에서 인간 간의 관계가 사물(Ding, Sache) 간의 관계로 나타나고, 인간의 물질적—정신적 활동을 통해 산출된 생산물, 사회적 관계, 제도 및 이데올로기가 오히려 인간을 지배하는 낯선 힘으로서 인간과 대립할 경우, 이 관계 및 이 전체 상황"으로 정의되어 있다. 위의 책, 707쪽.
유네스코 사회학사전에 따르면 "사회과학에서 가장 일반적으로 사용되고 있는 소외는 총체적 인성(whole of the personality)과 경험세계의 중요 양태 간의 소원(estrangement)이나 분리(separation)를 의미한다. 이러한 일반적 정의 내에서 이 개념은 객관적 소원 또는 분리의 상태, 소원한 퍼스낼리티의 감정상태, 소원감을 가져오는 동기적 상황을 말한다. 그리고 이 개념이 뜻하는 분리는 자기(the self)와 객관적 세계, 자기와 자기에 분리되어 반대 입장에 놓인 자기(예컨대 소외된 노동), 그리고 자기와 자기 간의 분리를 의미한다."로 정의되어 있다. Julius Gould, william L. kolb(eds), A Dictionary of the Social Sciences, New York, p. 19, in Igor S. Kon, "The Concept of Alienation in Modern Sociology", Social Research, 34, (Autumn, 1967), p. 509. 박승위, 「현대사회와 인간소외 : 소외론의 전개와 쟁점 및 그 사회학적 연구의 동향 (I)」, 『인문연구』 13권 2호, 영남대학교 인문과학연구소, 1992, 234쪽에서 재인용.

의 존립 양태라 할 수 있다.

소외가 현대문학을 포함한 예술의 중요한 테마가 될 수 있는 것은 그것이 안겨주는 고통 때문일 것이다. 시인들은 소외를 통해 고독과 외로움과 분노뿐만 아니라 깊은 우울과 자학, 죽음 충동을 드러내기도 한다. 그럼에도 소외로부터 촉발되었던 그들의 정념의 표상을 탐구할 때 소외의 과정혹은 소외구조 자체는 매우 단순하게 서술하거나 결론화하는 경향을 보이면서 소외보다는 막연히 '서정성'을 부각시키는 데 주력했다고 할 수 있다. 그런 의미에서 정문길이 제시하는 '소외구조'는 연구자가 소외과정과 상황을 분석하는 데 감안해야 할 매우 주요한 사항들을 보여준다고 할 수 있다. 그는 프롬(Erich Fromm)이 말한 소외구조를 바탕으로 소외라는 주제와 관련하여 고려해야 할 여섯 가지 사항을 체계화한다.

> 소외구조의 현재적 상황에서는 (1) 〈누가 소외〉되며, (2) 구체적으로 나타난 〈소외의 양상〉은 무엇인가라는 점이다. 둘째로는 소외되지 않는 원래 상황에서의 (3) 〈무엇으로부터 소외〉되었으며, 소외되지 않은 상태에서 소외된 상태로 옮겨가는 과정에서의 (4) 〈소외의 원인이나 매개〉가 무엇이냐 하는 점이다. 셋째로는 현대적 상황에서 소외가 극복된 상황으로 옮겨가는 과정에서의 (5) 〈소외의 극복을 위한 수단과 방법이 무엇이며, 마침내 (6) 〈소외가 극복된 상황의 모습〉이 어떤 것이냐 하는 점이다.[12]

정문길은 소외에 관해 논의할 때 누가, 무엇으로부터, 무엇을 매개로 소외되었는가, 그리고 소외를 극복할 수 있는 방법과 극복된 모습은 무엇인

---

12) 정문길, 앞의 책, 214쪽.

가를 염두에 두어야 한다고 강조한다. 여기서 한 가지 첨가하고 싶은 것은 소외극복이 실패했을 경우 또한 고려되어야 한다는 점이다. 소외당한 자는 자신의 상황과 정념의 상태로부터 벗어나기를 욕망한다. 그러나 소외를 벗어나는 일은 쉽지 않다. 그렇기 때문에 때로 그가 왜 소외로부터 벗어날 수 없었는가, 왜 극복에 실패했는가에 대해서도 생각할 필요가 있다. 본 논의는 이와 같은 사항들을 염두에 두면서 이상의 시 분석을 시도하고자 한다.

아울러 본 논의는 이상 시에 나타난 소외 상황과 정념 등의 분석을 위해 '상품구조의 본질'을 통해 소외를 설명하는 루카치(György Lukács)의 '사물화' 개념과 사회심리학적 입장에서 소외의 여섯 가지 제 형태를 무력감, 무의미성, 무규범성, 가치상의 고립(문화적 소외), 자기소원(自己疎遠), 사회적 고립으로 분류한 멜빈 시이맨(Melvin Seeman)[13]의 소외론 등을 이론적 토대로 삼고자 한다. 이는 이상 시에 등장하는 '나'와 '아내'의 관계가 루카치의 '사물화' 과정과 상동적이라는 판단에서, 그리고 그의 시에 내포된 소외의 정념이 시이맨의 소외의 제 형태를 통해 보다 정교하게 설명될 수 있다는 가정 하에서 비롯된 선택이다.

2. 사물화된 관계로서 남편과 아내

'소외' 개념을 철학적 담론의 장에서 본격화했던 것은 헤겔(Georg Wilhelm Friedrich Hegel)이다. 이후 헤겔의 논의는 마르크스에 의해 그 개념의 추상성을 벗어나 현실적 논리를 얻게 된다.[14] 이 같은 마르크스의

---

13) Melvin Seeman은 번역자에 따라 멜빈 시이맨 혹은 멜빈 시만 등으로 다르게 한글 표기되어 있다. 각주나 참고 문헌은 번역자의 표기에 따르기로 한다.
14) 헤겔과 마르크스의 소외론의 핵심은 그들의 저서 『정신현상학』과 『경제학—철학 수고』에서 각각 논의되고 있다. 헤겔은 소외(外化)를 주체가 객체로 전화되는 과정으로 이해하며 이러한 소외의 과정을 통해 정신은 자기 자신에 대한 의식을 획득하게 된다고 본다. 즉 소외는 주체로 복귀하기 위한 필연적 단계라는 것이다.

논리를 게오르크 루카치는 상품구조의 본질 분석을 통해 '사물화' 혹은 '물신' 개념으로 응집시킨다. 루카치의 『역사와 계급의식』 4장에 기술된 '사물화'(Verdinglichung) 개념은 객체화된 주체의 사물성을 뛰어넘어 역사를 변혁하는 정당한 주체로 나아가고자 하는 실천적 담론을 포함한다.[15] 그의 논지의 핵심은 상품구조의 본질(상품의 물신성)이 '대상성형식'과 '주체의 태도'를 규정하는 토대이며 이것에 의해 사물화된 인간관계가 생겨나게 된다는 것이다. 상품의 구조는, "노동자(Arbeiter) 자신에게 노동력(Arbeitskraft)이 자신이 갖고 있는 상품이라는 형식을 띤다"[16]는 점, 즉 노동력이 곧 상품이라는 도식을 전제로 인격의 층위를 사물의 층위로 전도시킨다. 한 개인의 능력(노동력)이 상품으로 전도되는 과정에서 일어나는 탈인간화 혹은 비인간화가 곧 사물화다. 이때 "사물화로 인하여 인간 특유의 활동, 인간 특유의 노동이 객체적인 어떤 것, 인간으로부터 독립되어 [오히려] 인간에 낯선 자기법칙성을 통해서 인간을 지배하는 어떤 것으로 인간에 대립되어 다가온다는 사실"[17]이 바로 소외 상황이며, 이러한 상황에 대한 인식은 소외의식으로 자리 잡게 된다. 자기 자신의 노동력이 자신으로부터 분리되어 전혀 낯선 교환가치(상품)로 추상화되었을 때, 그리고 그것이 지배적 힘으로 자신을 종속시킬 때, 객체가 오히려 주체가 되는 역설적 상황이 벌어질 때, '나'는 더 이상 '나'가 아닌 것이 된다.

이 같은 헤겔의 추상적 논리를 노동자의 역사적 현실에 적용하여 계급투쟁의 단초로 논리화한 것이 마르크스다. 마르크스에 따르면 노동자는 자신이 생산한 것으로부터, 그리고 생산 활동이나 과정 자체로부터 소원해질 수밖에 없는 구조 속에서 자신의 고유성을 상실한 채 소외를 겪어야 하는 '불운한 상품'으로 규정되고 있다.

15) 『역사와 계급의식』의 전체적 핵심 내용을 변상출은 "맑스의 상품물신주의에 근거한 사물화된 형태들에 대한 폭로, 사물화를 촉발하는 자본주의가 빚어내는 비인간성에 대한 비판, 유물변증법적 사유를 통한 이론적 실천으로의 전화 및 역사발전에서 이율배반적인 부르주아의 지위를 박탈하고 프롤레타리아트를 역사의 주체로 세운다는 것"으로 요약한다. 변상출, 「탈현대논리와 비판이론의 한계극복을 위한 '고전적' 전략-루카치의 사물화이론과 '존재론'」, 『문예미학』 8권 0호. 문예미학회, 2001, 30쪽.

16) 게오르크 루카치, 『역사와 계급의식—마르크스주의 변증법 연구』, 박정호·조만영 옮김, 거름, 2005, 184쪽.

17) 위의 책, 184쪽.

이때 "합리적 기계화와 계산가능성의 원리[18]"가 이러한 전도를 실현하는 구체적 법칙이라 할 수 있다. 합리적 기계화와 계산가능성의 원리는 쉽게 말해 시간의 양에 적합한 노동량을 계산하는 방식을 따름으로써 한 인간의 개성과 질적인 측면을 양으로 환원시키는 것을 의미한다[19]. 합리적 기계화와 계산가능성의 원리는 인간의 노동 과정을 분해·분리·분업화함으로써 온전한 결과물로서의 상품과의 유기적 관계를 해체시킨다. 노동자는 합리적으로 계산된 상품 생산의 일부분에 자신의 노동력을 쏟아 넣기를 반복함으로써 기계의 한 부품처럼 기능하게 된다. 이때 그는 총체적 생산과정과 무관하며 그 결과물로서의 상품과도 무관한 존재로 사물화된다. 합리적 객관화는 노동자의 "인간적·개성적·질적 속성들[20]"을 배제시키고 왜곡시킴으로써 그 성격을 추상적·양적 형식으로 바꿔놓는 것이다. 그런 의미에서 합리화와 사물화는 등가의 의미를 갖는다. 이와 같은 법칙의 결과를 루카치는 다음과 같이 설명한다.

> 인격은 제 자신의 현존재―곧 낯선 체계 속에 끼워 맞추어진 한 파편으로서의 현존재―에게 일어나는 사건들에 어떠한 영향력도 끼칠 수 없는 방관자가 된다. 둘째 '유기적인' 생산을 할 때에는 개별적인 노동주체들을 하나의 공동체로 결속시켜 온 유대관계가 생산과정의 기계적 분해로 인해 해체되기 때문이다. 생산의 기계화는 개별적인 노동주체들을 고립된 추상적 원자로 만든 것이다. 이들은 더 이상 자기들의 노동수행으로써 직접적·유기적으로 결속되지 못한다. 그들 간의 유대는 오히려 그들의 부속되어 있

---

18) 위의 책, 190쪽.
19) 위의 책, 188쪽 참조.
20) 위의 책, 185쪽.

는 기제(機制)의 추상적 법칙성에 의해서 매개된다.[21]

　이 부분은 사물화의 결과에 대한 매우 중요한 의미를 시사한다. 그 하나는 사물화된 존재는 "어떠한 영향력도 끼칠 수 없는 방관자"가 된다는 점이며, 다른 하나는 사물화된 존재들의 관계가 추상적 법칙성에 의해 유기적 결속을 이루지 못한 채 원자화된다는 점이다.

　이상의 시에 드러난 '관계'의 문제, 특히 아내(여성)와의 관계 양상은 매우 파행적이고 비정상적인 형태로 드러난다. 이는 일차적으로 남·녀, 혹은 남편과 아내의 관계기반이 평범한 일상적 조건과 상황을 벗어났기 때문에 야기된다. 그의 시에 등장하는 남·녀, 혹은 남편과 아내의 관계는 근대의 결혼제도의 영향권에서 벗어나 있다. 이러한 일탈성은 등장인물들의 신분, 직업, 성별의 역할 문제와 깊은 연관을 가지며 또한 관계방식과 존재의미, 정체성에 영향을 끼치는 주요 요인으로 작용한다. 보다 구체적으로 말하면 이상의 시에 등장하는 여성들 대부분이 '매춘부'(상품)이며, 이에 관계된 남성은 매춘행위를 욕망하는 자이거나 그것을 용인해야 하는 남편으로 나타난다. 중요한 것은 매춘부로 등장하는 여성에 대한 시인의 인식이다. 남편과 아내의 관계를 보여준 시에 앞서 '상품'으로서 여성이 등장하는 시를 먼저 살펴보면 다음과 같다.

　　　-어떤後日譚으로

　　整形外科는여자의눈을찢어버리고形便없이늙어빠진曲藝象
　의눈으로만들고만것이다. 여자는실컷웃어도또한웃지아니하여도

---

21) 위의 책, 189쪽.

웃는것이다.

여자의눈은北極에서邂逅하였다. 北極은초겨울이다. 여자의
눈에는白夜가나타났다. 여자의눈은바닷개(海狗)잔등과같이얼음
판위에미끄러져떨어지고만것이다.

世界의寒流를낳는바람이여차의눈물을불었다. 여차의눈은
거칠어졌지만여차의눈은무서운氷山에싸여있어서波濤를일으키는
것은不可能하다.

여차는大膽하게NU가되었다. 汗孔은汗孔만큼의荊棘이되었
다. 여차는노래부른다는것이찢어지는소리로울었다. 北極은鐘소리
에戰慄하였던것이다.

거리의音樂師는따스한봄을마구뿌린乞人과같은天使. 天使
는참새와같이瘦瘠한天使를데리고다닌다.

天使의배암과같은회초리로天使를때린다.
天使는웃는다, 天使는고무風船과같이부풀어진다.
天使의興行은사람들의눈을끈다.
사람들은天使의貞操의모습을지닌다고하는原色寫眞版그림
엽서를산다.

天使는신발을떨어뜨리고逃亡한다.

天使는한꺼번에열個以上의덫을내어던진다.

日曆은쵸콜레이트를늘인(增)다.
여자는쵸콜레이트로化粧하는것이다.

여자는트렁크속에흙탕투성이가된즈로오스와함께엎드러져
운다.
여자는트렁크를運搬한다.

여자의트렁크는蓄音機다.
蓄音機는喇叭과같이紅도깨비靑도깨비를불러들였다.

紅도깨비靑도깨비는펜긴이다. 사루마다밖에입지않은펜긴은
水腫이다.
여자는코끼리의눈과頭蓋骨크기만큰한水晶눈을縱橫으로굴
리어秋波를濫發하였다.

여자는滿月을잘게잘게씹어서饗宴을베푼다. 사람들은그것을
먹고돼지같이肥滿하는쵸콜레이트냄새를放散하는것이다.

「興行物天使」전문

이 시에 등장하는 '흥행물천사'는 삶에 대한 자발적 자유의지를 상실
한 인물이라 할 수 있다. 그것은 첫 행의 "整形外科는여자의눈을찢어버
리고形便없이늙어빠진曲藝象의눈으로만들고만것이다. 여자는실컷웃어
도또한웃지아니하여도웃는것이다."라는 폭력적 상황 제시를 통해 드러난

다. 여자는 정형외과 의사에 의해 웃는 표정의 얼굴로 이 세계에 고정된다. 여자의 얼굴이 자신의 감정이나 의지와는 상관없이 웃는 표정 속에 억압되고 감금된 것이다. 그녀의 역할은 이제 이 세계를 향해 웃는 것으로 고정됨으로써 그녀 스스로를 지배하게 된다. 이는 일종의 물신의 탄생을 예고한다.[22] 자신의 고유한 정체성을 유린당하고 상실했다는 점에서 그녀는 주체가 아닌 객체 혹은 물질적 대상으로 사물화되었다고 볼 수 있다. 한 인간존재가 사물화되었다는 것은 그 자신이 스스로에게 낯선 것으로 변화했음을 뜻한다. 자기 자신을 낯선 것으로 인식하는 순간, 그것이 바로 자기소외라 할 수 있다.

'흥행물천사'라는 명칭이 암시하는 것처럼 여자는 흥행이라는 소임에 맞게 강제로 교정된 인물이다. 여자의 곁에는 그녀를 조정하고 매질하는 '거리의 音樂師'가 있다. 이는 여자를 제유하는 트렁크가 '蓄音機'인 이유와 연결된다. 여자는 거리의 음악사의 조정에 따라 음악 소리를 내야 하는 한낱 기계에 불과한 수척한 천사인 것이다. 그녀는 음악사가 때려도 웃으며 흥행을 해야 한다. 여자가 도망치면 천사(음악사)는 그녀를 열 개 이상의 덫으로 다시 잡아온다. 여자는 음악사에게 종속된 사물이며 상품인 것이다. 여기서의 흥행은 여자의 NU(불어로 나체를 뜻함)를 그린 엽서를 파는 행위로 드러난다. 그리고 달콤한 쵸콜레이트로 화장한 얼굴로 원래의 표정을 가린 채 병든 "사루마다밖에입지않은펜긴"을 불러들이는

---

22) 소래섭은 1930년대 흥행물을 통해 유포된 상업적 웃음의 세계를 다음과 같이 설명한다. "1920년대 후반에 이르면 축제는 일상 속으로 스며들게 된다. 경성에서 일어난 자본주의적 소비문화의 팽창은 과거에는 특별한 기간에만 느낄 수 있었던 축제의 황홀한 감각들을 일상 속에 풀어놓았다. 일본인 상점이 밀집한 진고개는 '불야성의 별천지'를 이루며 사람들을 유혹했고, 조선인이 경영하던 화신상회에서는 자본력이 막강한 일본인 상점에 대항하기 위해 '기행렬(旗行列)'을 늘어놓고 1년 내내 경품 행사인 '만년경품대매출(萬年景品大賣出)'을 벌였다." 아울러 시「興行物天使」에 나오는 '웃음'을 "최초로 상업화된 웃음인 이 웃음은, 1930년대에 이르면 카페와 흥행물을 통해 복제되고 대량생산되기 시작한다. 이 시기에 이르면 '웃음'마저 자본주의 체제 속에 편입되고 있다. 복제를 통해 대량생산되는 이 웃음은 축제적 웃음으로부터 멀어진 채 성적 매혹만을 강력하게 발산하고 있는 웃음이다."라고 설명한다. 소래섭,「1930년대의 웃음과 이상」,「이상 —문학연구의 새로운 지평」, 신범순 외, 역락, 2006, 438쪽, 453쪽.

것으로 드러난다. 이때 사루마다(팬츠) 밖에 입지 않은 이 우스꽝스러운 펭귄들은 여자의 흥행에 유혹된 남성들(고객)을 함의한다. 그들은 여자의 향연을 먹고 비만해진다. 여자는 반대로 수척해진다. 흥행해서 벌어들이는 재화가 그녀의 것이 아니라 음악사의 것이기 때문이다.

이와 같은 존재의 사물화는 한 존재에게 고정된 속성과 역할을 부여하는 것이며, 그 속성과 역할은 다른 사물과의 제 관계를 만들어내는 가장 중요한 매개로 기능하게 된다. 루카치는 "생산자가 자기의 생산수단들로부터 유리된다든가, 모든 자연발생적인 생산단위들이 해체·분해된다든가 하는 근대자본주의 성립의 경제·사회적 전제들이, 인간다운 관계들을 꾸밈없이 드러내 주는 자연발생적 인간관계에 대신해서 합리적으로 사물화된 인간관계를 성립시킨다.[23]고 설명한다. 이러한 관계구조는 연쇄된다. 소외가 소외를 양산하는 것이다. 이상의 시에 보이는 '나'와 '아내'의 관계구조가 뒤틀린 형태로 드러나는 것은 그의 시에 등장하는 아내가 위에서 살펴본 사물화된 상품으로서 '흥행물천사'와 동일하기 때문이다. '나'로 표현되곤 하는 이상의 화자는 사물화된 아내와의 관계방식 속에 공존하게 된다. 즉 매춘부로서의 아내는 그들 간의 관계방식을 규정할 뿐만이 아니라 '나'의 욕구와 의식에 관여함으로써 '나'의 소외 원인으로 작용하게 되는 것이다.

안해를즐겁게할條件들이闖入하지못하도록나는窓戶를닫고
밤낮으로꿈자리가사나와서가위를눌린다어둠속에서무슨내음새의
꼬리를逮捕하여端緒로내집내未踏의痕迹을追求한다. 안해는外出
에서돌아오면房에들어서기전에洗手를한다. 닮아온여러벌表情을

---

23) 게오르크 루카치, 앞의 책, 190쪽.

벗어버리는醜行이다. 나는드디어한조각毒한비누를發見하고그것
을내虛僞뒤에다살짝감춰버렸다. 그리고이번꿈자리를豫期한다.

「追求」 전문

앞서 살펴본 시 「興行物天使」에 등장하는 '여자'가 달콤한 쵸콜레이트
로 얼굴을 화장했듯이 위에 인용한 시에 등장하는 '안해' 또한 화장한 얼
굴을 가지고 있다. 아내는 외출하였다가 "닮아온여러벌表情"으로 돌아온
다. 그리고 화장을 지운다. 외출하여 남자를 속이려는 얼굴이 화장한 얼굴
이며 그것은 여러 벌의 표정으로 가려진 얼굴이라 할 수 있다. 이러한 아내
의 얼굴은 유고시 「無題」에 "너는 어찌하여 네 素行을 地圖에 없는 地理에
두고 花瓣 떨어진 줄거리 모양으로 香料와 暗號만을 携帶하고 돌아왔음
이냐."로 표현되고 있다. 쵸콜레이트, 화장, 표정 등이 향료와 암호만을 휴
대한 얼굴로 표현되고 있는 것이다. 이때 시 「興行物天使」에 등장하는 여
자의 얼굴이 정형외과 의사에 의해 '웃는 얼굴'로 고정된 것을 상기할 필요
가 있을 듯하다. 인상이 사라진 얼굴이 바로 '웃는 얼굴'이라 할 수 있다. 그
것은 한 존재의 사물화를 대변한다. 김주리는 "근대 사회의 관음증적 시선
앞에서 자신의 성제를 위상하고 비밀을 감추는 가면을 쓴다는 것은 근대
적 일상을 살아가는 사람들이 타인과 맺는 기계적인 관계, 단속적인 관계
를 상징하는 것으로 본질을 감춘 채 상품의 치장과 소비에 얽매인 인공적
인 육체를 암시한다."고 설명한다.[24]
　'나'의 삶은 이러한 아내의 얼굴과의 공존 속에서 조정되고 규정된다.
즉 아내의 '얼굴'은 친숙한 정감의 세계를 벗어나 '나'에게 '낯선 힘'으로
작용하는 것이다. 시 「追求」의 화자는 "안해를즐겁게할條件들" 때문에

---

24) 김주리, 앞의 글, 89쪽.

시달리며 가위에 눌린다. 그는 창호를 봉쇄하고 어둠 속에서도 그 단서를 잡기 위해 애쓴다. 이 같은 화자 앞에서 아내는 여러 벌의 표정을 벗어버리지만 화자는 그것을 더욱 깨끗이 닦아낼 독한 비누를 감춰버린다. 주목할 것은 독한 비누가 여러 벌의 표정을 닦아내고 진실을 드러나게 하는 매개가 아니라는 점이다. '독한'이라는 수식이 암시하는 것처럼 비누는 남편 앞에서 또 하나의 표정을 만들어낼 화장품의 일종이다. 아내는 외출해서는 화장으로, 돌아와서는 독한 비누로 위장하는 것이다. 비누를 감추는 행위는 아내가 화장을 벗고 독한 비누로 다시 위장할 것이라는 화자의 의심 가득한 심리를 반영한다. 한편 독한 비누를 감추는 행위에는 아내를 의심하면서 동시에 자신의 '의심'을 드러내지 않으려 하는 화자의 허위적 심리가 자리해 있다. 중요한 것은 남편을 속이려 하는 아내와 그것을 알고 의심의 끈을 놓지 못하는 화자, 그리고 의심한다는 사실을 감추려는 행위가 인간적 유대를 벗어나 서로의 소외를 부추긴다는 점이다. 화자와 아내의 관계는 아내의 여러 벌의 표정에 의해 조정되고, 이는 가면을 벗고 또 다른 가면을 쓰는 아내의 행위와 그것을 의심하면서 허위적으로 감추는 행위의 연쇄를 낳는다. 아내의 화장에 상응하여 '나'의 허위적 행위가 촉발되는 것이다. 자신의 고유한 진실을 상실한 아내와의 관계 속에서 화자 또한 자발성과 자신의 고유한 진실을 상실해 가고 있는 것이다.[25] 둘의 관계가 둘을 상동적으로 만드는 것이다. 그런 의미에서 단서를 잡고자 하는 진실의 '추구'는 실패했다고 할 수 있다. '나'는 거짓에 저항해보지만 결국 그것의 희생물이 되고만 것이다.[26] 이러한 소외의

---

25) 조만영은 루카치를 설명하는 가운데 이와 같은 사물화의 관계를 "대상이 주체와 독립해서 마치 자연의 세계처럼 자기 법칙성을 지닌 '제2의 자연'으로 됨에 따라 주체는 대상에 대해 실천적인 관계를 맺지 못하며, 의식 자체도 대상에 상응해서 여러 가지 능력들로 분해되어 대상화된다"고 설명한다. 대상과 관계 맺는 가운데 자발성을 상실한 주체의 의식은 대상에 상응하면서 그에 적합한 노예화 상태로 현상되는 것이다. 조만영, 「근대와 물신을 넘어서-게오르크 루카치의 미학 문학 사상」, 『문예미학』 3권 0호, 문예미학회, 1997, 176쪽.
26) 프롬에 의하면 "소외란 스스로를 따돌림당한 사람이라고 느끼게 되는 경험형식을 뜻한다. 인간이 자기 자신

연쇄는 관계를 호전시키는 힘의 상실을 의미한다.

3. 권리(자격) 양도와 소외

소외가 다른 사람들로부터 분리되고 자기 자신에 대해서도 소원(疏遠)해진 상태를 의미한다고 할 때, 이 글의 서두에서 잠시 소개했던 정문길의 '소외라는 주제와 관련하여 고려해야 할 여섯 가지 사항' 가운데 "소외되지 않은 상태에서 소외된 상태로 옮겨가는 과정에서의 (4) 〈소외의 원인이나 매개〉가 무엇이냐하는 점[27]"을 고민할 필요가 있다. 분리와 소원이 일어나는 원인과 그것을 매개했던 요인은 소외 상황에 따라 다양하게 분석될 수 있지만 그 근원에는 언제나 자신의 고유한 권리를 양도할 수밖에 없는 '강제'된 어떤 힘이 존재한다. 권리를 양도했을 때 '나'는 더 이상 주체가 아닌 객체로서 자신에게서 멀어지게 된다. 즉 사물화는 "주체와 객체의 분열, 주체의 객체화 및 객체에의 복속, 주체와 객체 각각의 질적 통일성의 분해 등을 결과한다[28]". 이상의 시에 드러난 남편과 아내의 관계로부터 빚어지는 '나'(남편)의 자기소외의 국면을 살펴보면 이와 같은 권리 양도의 문제가 깊이 개입되어 있음을 확인할 수 있다.

> 　　　−어디갔는지모르는안해
> 　　안해는 아침이면 外出한다 그날에 該當한 한 男子를 속이려

으로부터 떨어져나가게 됐다고 말할 수 있다. 인간은 스스로를 자기 세계의 중심체나 자기행위의 창조자로 느끼지 못하고 자신의 행위와 그 행위의 결과가 주인공이 되어 복종과 심지어 숭배까지 강요하게 된다. 소외된 인간은 다른 사람들로부터 떨어져 있듯이 자기 자신으로부터도 떨어져 있다. 그는 다른 사람들과 마찬가지로 지각과 양식을 갖고 사물이 경험되어지는 바로 그대로 경험하지만, 자기 자신과 외부 세계를 생산적으로 연결시키지 못하고 있다." 에릭 프롬, 앞의 책, 114쪽.

27) 정문길, 앞의 책, 214쪽.

28) 박정호, 「사물화와 계급 의식−루카치의 「역사와 계급 의식」에 대한 비판적 검토」, 『철학연구』 29권 0호, 철학연구회, 1991, 320쪽.

가는 것이다 順序야 바뀌어도 하루에한男子以上은 待遇하지않는
다고 안해는말한다 오늘이야말로 정말 돌아오지않으려나보다하고
내가 完全히 絶望하고 나면 化粧은있고 人相은없는얼굴로 안해
는 形容처럼簡單히 돌아온다 나는 물어보면 안해는 모두率直히
이야기한다 나는 안해의日記에 萬一 안해가나를 속이려들었을때
함직한速記를 男便된 資格밖에서 敏捷하게 代書한다.

「紙碑 一」 전문

　　　안해駱駝를닮아서편지를삼킨채로죽어가나보다. 벌써나는
그것을읽어버리고있다. 안해는그것을아알지못하는것인가. 午前十
時電燈을끄려고한다. 안해가挽留한다. 꿈이浮上되어있는것이다.
석달동안안해는回答을쓰고자하여尙今써놓지는못하고있다. 한장
얇은접시를닮아안해의表情은蒼白하게瘦瘠하여있다. 나는外出하
지아니하면아니된다. 나에게付託하면된다. 내愛人을불러줌세아드레스도알
고있는데

「아침」 전문

　　시「紙碑 一」의 내용도 앞서 살펴 본 시「追求」와 동일한 소외의 양상
을 드러낸다. 이 시의 아내는 "化粧은있고 人相은없는얼굴"로 외출했다가
돌아온다. 아내가 외출하면 화자는 "오늘이야말로 정말 돌아오지않으려
나보다하고"完全히 絶望에 빠져든다. 이 불안한 심리는 아내가 "그날에
該當한 한 男子를"를 만나러 갔기 때문에 촉발된다. 아내의 출분(出奔)에
서 비롯되는 이 같은 절망이 이상의 또 다른 시「距離」에는 "나의生活은
이런 災害地를닮은距離에漸漸낯익어갔다."로 표현되기도 한다. 다시 시
「紙碑 一」로 돌아와, 「追求」의 "여러벌表情을벗어버리는醜行"이 가면으

로서의 화장을 씻어내는 행위라면 이 시에서 화장을 지우는 행위는 "안해는 모두率直히 이야기"한다로 표현된다. 그러나 화자인 '나'는 아내의 솔직한 이야기에도 불구하고 아내가 자신을 속일지도 모른다는 의심을 거두지 못 한다. 아내의 비밀한 일기장에 그러한 이야기가 속기되어 있을지도 모른다고 생각하는 것이다. 그것을 시인은 "男便된 資格밖에서 敏捷하게 代書한다."고 표현한다. 즉 아내의 거짓말을 재빠르게 헤아려보는 것이다. 이상의 또 다른 시 「無題」의 "時計를 보면 아무리 하여도 一致하는 時日을 誘引할 수 없고/내것 아닌 指紋이 그득한 네 肉體가 무슨 條文을 내게 求刑하겠느냐"와 같은 구절 또한 아내의 행적을 추적하고 의심하는 화자의 심리를 드러낸다. 아내의 알리바이를 추적해보는 행위는 아내에 대한 의심을 대변해주며 "내것 아닌 指紋이 그득한 네 肉體"는 그 의심을 확인시켜주는 증거라 할 수 있다.

여기서 "男便된 資格밖"이 함축하는 의미를 생각해볼 필요가 있다. 이는 두 가지 의미를 함의한다. 아내와의 관계에서 '나'는 이미 남편으로서의 권리와 자격을 "그날에 該當한 한 男子"에게 양도한 사람이라 할 수 있다. 한편 화자의 대서(代書) 행위가 민첩하게 이루어진다는 것은 아내 몰래 대서가 이루어짐을 나타낸다. 따라서 '나' 또한 아내를 속이려 한다는 점에서 남편으로서의 고유한 자격이 손상된 사람이라 할 수 있다. 여기서 시 「追求」와 마찬가지 형태의 소외가 발생함을 보게 된다. 아내는 남편 이외의 남자를 대우함으로써 남편을 소외시킨다. 소외의 어원이 '양도하다'라는 의미를 갖는 것처럼 남편의 소외는 남편으로서의 자격을 양도하는 것으로 드러난다. 아울러 이 부부는 '속기'와 '대서'를 통해 서로를 속임으로써 관계의 진실로부터 둘 다 멀어지게 되는 것이다.

위에 인용한 시 「아침」은 권리 혹은 자격의 양도의 문제가 보다 직접적으로 드러난 예이다. 아내는 남편인 '나'를 무시한 채 '애인'에게 석 달 전부터 회답을 보내려 한다. '나'는 "벌써나는그것을읽어버리고있다.". 화자는 아내의 외도를 알고 있는 것이다. 그것을 아내가 아는지 모르는지 알 수 없지만 아내는 아침이 되어도 애인과의 '꿈' 속에 부상(浮上)되어 있다. 그러면서 아내는 편지를 써놓지 못해 수척하게 죽어간다. 이때 '나'는 외출을 결심한다. 아내의 편지를 그녀의 애인에게 보내주기 위해서이다. "나에게付託하면된다."는 표현은 편지를 대신 써주겠다는 의미와 그것을 애인에게 전달해주겠다는 의미 모두를 뜻한다. 이러한 화자의 결심은 아내에 대한 남편의 권리와 자격을 완전히 포기하고 그녀의 애인에게 양도하겠다는 의미를 지닌다.[29] 남편에게 혹은 역으로 아내에게 상대는 육체적·정신적으로 밀착된 존재라는 점에서 서로에게 주어진 소유권은 정당한 것이라 할 수 있다. 애정관계에서 비가시적 소유권은 내적 유대감의 증거로 볼 수 있다. 그러나 더 이상 소유권을 주장할 수 없는 상황에 이르면 서로에 대한 소유권은 자유를 구속하는 족쇄로 작용하며 급기야 그들의 애정관계는 파탄에 이르게 된다. 이상의 시에 등장하는 아내가 외출 혹은 출분(出奔)하지 못하면 '편지를 삼키고 죽어가는 낙타'(「아침」), '반지 때문에 무거워 날지 못하는 새'(「紙碑二」)의 이미지로 그려지는 이유가 여기에 있다. 남편인 화자가 아내에 대한 권리와 자격을 "그날에 該當한 한 男子" 혹은 애인에게 양도했다는 것은 아내의 외출을 저지할 자격을 잃어버렸음을 의미한다. 이와 같이 주체가 소외에 의해 객체가 된 상태를 루카치는 '유령적 대상성(gespens—tige Gegenständlichkeit)'이라 명명하고 "유령

---

29) 아내의 애인에게 대신 편지를 써서 전달하고자 하는 비상식적 행위는 남편으로서의 권리 양도를 의미하면서 동시에 아내가 원하는 바를 함으로써 자신으로부터 멀어져 가는 아내를 자신의 곁에 붙잡아두고자 하는 심리를 반영하는 것이기도 하다. 권리를 양도함으로써 권리를 유지하고자 하는 이 같은 극단의 모순은 이상이 관계에 대해 가졌던 고뇌를 함축적으로 드러낸다. 박상준은 이상의 문제적 소설 「날개」를 분석하면서 '나'와 아내의 관계가 매춘부와 기둥서방 식으로 고정된 것이 아니라 정상적인 부부관계를 소망하는, 즉 "남편·남성으로서의 성정체성을 구축하려는 소망"에서 비롯된 '인정투쟁'의 측면을 지닌다고 설명한다. 그런 의미에서 남편으로서의 권리 양도는 아내를 잃지 않으려 하는 마지막 인정투쟁으로 해석 가능하다. 박상준, 앞의 글, 171~210쪽 참조.

적 대상성은 인간의 전의식에 자신의 구조를 각인시킨다. 의식의 속성들이나 능력들은 더 이상 인격의 유기적 통일체로 결합되지 못하며, 마치 외부세계의 온갖 대상들과 마찬가지로 인간이 '소유'할 수도, '내다 팔' 수도 있는 '사물'로 현상한다.[30]고 설명한다. "내것 아닌 指紋이 그득한 네 肉體"(「無題」)로 돌아오곤 하는 아내가 더 이상 '나'에게 속하지 않는 낯선 힘으로 느껴질 때, 남편의 권리를 양도할 수밖에 없을 때, '나'는 아내로부터, 그리고 '나' 자신으로부터 소외되는 것이다. 이와 같은 상황에서 아내와 '나'의 자리는 역전된다.

> 내頭痛위에新婦의장갑이定礎되면서내려앉는다. 써늘한무게때문에내頭痛이비켜설氣力도없다. 나는견디면서女王蜂처럼受動的인맵시를꾸며보인다. 나는已往이주춧돌밑에서平生이怨恨이거니와新婦의生涯를侵蝕하는내陰森한손찌거미를불개아미와함께잊어버리지는않는다. 그래서新婦는그날그날까무러치거나雄峰처럼죽고죽고한다. 頭痛은 永遠히비켜서는수가없다.
>
> 「生涯」 전문

이 시의 남편인 '나'는 여왕봉으로, 신부는 '웅봉'으로 표현되어 있다. 암수의 역전현상은 이들 부부의 역할이나 권리가 뒤바뀌었음을 뜻한다. 신부는 '나'의 머리 위에 싸늘한 장갑(손)을 정초(定礎)한다. '정초'라는 시어에서 짐작할 수 있듯이 '나'의 두뇌 상황은 신부의 장갑에 기초해서 정해진다. 장갑이 '주춧돌'로 다시 비유되는 것을 볼 때 신부의 장갑은 '나'의 삶의 근간이 된다. 따라서 화자는 그 "써늘한무게"를 벗어날 수 없는 것이

---

30) 루카치, 앞의 책, 201쪽.

다. 이 무게가 '나'를 압박하고 조정하는 것이다. 그것을 시인은 영원히 비켜설 수 없는 '두통'으로 표현한다. 이는 이들의 생활이 남편이 아니라 신부에 의해 주도됨을 나타낸다. 가부장적 가족이데올로기에 비추어 본다면, 남편인 '나'는 제구실을 못한다는 점에서 전통적 가족이데올로기로부터도 소외되어 있는 것이다. 남편의 역할과 책임, 권리, 자격 등이 신부에게 양도되었다고 볼 수 있다. '나'에게 당위로서 부여되었던 권리와 자격이 신부에게 양도됨으로써 그 권리와 자격이 오히려 '나'를 억압하는 낯선 힘으로 작용하는 것이다. 그렇기 때문에 싸늘한 무게에 짓눌려 기력을 잃어버린 '나'는 원한을 간직한 채 "견디면서女王蜂처럼受動的인맵시를꾸며" 신부에게 응수한다. 아니면 "新婦의生涯를侵蝕하는내陰森한손찌거미"를 함으로써 신부를 죽어가게 만든다. 이 모두는 심리적 균형감을 잃어버린 자의 행동이라 할 수 있다. 이처럼 남편과 신부의 역전된 자리는 그들을 행복이 아니라 두통과 의사(擬似)죽음의 상태로 몰아간다. 남편과 신부 모두 자신이 원하지 않는 관계 속에 소외되어 있는 것이다.

4. 소외의 감각으로서 '극한(極寒)'과 소외의 정념으로서 '무력감'

소외는 본질적으로 고립된 존재의 상황을 뜻한다. 가까운 사람들로부터, 그리고 자기 자신으로부터 떨어져 나온 자는 대부분 자신의 상황을 무덤덤하게 지나칠 수만은 없는 고통에 빠지게 된다. 그러한 고통은 존재의 내부에서 다만 인식이나 관념으로 머무는 것이 아니라 특수한 정념, 감각, 느낌, 정서 등을 촉발하는 요인이 된다. 소외된 자는 그 소외의 상황을 어떤 특수한 감각으로 체감하며 동시에 어떤 특수한 정념으로 전이시켜간다. 소외는 분노와 외로움, 우울, 위축감, 좌절, 절망 등을 낳는 원천이라 할 수 있다. 이상에게 소외는 우선 '극한'의 감각으로 표현되곤 한다. 여기서 본론

첫 장에서 살펴보았던 시「興行物天使」를 상기할 필요가 있다.

　－어떤後日譚으로

　　整形外科는여자의눈을찢어버리고形使없이늙어빠진曲藝象
의눈으로만들고만것이다. 여자는실컷웃어도또한웃지아니하여도
웃는것이다.

　　여자의눈은北極에서邂逅하였다. 北極은초겨울이다. 여자의
눈에는白夜가나타났다. 여자의눈은바닷개(海狗)잔등과같이얼음
판위에미끄러져떨어지고만것이다.

　　世界의寒流를낳는바람이여자의눈물을불었다. 여자의눈은
거칠어졌지만여자의눈은무서운氷山에싸여있어서波濤를일으키는
것은不可能하다.

　　여자는大膽하게NU가되었다. 汗孔은汗孔만큼의荊棘이되었
다. 여자는노래부른다는것이찢어지는소리로울었다. 北極은鐘소리
에戰慄하였던것이다.

　　(……)

　　紅도깨비靑도깨비는펜긴이다. 사루마다밖에입지않은펜긴은
水腫이다.

여자는코끼리의눈과頭蓋骨크기만큼한한水晶눈을縱橫으로굴
리어秋波를濫發하였다.

「興行物天使」 부분

홍행물천사는 자신의 정체성(눈)을 성형당한 근대의 상품화(사물화)
된 몸을 상징한다. 이러한 자기소외의 극렬한 고통과 슬픔을 시인은 북극
의 극한 속에 얼어붙은 여자의 눈으로 상징화한다. '극한'은 이 시에서만
이 아니라 이상의 다른 시에서도 소외된 자의 감각을 드러내는 상징적 시
어로 반복되곤 한다. 시 「生涯」의 "내頭痛위에新婦의장갑이定礎되면서내
려앉는다. 써늘한무게때문에내頭痛이비켜설氣力도없다."에 보이는 서늘한
무게의 고통이나, 시 「火爐」의 "火爐를꽉쥐고집의集中을잡아땡기면유리
窓이움푹해지면서極寒이혹처럼房을누른다."에 보이는 고립된 공간의 추
위가 그러한 예이다. 위에 인용한 시 「興行物天使」의 2~3연을 보면 여자
의 눈이 눈동자를 잃어버린 듯한 뿌옇고 허연 '백야'로 묘사되었다가 얼
음판 위에 미끄러져 떨어지면서 "무서운氷山"에 싸여 얼어붙은 것으로
묘사된다. 이 시의 후반부로 가면 여자의 눈은 "코끼리의눈과頭蓋骨크기
만큼한水晶눈"으로 묘사된다. 이 두 개의 눈이 환기하는 불일치의 이미
지는 그녀의 얼굴을 기괴하게 만든다. 양쪽 눈의 불일치는 일그러진 세계
의 상을 의미한다. 일그러진 세계가 일그러진 존재를 낳는 것이다. 두 눈
의 불일치와 더불어 여기서 주목할 것은 여자의 눈 한쪽이 완전히 얼음
의 형상(수정)으로 단단하게 굳어졌다는 사실이다. 즉 여자의 눈이 비인
간화의 차원인 싸늘한 얼음으로 응결되었음을 알 수 있다. 이러한 육체
의 사물화 과정 또한 자기소외 과정을 함축한다. 시인은 육체변형 과정
즉 정체성의 성형과정에서 비롯되는 홍행물천사의 내적 고통과 슬픔을

"여자의눈은北極에서邂逅하였다. 北極은초겨울이다."라는 맹렬한 추위로 감각화한다. 언제나 웃게끔 성형된 여자의 눈은 참혹하게 짓밟힌 존재의 비인간적인 사태를 상징한다. 그러한 존재 상태를 시인은 극한의 감각으로 가시화하는 것이다. 맥락을 보면, 빙산에 싸여 얼어붙은 눈의 추위는 존재의 벌거벗겨짐(NU)으로, 다시 한공(汗孔)의 형극으로 확대되어간다. 그리고 살갗의 모든 구멍들이 얼어붙는 통증은 찢어지는 울음소리로 북극에서 울려퍼진다. 이 극한의 극지가 바로 여자의 내면에 자리 잡은 소외의 공간이라 할 수 있다. 이와 같은 소외의 감각은 무력감이라는 정념으로 이어진다.

바른손에菓子封紙가없다고해서
왼손에쥐어져있는菓子封紙를찾으려只今막온길을五里나되
돌아갔다
이손은化石하였다

이손은이제는이미아무것도所有하고싶지도않다所有된물건
의所有된것을느끼기조차하지아니한다

只今떨어지고있는것이눈(雪)이라고한다면只今떨어진내눈물
은눈(雪)이어야할것이다

나의內面과外面과
이件의系統인모든中間들은지독히춥다

左 右

이兩側의손들이相對方의義理를저버리고두번다시握手하는
일은없이
　　困難한勞動만이가로놓여있는이整頓하여가지아니하면아니
될길에있어서獨立을固執하는것이기는하나

　　추우리로다
　　추우리로다

「空腹」부분

　　이 시의 의미맥락은 '과자봉지(菓子封紙)'가 있는 왼손과 과자봉지가
없는 바른손이 서로의 의리를 저버리는 불화의 상황과 그에 따른 결별을
기반으로 이루어져 있다. 이때 왼손과 바른손의 상징을 분열된 자아로
보든 아니면 여성과 남성(아내와 남편)으로 보든 상관없이, 이 둘이 있음
(획득)과 없음(결핍)이라는 상반된 존재 상황 속에 놓여 있다는 사실을
확인할 수 있다. 바른손은 과자봉지를 찾으려 "只今막온길을五里나되돌
아갔다" 오지만 과자봉지를 찾는 데 실패한다. '只今막온길'을 되돌아갔
다는 것은 바른손이 왼손과 함께 있다가 과자봉지를 빼앗겼을 가능성을
시사한다. 아울러 "困難한勞動만이가로놓여있는이整頓하여가지아니하
면아니될길"이라는 구절은 과자봉지를 찾으려고 오리(五里)나 되돌아갔
던 행위가 아무런 성과 없는 힘겨운 노동에 불과했음을 암시한다. 이는
행위를 촉발하는 '기대와 보상'의 논리 즉 "주어진 행위가 일어날 수 있
는 가능성은 개인이 가지고 있는 기대감의 기능, 즉 행위(혹은 일군의 행
위들)는 [특정한 상황에서의] 가치 있는 보강 *a valued reienforcement*

의 달성에서 나타난다[31]"는 것이 어긋났음을 뜻한다.

이와 같은 보상에 대한 기대감이 깨졌을 때 바른손은 '화석(化石)'이 되어 굳어진다. 이는 「興行物天使」에 등장하는 여자의 눈이 얼음 수정으로 단단하게 사물화되는 것과 동일한 상상력으로 볼 수 있다. 이상은 소외된 자를 이처럼 생명감을 잃어버린 경직된 사물로 전이시킴으로써 비인격적인 차원으로 강등된 존재 상태를 드러낸다. 화석으로 굳어진 손은 이제 아무 것도 소유하고 싶어 하지 않으며 이미 소유한 것에 대해서조차 느낌을 잃어버린다. 말하자면 화자의 바른손은 에릭 프롬의 말을 빌자면 "자기 자신과 외부 세계를 생산적으로 연결시키지 못[32]"한 채 무력감이라는 정념과 무의미성에 빠져버린 것이다.[33] 시이맨은 소외가 야기하는 무력감과 무의미성을 다음과 같이 설명한다.

무력감이란 그 자신의 행위가 개인적 보상이 생기도록 통제

---

31) 정문길, 앞의 책. 207쪽.
32) 에릭 프롬, 앞의 책, 114쪽.
33) * 멜빈 시이맨(Melvin Seeman)의 대중사회이론의 개괄적 도식

(A)현대의 구조적 경향	(B)소외의 제형태	(C)행동적 제결과
1. 혈연관계에서 비인격화로 2. 전통적인 데서 합리적 형태로 3. 동질성에서 이질성으로 4. 안정에서 기동성으로 5. 규범의 확대	1. 무력감 2. 무의미성 3. 무규범성 4. 가치상의 고립(문화적 소외) 5. 자기소외 6. 사회적 고립	1. 정치적 변동성(예:투표불참) 2. 무모한 쟁의 3. 대중운동 4. 인종적 편견 5. 정신적 무질서 6. 학교의 결석 7. 낮은 정보수준 8. 자살

사회심리학적 관점에서 소외론을 전개하는 시이맨은 현대의 구조적 경향이 소외의 제 형태와 행동적 결과를 초래한다고 설명한다. (A)~(C)로 이행되는 소외구조 가운데 본 논의가 주목한 것은 (B)항에 나열된 소외의 여섯 가지 제 형태이다. 이 여섯 가지 소외의 제 형태가 소외된 자의 심리, 정념 등과 밀접한 관련을 갖기 때문이다. 시이맨은 소외의 제 형태를 행위자의 기대감과 행위 결과로서 가치(補强가치, 보상)의 관계로 설명한다. 이와 같은 시이맨의 논의는 1959년 논문 "On the Meaning of Alienation"(ASR, Vol. 24, No. 6(December, 1959)을 보완한 것이다. 이 논문에는 소외의 제 형태 가운데 '사회적 고립' 항목이 없었는데 이후 추가된 것이다. "On the Meaning of Alienation"은 조희연에 의해 번역된 바 있다.(멜빈 시만, 「소외의 의미」, 『현대소외론』, 참한, 1983.) 도표는 Melvin Seeman, Alienation and Engagement, in The Human Meaning of Sociat Change, eds by A. Campbell and p. Converse(New York: Russell Sage Basic Book, 1972), ch. 12, p. 469. 정문길, 앞의 책, 206쪽에서 재인용.

할 수 있는 데 대한 낮은 기대감을 말한다. 즉 소외된 사람에게는 이 같은 통제가 외부적 힘, 강력한 타자, 행운, 혹은 운명에 맡겨져 있는 것처럼 보인다.[34]

무의미성은 인간이 그것의 역동성을 파악하지 못하고 그것의 미래의 진행을 예측할 수 없는 사회적 사태나 사건에 대해 불가해의 감각이다. 좀더 공식적으로 표현한다면, 장래의 결과에 대한 만족할 만한 예측이 내려질 수 있다는 데 대한 낮은 기대감이다.[35]

무력감은 행위 보상에 대한 낮은 기대감에서 발생하며 무의미성은 장래를 예측할 수 없다는 데서 발생한다. 아무것도 소유하고 싶지 않고 이미 소유한 것에 대해서조차 아무런 느낌을 갖지 못하는 '화석'의 상태는 결핍을 보상받기 위한 행위의 욕구가 사라졌음을 뜻하며 이미 소유한 것(현존재)조차 무가치하게 여기는 정념의 상태를 함축한다. 루카치는 소외된 자의 이러한 태도를 '정관적 태도'(靜觀的 態度, Kontemplative Haltung)라고 말한다. 정관적 태도는 "제 자신의 현존재―곧 낯선 체계 속에 끼워 맞추어진 한 파편으로서의 현존재―에게 일어나는 사건들에 어떠한 영향력도 끼칠 수 없는 방관자"[36]가 되는 것을 뜻한다. 이러한 존재의 상태를 시인은 '공복'이라 말하고 이때 야기되는 감각을 "지독히춥다"라는 문장으로 표현한다. 이상의 또 다른 시 「紙碑」의 "안해의벗어놓은 버선이 나같은空腹을 表情하면서 곧걸어갈것같다"에서 아내가 벗어놓은

---

34) Melvin Seeman, "Alienation and Engagement", p. 472. 정문길, 위의 책, 208~209쪽에서 재인용. 멜빈 시만, 「소외의 의미」, 『현대소외론』, 조희연 역, 참한, 1983, 19~23쪽 '무력감' 항목에 대한 설명 참조.

35) Melvin Seeman, "Alienation and Engagement", p. 472. 정문길, 위의 책, 209쪽에서 재인용. 멜빈 시만, 「소외의 의미」, 『현대소외론』, 조희연 역, 참한, 1983, 23~25쪽 '무의미성' 항목에 대한 설명 참조.

36) 루카치, 앞의 책, 189쪽.

버선과 '나'의 공복의 표정을 은유적 관계로 표현한 데서도 소외된 자의
존재 상태를 발견할 수 있다. 이 같은 소외된 자의 복합적 정념을 가장 극
명하게, 그리고 종합적으로 드러낸 대표적인 작품으로 「悔恨의 章」[37]을 꼽
을 수 있다.

> 가장 無力한 사내가 되기 위해 나는 얼금뱅이었다
> 세상에 한 女性조차 나를 돌아보지는 않는다
> 나의 懶怠는 安心이다
>
> 양팔을 자르고 나의 職務를 회피한다
> 이제는 나에게 일을 하라는 자는 없다
> 내가 무서워하는 支配는 어디서도 찾아 볼 수 없다
>
> 歷史는 무거운 짐이다
> 세상에 대한 辭表 쓰기란 더욱 무거운 짐이다
> 나는 나의 문자들을 가둬버렸다
> 圖書館에서 온 召喚狀을 이제 난 읽시 못한나
>
> 나는 이젠 세상에 맞지 않는 옷이다
> 封墳보다도 나의 의무는 적다
> 나에겐 그 무엇을 理解해야 하는 苦痛은 완전히 사그라져버
> 렸다
>
> 나는 아무때문도 보지는 않는다

---

37) 「悔恨의 章」은 일어로 쓴 유고시로 1966년 7월에 월간 문예지 『현대문학』에 발표되었다.

그렇기 때문에 나는 아무것에게도 또한 보이지 않을 게다

처음으로 나는 완전히 卑怯해지기에 성공한 셈이다

「悔恨의 章」 전문

    소외된 자의 행동 양식은 크게 두 가지로 대별될 수 있다. 하나는 멀어진 타자나 자기 자신에 대해 적극적으로 관계 개선을 시도하는 경우이며 다른 하나는 관계 개선을 포기한 채 다른 행동 양식을 취하는 경우가 그 것이다. 이 시는 여성, 노동, 지식 등 전방위적으로 소외를 경험한 한 존재의 행동 양식과 정념을 드러낸다는 점에서 이상 시에 내포된 소외의 복합성을 종합적으로 타진해볼 수 있는 작품으로 판단된다. 우선 "나는 얼금뱅이었다"라는 고백부터 생각해볼 필요가 있다. 이상은 수필 「슬픈 이야기」에서 "나는 팔짱을 끼고 오랫동안 잊어버렸던 우두 자국을 만져 보았읍니다. 우리 어머니도 우리 아버지도 다 얽으셨읍니다.[38]"라고 고백한다. 따라서 이 시의 '얼금뱅이'는 실제 이상 자신이 아니라 그의 친부모를 지시한다. 이는 안면 장애의 부모에게서 소생한 자신이 세상으로부터 소외될 수밖에 없는 불구의 운명을 지닌 자임을 뜻하는 것이다. 이러한 불구 소생을 세상의 여성들은 기피한다. 여성에 의해 야기된 소외를 화자는 나태로 대응한다. 그리고 '나'의 노동을 지배하려는 자에 대해 양팔을 자르고 직무를 회피하는 방식으로 대응한다. 역사의 부채감에 대해서는 문자를 가둬버리는 방식으로 대응한다. 아놀드 하우저는 "개개인이 품고 있는 '뿌리가 없는' 듯한―의지할 데 없는 듯한―감각이나 무목적성, 실체(實體) 상실의 감각 등은 소외의 관념의 기초를 이루는 것이고, 지금도 그러하다. 즉 그것은 개인과 사회와의 관계가 상실되었다는 감각이고, 또

---

38) 이상, 『이상문학전집 3 수필』, 김윤식 편저, 문학사상사, 1993, 63쪽.

자기 자신의 일에도 적극적으로 참가하지 않고 있다는 감각이며, 자신의 향상심이나 자신의 규범 또는 야심을 살릴 희망이 완전히 상실되었다는 감각이다.[39]"라고 설명한다. 나태와 직무 회피, 문자를 봉쇄해버리는 것은 모든 적극적 참가행위를 스스로 거둬버리는 태도를 함의한다. 이와 같은 행동 양식의 이면에는 세상의 가치로부터 자신을 고립시키려 하는 심리가 내재해 있다. 그는 강력한 무력감을 통해 세상에 대한 욕망과 의무를 스스로 차단해버리는 것이다. 타자를 보지 않고 타자에게 보이지 않는 투명인간 상태로서의 무력감을 통해 그는 고통의 무게를 최소화하고 있는 것이다.

이 같은 행동 양식은 "자신의 행위가 개인적 보상이 생기도록[40]" 하는 것과는 정반대의 방향을 향해 '추구'되는 것처럼 보인다. '비겁'이라는 어휘를 사용하고 있음에도 불구하고 화자 자신이 무력감을 통한 가치의 무의미화를 매우 적극적으로 실천하는 것으로 읽혀지기 때문이다. "처음으로 나는 완전히 卑怯해지기에 성공한 셈이다"에 보이는 '처음으로', '완전히'에 부가된 강조점들, 그리고 행위 결과를 '성공'으로 판단하는 것 등이 그의 무력감의 적극화를 입증해준다. 그런 의미에서 이상의 무력감으로서의 정념은 기성 가치의 부정이나 거부를 내포하는 능동성을 지니는 것으로 볼 수 있다. 신범순은 이상의 소설에 등장하는 남성들이 "성적인 빈혈증"을 앓고 있다고 말하면서 그들이 "한결같이 룸펜이며 막연하게나마 소시민적 지위를 드러낸다. 그들은 자본주의적인 도시 환경 속에서 몰락한 존재로 생존하고 있다. 그런데 여기서 주목해야 할 점은 이들 주인공들이 한결같이 그러한 '무기력에의 의지'를 지니고 있다는 것이다.[41]"라

---

39) 아놀드 하우저, 『예술과 소외』, 김진욱 역, 종로서적, 1981, 127~128쪽.
40) 에릭 프롬, 앞의 책, 114쪽.
41) 신범순, 앞의 책, 113쪽.

고 말한다. 신범순이 말하는 '무기력의 의지'란 현실과 조우할 수 없는 자의 무기력과 현실을 부정하는 정신적 의지 모두를 의미한다. 이 같은 '무기력의 의지'는 소설에 등장하는 인물에게만이 아니라 이상의 시적 화자에게도 발견되는 정념이라 할 수 있다. 따라서 "나는 이젠 세상에 맞지 않는 옷이다"라는 구절이 환기하는 고립감은 자신을 소외시킨 세계에 대해 무력감으로 맞서려 하는 자의 최후의 의지 즉 강력한 '구별짓기'의 심리를 포함하는 것으로 판단된다.

5. 맺음말

소외는 사물화된 관계, 낯선 힘에 의한 종속, 자기 자신과 객관세계로부터의 소원과 분리 등을 뜻한다. 그런 의미에서 소외는 존재론적 층위와 사회적 층위의 양측에 걸쳐 발생하는 '상황'이며 '감정'이라 할 수 있다. 본 연구는 이 같은 소외를 관계가 빚어낸 비인간적 사태로 파악하고, 그것의 구체적인 '작용태'와 소외가 양산해내는 개별 '정념'의 상호 연관성을 분석함으로써 이상 시에 드러난 자기이해와 세계 인식의 문제, 그리고 소외가 야기하는 고통의 실체를 밝히는 데 그 목적이 있다.

본 논의는 이상 시에 나타난 소외 상황과 정념 등의 분석을 위해 '상품 구조의 본질'을 통해 소외를 설명하는 루카치의 '사물화' 개념과 사회심리학적 입장에서 소외의 여섯 가지 제 형태를 무력감, 무의미성, 무규범성, 가치상의 고립(문화적 소외), 자기소원(自己疏遠), 사회적 고립으로 분류한 멜빈 시이맨의 소외론 등을 이론적 토대로 삼았다. 이는 이상 시에 등장하는 '나'와 아내의 관계가 루카치의 '사물화' 과정과 상동적이라는 판단에서, 그리고 그의 시에 내포된 소외의 정념이 시이맨이 설명한 소외의 형태를 통해 보다 정교하게 설명될 수 있다는 가정 하에서 비롯된 선택이다. 아울러 논의를 응집시키기 위해, 특히 타자와의 관계성을 가장 첨예하게, 상징적으로 보여준 '나'와 '아내'가 등장하는 시편에 주목하였다.

이상의 시에 등장하는 여성들 대부분은 '매춘부'(상품)이며 이에 관계된 남성은 매춘행위를 욕망하는 자이거나 그것을 용인해야 하는 남편으로 나타난다. 이상의 화자(남편)는 사물화된 아내의 삶에 종속되어 그에 상응하는 방식으로 아내와의 관계를 만들어가게 된다. 즉 매춘부로서의 아내는 남편과의 관계방식을 규정할 뿐만이 아니라 남편의 욕구와 의식에 관여함으로써 그를 소외시키는 원인이 된다. 진실을 상실한 아내와의 관계 속에서 화자 또한 자발성과 자신의 고유한 진실을 상실해 가는 것이다. 이것이 바로 사물화된 관계구조라 할 수 있다.

이 같은 남편과 아내의 관계로부터 빚어지는 '나'(남편)의 자기소외의 국면을 살펴보면 권리 양도의 문제가 깊이 개입되어 있음을 확인할 수 있다. 아내와의 관계에서 '나'는 이미 남편으로서의 권리와 자격을 "그날에 該當한 한 男子" 즉 아내의 애인에게 양도한 사람으로 표상된다. 아내가 더 이상 '나'에게 속하지 않는 낯선 힘으로 느껴질 때, 남편의 권리를 양도할 수밖에 없을 때, '나'는 아내로부터, 그리고 '나' 자신으로부터 소외되는 것이다. 이와 같은 상황에서 아내와 '나'의 자리는 역전된다. 남편의 역할과 책임, 권리, 자격 등이 신부인 아내에게 양도되는 것이다. 그 결과 아내에게 양도된 권리는 '나'를 억압하는 낯선 힘으로 작용하게 된다.

한편 소외의 고통은 특수한 정념, 감각, 느낌, 정서 등을 촉발하는 요인이 된다. 이상의 시에서 소외가 야기하는 감각은 주로 '극한(極寒)'으로 표현되면 그에 따른 정념은 무력감으로 드러나곤 한다. 시이맨에 의하면 무력감이란 보상에 대한 기대감이 깨졌을 때 발생한다. 이상은 이러한 정념의 상태를 생명감을 잃어버린 경직된 사물로의 전이를 통해 드러낸다. 그런데 소외된 화자 자신이 무력감을 통한 가치의 무의미화를 매우 적극적으로 실천한다는 점에서 이상의 무력감으로서의 정념은 기성 가치의 부정이나 거부를 내포하는 능동성을 지니는 것으로 볼 수 있다.

이상의 시에 내포된 소외와 정념은 사물화된 관계구조가 어떻게 인간적 유대를 훼손하는가, 어떻게 한 존재의 존립을 비생명적인 상태로 강등시키는가를 여실히 드러내준다. 아울러 이와 같은 비극적 존재 상황을 돌파하는 방법은 무엇인가를 묻게 한다. 상품구조에 의한 사물화의 과정은 근대인들이 타자와 맺는 관계방식을 압축적으로 지시한다. 이상은 이를 자신의 문학을 통해 선취한 시인이라 할 수 있다.

서정주 시에 나타난 성애(性愛)의 희극적 형상화 방식과 시적 의도

1. 연구의 필요성

성(性)은 인간의 가장 보편적인 관심사 가운데 하나로 인류사에 끊임없이 거론되어 왔던 테마라 할 수 있다. 그간 문학과 철학을 포함한 인문학만이 아니라 사회학과 생물학 등 다양한 영역에서 성에 대한 탐구가 이루어졌다는 사실은 성이 인간의 본질적 측면을 드러내주는 주요한 속성이라는 사실을 증명해준다. 그럼에도 우리의 현대시의 흐름을 볼 때 성에 대한 탐구와 형상화 작업은 양적인 면에서 미비했던 것이 사실이다. 이는 우아한 정신주의자의 품격을 지닌 시적 화자의 목소리가 현대시사에 압도적이었음을 뜻한다. 다시 말해 우리시의 지향이 육체성과 관련한 인간의 욕망이나 감각보다는 내면적 정서 혹은 정신적 가치에 집중되었음을 의미한다. 서정주는 이와 같은 시적 풍토를 벗어나 초기 시부터 성애에 관심을 보여 왔던 시인이라 할 수 있다. 그간 그의 초기 시에 나타난 에로티시즘이나 관능성에 대해서는 수많은 연구가 이루어졌다. 서정주의 첫 시집 『花蛇集』(남만서고, 1941)에 실린 다수의 작품이 성애와 관련하기 때문이다.

기존의 연구자들은 미당의 초기 시에 발견되는 성이 공통적으로 비극적 쾌락과 연관된다는 것에 대체로 합의한다. 김은자는 "미당의 초기 시에 나타나는 에로티시즘에는 감각적인 관능은 있으나 그에 수반하는 정신적 기쁨은 없다."[1]고 설명한다. 유지현은 "성애에 대한 몰두는 자기비하와 외부 세계와의 적대감 및 불화를 노정하는 수단인 셈"[2]이라고 미당의 초기 시에 대해 말한다. 또한 오영협은 "이 성적 생명력의 발산은 스스로의 죄의식에 의해 고통받지 않을 수 없는 것이다. 따라서 육체적 욕망에 휩쓸리면서도 그 죄의식은 정신적 절대점을 향한 승화의 노력을 낳게 만든다."[3]고 설명한다. 이와 달리 이승하는 미당의 초기 시를 "남녀 성행위의 자연스러움과 야성적 본능의 건강한 생명력"[4]으로 읽어내고 미당의 의도를 유교적 성 윤리에 대한 대항으로 설명하고 있다.

그런데 서정주의 초기 시에 드러난 비극적 육체성 혹은 관능성의 문제는 『花蛇集』이후 지속되지 않는다. 더 정확히 말하면 『花蛇集』이후 『歸蜀途』, 『徐廷柱詩選』, 『新羅抄』, 『冬天』에 이르는 일련의 시집에는 성보다는 사랑이나 그리움의 서정이 중심을 이룬다.[5] 서정주의 시세계에 성애의 문제가 다시 등장하기 시작한 것은 『질마재 神話』부터이며 이후 『西으로 가는 달처럼』, 『鶴이 울고 간 날들의 시』와 같은 시집에서 지속된다. 그런데 이들 시집에 보이는 성애는 초기 시와는 완전히 다른 면모를 드러낸다. 초기 시가 비극적 성애에 집중되어 있다면 이들 시집은 희극적인 성애에 초점이 맞추어져 있다. 그런데 성애에 관한 기존의 논의는 주로 초기

1) 김은자, 「한국현대시의 공간의식에 관한 연구—김소월·이상·서정주를 중심으로」, 서울대학교 대학원 국어국문학과 박사학위논문, 1986, 165~166쪽.
2) 유지현, 「서정주 시의 공간 상상력 연구」, 고려대학교 대학원 국어국문학과 박사학위논문, 1997, 23쪽.
3) 오영협, 「서정주 초기 시의 의식구조 연구—이원성과 그 융합의 의지를 중심으로」, 고려대학교 대학원 국어국문학과 석사학위논문, 1989, 57쪽.
4) 이승하, 『한국 현대시 비판』, 월인, 2000, 142쪽.
5) 이들 시집에 성애와 관련한 시편들이 전무하다고는 할 수 없다. 예를 들어 『新羅抄』에 실린 「노인헌화가(老人獻花歌)」나 『冬天』에 실린 「뵈인 숫가락지 구멍」 정도를 말해볼 수 있다. 시 「뵈인 숫가락지 구멍」의 경우는 금가락지 구멍을 여성 성기로 치환했을 때만 성애와 관련한 시편으로 볼 수 있다.

시에 편중되어 있으며 초기 시 이후에 대한 연구는 매우 지엽적 언급 이상을 벗어나지 못하는 형편이다.[6] 특히 희극적 성애에 대한 본격적 논의는 드물다할 수 있다.

성에 대한 모든 언급과 해석, 시각 등은 곧 인간에 대한 인식의 반영이라 할 수 있다. 미당 시에 나타난 희극적 성애 또한 인간에 대한 이해와 긴밀하게 관련한다. 본 논의는 미당이 희극적 성애를 어떤 방식으로 형상화하고 있는가 그 미학적 근거를 탐색하고 이와 같은 형상화의 원리에 내포되어 있는 시인의 의도를 파악하는 데 그 목적이 있다.

2. 기대의 불일치를 야기하는 여성성

① 괴력의 육체성

성에 대한 탐구는 곧 남녀의 신체를 대상화하여 인간의 본능과 욕망, 내면을 파악하고자 하는 데 그 의미가 있다. 따라서 모든 성담론에 육체성이 매개되는 것은 필수적이다. 일반적으로 성에 대한 탐구는 남성의 신체보다는 여성의 신체에 집중되는 경향을 보여 왔다. 그렇다면 성적 아름다움을 불러일으키는 여성의 신체는 어떠한 것인가? 미녀와 요부, 간부들의 이미지는 시대에 따라 다소 변형되기도 하고 동서양의 기준에 차이가 있기도 하지만 대부분은 붉은 입술과 풍만한 둔부와 유방, 가는 허리, 부드러운 살결, 신비한 눈빛과 물결 같은 머리털 등으로 부각된다. 이것이 우리의 의식을 지배하는 아름다운 여성 신체에 대한 통념이다. 여성적 몸의 이 같은 형상은 남성들만이 아니라 여성 스스로도 추구하는 보편적·

---

6) 예를 들어 전미정은 서정주의 에로티시즘에 관한 논의에서 『질마재 神話』를 원초적 세계와의 동화, 육체의 긍정적 회귀 등으로 설명하고 있으나 성애의 희극적 요인에 대해서는 언급하고 있지 않다. 전미정, 『한국 현대시와 에로티시즘』, 새미, 2002, 171~174쪽 참조.

이상적 미라 할 수 있다.

이상적 육체의 형상과 마주쳤을 때 인간 일반은 경탄과 도취의 감정을 드러낸다. 시인이든 화가이든 이와 같은 미적 효과와는 다른 것을 의도한다면 일반적 통념에서 벗어난 여성 육체의 형상을 탐구해야만 한다. 경탄을 자아내는 황홀한 육체는 에로티시즘의 욕구를 불러일으킬 수는 있어도 그와는 다른, 예를 들면 웃음, 공포감, 혐오감과 같은 감정을 일으키기는 어렵다. 따라서 예술가가 겨냥하는 것이 경탄스러운 육체가 아니라면 그는 여성의 신체를 보편적 기준으로부터 일탈시킬 필요가 있다. 이는 여성의 신체를 왜곡시켜 특정 신체 부위를 과장·축소하거나 육체적 능력을 매우 탁월한 수준으로 끌어올림으로써 가능해진다. 이 모두는 그로테스크한 육체성으로 귀결된다. 그로테스크는 양립할 수 없는 것을 부적절하게, 불균형하게 뒤섞어 놓음으로써 획득된다. 그런 의미에서 그로테스크는 "신체적으로 비정상적인 것'과 강한 친화관계를 가지고 있다는 점"[7]을 특징으로 한다. 이 같이 통념에 충격을 가하는 그로테스크한 신체의 형상은 기대의 불일치(생소함)를 야기함으로써 희극적 효과를 만드는 데 주요한 역할을 한다.[8] 기대의 불일치는 상식이나 통념 등과는 다른 것이 제시되었을 때 혹은 서로 어울리지 않는 것의 대비, 통일성의 결여, 부적절함 등으로부터 촉발된다.[9] 서정주 또한 독자의 웃음을 유도하기 위해 시에 등장하는 여성의 육체 혹은 육체적 능력을 그로테스크한 형상으로 과장한다.

---

7) 필립 톰슨, 『그로테스크』, 김영무 역, 서울대출판부, 1986, 12쪽.
8) 비정상적이고 부자연스러운 것이 반드시 유쾌함이나 웃음, 재미만을 주는 것은 아니다. 그것은 혐오나 공포, 불쾌감을 일으키기도 하는데 필립 톰슨은 이에 대해 다음과 같이 언급한다. "새로운 것에 대한 기쁨과 정상적인 것에서 벗어난 것에서 맛보는 재미는 일단 비정상의 정도가 일정한 수준에 이르게 되면 친숙하지 못한 미지의 것에 대한 공포로 바뀐다. 공인된 기준과 규범에서 벗어난 것에 대해 느끼는 쾌감은 이러한 규범들이 심각하게 위협을 받거나 공격을 당했다고 여겨지면 곧 공포(와 분노)가 된다." 필립 톰슨, 앞의 책, 33쪽.
9) 류종영, 『웃음의 미학』, 유로, 2007, 177~185쪽 참조.

高句麗 山上王이 하늘에다 祭祀할 때 쓰려고 가두어 둔 돼지 한 마리가 도망쳐서, 술을 잘 만드는 술통村이란 마을로 들어갔사온데요. 山에 철쭉꽃 나뭇가지 구부려져 오고가듯, 그놈의 돼지가 어찌나 되게는 왔가 갔다 하는지 잡히지 않아 걱정이었는데, 나이 스무 살쯤 되었을까 后女라는 이름의 토실토실한 過年한 處女가 나와 아주 썩 든든히 이쁘게는 웃으면서 보기 좋게 이것의 뒷다리를 잡아 냉큼 붙들어매 놓았읍지요.

山上王이 뒤에 이 이야기에 반해서 밤에 그네 집에 스며들어가 붙어 애기를 만들었다 하는데, 이것은, 참, 한번 찬성해 볼 일이읍지요. 더더구나 요로코롬해 만든 애기가 뒤에 커서 제법 王까지도 됐다니, 이거야말로 술통村 마을 뒷山의 철쭉꽃 나무가 그 구불구불한 가지 우에다 피우고 있는 꽃만큼이나 재미나긴 꽤나 재미난 이야깁지요.

「술통村 마을의 慶事」 전문[10]

삼국사기에 따르면 고구려 산상왕은 고국천왕의 아우로서 고국천왕이 죽자 후사가 없었던 형수의 도움으로 그의 뒤를 이어 왕위에 오른 인물이다. 산상왕은 형수를 당시 풍습(兄死娶嫂制)대로 아내로 맞이했으나 역시 후사가 없었다. 이후 후녀(后女)라는 여자에게서 후사를 보게 되는데 인용한 시는 이를 바탕으로 창작된 것이다. 사료에는 도망친 돼지에 대해서는 "이리저리 날뛰어 잡을 수 없었다."고 간단히 설명되어 있으며 후녀에 대해서는 "웬 여자가 아름답고 고운 얼굴에 미소를 띠고 잡은 다음에야, 쫓던 이가 돼지를 찾아올 수 있었다."[11]고 기록되어 있다.

---

10) 이 시는 『三國遺事』第十六卷, 高句麗本紀 四, 「山上王 十二年」條의 내용을 참조하여 만들어진 것이다.
11) 김부식, 『삼국사기 I』, 이강래 역, 한길사, 1998, 352쪽.

그런데 미당은 이리저리 날뛰는 돼지를 "山에 철쭉꽃 나뭇가지 구부러져 오고가듯"이라고 비유함으로써 한 바탕 소동을 피우며 종잡을 수 없이 돌아다니는 돼지의 동작을 구불구불한 선(線)의 이미지로 그려낸다. 아울러 후녀의 얼굴을 강조한 사료와 달리 토실토실한 몸과 든든한 웃음을 강조함으로써 그녀의 강한 신체적 에너지에 초점을 맞춘다. 한 술 더 보태서 "보기 좋게 이것의 뒷다리를 잡아 냉큼 붙들어매 놓았읍지요."라고 돼지 붙드는 장면을 실감나게 처리함으로써 후녀의 육체적 힘을 부각시킨다. 후녀의 이 같은 괴력은 왕자를 탄생시키는 힘으로 이어짐으로써 국운을 좌우하는 신성한 가치로 전환된다.

이때 날뛰는 돼지를 한 번에 제압하는 후녀의 괴력은 미녀나 왕비에 대한 일반적 기대를 벗어나게 함으로써 재미와 웃음을 불러일으키게 된다. 한편 화자는 산상왕의 행위를 "그네 집에 스며들어 붙어 애기를 만들었다"라고 비천한 어투로 말함으로써 왕의 품위를 우스꽝스럽게 격하시킨다. 화자의 이러한 말투는 왕의 품격에 맞는 공식적 언어의 딱딱함과는 거리가 멀다. 이는 왕의 권위에 독자가 눌리지 않게 하고 그의 행실로부터 재미를 느끼게 하는 전략이라 할 수 있다. 한편 미당 시에 여성의 괴력은 젊은 여성에게만 나타나는 것이 아니다.

  질마재 堂山 나무 밑 女子들은 처녀 때도 새각씨 때도 한
창 壯年에도 戀愛는 절대로 하지 않지만 나이 한 오십쯤 되어 인
제 마악 늙으려 할 때면 戀愛를 아조 썩 잘 한다는 이얘깁니다. 처
녀때는 친정부모 하자는대로, 시집가선 시부모가 하자는대로, 그
다음엔 또 남편이 하자는대로, 진일 마른일 다 해내노라고 겨를이
영 없어서 그리 된 일일런지요? 남편보단도 그네들은 응뎅이도 훨

썬 더 세어서, 사십에서 오십 사이에는 남편들은 거이가 다 뇌졈
으로 먼저 저승에 드시고, 비로소 한가해 오금을 펴면서 그네들
은 戀愛를 시작한다 합니다. 朴푸접이네도 金서운네도 그건 두
루 다 그렇지 않느냐구요. 인제는 房을 하나 온통 맡아서 어른 노
릇을 하며 머리에 冬柏기름도 한번 마음껏 발라 보고, 粉세수도
해보고, 金서운네는 나이는 올해 쉬흔 하나지만 이 세상에 나서
처음으로 이뻐졌는데, 이른 새벽 그네 房에서 숨어나오는 사내를
보면 새빨간 코피를 흘리기도 하드라구요. 집 뒤 堂山의 무성한 암
느티나무 나이는 올해 七百살, 그 힘이 뻐쳐서 그런다는 것이여요.

「堂山나무 밑 女子들」 전문

시 「술통村 마을의 慶事」에 등장하는 후녀가 스무 살쯤 된 처녀라면
위에 인용한 「堂山나무 밑 女子들」에 등장하는 朴푸접이네나 金서운니
네는 오십이 넘은 질마재의 여인들이다. 이들은 또한 사십에서 오십 사이
에 남편들을 저승으로 보낸 과부들이다. 이 시의 웃음은 오십이 넘은 과
부들이 연애를 시작한다는 기이한 사건으로부터 생겨난다. 생물학적으로
폐경기에 접어든 여성이, 그것도 과부가 연애를 한다는 사실은 전통적 습
속에 젖어 있는 농경사회에서 받아들이기 어려운 것이라 할 수 있다. 시
인은 바로 이러한 통념을 뒤집으면서 낡은 도덕관념에 충격을 가하고 웃
음을 유발시키고자 한다.[12]

이때 강조된 것은 그네들의 하복부의 힘이다. "남편보단도 그네들은 응

___

12) 우리의 낡은 도덕관념에 충격을 가하고자 했던 미당의 지향은 그의 초기 시부터 발견되는 현상이다. 이승하
는 미당의 초기 시 분석에서 이러한 사실을 다음과 같이 설명한다. "서정주가 정작 반대하고 싶었던 것은 유
교의 성 윤리이다. 유교는 남녀의 유별을 지나치게 강조하는 한편 여성의 성을 전혀 인정하지 않았다. 서정
주는 출산과 양육에만 여성의 의미를 둔 유교의 윤리의식에 반감을 품고서 자연과 더불어 살아가는 여성의
참된 모습을 자연 속에서의 성행위 묘사를 통해 해본 것이다. 서정주의 이런 시에서 여성은 성의 수혜자가
아니라 적극적인 리더이다." 이승하, 앞의 책, 143쪽.

뎅이도 훨씬 더 세어서"라고 화자는 말한다. '응뎅이'는 배설과 성교, 임신, 출산을 모두 포괄하는 여성의 풍부한 육체성을 함의한다. 늙은 그네들의 연애는 바로 이 돌출된 응뎅이의 힘에서 비롯된다. 신체의 한 부분이 특별히 과장될 때 그 신체 부위는 익살맞거나 괴상한 것으로 느껴질 수 있다. 이 같은 육체성은 웃음을 유발하는 근본 동력이 되곤 한다. 바흐찐(Mikhail M. Bakhutin)은 돌출되거나 반대로 우묵하게 들어간 그로테스크한 신체 부위에 특히 관심하면서 다음과 같이 설명한다.

> 크게 벌어진 입, 생식기, 유방, 남근, 불룩한 배, 코처럼 육체가 외부 세계를 향해 열려있는 곳, 즉 세계가 육체 속으로 들어가기도 하고 혹은 육체로부터 밀려나기도 하는 곳, 또는 육체 자체가 세계로 밀어낸, 즉 구멍, 융기, 가지, 돌출물과 같은 육체의 부분들이 강조된다. 육체는 성장하고 자신의 한계를 초월하는 원리로서, 성교, 임신, 출산, 임종의 고뇌, 먹고 마시고 배설하는 것과 같은 행위 속에서만 자신의 본질을 전개시킨다. 이것은 영원히 준비되지 않은, 그러나 영원히 창조되고 창조하는 육체이며, 종족이 발전하는 쇠사슬 속의 고리이다.[13]

바흐찐에 의하면 신체의 돌출부와 구멍들은 외부와의 접촉을 매개하는 '고리'이다. 즉 서로 다른 신체가 이 고리를 매개로 결합되는 것이다. 「堂山나무 밑 女子들」의 '응뎅이'도 자신의 육체적 한계를 초월하는 일종의 고리라 할 수 있다. 그네들의 응뎅이는 외부 세계와의 접촉을 가능케 하는 융기된 신체 부분으로 늙음을 쇄신하고 새로운 세계를 만들어내는

---

13) 미하일 바흐찐, 『프랑수아 라블레의 작품과 중세 및 르네상스의 민중문화』, 이덕영·최건영 역, 아카넷, 2001, 57쪽.

창조적 육체인 것이다. 시인은 그네들의 나이에는 어울리지 않는 이 같은 엉덩이를 부각시킴으로써 유쾌하고도 외설적인 느낌을 동시에 실현한다. 그러한 느낌은 "이른 새벽 그네 房에서 숨어나오는 사내를 보면 새빨간 코피를 흘리기도 하드라구요."에 이르러 절정에 도달하게 된다. 오십이 넘은 과부의 엉덩이의 힘이 사내를 코피 흘리게 했다는 사건 앞에서 독자는 도덕성에 관한 질문을 잊게 된다. 웃음이 압도하기 때문이다.[14] 이 웃음은 과부들의 외설적 행실이나 코피를 흘리는 사내들의 우스꽝스러운 모습에서만 기인하는 것은 아니다. 고달프게 살아왔던 여인네들이 늙음과 낡음을 동시에 쇄신할 때 맛보게 되는 승리의 웃음이기도 한 것이다.

이처럼 괴력을 지닌 육체성을 통해 기대의 불일치를 강화하는 시적 전략은 서정주가 성을 희극적으로 형상화하는 데 빈번하게 사용했던 방식 중 하나이다. 인용한 시 외에 「小者 李 생원네 마누라님의 오줌 기운」, 「智大路王 夫婦의 힘」, 「權金氏의 허리와 그 아내」 등도 그러한 예라 할 수 있다. 앞서 인용한 「술통村 마을의 慶事」처럼 힘의 출처가 하복부로 드러나지 않은 경우도 있지만, 그의 대부분의 시는 오줌, 똥, 엉덩이 등 하복부와 관련된 것을 통해 힘 센 여성의 이미지를 만들어낸다는 데 그 공통점이 있다. 이와 같은 특징은 여성석 아름다움에 대한 통념을 벗어나 다른 차원의 여성성을 구현함으로써 웃음을 유도하는 기능을 하게 되는 것이다.

② 외설적 마술성

서정주의 힘 센 여성들의 능력은 돼지를 붙잡아매거나 사내들을 코피

---

14) 김영진은 "육담은 성의 진실을 쾌락에 두고 있어 주인공들이 도덕적 고민이나 윤리적 갈등 없이 부도덕한 행위를 서슴없이 하여도 권선징악이 없는 것이 특징이다."라고 설명한다. 육담의 유형으로 본다면 이 시는 성교 이야기 가운데 '늙어도 한다'에 해당한다. 농경사회에서 과부들의 연애행각은 도덕적 비난까지는 아니더라도 험담의 대상이 되기에는 충분하다. 미당은 험담의 요인들을 웃음을 자아내게 하는 패설을 통해 지워버린다. 김영진, 「한국육담개론」, 『한국육담의 세계관』(김선풍 외), 국학자료원, 1997, 17쪽.

흘리게 하는 것 외에 다소 차원이 다른 형태로 나타나기도 한다. 마술적 힘의 발현이 그것이다. 마술적 능력 또한 육체로부터 발현되는 것이지만 그것은 보다 비가시적인 상태로 작용한다는 점에서 신비함을 갖는다. 그러나 서정주 시에 보이는 여성들의 신비한 힘은 우아함으로 채색되지 않는다. 그 초인적 능력은 화자의 외설스러운 표현에 힘입어 희극적인 상황을 연출하는 데 일조한다. 가장 대표적인 예로 여행 시편 가운데 하나인 「쌈바춤에 말려서」를 들 수 있다.

> 브라질 리오데자네이로의 밤뒷골목의 쌈바춤은
> 사람들이 그렇게 추는 게 아니라,
> 하눌이 어쩌다간 한번씩
> 驚風난 쏘내기 마음이 되어
> 사람들 속에 숨어들어서
> 지랄 야단법석을 부리시는 거라.
> 더구나 그게 젊은 예편네 속에나 들어갈량이면
> 陰七月에 암내낸 소보다도 더 미치는 거라.
> 무지개를 뛰어 넘어다니는
> 소보다도 훨씬 더 미치는 거라.
>
> 余도 지난 戊吾年 늦여름밤의 리오데자네이로에서
> 난생 처음으로 이 쌈바춤에 말려들어 봤는데,
> 나의 짝 - 黑人예편네가 하자는대로
> 한참을 껑충거리다보니 두 다리에 쥐가 나버려서
> 픽지건히 바닥에 주저앉았드러니,

「애개개 요새끼! 머이 이따웃게 있어?」

하며, 내게 등을 두르고 돌아서서는

그녀 볼기짝 밑의 사타구니를

저의 할아버지뻘은 되는 내 코에

몽땅 바짝 들이대는데

야! 찐하기도 찐하기도 한 그 냄새의 罰이라니!

하눌도

이런 南美 리오데자네이로의 밤뒷골목 같은데 와선

이런 찐한 짓거리도 가끔은 시키며 노시는 거라.

「쌈바춤에 말려서」 전문

　남미의 격렬하고도 열정적인 쌈바춤의 유혹을 화자는 '쌈바춤에 말려서'라고 표현한다. 춤에 말려들었다는 이 이색적인 표현은 자신의 의지와 관계없이 상대의 힘에 끌려들어 갔음을 의미한다. 화자는 쌈바춤의 광적 에너지 분출을 '하눌'의 "驚風난 쏘내기 마음"이라고 말한다. 그는 쌈바춤으로부터 인간적 열정의 힘 이상의 것을 경험한 것이다. 이때 화자는 '하눌'의 힘을 경탄의 감정으로 숭배하기 보다는 범속한 언어를 동원하여 그 유혹의 힘을 인간적인 차원으로 세속화한다. 경풍(驚風), 지랄, 암내 낸 소 등이 그것이다. 이처럼 미당은 신성한 것과 비천한 것을 하나로 통합함으로써 성(聖)과 속(俗)의 경계를 무화(無化)시킨다.[15]

　앞서 설명했듯이 미당 시에서 성과 속의 경계의 무화는 대상을 묘사하는 언어에 의해서 이루어진다. 예를 들어 "더구나 그게 젊은 예편네 속에

---

15) 엄경희, 「서정주 시의 자아와 공간·시간 연구」, 이화여자대학교 대학원 국어국문학과 박사학위논문, 1999, 118~151쪽 참조.

나 들어갈량이면/陰七月에 암내낸 소보다도 더 미치는 거라."라는 표현은 외설적 농담의 언술이라 할 수 있다. 여기에는 성적 본능에 휩싸인 암컷의 이미지가 담겨있다. 이 시의 희극성은 이로부터 시작된다. 2연에 등장하는 흑인예편네는 바로 "陰七月에 암내낸 소"의 구체적 형상이라 할 수 있다. 흑인예편네는 화자를 쌈바춤에 말려들게 한 장본인이다. 이 시가 유발하는 웃음의 절정은 흑인예편네를 감당하지 못하는 화자의 우스꽝스러운 행동과 그에 대응하는 흑인예편네의 과감한 성적 야유에서 비롯된다.

화자는 "한참을 껑충거리다보니 두 다리에 쥐가 나버려서" 주저앉는다. 즉 화자는 직립의 자세에서 저 하방으로 몸을 낮춤으로써 굴복의 몸짓을 드러내고 있는 것이다. 반면 흑인예편네는 "그녀 볼기짝 밑의 사타구니를/저의 할아버지뻘은 되는 내 코에/몽땅 바짝 들이대는" 행동을 취한다. 흑인예편네는 "볼기짝 밑의 사타구니"라는 하복부의 힘으로 화자를 압도한다. 그런데 이 같은 광경에서 독자는 화자의 수치심이나 고통을 연상하지 않는다. 화자가 자신의 우스꽝스러운 모습을 의도적으로 노출하기 때문이다. 화자 스스로 자신을 희화할 때 독자는 그에 대한 연민을 거두고 그의 익살에 동참하게 된다. 이 시의 화자는 여자의 마술적 힘 앞에 완전히 제압당한 자신의 모습을 적나라하게 드러내고 흑인예편네의 과감한 성적 행동을 부각시킴으로써 희극적 묘미를 극대화하고 있는 것이다. 그러면서 쌈바춤을 추는 흑인예편네의 악마적 매혹을 "야! 찐하기도 찐하기도 한 그 냄새의 罰이라니!"라고 역설한다. 이때 흑인예편네와 관련한 성적 언급들은 비천함을 벗어나 관능의 극한에 이르게 된다. 한편 미당은 여성의 마술적 능력을 강조하기 위해 그로테스크한 육체성을 이미지화하기도 한다.

노르웨이 美人이 하나 밖으로 나오시면은

磁石이 쇠붙이를 빨아들이듯

세상의 수컷 마음은 모두 빨아들여서

나라가 기우뚱하게스리 만드는 것이사

땅짚고 헤엄치기 같은 일이지만서두

(중략)

아닌가 긴가 의심증이 나걸랑

오슬로 땅 푸로그네르 公園에 가보게.

거짓말은 영 못하던 良心的 彫刻家 미겔란이

두 눈으로 똑똑히 보고 새겨놓은 石像을 가서 보게.

陽氣 좋은 큰 生鮮이

正面으로 우리 노르웨이 美女를 갖다

끌어안고 조이고 조이고 있는 것을

한번 가서 똑똑히 똑똑히 보시게.

「노르웨이 美女」 부분

시인은 우선 노르웨이 미인의 강렬한 아름다움을 자석의 층위로 전이 시킴으로써 그 신비한 힘을 부각시킨다. 화자는 쇠붙이도 빨아들이는 노 르웨이 미인의 힘이 나라를 기울게 하는 것은 "땅짚고 헤엄치기"만큼이 나 쉬운 일이라고 과장한다. 미당은 "땅짚고 헤엄치기"라는 허풍스러운 장담을 의도적으로 늘어놓음으로써 성적 농담에 과장과 허풍이 없을 수 없음을 역설한다. 이 같은 과장된 언어가 성적 농담의 재미 가운데 하나 라는 사실을 독자에게 알려주는 것이다. 아울러 성적 농담을 즐기는 일 에 진위 여부를 따지는 일이 얼마나 어리석은 일인가 넌지시 암시한다. "아닌가 긴가 의심증이 나걸랑"이라는 표현은 자신의 얘기를 믿게 하기 위한 언표로 기능하면서 동시에 과장의 즐거움에 몰입하지 못하는 독자의 태도를 지적하는 것이기도 하다. 과장과 허풍, 경험적 사실 여부에 대해 신뢰감을 고무시키는 소통 회로의 점검 방식은 성적 농담에서 자주 발견되는 일반적 어법이라 할 수 있다.

이 같은 시인의 말하기 전략은 그로테스크한 세계를 실감나게 전달하기 위한 방식으로 볼 수 있다. 앞서 설명한 바, 그로테스크한 신체는 비정상적인 것과의 강한 친화관계를 형성함으로써 일반적 기대를 배반하는 효과를 갖는다. 이 시에 등장하는 노르웨이 미인(石像) 또한 그러하다. "陽氣 좋은 큰 生鮮"과 석상의 성교 장면을 시인은 "끌어안고 조이고 조이고 있는 것"이라고 묘사한다. 이때 양기 좋은 큰 생선과 미녀의 결합은 이종교합이라는 점에서 비정상적인 친화관계라 할 수 있다. 아울러 양기 좋은 큰 생선은 남성의 거대한 성기를 연상토록 한다는 점에서 희극적이다. 신체의 한 부분만이 극도로 과장되었을 때 그것은 일종의 결함으로 인식되지만 그 결함이 연민을 촉발하지 않는다면 신체의 기형적 형태는 언제나 훌륭한 희극적 요소로 기능한다. 그것이 일반성에서 일탈한 기대의 불일치 효과를 가져 오기 때문이다. 그런 의미에서 몸 전체가 성기인 남성성이 미녀를 "끌어안고 조이고 조이고 있는" 광경은 그로테스크하며 외설적이고 희극적이다. 그런데 그 조이는 힘이 기실 미녀의 자석 같은 마술적 힘에 의탁해 있다는 점을 상기할 필요가 있다. 미녀의 마술적 힘이 남성성을 꼼짝 못하도록 빨아들임으로써 상대를 온통 성적 욕망의 분출에 몰입하도록 만들고 있는 것이다.

미당의 시에 등장하는 여성의 마술적 성애 능력은 앞서 살펴본 '괴력'의 신비한 방출이라 할 수 있다. 이러한 마술적 능력의 과감하고도 적극적인 분출은 여성이 성에 대해 수동적이거나 소극적이라는 일반적 기대를 무너뜨림으로써 성의 희극적 형상화에 일조하게 된다. 한편 미당의 시에 등장하는 여성들의 마술적 능력은 종종 외설적인 표현이나 광경으로 드러나지만 그것은 결코 비천함으로 이행하지 않는다. 거기에는 근엄함에 저항하는 자유와 원초적 생기가 내포되어 있다. 미당은 도덕적 절제의 위선을 벗어던진 본능적 방출을 희화함으로써 금기로부터 해방된 기쁨과 즐거움을 되돌려 주고자 한다. 그런 의미에서 미당 시에 등장하는 마술적 능력을 지닌 여인들은 성을 비롯한 삶의 억압을 웃음으로 방출시킨다는 상징적 의미를 지닌다.

3. 탈관(脫冠)에 의해 격하된 남성성

고난을 뛰어넘어 인간의 위대함을 증명하는 것이 비극적 영웅 서사의 본질이라면 희극성은 영웅 서사의 비범함을 벗어난 보통 이하의 인물에 의해 연출된다.[16] 따라서 인물의 희극화가 이루어지기 위해서는 보통 이하의 우스꽝스러운 인물을 등장시키거나 아니면 탁월한 인물을 보통 이하로 격하시키는 과정이 필요하다. "매우 낮은 대상에서 높은 대상으로 이행하는 것의 반대는 높은 대상에서 낮은 대상으로 이행하는 것이다. 이러한 이행은 그 자체로 유쾌할 뿐만 아니라 정신에게 (대비에서 발생하는) 조롱의 쾌감과 동일한 종류의 쾌감을 가져다준다."[17] 따라서 능력이나 신분이 남들과 다른 위치에 있는 보통 이상의 인물을 희극적으로 만들기 위해서는 그의 머리 위에 씌워진 영광의 관(冠)을 벗겨내는 '탈관(脫冠)'의 과정이 필요한 것이다.[18] 미당 시의 희극적 성애와 관련된 남성들은 대

---

16) 아리스토텔레스, 『詩學』, 천병희 역, 문예출판사, 1996, 43쪽 참조.
17) 류종영, 앞의 책, 184쪽.
18) '대관(戴冠)'의 반대 의미로 '탈관(脫冠)'은 바흐찐이 그의 저서에서 빈번하게 사용한 용어이다. 바흐찐은 위아래가 전복된 세계를 '탈관'으로 설명한다. "하부로 움직이는 경향은 민중·축제의 유쾌함과 그로테스크 리얼리즘의 모든 형식에 있어서도 고유한 것이다. 하부로 내려가는 것, 안팎이 뒤집어지는 것, 앞뒤가 거꾸로 되는 것, 위아래가 바뀌는 것 등은 이 모든 형식들을 관통하고 있는 움직임이다.(중략) 비하와 매장은, 싸움

부분 보통 이상의 인물이라는 점에 주목할 필요가 있다. 미당은 능력이나 신분이 평범치 않은 인물을 시적 대상으로 삼고 그들의 머리 위에 씌워진 화려한 왕관을 탈관하는 격하(格下)의 과정을 통해 웃음을 유발한다.

> 까르띠에 라뗑 – 소르본느大學生들의 通學路
>
> 여기서 제일 점잔한 분은
>
> 물론
>
> 프랑스史에서 가장 優秀한 頭腦라던
>
> 몽떼뉴先生님의 하이얀 大理石像이시옵신데,
>
> 하이구, 이것이, 웬일일깝쇼?
>
> 그분 두 누깔의 흰창이 모다
>
> 핏빛으로 환장한듯 充血되어 있어서
>
> 「이게 웬일이냐?」고 물었더니만
>
> 한 소르본느大學生이 킥킥킥킥킥킥킥
>
> 대답입디다–
>
> 「입술에 루쥬를 바르고 다니는
>
> 소르본느女大生들의 즛이올시다.
>
> 試驗點數를 잘 맞게 해달라고
>
> 몽떼뉴의 모가지에 매달려설랑
>
> 누깔에 뽀뽀를 너무 많이 했거든요」……
>
> 「까르띠에 라뗑」 전문

및 욕설과 연관된 카니발의 탈관으로 나타난다. 왕의 모든 속성은 어릿광대를 통해 뒤집히고 위아래가 전복된다. 어릿광대는 〈전복된 세계〉의 왕이다."라고 바흐찐은 탈관의 의미를 설명한다. 바흐찐이 탈관을 전복의 상징으로 의미 부여했다면 미당은 탈관을 통해 권위적 세계와 비천한 세계의 경계를 해체하고 두 세계의 융합을 꾀했다고 볼 수 있다. 미하일 바흐찐, 앞의 책, 572쪽.

몽테뉴(Montaigne, Michel Eyquem de 1533~1592)는 잘 알려진바 르네상스기 프랑스를 대표하는 사상가이다. 미당은 그를 "여기서 제일 점잔한 분" 혹은 "프랑스史에서 가장 優秀한 頭腦"라고 소개함으로써 철학자이면서 문필가였던 몽테뉴의 위대함을 드러낸다. 그러나 이 같은 몽테뉴의 이미지는 순식간에 탈관의 과정을 거치게 된다. 이 시에 등장하는 몽테뉴의 석상은 사려 깊고 근엄한 철학자의 모습이 아니다. 시인은 "그분 두 누깔의 흰창이 모다/핏빛으로 환장한듯 充血되어 있어서"라고 말한다. 여대생들의 붉은 루즈로 뒤덮인 석상의 이미지를 이렇게 묘사하고 있는 것이다. 미당은 몽테뉴와 관련한 신체를 '누깔' '흰창' 등과 같은 단어를 통해 격하시키고 동시에 '환장한듯'이라는 표현을 통해 성적 충동에 넋이 나간 철학자의 희화된 모습을 강조한다. 이로써 몽테뉴에 대한 일반적 기대와는 전혀 다른 즐거움을 독자는 느끼게 된다. 이 시에 대해 "이제는 이걸 이어서 닦아내다가 磨滅될 걸 염려하여 차라리 그대로 두고 있다는 이야기였다."는 설명이 부연되어 있는데 이는 프랑스 여행의 현장감을 살리기 위한 것이면서 동시에 성적 위반을 용인하려 하지 않는 세간의 경직된 태도를 은근히 들추어내는 것이기도 하다.

미당은 진지하고 사색적인 철학자의 모습을 탈관함으로써 보다 솔직한 인간의 본성을 드러내고자 의도한다. 그러나 그 인간적 본성은 추악함으로 이어지지 않는다. "試驗點數를 잘 맞게 해달라고/몽테뉴의 모가지에 매달려설랑/누깔에 뽀뽀를 너무 많이 했거든요"라는 설명에 여대생들의 귀엽고 생기 있는 이미지가 겹쳐 있기 때문이다. 이때 독자는 근엄한 철학자라 할지라도 이쯤 되면 환장할만하다고 공감하게 되는 것이다.

이와 같은 성애의 희극적 형상화의 전략으로써 '탈관(脫冠)'의 과정은 왕의 탈관을 통해 가장 많이 반복된다. 미당의 희극적 성애와 관련한 시편들은 구전민담이나 육담이 아니라 주로『三國史記』,『三國遺事』와 같은 고대 사료를 근거로 창작되었다는 특징을 지닌다. 이 같은 성향은 고대 역사에 대한 미당의 관심을 드러내는 것이면서 아울러 육담의 난삽함을 벗어나 보다 근거 있는 이야기 속에 자신의 의도와 지향을 담고자 한 것으로 파악된다.

이것, 참, 되게는 헤성헤성한 天地에
큰 돌 두 개가
별 딴 이유도 없이
마주 보고 울고 있나니,
그런 언저리에서 생겨난
노오란 똥빛의 두꺼비 모양을 한 그대여.
그대는 될려면 王쯤은 하나 돼야 하지 안갔나?
大王까지는 몰라도 王쯤은 하나 돼야 하지 안갔나?
그리고 또
물색 좋은 물귀신의 딸 같은,
난들난들한 버들가지 꽃 같은
그런 美人도 하나 가져야지 안갔나?
되깎이라도 하나 갖긴 가져야지 안갔나?

「王 金蛙의 四柱八字」 전문

이 시의 제재가 된 금와는 부여왕 해부루의 아들이다. 금와는 물의 신 하백의 딸 유화를 거두어 고구려의 시조 주몽을 낳도록 한다. 기록에 의하면 유화는 부여의 시조 해모수에게 강제로 끌려가 결혼하고 아버지인 하백에게 버림받은 비운의 여인이다. 이 여인을 불쌍하게 여겨 거둔 것이 금와이다. 천신 해모수는 해부루의 아버지이고 금와는 곤연에서 주워온

해부루의 아들이다. 기록에는 늙은 해부루가 후사를 위해 기도를 올리자 곤연의 큰 바위 밑에 금빛이 나는 개구리 모양의 어린 아이가 있었다고 전해진다.[19] 이 같은 계보에 근거하면 금와는 양조부(養祖父)와 통한 바 있는 유화를 아내로 맞아들인 것으로 볼 수 있다. 아울러 『三國史記』에 주몽의 아버지는 금와가 아니라 해모수로 기록되어 있다.

이런 정황을 따져 보면 금와는 미당의 말대로 양조부의 아내였던 여자와 결혼한 '되깎이' 신세였으며 아내 유화에게서 주몽을 낳도록 했지만 그 자신은 고구려의 건국시조인 주몽의 아버지라고 내세울 수 없는 존재였다. 그런 의미에서 금와는 그 연혁이 초라한 왕이라 할 수 있다. 따라서 미당은 역사 기록과 달리 금빛이 아니라 "노오란 똥빛의 두꺼비 모양"으로 금와를 탈관시킨다. 똥빛은 하복부로부터 쏟아져 나오는 배설물의 이미지를 동반한다는 점에서 격하의 산물이다. 아울러 금와의 아내 유화를 "물색 좋은 물귀신의 딸" 즉 물의 신 하백의 딸임을 암시하면서 동시에 그녀와 금와의 관계가 '되깎이'임을 밝힌다. 이 또한 왕의 성적 요인들을 희극적으로 탈관하는 과정이라 할 수 있다.

이러한 정황만을 보면 금와에 대해 연민을 느낄 수도 있지만, 왕의 형상을 우스꽝스러운 똥빛 두꺼비로 묘사한 부분에서는 다분히 웃음 유발의 소지를 갖게 된다. 더욱이 왕이라는 권좌에 있는 인물이 '되깎이' 신세라고 밝힐 때 독자는 왕의 권위와 위엄의 압박으로부터 벗어나게 된다. 이와 더불어 이 시의 청자인 금와에게 "돼야 하지 안갔나?" 혹은 "갖긴 가져야지 안갔나?"와 같은 화자의 청유적 발언은 왕과 화자를 수직적 관계에서 수평적 관계로 재조정한다. 미당은 신분적 질서를 와해함으로써 해방의 즐거움을 주고 있는 것이다. 미당 시에서 이와 같은 왕의 탈관 과정은 왕

---

19) 일연, 『三國遺事』卷 第一』, 이민수 역, 을유문화사, 1993, 57~62쪽; 김부식, 앞의 책, 304~305쪽 참조.

의 경직된 면모를 그대로 드러냄으로써 이루어지기도 한다.

> 어느 날, 죽은 高句麗 故國原王의 귀신이 한 巫堂의 귓가에
> 나타나 살짜기 속삭이기를—

> 「내 여편네가 나보다는 몽땅 더 오래 살다가 요새 죽었는데,
> 묻히는 걸 보니 내 무덤 옆이 아니고, 내 아우 山上王의 王陵 곁이
> 군. 내 죽은 뒤에 肉情을 어찌 못 해 다시 또 내 아우 山上의 아내
> 가 된 것까지는 인증하네. 허지만 每事에는 先後가 있는 것인데,
> 저승에 와서까지 홋서방 곁으로만 다붙어 가다니? 어째서 일이 이
> 래야만 한단 말인가? 챙피해서 낯바닥이 후끈거려 못 견디겠네. 빨
> 리 大闕에 가 내 말씀을 전해서, 소나무 숲이나 한 일곱 겹 만들아
> 내 부끄러운 체면을 좀 가려주라게! 남의 눈에 안 뜨이게 가려 주
> 라게!」

> —하였다는 바, 그 소나무 일곱 겹의 일곱 겹까지는 알 듯하
> 지만서두, 나무도 하도나 많은 중에서 이 경우에 하필에 소나무는
> 또 웬 소나무라야 했는지 그것만은 아무래도 아리숭키만 하구랴.
> 「일곱 겹으로 소나무숲 만들아」 전문

앙리 베르그송(Henri-Louis Bergson)은 등장인물이 경직되면 될수록
희극적이라고 설명한다.[20] 지나치게 근엄하거나 원칙주의적인 인물, 기계적
으로 행동하는 인물은 모두 자연스럽지 못하다는 점에서 어색하고 우스

---

20) 앙리 베르그송, 「웃음」, 정연복 역, 세계사, 2000, 18쪽, 29쪽.

꽝스럽게 느껴질 수 있다. 경직화의 정도가 심할수록 더욱 그러하다. 이 시에 등장하는 고국천왕[21]의 귀신은 바로 이러한 면모를 드러낸다.

앞서 살펴본 시 「술통村 마을의 慶事」에 등장한 산상왕이 고국천왕의 아우이다. 산상왕은 당시 풍습대로 고국천왕이 죽자 형의 아내와 결혼한 인물이다. 이 시에 등장하는 고국천왕의 귀신은 죽어서까지 육정(肉情)을 못 이겨 훗서방 곁으로만 다붙어 있는 아내의 부정한 행실에 분노하는 인물로 등장한다. 그는 부끄러운 체면을 가리기 위해 일곱 겹의 소나무 숲을 둘러달라고 무당에게 당부한다. 저승에서까지 부끄러운 체면을 근심하는 왕의 모습은 도덕적 경직성을 드러내는 것이라 할 수 있다. 즉 그는 인간적 질투심보다는 체면과 이목에 시달리는 것이다. 여기에는 체면을 내세움으로써 체면이 오히려 손상되는 역설적 상황이 내포되어 있다. 이 역설에 의해 탈관이 이루어지게 된다. 저승에서도 아내를 되찾지 못하고 체면과 이목 때문에 전전긍긍하는 왕의 모습은 아무리 일곱 겹의 소나무 숲으로 가린다 해도 이미 그 위엄과 권위가 손상된 것이라 할 수 있다. 아내를 빼앗기고 무당에게 하소연하면서, 그래도 체면은 차리겠다는 태도가 왕을 웃음거리로 만드는 것이다. 이와 같은 탈관의 과정은 제 아무리 왕이라도 별수 없다는 야유의 즐거움을 준다.

왕을 탈관시키고 어릿광대로 만드는 것만큼 통쾌한 즐거움은 없다. 지배자에 대한 복종과 의무에서 벗어나 왕의 사생활을 농담의 대상으로 삼는 일이야 말로 가장 유쾌한 일이라 할 수 있다. 이는 권위로부터의 해방을 의미한다는 점에서 그러하다. 미당은 권위 있는 남성들을 탈관시킴으로써 희극적 성의 세계를 만들어낸다. 탈관의 과정을 통해 사상가나

---

21) 이 시에서 미당은 고국천왕을 고국원왕으로 오기(誤記)한 것으로 보인다. 산상왕의 형은 고구려 제 9대왕 고국천왕이다. 고국원왕은 고구려 제 16대 왕이다. 시의 문맥을 보면 이 이야기는 고국천왕에 관한 것이 옳다. 김부식, 앞의 책, 344~355쪽 참조.

왕과 같은 권위적 존재들을 격하시킴으로써 독자에게 자유와 웃음을 되돌려 주고 있는 것이다.

4. 맺음말

　미당은 한국 시단의 근엄한 시적 풍토를 벗어나 초기 시부터 성애에 관심을 보여 왔던 시인이라 할 수 있다. 그런데 미당의 초기 시에 드러난 비극적 육체성 혹은 관능성의 문제는 『花蛇集』 이후 지속되지 않는다. 미당의 시세계에 성애의 문제가 다시 등장하기 시작한 것은 『질마재 神話』 부터이며 이후 『西으로 가는 달처럼』, 『鶴이 울고 간 날들의 시』와 같은 시집에 지속된다. 초기 시가 비극적 성애에 집중되어 있다면 이들 시집은 희극적 성애에 초점이 맞추어져 있다. 본 논의는 미당 시에 담긴 성애의 희극적 형상화 방식과 그 의도를 파악하는 데 그 목적을 두었다.

　미당은 성애를 희극적으로 형상화하기 위해 크게 두 가지 측면을 부각시킨다. 첫째는 괴력의 육체성이나 신비한 마술적 능력을 통해 여성성에 대한 '기대의 불일치'를 야기하는 방법이며, 두 번째는 탈관(脫冠)에 의해 '격하'된 남성성을 강조하는 방법이 그것이다. 미당은 우리가 일반적으로 기대하는 미녀나 요부, 간부의 보편적 미로부터 일탈하여 여성의 육체 혹은 육체적 능력을 그로테스크한 형상으로 과장한다. 그의 시에 등장하는 여성들은 신분이나 나이에 맞지 않게 괴력을 지닌 여성들이다. 특히 그녀들의 하복부의 힘은 남성들을 거뜬히 제압하는 능력의 상징물로 드러난다. 이 같은 여성상은 그간 남성이 성을 주도하고 여성은 그에 대해 수동적으로 대응해왔다는 성 역할의 일반적 기대를 역전시키고 여성적 아름다움에 대한 기대의 불일치를 통해 웃음을 유발하는 효과를 불러일으킨다.

　힘센 여성의 육체적 능력은 마술적 힘의 발현으로 드러나기도 한다. 마술적 능력 또한 육체로부터 발현되는 것이지만 그것은 보다 비가시적인 상태로 작용한다는 점에서 신비함을 갖는다. 이러한 마술적 능력의 과감하고도 적극적인 분출은 여성이 성에 대해 수동적이거나 소극적이라는 일반적 기대를 무너뜨림으로써 성의 희극적 형상화에 일조하게 된다. 한편 서정주의 시에 등장하는 여성들의 신비한 힘은 우아함으로 채색되지 않는다. 그 초인적 능력은 화자의 외설스러운 표현에 힘입어 희화된다. 그럼에도 외설적인 표현이나 광경은 결코 비천함으로 이행하지 않는다. 거기에는 근엄함에 저항하는 자유와 원초적 생기가 내포되어 있기 때문이다.

한편 괴력을 지닌 여성들과는 달리 미당의 성애와 관련한 시편에 등장하는 남성들은 그 품위가 격하된 형태로 드러난다. 그런데 그들은 대부분 보통 이상의 능력과 신분을 지닌 인물이라는 점에 주목할 필요가 있다. 능력이나 신분이 남들과 다른 위치에 있는 보통 이상의 인물을 희극적으로 만들기 위해서는 그의 머리 위에 씌워진 영광의 관(冠)을 벗겨내는 '탈관(脫冠)'의 과정이 필요하다. 미당은 평범치 않은 남성을 시적 대상으로 삼고 그들의 머리 위에 씌워진 화려한 관을 탈관하는 격하의 과정을 통해 웃음이 유발하도록 만든다.

이와 같은 성애의 희극적 형상화를 통해 미당은 여성성과 남성성, 늙음과 젊음, 지배와 피지배의 팽팽한 대립을 지워버린다. 다시 말해 여성미에 대한 일반적 통념을 지워내고 늙음을 쇄신함으로써 도덕적 절제의 위선을 벗어던진 본능적 방출을 의도화한다. 아울러 권위와 위엄으로 고착된 남성성을 격하시킴으로써 그것으로부터 해방된 기쁨과 즐거움을 되돌려주고자 한다. 그것은 설명 방식이 아니라 성애의 희화를 통해 획득된다. 여기에는 웃음을 통해 경직된 삶의 양상을 이완시키고 보다 자유로운 의식성을 얻고자 하는 시인의 의도가 내포되어 있다.

서정주의 『질마재 神話』에 나타난 웃음 유발의 원리와 효과

1. 연구의 필요성

　서정주의 『질마재 神話』는 주로 질마재 사람들에 대한 시인의 유년 체험과 다양한 기억들을 형상화한 미당의 여섯 번째 시집이다. 총 45편의 시를 싣고 있는 이 시집은 산업화가 본격화되었던 1975년 일지사(一志社)에서 간행되었다. 『질마재 神話』는 산업화의 기세가 거세지고 있던 시기에 농경문화로부터 야기될 수 있는 공동체의 정서와 이야기를 부각시키고 있다는 점에서만이 아니라 토속적 세계를 다양한 기법으로 희화시키고 있다는 점에서 매우 중요한 가치를 지닌다. 시 「深思熟考」에서 "深思熟考는 그러나, 그걸 오래 오래 하고 지내 보자면 꼭 그것만으로는 견디기 어려운 것"이라고 시인이 말하고 있듯이, 미당은 『질마재 神話』를 통해 이전의 진지한 시풍(詩風)에서 벗어나 시의 새로운 미학을 부각시키고 있다. 그것은 다름 아니라 시에 희극적 재미를 대폭 강화하고 있다는 면에서 그러하다. 이 시집의 많은 작품에 웃음을 유발하는 희극적 효과가[1]

---

1) 총 45편 가운데 웃음을 유발하는 시편은 「上歌手의 소리」, 「小者 李 생원네 마누라님의 오줌 기운」, 「눈들 영감의 마른 명태」, 「姦通事件과 우물」, 「분질러 버린 불칼」, 「말피」, 「알묏집 개피떡」, 「소망(똥깐)」, 「風便의 소식」, 「竹窓」, 「深思熟考」, 「金庾信風」, 「노자 없는 나그넷길」 등 13편 정도로 파악된다. 웃음의 조건이 사람의 신분이나 연령, 문화 환경과 같은 것에 의해 상대성을 갖기도 하기 때문에 웃음 유발의 시편을 확정하는 일

의도되고 있는데 이는 주로 우아미나 비극미에 경도되어 왔던 한국 근대 시사에서 이례적인 경우라 할 수 있다.

『질마재 神話』의 독자성이라 할 수 있는 희극적 요소는 몇몇 연구자들에 의해 언급된 바 있다. 심혜련은『질마재 神話』의 화자가 장돌뱅이의 어조를 구사한다고 지적함과 동시에 이 어조가 비속하고 해학적인 느낌을 준다고 설명하고 있으며[2], 유지현 또한 개별 시를 분석하는 가운데 미당의 해학성을 언급하고 있다[3]. 유재웅은『질마재 신화』의 서사소통의 문제를 다룬 논문에서 유머와 기지에 넘치는 이야기꾼으로서의 화자가 주는 '재미'가 서정주 미학의 요체라고 말한 바 있다[4]. 필자 또한『질마재 神話』의 화자가 연출하는 익살과 장난기가 가득한 어조를 분석한 바 있다[5].

이 같은 기존의 논의들은『질마재 神話』가 지닌 희극성을 언급했음에도 불구하고 그 논의의 초점이 희극성 자체에 있는 것이 아니라는 점에서 지엽적이라 할 수 있다. 아울러 대부분의 논의들이 미당의 웃음 유발의 미학이 어떤 시적 상황에서 어떤 방식으로 구사되었는가에 대한 구체적 원리를 제시하지 않았다는 점을 지적할 수 있다.『질마재 神話』는 미당이 웃음의 요소를 처음으로 시에 수용하기 시작한 시집이라는 점에서 미당의 시세계에서 매우 중요한 위치를 차지한다. 그런 의미에서 이 시집은 다분히 실험적이라 할 수 있다. 본 논문은『질마재 神話』가 유발하는 웃음의 근본 원리를 밝히고 이를 통해 시인의 의도와 미적 효과를 밝히는 데 그 목적이 있다.

에는 다소 견해 차이가 있을 수 있다. 위에 제시한 13편의 시는 다른 시편에 비해 웃음 유발 요인이 두드러지게 부각된 경우로 읽혀진다.

2) 심혜련, 「서정주 詩의 話者 聽者 研究」, 이화여자대학교 석사학위논문, 1992, 71~72쪽.

3) 유지현, 「서정주 시의 공간 상상력 연구」, 고려대학교 박사학위논문, 1997, 110쪽, 121쪽.

4) 윤재웅, 「『질마재 신화』의 내러티브 연구-서사소통의 문제를 중심으로」, 『내러티브』 제8호, 한국서사학회, 2004, 200~201쪽.

5) 엄경희, 「서정주 시의 자아와 공간·시간 연구」, 이화여자대학교 박사학위논문, 1999, 140~125쪽 참조.

2. 웃음 유발의 전제로서 연민과 경건성의 제어

『질마재 神話』에 등장하는 인물들의 면모를 살펴보면 절대적 빈곤 속에 놓인 촌로(村老)이거나 과부, 머슴, 천덕꾸러기, 앉은뱅이, 아이 낳지 못하는 석녀(石女) 등으로 대부분 곤궁한 생활 속에서 인생의 설움과 고통을 당해왔던 불행한 인물들이다. 유종호는『질마재 神話』에 보이는 삶의 양태를 "그 어느 하나도 버릴 것이 없는 전통사회의 기층민 문화의 세목이다. 구접스럽다고 거들떠보지도 않았던 삶의 결이 경제적인 처리 속에서 섬세하게 드러나 있다."고 설명한다. 이 같은 기층민의 삶을 대상으로 미당이 웃음을 유발하기 위해 의도했던 첫 번째 전략은 등장인물들에 대한 연민의 감정과 경건성을 제어하는 것이라 할 수 있다.[7] 비극에 등장하는 인물과는 달리 희극적 인물이 개체의 우월성이나 위대함을 결핍하고 있음은 물론이다. 그들은 결함이 많아 실수를 하기도 하지만 그들의 결함이나 실수가 타인에게 동정심과 연민의 감정을 일으킨다면 웃음은 사라지게 된다. 아리스토텔레스는 "우스꽝스러운 것은 남에게 고통이나 해를 끼치지 않는 일종의 실수 또는 기형"[8]이어야 한다고 그 무해성을 강조한다. 관객이나 독자가 어떤 특정 감정에 사로잡히게 되면 희극적 상황의 전달은 실패할 수밖에 없다. 베르그송 또한 "무관심은 희극성을 감지할 수 있는 천연의 장소이다. 웃음에 있어서 감정보다 더 큰 적은 없다."[9]고 말함과 동시에 웃음이 생성되는 지점을 다음과 같이 설명한다.

---

6) 유종호, 「소리 지향과 산문 지향」, 조연현 외, 『미당 연구』, 민음사, 1994, 356쪽.
7) 김대행은 웃을 수 없는 상황에서 웃음을 유발하는 '탈맥락적 웃음의 추구'가 우리 문화의 보편성으로 자리 잡고 있음을 판소리계 소설을 분석함으로써 밝히고 있다. 그는 심각하고 무거운 분위기를 돌려 웃음이 유발되도록 하는 행위는 "비애의 정서에 함몰되지 않고 거기서 빠져나오기 위해 벌이는 일종의 의도적인 노력이라 할 수 있다. 다시 말하면 슬픔은 위로나 나눔으로 완화되지 않는다는 인식이 반영된 것"이라고 설명한다. 김대행, 『웃음으로 눈물 닦기』, 서울대학교 출판부, 2005, 18~19쪽 참조.
8) 아리스토텔레스, 『詩學』, 천병희 역, 문예출판사, 1996, 43쪽.
9) 앙리 베르그송, 『웃음』, 정연복 역, 세계사, 2000, 14쪽.

기쁨과 슬픔에 우리의 마음은 공명하게 되며, 격정이나 사악
함은 그것을 바라보는 사람들에게 고통스러운 놀람이나 공포, 연
민을 불러일으키는 등 감정적 반향을 통해 영혼에서 영혼으로 전
해지는 여러 감정들이 있는 것이다. 이 모든 것은 삶의 본질적인
부분과 관련되는 것이며 진지하고 때로는 비극적이기까지 하다. 이
에 반해 희극은 다른 사람의 인격이 우리를 감동시키기를 그치는
바로 그 지점에서만이 시작될 수 있다.[10]

기쁨과 슬픔, 공포와 연민과 같은 감정적 반향을 조금이라도 용인하게
되면 웃음이 들어설 자리는 사라진다. 이러한 감정들은 사람들을 진지하
게 만들뿐 아니라 사유적으로 만들기 때문이다. 미당은 질마재 사람들
의 가난과 도덕성에 대해 우월감보다는 너그러움을 가지고 그것을 대상
화한다. 그의 너그러움 속에는 동정심이나 연민보다는 포용과 동류의식
이 우선되어 있다. 이것이 웃음을 유발시킬 수 있는 근본 동력이다. 질마
재 사람들의 보편적 삶의 기반이라 할 수 있는 가난의 편린을 시인은 다
음과 같이 형상화한다.

〈눈들 영감 마른 명태 자시듯〉이란 말이 또 질마재 마을에
있는데요. 참, 용해요. 그 딴딴히 마른 뼈다귀가 억센 명태를 어떻
게 그렇게는 머리끝에서 꼬리끝까지 쬐금도 안 남기고 목구멍 속
으로 모조리 다 우물거려 넘기시는지, 우아랫니 하나도 없는 여든
살짜리 늙은 할아버지가 정말 참 용해요. 하루 몇십 리씩의 지게
소금장수인 이 집 손자가 꿈속의 어쩌다가의 떡처럼 한 마리씩 사

10) 위의 책, 112쪽.

다 주는 거니까 맛도 무척 좋을 테지만 그 사나운 뼈다귀들을 다
어떻게 속에다 따 담는지 그건 용해요.

이것도 아마 이 하늘 밑에서는 거의 없는 일일 테니 불가불
할수없이 神話의 일종이겠읍죠? 그래서 그런지 아닌게아니라 이
영감의 머리에는 꼭 귀신의 것 같은 낡고 낡은 탕건이 하나 얹히어
있었읍니다. 똥구녁께는 얼마나 많이 말라 째져 있었는지, 들여다
보질 못해서 거까지는 모르지만…….

「눈들 영감의 마른 명태」 전문

이 시에 등장하는 눈들 영감은 "하루 몇십 리씩의 지게 소금장수인 이
집 손자"가 벌어오는 돈으로 겨우겨우 생계를 꾸려나가는 가난한 가계의
어른이다. 어쩌다 손자가 사다주곤 하는 단단하게 마른 명태를 우물거리
며 먹는 노인의 모습은 그것을 바라보는 사람에게 측은한 마음을 불러일
으킬 가능성이 농후하다. 더욱이 눈들 영감이 마른 명태를 맛있게 먹을
수록 그런 연민의 감정은 증폭될 수 있다. 맛있게 마른 명태를 먹는 행복
한 광경이 역설적으로 궁핍한 노인의 처지를 일깨우기 때문이다. 그러나
미당은 거듭 "참, 용해요" "그건 용해요"라는 발언을 함으로써 독자의 연
민을 차단하고 화자의 옹호적 태도에 동조하게 만든다.

이처럼 측은한 감정을 제어하는 데는 다른 몇 가지 요인이 있다. 첫째,
희극적이라는 말은 "이상야릇한, 진기한, 기묘한, 생소한이라는 의미[11]"를
포함하기도 하는데 눈들 영감의 행동과 모습이 그러하다. 영감은 우아랫
니가 하나도 없는데도 억센 명태를 "머리끝에서 꼬리끝까지 쬐금도 안 남
기고 목구멍 속으로 모조리 다 우물거려 넘기시는" 진기한 괴력을 보임으

---

11) 류종영, 『웃음의 미학』, 유로, 2007, 16쪽.

로서 보는 자를 놀라게 만든다. 이때의 놀람은 노인 일반에 대한 통념이나 노인이 불러일으키는 측은한 감정으로부터 벗어나게 함으로써 웃음을 유발시킨다. 이런 맥락 때문에 영감의 머리 위에 얹혀 있는 "귀신의 것 같은 낡고 낡은 탕건"은 추레한 가난의 징표가 아니라 신비한 힘의 상징물로 기능하게 된다.

명태의 억센 뼈까지 다 먹어버리는 영감의 행동과 모습보다 더 결정적으로 웃음을 유발하는 것은 이 시의 마지막 부분에 첨가된 화자의 발언이라 할 수 있다. "똥구녁께는 얼마나 많이 말라 째져 있었는지, 들여다보질 못해서 거까지는 모르지만……."이라는 화자의 짓궂은 설명은 이 시의 의미 전달에 기여하는 바가 별로 없다. 그럼에도 이 발언은 희극적 재미를 부여하는 데는 매우 긴요한 문장이라 할 수 있다. 비천하고 외설스럽기까지 한 발언과 그 발언에 대한 사실 여부를 잘 모르겠다는 화자의 무지를 가장한 능청스러운 태도까지 합쳐져 이야기의 희극적 분위기는 절정에 이르게 된다. 이는 영감의 신비한 괴력을 경이로움으로 이행시키지 않으려는 시적 전략이기도 하다. 경탄이 압도적으로 효과를 거둘 때 웃음은 사라지고 숭고미가 생성될 수 있다. 화자의 발언은 경탄을 방지하고 대상의 추함을 부각시킴으로써 우스꽝스러운 이미지를 연상케 하는 것이다. 그럼에도 앞서 보았던 기이한 괴력 때문에 눈들 영감의 이미지가 심하게 추락하지는 않는다.

시 「눈들 영감의 마른 명태」가 궁핍한 삶에 대한 연민의 감정을 희극적 장치로 제어한 예라면 다음 예시된 작품은 희극적 장치로 경건성을 제어한 경우라 할 수 있다.

姦通事件이 질마재 마을에 생기는 일은 물론 꿈에 떡 얻어먹

기같이 드물었지만 이것이 어쩌다가 走馬痰 터지듯이 터지는 날은
먼저 하늘은 아파야만 하였읍니다. 한정없는 땡삐떼에 쏘이는 것처
럼 하늘은 웨 ―하니 쏘여 몸써리가 나야만 했던 건 사실입니다.

「누구네 마누라허고 누구네 男丁네허고 붙었다네!」 소문만
나는 날은 맨먼저 동네 나팔이란 나팔은 있는 대로 다 나와서 〈
뚜왈랄랄 뚜왈랄랄〉 막 불어자치고, 꽹과리도, 징도, 小鼓도, 북도
모조리 그대로 가만 있진 못하고, 퉁기쳐 나와 법석을 떨고, 男女
老少, 심지어 강아지 닭들까지 풍겨져 나와 외치고 달리고, 하늘도
아플 밖에는 별 수 없었읍니다.

마을 사람들은 아픈 하늘을 데불고 家畜 오양깐으로 가서
家畜用의 여물을 날라 마을의 우물들에 모조리 뿌려 메꾸었읍니
다. 그러고는 이 한 해 동안 우물물을 어느 것도 길어 마시지 못하
고, 山골에 들판에 따로 따로 生水 구먹을 찾아서 渴症을 달래어
마실 물을 대어 갔읍니다.

「姦通事件과 우물」 전문

간통사건은 어느 공동체에서건 불미스럽고 망신스러운 일로 치부된다.
특히 농경문화를 기반으로 하는 폐쇄적 공동체에서 발생한 간통사건은
공동체의 도덕성에 흠집을 내고 전체 질서에 균열을 가하는 사건일 수
있다. 이 시는 질마재에서 발생한 도덕적 흠집과 균열에 대해 마을 사람
들이 어떻게 대응하는지 보여준다. 시의 의미맥락을 살펴보면 간통사건
에 대해 천심은 아파하고 마을 사람들은 이에 대한 공동의 책임을 지기
위해 대지의 자궁이라 할 수 있는 우물을 메우는 징벌을 스스로에게 가
한다. 이는 징벌이면서 동시에 마을의 부정한 기운을 없애는 행위이기도
하다.

그런데 이 시의 묘미는 이 같은 의미맥락에 있지 않다. "하늘은 아파야만 하였읍니다.", 혹은 "渴症을 달래어 마실 물을 대어 갔읍니다."라는 설명에도 불구하고 독자는 간통사건을 일으킨 장본인들에 대한 격분이나 질마재 사람들에 대한 연민을 느끼지 못한다. 그것은 이들의 정화와 징벌의식으로부터 어떤 경건함이나 엄숙함도 느낄 수 없기 때문이다. "「누구네 마누라허고 누구네 男丁네허고 붙었다네!」라는 비속한 표현으로 시작되는 이 시의 2연은 사태의 심각성과는 달리 마을 잔치를 방불케 하는 장면을 연출하고 있다. 나팔과 타악기들, 남녀노소와 강아지, 닭들까지 쏟아져 나와 온 마을은 소란에 휩싸인다. 이 같은 장면 묘사를 위해 시인은 사물들을 빠르게 열거함으로써 경쾌한 시의 리듬을 만들어낸다. 아울러 불어자치고, 퉁기쳐 나오고, 외치고, 달리고 하는 모습을 통해 침울함이 아니라 신명나는 놀이를 연상하도록 유도한다. 실질적으로 불미스러운 소문을 답답한 비밀로 묻어두지 않고 마구 폭로하는 행위는 일종의 유희적 해방감을 맛보게 하는 놀이라 할 수 있다. 이때 독자는 땡삐떼에 쏘인 자들의 통증보다는 난리법석을 떠는 모습에 더 집중하게 된다. 이 같은 장면은 사건의 심각성과 그에 대한 어처구니없는 대응을 결합함으로써 상황희극을 만들어낸다. 응징의 무거움을 예상했던 독자의 기대는 어긋나고 대신 웃음이 일게 되는 것이다.

「눈들 영감의 마른 명태」나 「姦通事件과 우물」에서 보았듯이 미당은 대상에 대한 연민의 감정을 기묘하게 웃음으로 전치시키거나 경건하고 엄숙한 상황을 어이없는 상황으로 전치시켜 희화함으로써 삶의 비극성으로부터 비켜선다. 이는 『질마재 神話』의 웃음을 유발하는 시편에서 공통적으로 발견되는 특성이라 할 수 있다. 시 분석을 통해 살펴본 바 연민과 경건성의 제어는 희극적 형상화를 위한 근본적 전제라는 점에서 『질마재 神話』 이후의 웃음 유발의 시편에도 그 원리가 적용될 가능성이 큰 것으로 판단된다.

3. 이중의 격하

『질마재 神話』에 등장하는 인물들은 앞서 얘기했듯이 인생의 설움과
고통을 당해왔던 불행한 사람들이다. 신중하지 못한 신랑(「新婦」), 오줌
기운이 센 이(李) 생원네 마누라님(「小者 李 생원네 마누라님의 오줌 기
운」), 이가 하나도 없는 눈들 영감(「눈들 영감의 마른 명태」), 앞니가 한
개 없는 홀어미 알묏댁(「알묏집 개피떡」), 앉은뱅이 재곤(「神仙 在坤이」),
애 못 낳은 석녀(石女) 한물댁(「石女 한물宅의 한숨」), 심사숙고를 하지
못하는 백(白)씨 형제들(「深思熟考」), 바보 황(黃)먹보(「金庾信風」) 등은
성격적, 신체적 결함을 지닌 인물들이다. 이들은 평범한 사람들보다 결함
이 많다는 점에서 보통 이하의 사람들로 볼 수 있다.

아리스토텔레스에 의하면 희극은 "보통 이하의 악인의 모방이다. 그러
나 이때 보통 이하의 악인이라 함은 모든 종류의 악(惡)과 관련해서 그런
것이 아니라, 어떤 특정한 종류, 즉 우스꽝스러운 것과 관련해서 그런 것
인데, 우스꽝스런 것은 추악의 일종이다. 우스꽝스런 것은 남에게 고통이
나 해를 끼치지 않는 일종의 실수 또는 기형이다."[12] 『질마재 神話』에 등장
하는 인물들의 대부분은 남에게 고통이나 해를 끼치지 않는 우스꽝스런
인물들이다. 현명하고 고상한 인물 혹은 위대한 영웅은 웃음을 촉발하기
어렵다. 위대한 인물은 희극적 인물과 달리 근엄함과 진지함, 사려 깊음
등과 연관되며 주로 고난을 탁월한 방식으로 해결하는 지도자의 위치에
놓임으로써 사람들의 존경과 흠모, 숭배의 대상이 된다.

---

12) 아리스토텔레스, 앞의 책, 43쪽.

희극적 인물은 위대한 영웅적 삶의 반대편에 존재한다. 그런 의미에서 질마재 사람들의 삶과 맞물린 상황이나 행위, 성격 등에서 연민이 제거될 수 있다면 '보통보다 더 비천한' 이들에 관한 이야기는 웃음을 촉발하기에 적격이라 할 수 있다. 토마스 베른하르트에 따르면 "익살의 재료는 언제나, 무언가 필요한 곳에, 무언가 부족한 곳에, 그 어떤 정신적이거나 육체적인 불구가 있는 곳에 존재하고 있다."[13] 미당이 평범한 농민 가운데 유독 결함이 많은 인물들을 대상화하는 이유가 여기에 있다. 주목할 것은, 질마재 사람들의 이야기를 희극적으로 구성하기 위해 시인이 이중의 격하를 장치하고 있다는 사실이다. 격하는 이야기를 이끌어가는 화자와 이야기의 대상 모두에게서 발견된다.

　　　　여자의 아이 낳는 구멍에 말뚝을 박아서 멀찌감치 내던져
　　　버리는 놈하고 이걸 숭내내서 갓 자라는 애기 호박에 말뚝을 박고
　　　다니는 애녀석

　　　　　　　　　　　　　　　　　　　　　　　「분지러 버린 불칼」 부분

　　　　마을에서도 제일로 무얼 못 먹어서 똥구녁이 마르다가 마르
　　　다가 찢어지게끔 생긴 가난한 늙은 寡婦의 외아들 黃먹보는 낫놓
　　　고 ㄱ字도 그릴 줄 모르는 無識꾼인 데다가 두 눈썹이 아조 찰싹
　　　두 눈깔에 달라붙게스리는 미련하디 미련한 총각 녀석이라,

　　　　　　　　　　　　　　　　　　　　　　　　　「金庾信風」 부분

　　　上監녀석은 宮의 각장 장판房에서 白磁의 梅花틀을 타고

13) 류종영, 앞의 책, 72쪽 재인용.

누지만, 에잇, 이것까지 그게 그 까진 程度여서야 쓰겠나.

「소망」 부분

『질마재 神話』의 화자는 시시한 익살꾼 이상의 성격을 지닌 인물로 파악된다. 위에 제시한 시에서 알 수 있듯이 그는 여자 아이 낳는 구멍, 똥구녁과 같은 비속어를 거침없이 사용할 뿐만 아니라 최고 권력자인 상감(上監)을 녀석이라고 말할 만큼 조금은 허풍스럽기까지 한 인물이다. 그는 이처럼 위엄 있고 권위적인 목소리를 버림으로써 스스로를 비천한 존재로 격하시킨다. 한편 다른 시를 살펴보면 '되었읍니다', '것이지요', '이야깁니다', '있겠읍죠', '말씀입지요' 등 경어체를 빈번하게 사용함으로써 청자에게 예의를 갖춘 듯한, 때로 굽실거리는 듯한 태도를 취하곤 한다. 한편 그는 지도로대왕, 김유신, 추사, 한용운 같은 역사적 인물에 대해서도 잘 아는 박식한 존재이기도 하다.[14]

그럼에도 이 화자에게서 지식인이나 교양인의 풍모와 품격이 느껴지지 않는다. 많은 것을 알고 있지만 그가 그 앎을 우아한 언어로 포장하지 않기 때문이다. 그는 우리가 일반적으로 추하다고 여기거나 금기시하는 것들, 주변적인 것들에 대해, 예를 들어 시 「小者 李 생원네 마누라님의 오줌 기운」, 「말피」, 「알뫼집 개피떡」, 「소망(똥깐)」, 「上歌手의 소리」 등에서 똥오줌과 성에 대해 마구 폭로하고 이집 저집의 비밀스러운 사연을 함부로 발설한다. 중요한 것은 「눈들 영감의 마른 명태」 분석에서 보았듯이 그의 폭로가 공격성이나 배타성을 띠지 않는다는 점, 아울러 위협을 가해 불쾌감을 유발하는 쪽으로 기울지 않는다는 점이다. 말하자면 그가 유발하는 웃음은 냉소나 쓴웃음, 비웃음과는 거리가 멀다 할 수 있다. 『질마

---

14) 필자는 이야기를 바탕으로 한 서정주의 시를 분석하면서 그의 화자가 지닌 다성적 목소리와 청자 지향적 성격에 대해 이미 언급한 바 있다. 엄경희, 앞의 글, 124~125쪽 참조.

재 神話』에 실린 시편 가운데「분질러 버린 불칼」과 같이 풍자적 웃음의 양식을 통해 외세에 대한 비판을 드러낸 경우가 없는 것은 아니다. 그러나 이런 종류의 웃음은 매우 드문 현상이라 할 수 있다. 『질마재 神話』에 담긴 웃음은 주로 기층민의 비천한 삶을 두둔하고 흥겹게 만드는 데 주력한다.

　　小者 李 생원네 무우밭은요. 질마재 마을에서도 제일로 무성하고 밑둥거리가 굵다고 소문이 났었는데요. 그건 이 小者 李 생원네 집 식구들 가운데서도 이 집 마누라님의 오줌 기운이 아주 센 때문이라고 모두들 말했습니다.

　　옛날에 新羅 적에 智度路大王은 연장이 너무 커서 짝이 없다가 겨울 늦은 나무 밑에 長鼓만한 똥을 눈 색시를 만나서 같이 살았는데, 여기 이 마누라님의 오줌 속에도 長鼓만큼 무우밭까지 鼓舞시키는 무슨 그런 신바람도 있었는지 모르지. 마을의 아이들이 길을 빨리 가려고 이 댁 무우밭을 밟아 질러가다가 이 댁 마누라님한테 들키는 때는 그 오줌의 힘이 얼마나 센가를 아이들도 할 수없이 알게 되었습니다. -「네 이놈 게 있거라. 저놈을 사타구니에 집어 넣고 더운 오줌을 대가리에다 몽땅 깔기어 놀라!」그러면 아이들은 꿩 새끼들같이 풍기어 달아나면서 그 오줌의 힘이 얼마나 더울까를 똑똑히 잘 알 밖에 없었습니다.

　　　　　　　　　　　「小者 李 생원네 마누라님의 오줌 기운」 전문

이 시의 화자는 이 생원네 마누라님의 오줌 기운이 얼마나 센가를 거침없이 폭로한다. 특히 여성의 생식력에 대한 폭로는 비밀스러운 성에 대한 폭로와도 같다는 점에서 화자의 '조롱'하는 태도와 맞물릴 가능성이 있다. 더욱이 마누라님의 목소리를 직접 인용한 「네 이놈 게 있거라. 저 놈을 사타구니에 집어 넣고 더운 오줌을 대가리에다 몽땅 깔기어 놀라!」라는 문장에는 대상의 비천함이 더욱 강조된다. 그럼에도 "무우밭까지 鼓舞시키는 무슨 그런 신바람"이나 "아이들은 꿩 새끼들같이 풍기어 달아나면서"와 같은 구절에 보이는 역동적 건강성이 화자의 조롱이나 대상의 비천함을 능가하는 효과를 일으킨다. 마누라님의 오줌 기운은 조롱의 대상이 아니라 건강한 생식력의 상징인 것이다. 이로부터 대상에 대한 공격성이나 배타성을 이끌어내기는 어렵다. 폭로를 일삼으면서 동시에 그로 인한 자기 격하를 감행함에도 불구하고 이 같은 화자의 태도에는 질마재 사람들에 대한 폄하가 아니라 삶의 고통으로부터 생명력을 이끌어내기 위한 시인의 지향이 담겨있다.

미당의 화자는 무지를 가장한 능청스러운 인물이며 속내를 알 수 없는 비속한 존재이다. 이 같은 화자의 격하는 다분히 웃음을 유발시키고자 하는 시인의 의도를 반영한다. 이 품격 없는 화자는 스스로를 격하시킴으로써 청자에게 매우 쉽게 접근할 수 있을 뿐만 아니라 우스꽝스러운 이야기도 손쉽게 말할 수 있는 자신의 위치를 점유한다. 따라서 스스로를 격하시킨 화자에 의해 전달되는 시적 내용이 격하를 겪게 되는 것은 자연스러운 결과라 할 수 있다.

질마재 上歌手의 노랫소리는 답답하면 열두 발 상무를 젓고, 따분하면 어깨에 고깔 쓴 중을 세우고, 또 喪輿면 喪輿머리에 뙤약볕 같은 놋쇠 요령 흔들며, 이승과 저승에 뻗쳤읍니다.
그렇지만, 그 소리를 안 하는 어느 아침에 보니까 上歌手는 뒤깐 똥오줌 항아리에서 똥오줌 거름을 옮겨 내고 있었는데요. 왜,

거, 있지않아, 하늘의 별과 달도 언제나 잘 비치는 우리네 똥오줌 항아리, 비가 오나 눈이 오나 지붕도 앗세 작파해 버린 우리네 그 참 재미있는 똥오줌 항아리, 거길 明鏡으로 해 망건 밑에 염발질을 열심히 하고 서 있었읍니다. 망건 밑으로 흘러내린 머리털들을 망건 속으로 보기좋게 밀어넣어 올리는 쇠뿔 염발질을 점잔하게 하고 있어요.

　　明鏡도 이만큼은 특별나고 기름져서 이승 저승에 두루 무성하던 그 노랫소리는 나온 것 아닐까요?

「上歌手의 소리」전문

　이 시의 웃음은 똥오줌 항아리를 거울삼아 염발질을 하는 상가수의 행동에서 발생한다. 그는 쇠뿔 염발질을 '열심히', '점잔하게' 한다. 여기에는 세 개의 웃음 요소가 내포되어 있다. 첫째는 똥오줌 항아리 자체, 둘째는 똥오줌 항아리를 명경(明鏡)으로 전환시키는 것, 셋째는 상가수의 몰입적 행위가 그것이다.

　똥오줌 항아리는 일상적 공간 혹은 사물이지만 그것은 언제나 일상 밖에 놓여있는 것처럼 취급된다. '뒤깐'이라는 시어에서 알 수 있듯이 배설 공간은 일상의 중심과는 가장 먼 곳에 배치된다. 이는 똥오줌이 불결하기 때문이기도 하며 신체 가운데 하복부와 연결된 배설이 수치스러운 행동으로 치부되기 때문이기도 하다. 즉 똥오줌의 배설은 물질적 측면과 관습적 측면 모두에서 추함과 연관된다. 그렇다면 이 추한 물질이 왜 웃음을 유발하는가? 사람들은 똥 자체에 대해서 불쾌함을 느끼면서도 똥과 관련한 이야기에 대해서는 웃음을 자아낸다.

　바흐찐(Mikhail M. Bakhutin)은 이를 그의 카니발 이론의 핵심이라 할

수 있는 그로테스크 리얼리즘(grotesque realism)으로 설명한다. "그로[15]
테스크 리얼리즘의 주도적인 특성은 격하시키는 것, 즉 고상하고 정신적
이며 이상적이고 추상적인 모든 것을 물질·육체적 차원으로, 불가분의
통일체인 대지와 육체의 차원으로 이행시키는 것에 있다."[16] 이때 육체성으
로의 격하는 일상 속에서 숨겨졌던 것, 제약받았던 것들을 공적으로 해
방시킨다. 그 해방은 쾌락과 웃음을 준다. 바흐찐은 "배설물은 무엇보다
도 익살맞은 물질이자 또 육체적인 것이라고 말할 수 있다. 모든 고상한
것들을 격하하며 육화하는 데에 이보다 더 적절한 물질은 없는 것이다."[17]
라고 말하면서 똥의 재생성에 대해 다음과 같이 설명한다.

> 똥은 유쾌한 물질이다. 이미 말했듯이, 가장 오래된 糞便文學
> 的(scato-logical) 이미지들 속에서 똥은 생식력, 肥沃과 연결되어
> 있다. 다른 측면에서 똥은 대지와 육체 사이의 어떤 중간 위치에 있
> 는, 이 둘을 친근한 관계로 만드는 그 무엇으로 간주되고 있다. 똥
> 은 또한 살아 있는 육체와 죽은 육체 사이의 어떤 중간에 위치하고
> 있는 것으로, 분해되어 대지로 되돌아가 비료가 되는 것이다.[18]

분변적(糞便的) 모티브가 썩음으로 이행되는 다른 물질들과 달리 유쾌
함을 줄 수 있는 이유는 똥의 추함이 죽음의 공포로 인식되지 않기 때문
이다. 배설은 근원적으로 먹는다는 원초적 쾌락의 결과로 발생하며 이는

---

15) 미하일 바흐찐, 『프랑수아 라블레의 작품과 중세 및 르네상스의 민중문화』, 이덕영·최건영 역, 아카넷, 2001,
　　47~48쪽 참조. 미하일 바흐찐에 의하면 그로테스크 리얼리즘(grotesque realism)은 물질과 육체의 세계를
　　본질적 요소로 한다. 그것은 장대하고 과장된 육체를 부각시킴으로써 풍요와 성장이라는 긍정적 의미를 드
　　러내는 것을 의미한다. 이때의 육체는 고립된 개인이 아니라 조상 대대로 내려오는 종족적 육체로서 집단적
　　보편성에 기초한 육체를 뜻한다.
16) 위의 책, 48쪽.
17) 위의 책, 237쪽.
18) 위의 책, 274쪽.

존재가 살아있다는 가장 분명한 증거이다. 존재의 생식력과 대지의 비옥함이 서로 만나는 매개가 똥인 것이다. 그런 의미에서 똥은 무해한, 고통을 주지 않는 유쾌한 추함이다.

「上歌手의 소리」에서 똥오줌 항아리와 더불어 웃음을 유발하는 둘째 요인은 앞서 얘기했듯이 똥오줌 항아리를 명경(明鏡)으로 전환시키는 발상에서 찾을 수 있다. 가장 더러운 사물을 가장 투명한 거울로 전환시키는 발상은 철학자 제임스 비티의 말을 빌자면 "흔치 않은 혼합과 불일치[19]"라 할 수 있다. 이는 기이하거나 낯선 것, 엉뚱한 것들이 경험되었을 때 웃음이 터져 나올 수 있음을 시사한다. 통념이나 상식, 혹은 규범을 일탈하는 대비나 혼합은 기대를 배반함으로써 웃음을 유발시킨다. 한편 이는 "상하와 성속의 혼합, 즉 모든 위계와 불연속의 영역을 교차하는 (횡단하는) 접촉[20]"이라 할 수 있다. 「上歌手의 소리」에서 혼탁함 속에 별과 달이라는 우주의 발광물체를 되비치는 똥오줌 항아리의 속성은 상방의 물질과 하방의 물질을 혼합한다는 점에서 횡단적이다. 이때 상방의 세계는 하방으로 격하된다. 신분상 비천한 상가수의 소리가 이승과 저승을 넘나드는 것 또한 횡단적 상상력으로 볼 수 있다. 이와 같은 횡단적 상상력은 정신과 물질, 상방과 하방 등의 위계에 고착된 우리의 인식을 전복시킨다. 마지막으로 상가수의 몰입적 행위[21]가 웃음을 유발하는 것은 그의 행위가 매우 우스꽝스럽게 여겨지기 때문이다. 똥오줌 항아리 앞에서 배설이 아닌 머리를 가지런하게 매만지는 행위는 기이하고 생소한 느낌을 주기에 충분하다. 더욱이 상가수는 이 같은 행위를 대충하는 것이 아

---

19) 류종영, 앞의 책, 181쪽.

20) 레나테 라흐만, 「축제와 민중 문화」, 여홍상 역, 『바흐친과 문화 이론』, 문학과지성사, 1995, 91쪽.

21) 베르그송은 "희극적인 표정은 현재 그것이 보여주고 있는 것 이상은 아무것도 예상케 하지 않는 표정이다.(……) 한 개인이 영원히 몰입해 있는 듯한 단순하고 기계적인 어떤 행동에 대한 생각을 우리에게 더 잘 암시해주는 얼굴일수록 더 희극적이 되는 것이다."라고 설명한다. 앙리 베르그송, 앞의 책, 29쪽.

니라 진지하게 수행한다. 추의 공간에서 미적 행위를 진지하게 수행하는 것은 일종의 부조화이며 이는 이율배반적 느낌을 갖게 한다. 이 이율배반의 심리는 불필요한 혹은 과장된 진지함 때문에 배가된다. 이런 종류의 진지함은 고상한 인격체에게서 발견되는 진지함과 다르다. 추함을 개의치 않는 자만이 가능한 진지함이기 때문이다. 희극적 인물은 천진난만하거나 무지하거나 비천하거나 뭔가 결함을 지닌 인물일 가능성이 크다. 상가수는 추에 대한 자각이 없는 무지하고 비천한 존재라는 점에서 희극적이다. 그러나 그는 노랫소리로 이승과 저승을 넘나드는 특이한 능력을 지닌 자이기도 하다.

미당의 웃음 유발 시편에서 격하는 화자와 시적 대상 모두에게서 발견되는 현상이다. 격하는 권위주의적 발상에 저항하는 가장 중요한 희극적 전략이다. 그것은 의도적으로 고상함을 배반함으로써 우스꽝스러운 사태나 인물을 내세우는 방식이다. 미당은 이중의 격하를 통해서 비천한 것과 추한 것에 재미를 불어넣는다. 이때의 추함이 혐오나 공포감과 연결되지 않아야 웃음이 촉발될 수 있다. 미당의 격하의 산물들은 공격적이지 않다는 점에서 그리고 매우 익살맞다는 점에서 혐오감이나 공포감을 넘어선다.

4. 기대의 불일치

'기대의 불일치'는 상식이나 통념, 규범, 친숙함, 가능성 등과는 무언가 다른 것이 제시되었을 때 생성된다. 즉 기대의 불일치에 의한 웃음은 추한 것, 서로 어울리지 않는 것의 대비, 통일성의 결여, 부적절함 등으로부터 촉발된다.[22] 청자 혹은 독자의 기대를 배반함으로써 촉발되는 웃음의

---

22) 류종영, 앞의 책, 177~185쪽 참조.

전략은 『질마재 神話』에서 매우 자주 발견되는 현상이라 할 수 있다. 그것은 각 편의 부분에 나타나기도 하지만 크게는 두 가지 차원에서 나타난다. 첫째, 도덕적 이데올로기로부터의 일탈, 둘째 합리성으로부터의 일탈이 그것이다. 이 두 가지 차원은 질마재가 농경문화를 기반으로 형성된 공동체라는 점과 밀접한 관련이 있다.

농경문화는 도시의 유동성이나 개방성과 달리 고착적이고 폐쇄적인 성격을 지닌다. 아울러 진보적 성향보다는 보수적 성향이 농후한 것이 그 특징이다. 이 같은 성향을 띤 집단으로부터 미당이 강조한 것은 향촌의 예의범절 따위가 아니다. 이 시집에는 설막동이네 과부 어머니, 홀어미 알묏댁, 석녀 한물댁처럼 과부이거나 소박맞은 여인들이 많이 등장하는데 이들은 '정절'이나 '수절'과는 거리가 먼 인물들이라 할 수 있다. 폐쇄적인 농촌 마을의 과부들은 전통적 규범에 따라 자신들의 도덕성을 잘 지켜나갈 것이라는 것이 우리들의 통념이다. 그러나 이 같은 통념과 달리 질마재는 여인들의 성적 풍문으로 가득한 공간이다. '서방질'로 대표되는 사건을 모티브로 미당은 이 여인들의 한 많은 사연을 웃음으로 바꿔놓는다.

> 알뫼라는 마을에서 시집 와서 아무것도 없는 홀어미가 되어
> 버린 알묏댁은 보름사리 그득한 바닷물 우에 보름달이 뜰 무렵이
> 면 행실이 궂어져서 서방질을 한다는 소문이 퍼져, 마을 사람들은
> 그네에게서 외면을 하고 지냈읍니다만, 하늘에 달이 없는 그믐께
> 에는 사정은 그와 아주 딴판이 되었읍니다.
> 陰 스무날 무렵부터 다음 달 열흘까지 그네가 만든 개피떡
> 광주리를 안고 마을을 돌며 팔러 다닐 때에는 「떡맛하고 떡 맵시
> 사 역시 알묏집네를 당할 사람이 없지」 모두 다 흡족해서, 기름기

로 번즈레한 그네 눈망울과 머리털과 손 끝을 보며 찬양하였읍니다. 손가락을 식칼로 잘라 흐르는 피로 죽어가는 남편의 목을 추기었다는 이 마을 제일의 烈女 할머니도 그건 그랬었읍니다.

달 좋은 보름 동안은 外面당했다가도 달 안 좋은 보름 동안은 또 그렇게 理解되는 것이었지요.

앞니가 분명히 한 개 빠져서까지 그네는 달 안 좋은 보름 동안을 떡장사를 다녔는데, 그 동안엔 어떻게나 이빨을 희게 잘 닦는 것인지, 앞니 한 개 없는 것도 아무 상관없이 달 좋은 보름 동안의 戀愛의 소문은 여전히 마을에 파다하였읍니다.

방 한 개 부엌 한 개의 그네 집을 마을 사람들은 속속들이 다 잘 알지만, 별다른 연장도 없었던 것인데, 무슨 딴손이 있어서 그 개피떡은 누구 눈에나 들도록 그리도 이쁘게 만든 것인지, 빠진 이빨 사이를 사내들이 못 볼 정도로 그 이빨들은 그렇게도 이쁘게 했던 것인지, 머리털이나 눈은 또 어떻게 그렇게 깨끗하게 번즈레하게 이쁘게 해낸 것인지 참 묘한 일이었읍니다.

「알묏집 개피떡」 전문

이 시에 등장하는 알묏댁은 "행실이 궂어져서 서방질을 한다는 소문"의 주인공이다. 그녀는 보름달이 뜰 무렵에는 서방질을, 그믐달이 뜰 무렵에는 떡장수를 한다. 과부가 된 여인이 생활고에 시달리며 힘겹게 떡장수를 하는 모습은 연민의 감정을 일으킬 가능성이 크다. 그러나 그런 그녀가 음란한 소문을 파다하게 낼 때 사정은 달라진다. 이때 연민의 감정은 유보된다. 그녀가 우리의 전통적 미풍양속이라 할 수 있는 일부종사(一夫從事)에 어긋나는 행동을 함으로써 독자의 기대를 배반하기 때문이다. 이 지점으로부터 알묏댁 이야기는 음란한 과부에 관한 농담으로 읽혀지게 된다.

이 같은 알묏댁의 이야기에 시인은 웃음을 야기하는 요소를 몇 가지 더 첨가한다. 그것은 "앞니가 분명히 한 개 빠져서까지" 그녀가 떡장수와 서방질을 지속했다는 데서 비롯된다. 앞니가 빠진 음녀(淫女)는 그 기형적 얼굴로 인해 희극성을 띠게 된다. 이 부분에서도 '음녀 = 미인'이라는 도식의 와해로 인한 기대의 불일치가 일어난다. "앞니가 분명히 한 개 빠져서까지"라는 설명은 알묏댁이 점점 늙어가고 있음을 뜻하는데 그럼에도 그녀의 음란한 행각이 여전하다는 사실 또한 웃음을 일으키는 요인이 된다. 그녀는 늙었음에도 "빠진 이빨 사이를 사내들이 못 볼 정도로"로 혼을 빼는 요부라 할 수 있다.

한편 행실이 부도덕한 알묏댁에 대해 마을 사람들이 질타의 반응만을 보였다면 이 시는 자칫 비극적 성격을 지닐 수도 있다. 인간의 도덕적 이데올로기가 우세한 맥락으로 자리 잡을 수 있기 때문이다. 그런데 이 시에서 마을 사람들은 그녀가 서방질을 하는 보름 동안에는 그녀를 외면했다가 그녀가 떡을 파는 보름 동안에는 그녀를 찬양한다. 외면과 찬양이라는 모순적 사태야말로 합리적으로 이해되기 어려운 희극성을 지닌다.

여기서 일반적으로 음담이 오고갈 때 종종 '말 바꾸기(shift)'가 일어난다는 사실을 염두에 둘 필요가 있다. 음담의 말 바꾸기는 성기나 성행위를 다른 일상적 사물이나 다른 낱말로 대체하는 현상을 뜻한다.[23] 말 바꾸기는 성에 관한 연상작용을 자극한다는 점에서 때로 직접적 표현보다 더 풍부한 웃음효과를 거두기도 한다. '떡'도 관습적으로 성과 관련한 말 바꾸기의 대표적 예 가운데 하나이다. 이 시에서도 알묏댁의 떡맛은 실제 떡과 성적 환유로서의 의미를 모두 내포하는 것으로 해석할 수 있다.

알묏댁이 떡을 파는 동안 마을 사람들이 떡에 대해서만 이야기하리라

---

23) 류정월, 『오래된 웃음의 숲을 노닐다』, 샘터, 2006, 84~94쪽 참조.

고 상상하는 독자는 없을 것이다. 떡을 나눠먹는 동안 알묏댁의 환유로서 떡(서방질) 이야기는 더 많은 입소문을 타고 옮겨 다닐 것이다. 중요한 것은 떡의 기능이다. 떡이 있을 때와 떡이 없을 때 사람들의 반응이 극단적으로 다르기 때문이다. 이 시에서 떡은 사람과 사람 사이를 매개하는 음식이면서 이야깃감이라 할 수 있다. 떡이라는 매개물이 없을 때 냉담했다가 매개물이 있을 때 즐거워지는 것이다. 즉 떡은 금기된 이야기를 해방시키는 매개물인 것이다. 이는 폐쇄적 사회에서의 성적 풍문이 개방적 사회에서보다 더 즐거운 이야깃감으로 기능할 가능성을 시사한다. 한편 이때 "손가락을 식칼로 잘라 흐르는 피로 죽어가는 남편의 목을 추기었다는 이 마을 제일의 烈女 할머니" 이야기가 슬쩍 끼어드는데 이 일화야말로 이 시의 맥락에서는 오히려 희극적으로 읽힐 수 있다. 지나치게 원칙적이거나 근엄한 존재, 베르그송의 표현을 빌면 경직된 인물이야말로 웃음을 유발시키는 희극적 인물이기 때문이다.[24]

성적 농담이나 풍자는 "남녀 사이의 생물학적 또는 사회적 차이에 관한 무지나 편견에서 비롯된 성 고정관념을 드러내기도 하고, 다른 한편으로는 재생산이나 친족관계 그리고 세대들의 낡은 관계에서 해방된 탈중심화된 성을 중요한 시적 대상으로 삼기도 한다."[25] 이 시의 대상이 된 알묏댁의 '서방질' 이야기도 그러한 경우이다. 과부는 수절을 하며 살아야 한다는 관습적 편견에 대해 시인은 기대의 불일치를 통해 제동을 건다. 아울러 달의 주기와 여성의 생리적 변이를 일치시킴으로써 알묏댁의 서방질이 자연현상임을 강조한다.[26] 시인은 이를 통해 알묏댁의 서방질이 부

24) 앙리 베르그송, 앞의 책, 18쪽.
25) 이순욱, 『한국 현대시와 웃음 시학』, 청동거울, 2004, 87쪽.
26) 이 시에 나타난 달의 주기와 알묏댁의 여성적 몸의 일치에 관한 선행 논의로는 김옥순의 「서정주 시에 나타난 우주적 신비체험-『화사집』과 『질마재 신화』의 공간 구조를 중심으로」(『梨花語文論集』 제12집, 이화여자대학교 한국어문연구소, 1992)를 참조.

도덕한 행위가 아니라 낡고 늙은 것을 쇄신하는 재생적 행위임을 부각시키고 있는 것이다.

도덕적 통념에 대한 기대의 불일치와 더불어 『질마재 神話』에 실려 있는 「小者 李 생원네 마누라님의 오줌 기운」, 「李三晚이라는 神」, 「石女 한 물宅의 한숨」, 「風便의 소식」, 「金庾信風」 등 다수의 작품에서 공통적으로 발견되는 것이 합리성에 대한 기대의 불일치이다. 예를 들어 속신(俗信)을 바탕으로 한 주술적 세계의 수용[27]이 자주 포착되는데 미당은 이를 통해 농경문화 속에서 여전히 통용되는 반근대적 삶의 가치를 드러낸다. 이 같은 비합리적 요소는 종종 시의 희극적 효과에 기여하기도 한다. 합리성의 일탈이 기대의 불일치를 야기하기 때문이다.

이 땅 위의 場所에 따라, 이 하늘 속 時間에 따라, 情들었던 여자나 남자를 떼내 버리는 方法에도 여러 가지가 있겠읍죠.

그런데 그것을 우리 질마재 마을에서는 뜨끈뜨끈하게 매운 말피를 그런 둘 사이에 좌악 검붉고 비리게 뿌려서 영영 情떨어져 버리게 하기도 했읍니다.

모시밭 골 감나뭇집 薛莫同이네 寡婦 어머니는 마흔에도 눈썹에서 쌍긋한 제물香이 스머날 만큼 이뻤었는데, 여러해 동안 도깝이란 別名의 사잇서방을 두고 田畓 마지기나 좋이 사들인다는 소문이 그윽하더니, 어느 저녁엔 대사립門에 인줄을 늘이고 뜨끈뜨끈 맵고도 비린 검붉은 말피를 좌악 그 언저리에 두루 뿌려 놓았읍니다.

그래 아닌게아니라, 밤에 燈불 켜 들고 여기를 또 찾아 들던

27) 엄경희, 앞의 글, 124쪽.

놈팽이는 금방에 情이 새파랗게 질려서 「동네 방네 사람들 다 들어 보소…… 이부자리 속에서 情들었다고 예편네들 함부로 믿을까 무섭네……」 한바탕 왜장치고는 아조 떨어져 나가 버렸다니 말씀입지요.

　　　이 말피 이것은 물론 저 新羅적 金庾信이가 天官女 앞에 타고 가던 제 말의 목을 잘라 뿌려 情떨어지게 했던 그 말피의 效力 그대로서, 李朝를 거쳐 日政初期까지 온 것입니다마는 어떨갑쇼? 요새의 그 시시껄렁한 여러 가지 離別의 方法들보단야 그래도 이게 훨씬 찐하기도 하고 좋지 안을갑쇼?

<말피> 전문

　이 시는 남녀의 이별방법에 대한 시인의 생각을 드러낸 작품이다. 일반적으로 남녀의 이별에 대해 떠올리는 것은 '눈물'로 대변될 수 있는 슬픔이나 외로움의 감정 따위일 것이다. 그러나 이 시는 '말피'로 눈물을 대체한다. "대사립門에 인줄을 늘이고 뜨끈뜨끈 맵고도 비린 검붉은 말피를 쫘악 그 언저리에 두루 뿌려" 놓음으로써 정을 떼는 것이다. 이 같은 이별의 방법은 합리적 사고로는 상상조차 하기 어려운 것이다. 일반적으로 기이한 이야기의 주인공은 난관을 극복하기 위해 주로 비방이나 비책을 비장의 무기로 사용하곤 하는데, 알 수 없는 재료가 섞인 신비한 음료나 음식, 망토, 요술 지팡이와 같은 것이 그 예이다. 이 시에 등장하는 말피 또한 비방에 해당하는 사물이라 할 수 있다.

　한편 말피가 지닌 사물성 때문에 시인의 기이하고 엉뚱한 발상을 독자가 즐거워하거나 재미있어 하기보다 끔찍하게 여길 가능성 또한 완전히 배제하기 어렵다. 그런데 시인은 독자에게 일어날 수 있는 공포심리를 말피의 효과를 통해 제어한다. 3연은 말피 때문에 혼이 난 놈팽이들의 행동을 서술하고 있다. "금방에 情이 새파랗게 질려서" 달아나는 놈팽이의 모습은 낭패를 당한 오입쟁이의 전형을 보여준다. 아울러 "한바탕 왜장치고는 아조 떨어져 나가 버렸다"는 대목에서는 반쯤 정신이 나간 바보스러운 놈팽이의 모습을 떠올리게 함으로써 웃음을 유발시킨다. 이때 과부 설막동이네의 도덕성에 관한 물음은 사라지고 놈팽이의 얼빠진 행동에 초점이 모아지게 된다.

이 시의 이 같은 희극성은 근본적으로 김유신의 이별방식을 격하시킴으로써 얻어진다. 알려진 바, 김유신은 사랑하는 여인의 집을 찾아간 그의 애마의 목을 침으로써 천관녀와 이별한다. 고사에 등장하는 김유신의 이별방식은 비장미와 숭고미를 동시에 보여준다. 반면 미당의 시에 차용된 '말피'의 모티브는 "도깝이란 別名의 사잇서방을 두고 田畓 마지기나 좋이 사들"이는 설막동이네의 현실주의적 태도와 얼빠진 놈팽이의 바보스러운 행동 등에 의해 원텍스트가 지닌 비장미와 숭고미를 소거시킨다. 미당은 이 시의 말미에서 "요새의 그 시시껄렁한 여러 가지 離別의 方法들보단야 그래도 이게 훨씬 찐하기도 하고 좋지 안을갑쇼?"라고 제안하고 있는데 이 제안에는 비장함을 웃음으로 넘어설 수도 있다는 의미가 내포되어 있다.

미당은 도덕적 이데올로기와 합리성의 일탈을 통해 독자의 기대를 벗어나는 비규범적이고 비합리적인 세계를 부각시킨다. 도덕적 이데올로기로부터의 일탈은 재래 사회의 모럴에 대한 통념을 뒤바꾸고자 하는 욕구와 연관되며 합리성으로부터의 일탈은 근대인의 사고방식에 제동을 걸고자 하는 욕구와 연관된다. 이때 과부와 같은 존재에게 부여되었던 재래적 성모럴은 와해되고 납득 불가능한 비합리적 세계가 하나의 진실로 기능하게 된다. 미당은 '기대의 불일치'가 촉발하는 웃음을 통해 도덕적 이데올로기와 합리성이 지닌 지배력을 약화시킴으로써 보다 자유로운 인식의 틀을 보여주는 것이다.

5. 맺음말

『질마재 神話』는 미당이 웃음의 요소를 처음으로 시에 수용하기 시작
한 시집이라는 점에서 미당의 시세계에서 매우 중요한 위치를 차지한다.
본 논문은『질마재 神話』가 유발하는 웃음의 근본 원리를 밝히고 이를
통해 시인의 의도와 미적 효과를 밝히는 데 그 목적이 있다. 분석 결과 미
당은 크게 세 가지 원리를 기반으로 웃음 효과를 만들어낸다. ① 연민과
경건성의 제어, ② 이중의 격하, ③ 기대의 불일치가 그것이다.

『질마재 神話』에 등장하는 인물들의 면모를 살펴보면 대부분 곤궁한
생활 속에서 인생의 설움과 고통을 당해왔던 불행한 인물들이다. 이러한
인물들로부터 미당이 웃음을 유발하기 위해 의도했던 첫 번째 전략은 등
장인물들에 대한 연민의 감정과 경건성을 제어하는 것이다. 인물의 결함
이나 실수가 타인에게 동정심과 연민의 감정을 일으킨다면 웃음을 촉발
시킬 수 없기 때문이다. 미당은 대상에 대한 연민의 감정을 기묘하게 웃
음으로 전치시키거나 경건하고 엄숙한 상황을 어이없는 상황으로 전치시
켜 희극화함으로써 삶의 비극성으로부터 비켜선다.

'이중의 격하'는 미당이 질마재 사람들의 이야기를 희극적으로 구성하
기 위해 장치한 또 하나의 웃음 유발의 원리이다. 그의 시에서 격하는 이
야기를 이끌어가는 화자와 이야기의 대상 모두에게서 발견된다는 점에
서 이중적이다. 격하는 의도적으로 고상함을 배반함으로써 우스꽝스러운
사태나 인물을 내세우는 방식이다. 미당은 이중의 격하를 통해서 비천한
것과 추한 것에 재미를 불어넣는다. 미당의 격하의 산물들은 공격적이지
않다는 점에서 그리고 매우 익살맞다는 점에서 공포감이나 혐오감을 넘

어선다.

'기대의 불일치'에 의한 웃음은 상식이나 통념, 규범, 친숙함, 가능성 등 과는 무언가 다른 것이 제시되었을 때 생성된다. 미당 시의 '기대의 불일 치'는 크게 두 가지 차원에서 나타난다. 첫째, 도덕적 이데올로기로부터 의 일탈, 둘째 합리성으로부터의 일탈이 그것이다. 도덕적 이데올로기로 부터의 일탈은 재래 사회의 모럴에 대한 통념을 뒤바꾸고자 하는 욕구와 연관되며 합리성으로부터의 일탈은 근대인의 사고방식에 제동을 걸고자 하는 욕구와 연관된다. 미당은 기대의 불일치를 통해 모럴에 대한 통념과 근대인의 이성적 사고방식이 지닌 지배력을 와해함으로써 보다 자유로운 인식의 틀을 드러낸다.

미당은 연민과 경건성의 제어, 이중의 격하, 기대의 불일치 등의 원리를 통해 『질마재 神話』에 희극성을 강화한다. 이는 극빈의 상태에 처해 있는 농경민의 삶을 새롭게 보고자 하는 시인의 의도를 반영한다. 미당은 곤 궁한 질마재 사람들의 결함이나 결핍을 은폐하기보다 그것을 더 부각시 키고 과장함으로써 이들의 삶을 희극적으로 바꿔놓는다. 이러한 희화 방 식은 기층민에 대한 조롱이나 폄하가 아니라 오히려 적극적인 옹호라 할 수 있다. 궁핍과 결함이 희화될 때 삶에 대한 공포와 고통은 웃음으로 쇄 신된다. 고난과 슬픔이 유쾌함으로 바뀌는 것이다. 이것이 미당의 의도라 할 수 있다.

미당 시에 촉발되는 웃음은 타인을 공격하거나 배척하는 웃음이 아니 다. 그것은 삶의 긴장을 완화하는 이완의 웃음이라 할 수 있다. 여기에는 비극적인 삶의 사태를 연민하는 것만이 능사가 아니라는 미당의 삶의 철 학이 내재해 있다. 시인은 통념과 규칙과 도덕률과 합리성의 억압을 웃음 으로 뒤흔들어 놓음으로써 삶의 무거움을 가벼움으로 승화시킨다.

이 같은 웃음의 전략은 『질마재 神話』 이후의 시집, 특히 역사기록물들

을 패러디한 시집 『鶴이 울고 간 날들의 詩』(1982)에서 다시 한 번 전격화
된다. 이 논의는 『질마재 神話』 이후의 시집에 나타난 웃음 유발의 미학
을 밝히는 토대가 되리라 전망한다.

박목월의 생활시편에 담긴 '긍지'와 '소심'으로서 정념

1. 연구의 필요성

정념(passion)[1] 혹은 감정은 한 시인이 세계를 지각하고 겪어내면서 갖게 되는 특수한 내면적·정신적 사태이다. 그것은 신체(감각)와 의식 모두에 관여하는 존재의 세계감(世界感)이라 할 수 있다. 정념은 주체의 세계에 대한 쾌와 불쾌를 산출하면서 동시에 한 존재의 취향과 지향, 세계의 의미화와 가치화를 맥락화한다. 그런 의미에서 상황에 따라 가변적으로 출몰하는 정념은 그 가변적 속성에도 불구하고 한 개인의 내면적·정신적 지향을 종합할 수 있는 중요한 인간 본성 가운데 하나라 할 수 있다. 정념에 관한 분석이 서정성을 미감의 주요 요인으로 삼는 시 연구에 필수적인 까닭은 이 때문이다. 그런데 이와 같은 연구를 위해서는 보다 정교한 분석적 틀이 요청된다. 서정성에 대한 막연하고 추상적인 서술을 넘어서기 위해서 우리는 작품에 드러난 특정 정념의 원인이 무엇이며 그 대상은 무엇인지, 정념에 수반되는 여건들은 무엇인지 물어야 할 것이다. 이

---

1) 이 글에서 감정이라는 용어보다 정념(Passion)이라는 용어를 사용하는 이유는 이 글의 이론적 토대가 되는 데이비드 흄의 용어를 그대로 따르기 위함이다. 흄의 『인간 본성에 관한 논고 2 - 정념에 관하여』(서광사, 1996)의 역자 이준호는 흄이 정념을 '감정'과 거의 같은 의미로 사용하고 있으며 간혹 '정서' 또한 같은 의미로 쓰고 있음을 옮긴이의 각주에서 밝히고 있다. 25쪽. 이하 『논고 2』로 약칭하여 표기함.

같은 물음의 유기적 답변에 의해 해당 정념의 실체가 제대로 밝혀지리라 생각한다. 이 논문은 박목월의 생활시편에 담긴 정념을 분석함으로써 그의 시적 자아가 생활세계에 대응하며 그것을 어떻게 서정화하였는가 하는 과정을 정밀하게 드러내고자 한다.

　박목월의 시세계는 자연, 생활, 존재로 대별되는 주제의식의 변모과정에 따라 크게 세 시기로 구분할 수 있다. 대부분의 논자는 신비로운 자연의 정취를 드러낸 『靑鹿集』과 『山桃花』를 초기로, 가족으로부터 연원되는 일상생활의 사건과 애환을 드러낸 『蘭·其他』와 『晴曇』을 중기로, 존재의 근원적 문제를 드러내기 시작한 『慶尙道의 가랑잎』과 기독교적 지향을 드러낸 그 이후의 시집을 후기로 구분한다. 이 논문에 집중적으로 다루고자 하는 대상은 생활의 구체적 국면과 그에 대한 정념을 섬세하게 보여준 중기 시편이라 할 수 있지만 중기 시편 이외에도 생활을 반영한 시편을 포괄하고자 한다. 박목월의 시세계가 드러내는 정념의 양태는 시의 중심 주제와 깊게 연동된 문제라는 점에서 초기, 중기, 후기 시편의 변모에 따라 각기 다르게 나타날 가능성을 지니며 이들 각각이 지닌 정념의 속성이나 특질은 한 시인이 지향했던 인생관 혹은 인간관이라는 큰 맥락 안에서 종합되어야 할 성질의 것이다. 그럼에도 초기 시편을 건너뛰고 중기 시편을 우선적 논의의 대상으로 삼는 이유는 초기 시편에 비해 그 정념의 양태가 훨씬 경험의 구체성과 연관되기 때문이다. 초기 시편의 경우 표면적으로 자연이라는 제재의 비중이 시적 자아의 정념을 압도하는 면이 없지 않다. 초기 시에 대한 기존의 연구 방향이 주로 자연이 지닌 미적 특질에 초점이 맞추어진 것도 이 때문이라 할 수 있다. 박목월의 초기 시

---

2) 김재홍의 경우 박목월의 후기 시를 존재탐구와 종교적 신성의 문제로 구분하여 나누고 있다. 김재홍, 「목월 박영종-인간에의 길, 예술에의 길」, 『한국현대시인연구』, 일지사, 1986.

에 나타난 자연이 향토적 자연,[3] 신화적 자연,[4] 속인부재(俗人不在)의 시공으로서 선적(仙的) 자연,[5] 상상적 자연[6] 등 다양한 논의를 이끌어낸 까닭도 이와 무관하지 않다. 초기 시가 상상적이라면 박목월의 후기 시는 관념적이라 할 수 있다. 시 형상화의 원리를 감안한다면 상상(관념)과 경험의 완벽한 분리가 불가능한 것이기도 하지만, 그럼에도 초기와 후기 시에 나타난 정념은 실제 경험에서 촉발된 것이라기보다 상대적으로 상상과 관념이 매개된 정념이라고 보는 것이 타당할 것이다. 이 논의의 대상을 중기 시로 잡는 이유는 경험의 구체성으로부터 촉발되는 정념의 양태가 박목월의 인간적 면모를 가장 실감 나게 드러내줄 수 있다는 가정에서 비롯된다.

박목월의 생활시편에 관한 기존의 연구들 또한 주로 자연, 생활, 존재로 대별되는 시적 변모 양상에 대체로 합의하면서 그 특질을 밝히고 있다.[7] 이들 논의는 "소년기에 싹텄었던 향수의 미학은 이제 현실에서 밀려오

3) 김동리, 「자연의 발견─삼가시인론」, 『문학과 인간 : 김동리전집 7』, 민음사, 1997, 46쪽.
4) 오세영, 「윤사월」, 『한국 현대시 분석적 읽기』, 고려대학교 출판부, 1998.
5) 강홍기, 「박목월 초기 시의 선적(仙的) 요소」, 『인문학지』 30권 0호, 충북대학교 인문학연구소, 2005.
6) 남진우, 「상상된 자연, 무갈등의 평온과 소외의식의 거리」, 『한국근대문학연구』 19, 한국근대문학회, 2009.4. 초기 시 논의 가운데 본 연구에 간접적으로 시사하는 바가 컸던 글은 남진우의 글이다. 남진우는 박목월의 초기 시에 등장하는 자연에서 전통적으로 유래하는 선경(仙境)을 감지하면서 목월의 자연을 향토적이거나 신화적인 자연이 아니라 "이유가 불분명한 상실감이나 애상감에 젖어 있는"(279쪽) 상상적 자연으로 규정한다. 그는 "얼핏 보아 그 세계는 외부 현실과 단절되었으며 자체적 완결성을 갖춘 자족적 시공간으로 여겨진다. 그러나 이 시인의 시를 유심히 들여다보면 그러한 자족성과 어울리지 않는 안타까움과 슬픔이 저변에 깔려 있다는 점을 인식하게 된다."(282쪽)고 말한다. 그 이유가 유폐적 자연과 대상의 사라짐, 그리고 고립된 자아 등으로부터 발생한다고 설명하면서 박목월이 초기 시에서 보여준 애상적 정조를 매우 정교하게 분석해내고 있다. 이 같은 논의는 박목월의 초기 시에 내포된 정념의 실체와 깊이 연관된다는 점에서 중기 시의 정념 연구를 가능하게 하는 기초가 될 수 있는 것으로 여겨진다.
7) 박목월의 생활시편을 그의 시세계의 변모 과정을 토대로 검토한 글은 다음과 같다. 신동욱, 「박목월의 시와 외로움」, 『관악어문연구』 3권 0호, 서울대학교 국어국문학과, 1978; 이상호, 「박목월 시 연구」, 『동아시아문화연구』 6권 0호, 한양대학교 동아시아문화연구소(구 한양대학교 한국학연구소), 1984; 조두섭, 「박목월 시 지향의 변모 양상」, 『우리말글』 10, 우리말글학회, 1992.6; 이준복, 「박목월 시 연구」, 『청람어문교육』 8권 0호. 청람어문교육학회(구 청람어문학회), 1993; 김시태, 「박목월의 시세계─전통의 계승과 실험」, 『한국언어문화』 17권 0호, 한국언어문화학회 (구 한양어문학회), 1999; 한광구, 「박목월 시의 향토성─자연의 변화유형분석」, 『한민족문화연구』 4권 0호. 한민족문화학회, 1999; 최승호, 「박목월론 : 근원에의 향수와 반근대의식」, 『국어국문학』 126, 국어국문학회, 2000.5; 엄경희, 「미당과 목월의 시적 상상력」, 보고사, 2003.

는 삶의 문제에 봉착함으로써 외로움과 쓸쓸한 냉엄을 체험하기에 이른 다[8]고 말한 신동욱의 설명에서 크게 벗어나지 않는다. 그 가운데 최승호의 경우 이러한 중기 시의 특징을 근대성의 문제와 결부시켰다는 점에서 주목된다. 그는 "그의 시에 나오는 생활은 대부분 도시 소시민으로서의 애환과 사랑이다. 특히 가족 간의 사랑이 그 중심을 이루고 있다. 40대 생활인으로서의 가장이 자기 가족에 대한 사랑을 인식하고 드러내는 데서 그의 중기 서정시가 시작되는 것이다. 그의 중기 서정시의 근원은 확실히 혈연, 피붙이의식이다.[9]라고 요약하면서 이를 "가족 관계를 해체시켜 버리는 근대사회에 대한 저항의 한 방식[10]으로까지 해석한다. 이러한 생활 시편에 대한 평가는 현실에 대한 치열한 대결의식이라는 평가와 소시민적 자기연민이라는 평가로 엇갈리기도 한다[11] 본 논의는 평가의 문제는 논외로 접고 기존 연구의 내용을 수용하면서 동시에 기존 연구에서 적극적으로 다루어지지 않았던 정념의 구체적 양상을 분석하는 데 초점을 맞추고자 한다. 이를 바탕으로 박목월이 생활의 국면에서 느끼고 사유했던 고통과 가치에 대한 인식을 보다 섬세하게 밝히고자 한다.

2. 연구의 토대로서 데이비드 흄의 정념 개념

본 논의를 전개하기 위해 경험주의적 관점에서 인간 본성을 탐구한 데이비드 흄(David Hume, 1711~1776)의 '긍지와 소심'에 관한 정념론을

---

8) 신동욱, 위의 글, 255쪽.
9) 최승호, 앞의 글, 408쪽.
10) 위의 글, 410쪽.
11) 이상호는 "이러한 시에서 우리가 볼 수 있는 것은 초기 시의 전통의식(傳統意識)이나 매끄러운 율조(律調)가 아니라, 보다 경험적이고 현실적인 감각이다. 그만큼 현실에 대응하려는 치열한 정신을 엿볼 수 있다. (……) 가난하고 어두운 시대를 걸어가면서도 그는 늘 그것에 대한 대결의식이나 극복의 자세를 정신의 한 모퉁이에 마련하고 있었다는 사실이다."라고 말한다. 반면 김준경은 "지식인의 사회, 역사적인 현실인식이라기보다는, 생활인(生活人)의 소시민적 자기연민이나 비탄감에 그치고 있다."고 그 한계를 지적한다. 이상호, 앞의 글, 318쪽; 김준경, 「박목월 시의 변모 과정론」, 『문학춘추』 7, 문학춘추사, 1994.6, 149쪽.

분석이론의 기초로 삼고자 한다. 흄의 정념론은 그의 인성론이라는 큰 틀 안에서 이해되어야 할 문제라 할 수 있다. 이를 간략하게 설명하자면, 흄의 인성론은 지각다발이론(bundle of perception)[12]으로 요약된다. 그의 지각다발이론은 기존의 선험적이고 항구적인 자아 개념을 경험주의적 관점으로 비판하면서 전개된다. 즉 그는 인간의 반성(사유)과 관념, 정념, 행동 등의 출발을 경험적 '지각'으로 보는 것이다. 그는 "인간이란 서로 다른 지각들의 다발 또는 집합일 뿐이다."[13]라고 규정한다. 아울러 "내 지각들이 일정 시간 동안 없어진다면, 그동안 나는 나 자신을 감지할 수 없고 솔직히 나 자신은 존재하지 않는다고 할 수 있을 것이다."[14]라고 말한다. 그리고 정신의 지각을 모두 인상과 관념으로 나누고 있는데 "최고의 힘과 생동성을 가지고 들어오는 지각"[15]을 '인상'으로, "사유와 추론에 있어서 인상의 희미한 심상(faint image)"[16], "인상의 반영"[17] 혹은 재현을 '관념'이라고 말한다. 이는 인상이 관념에 선행됨을 뜻한다. 그의 정념론 또한 인상과 관념으로 이루어진 지각이론에 뿌리를 둔다. 흄은 정념을 다음과 같이 설명한다.

정신의 지각을 모두 인상과 관념으로 나눌 수 있듯이, 인상을 다시 근원적 인상과 2차 인상으로 나눌 수 있다. 인상을 이렇게 나누는 것은 앞에서 인상을 감각의 인상과 반성의 인상으로 구별

---

12) 안세권에 따르면 '지각다발론'이라는 용어는 흄 자신이 사용한 것이 아니라 "자아 혹은 마음에 대한 흄의 입장에 대해 철학자들이 통상적으로 붙인 이름"이다. 안세권, 「흄의 자아동일성 개념」, 『범한철학』 제33집, 범한철학회, 2004년 여름, 144쪽.

13) 데이비드 흄, 『인간 본성에 관한 논고 제1권—오성에 관하여』, 이준호 역, 서광사, 1994, 257쪽. 이하 『논고 1』로 약칭하여 표기함.

14) 위의 책, 257쪽.

15) 위의 책, 25쪽.

16) 위의 책, 25쪽.

17) 위의 책, 26쪽.

할 때 활용했던 것과 같다. 근원적 인상 또는 감각의 인상은 선행 지각없이 영혼에서 발생하는 인상이며, 신체의 (생리적) 구조나 생기(animal spirits)에서 비롯한다. 2차 인상 또는 반성의 인상은 이 근원적 인상들 가운데 어떤 것에서 직접적으로 유래하거나, 그 인상의 관념이 개입함으로써 유래하는 것이다. 근원적 인상은 감관의 인상 및 신체적 고통과 쾌락 등이다. 반성의 인상은 정념 및 이와 유사한 정서 등이다. (……) 정신의 신체적 고통과 쾌락을 느끼고 생각할 때, 그 고통과 쾌락은 여러 정념의 원천이다.[18]

이 글에서 중요한 것은 흄이 신체나 생기(animal spirits)에서 비롯되는 단순한 감각 인상과 정념을 구분한다는 점이다. 즉 "정념은 감각인상에서 비롯된 단순인상이나 관념이 아니라 반성인상이다. 감각인상은 인과적 믿음과 외부 세계에 대한 믿음을 형성하는 원천이 되는 반면, 반성인상은 우리 내부에서 일어나는 정념·느낌·정서 등에 해당한다."[19] 그런 의미에서 정념은 즉각적으로 일어나는 감정이라기보다 대상의 어떤 측면을 생각해봄으로써 야기되는 쾌와 불쾌의 감정이라 할 수 있다.

이와 같은 경험적 '지각'에 바탕을 둔 흄의 정념론을 박목월의 생활시편 분석을 위한 토대로 삼는 이유는 우선 일상생활에서 빚어지는 감정들이 추상적 관념보다는 경험에서 비롯될 가능성이 크다는 점에서이다. 두 번째 이유로는 흄이 말하는 정념이 단순 감각[20]에서 비롯된 것이 아니라

---

18) 데이비드 흄, 「논고 2」, 25~26쪽.
19) 양선이·진태원, 「정념의 문제」, 「서양근대철학의 열 가지 쟁점」, 창작과비평, 2004, 274쪽.
20) 흄과 마찬가지로 데카르트도 정념 발생을 신체, 감각, 지각 등에서 찾는다. 그러나 정념의 의지적 측면을 인정한 흄과 달리 데카르트는 정념이 외부자극에 의해 발생한 수동적 사유의 양태로 본다. 양선이와 진태원은 데카르트가 생각한 정념을 다음과 같이 요약한다. "정념이 발생하는 최초의 원인은 외부대상이 우리의 감각기관을 자극하는 것이다. 그 다음 이 자극에 따라 신경기관 안의 정기들이 운동하게 되고, 이 정기들의 운동은 다시 뇌 안의 송과선을 자극한다. 이 송과선을 통해 영혼 안에서 정념이 발생하기 때문에, 정기들의 운동은 정념 발생의 마지막 원인이라 할 수 있다.". 위의 글, 249쪽.

인상에 대한 반성에서 비롯된 것이라는 점을 들 수 있다. 즉 생활을 몸으로 경험하면서 동시에 그에 대한 내적 고뇌를 시로 형상화했던 시인의 정념이 '반성인상'을 토대로 하기 때문이다.

아울러 본 논문이 초점을 맞추고자 하는 긍지와 소심으로서의 정념은 다양한 정념 가운데 특히 우리의 실생활과 밀착되어 촉발되는 감정이라는 점을 강조하고자 한다. 흄의 '긍지와 소심'의 정념론은 실생활에서 비롯되는 다양한 원인이 어떻게 자아의 긍지와 소심이라는 정념을 낳는지 매우 구체적으로 제시한다는 점에서 철학담론 일반이 지니는 개념적 논리화의 특성을 다소 완화하는 면을 지닌다. 이 같은 글의 특성이 시 연구와의 융합을 용이하게 하는 요인이기도 하다. 그는 긍지와 소심의 원인을 다음과 같이 구체적으로 제시한다.

> 이 정념들의 가장 뚜렷하고 주목할 만한 특징은 그 정념의 원인(subjects)이라고 생각될 수 있는 것의 폭넓은 다양성이라고 할 수 있을 것이다. 상상력·판단력·기질(disposition) 등과 같은 정신의 가치 있는 성질들, 즉 재치(wit)·총명(goodsense)·학식·용기·공정·성실 등은 모두 긍지의 (가능적) 원인이다. 그리고 이 성질들과 반대인 것은 소심의 (가능적) 원인이다. 이 정념들은 결코 정신에 국한되지 않으며, 마찬가지 방식으로 그 관심을 신체에까지 확장한다. 어떤 사람은 춤이나 승마, 검술 등에서 자신의 아름다움·강인함·민첩성·훌륭한 외모·품위 등을 자랑할 수 있을 것이고, 수작업이나 수공업에서 능란한 솜씨를 자랑할 수 있을 것이다. 그러나 이것이 전부는 아니다. 정념은 더욱 시야를 넓혀 우리와 적어도 동류이거나 관련이 있는 대상들을 모두 포괄한다. 우리의

조국·가족·아이·친족·집·정원·말·개·옷 등 이것들 가운데 어떤 것은 긍지나 소심이 원인 될 수 있을 것이다.[21]

흄은 긍지와 소심의 정념을 일으키는 원인으로 정신적 가치와 신체적 가치, 관계의 가치, 물질적 가치 등을 제시함으로써 그 다양성이 매우 폭넓을 수 있음을 밝힌다. 다른 사람에게 자랑할 수 있는 모든 것은 긍지의 가능적 원인이 되며 그와 반대되는 것은 소심의 가능적 원인이 된다는 주장은 일견 매우 평범하고 당연한 논리처럼 읽혀질 수 있다. 그러나 우리가 실생활에서 얻게 되는 긍지와 소심의 정념에 대한 원인 분석은 그리 단순하지 않다. 예를 들면 일반적으로 가난은 소심을 낳는 원인이 될 수 있지만 청렴한 학자의 가난은 그 자신에게 소심이 아니라 긍지의 정념이 될 수 있다. 그러나 한편 청렴에서 비롯된 가난이 가족들에게 심각한 피해를 주었다면 그의 청렴함이 죄의식으로 전환되어 소심의 원인이 될 수 있다. 이 같은 가정은 긍지와 소심의 원인 판단이 단순하게 도식적으로 이루어질 수 없음을 의미한다. 시에 드러난 정념의 원인을 제대로 추적하기 위해 맥락과 상황이 시적 자아의 정신에 어떻게 굴절되는가를 세심하게 고려할 필요가 있다. 박목월의 생활시편에 드러난 긍지와 소심의 정념 분석 과정 또한 이 같은 세심한 판단을 요구한다.

3. '소심'과 연합된 정념의 여건과 원인들

박목월의 생활시편은 가족을 책임져야 하는 '아버지'라는 시적 자아의 근심과 고달픔·절망·굴욕·불안·공허감·기쁨·자랑스러움 등의 내면성을

---

21) 데이비드 흄, 「논고 2」, 29쪽.

중심으로 전개된다. 때때로 상호 모순적인 내면성의 양립은 긍지와 소심이라는 정념으로 종합될 수 있으며 이 두 개의 상반된 정념의 공통적 대상은 '자아'라 할 수 있다. 중요한 것은 이들 정념의 대상과 원인을 명확하게 구분하는 일이다. 흄은 긍지와 소심의 대상을 다음과 같이 설명한다.

> 긍지와 소심이 비록 직접적으로 상반되지만 그럼에도 불구하고 동일한 대상을 갖는다는 것은 명백하다. 이 대상은 자아이거나 또는 우리가 생생하게 기억하고 의식하는 서로 관련된 관념들 및 인상들의 계기이다. (……) 우리 자신에 대해 관념이 호의적인 정도에 따라서 우리는 저 상반된 감정들 가운데 하나를 느끼고, 긍지로 우쭐대고 기가 죽어 소심해진다. 정신이 다른 어떤 대상을 파악한다고 하더라도 그것은 늘 우리 자신에 대한 관점으로 고려되며, 그렇지 않다면 그 대상이 우리에게 결코 이 정념을 불러일으킬 수 없고, 또 정념을 조금도 증감시킬 수 없다. 자아가 고려되지 않았을 때에는 긍지나 소심의 여지가 전혀 없다.[22]

이떤 원인에 의해 특정 정념이 불리일으켜졌을 때, 예를 들어 외로움·슬픔·연민·두려움·기쁨·안도 등의 정념은 위의 인용문에 따라 설명하자면 그 자체로 "자신에 대한 관점"으로 직결되는 것이 아니다. 흄은 "우리의 사랑과 미움은 언제나 우리 외부의 감정적 존재(sensible being)를 지향한다."고 말한다.[23] 즉 "자부심과 수치심은 자기 자신의 자아에 대한 평가와 관련되고 사랑과 증오는 다른 사람의 자아에 대한 평가와 관련된

---

22) 위의 책, 27쪽.
23) 위의 책, 329쪽.

다.[24]. 긍지와 소심은 "우리 자신에 대해 관념이 호의적인 정도에 따라서" 갖게 되는, 자아를 대상으로 하는 간접 정념이라 할 수 있다. 자신이 소유한 멋지고 아름다운 집은 긍지의 대상이 아니라 원인이라 할 수 있다. 그리고 그 원인이 발생시킨 정념에 의해 형성된 자아관념이 긍지와 소심을 낳는 것이다. 따라서 긍지와 소심의 궁극적 대상은 자아이며 그런 의미에서 긍지와 소심의 정념은 자신에 대해 메타적 성격을 갖는다. 박목월의 생활시편에 등장하는 아버지 혹은 아버지의 고뇌를 잠재적으로 드러내는 함축적 화자의 긍지와 소심은 시인의 '자의식'과 연관된다. 다음 시는 소심의 정념을 드러내는 대표적 작품이라 할 수 있다.

敵産家屋 구석에 짤막한 층층계……

그 二層에서

나는 밤이 깊도록 글을 쓴다.

써도써도 가랑잎처럼 쌓이는

空虛感.

이것은 來日이면

紙幣가 된다.

어느것은 어린것의 公納金.

어느것은 가난한 柴糧代.

어느것은 늘 가벼운 나의 用錢.

밤 한시, 혹은

두시. 用便을 하려고.

아랫층으로 내려가면

---

24) 양선이와 진태원은 『인간 본성에 관한 논고 2─정념에 관하여』(서광사, 1996)의 역자 이준호와 달리 긍지와 소심을 자부심과 수치심으로 번역하고 있다. 양선이·진태원, 앞의 글, 275쪽.

아랫층은 單間房.
온家族은 잠이 깊다.
서글픈 것의
저 無心한 平安함.
아아 나는 다시
층층계를 밟고
二層으로 올라간다.

(사닥다리를 밟고 原稿紙위에서
曲藝師들은 지쳐 내려오는데……)

나는 날마다
生活의 막다른 골목끝에 놓인
이 짤막한 층층계를 올라와서
샛까만 유리창에
수척한 얼굴을 만난다.
그것은 너무나 어처구니 없는
〈아버지〉라는 것이다.
　　　*

나의 어린것들은
倭놈들이 남기고간 다다미 방에서
날무처럼 포름쪽쪽 얼어있구나.

「층층계」 전문

이 시의 시적 자아는 글을 쓰는 사람이며 그 원고료로 생계를 유지하는 자이다. 그런 점에서 시인 자신이라고 보아도 무방할 것이다. 글쓰기, 특히 문학창작이 정신적 활동임을 감안한다면 그것에 대한 진정한 보상은 현실적 혹은 물질적 차원에서 이루어진 것이 아니라 인간의 진실과 미에 대한 자기 충족적 차원, 더 나아가서는 정신주의자의 가치와 자부심을 인정해주는 사회적 차원에서 이루어진다. 흄에 따르면 상상력·총명·학식 등 "정신의 가치 있는 성질들"[25]은 모두 긍지의 가능적 원인이 된다. 그러나 이 시의 시적 자아의 글쓰기는 오로지 물질적 차원의 보상으로 치환되는 궁핍한 생활의 국면에 묶여 있다. 이 시가 환기하는 소심으로서 정념의 원인은 가난과 연동되어 있지만 구체적으로는 가난 자체가 아니라 일차적으로는 글쓰기라는 행위의 목적이 변질되었다는 데 있다. 그가 쓰는 글은 지폐가 되어 어린 것의 공납금이나 양식비로 쓰이거나 자신의 '가벼운 용전(用箋)'으로 기능한다. 이는 글쓰기 행위가 사물화 혹은 물신의 차원으로 전도되었음을 나타내며 이러한 전도양상은 자아를 자신의 창작물로부터 소외시키는 결과를 빚는다.[26]

흄은 정념의 원인을 '작용하는 성질'과 '그 성질이 담긴 주체(subject)'로 나눈다.[27] 이에 따르면 인용한 시의 정념의 원인으로 작용하는 성질은 글을 쓰는 목적의 변질이며 주체는 글이 될 것이다. 그리고 원인의 주체인 글은 시적 자아와 동일화될 만큼 유사성과 인접성을 지닌다. 흄은 어떤 "아름다움이 우리와 관련된 어떤 것에 자리를 잡지 않는 한, 그 아름

---

25) 데이비드 흄, 『논고 2』, 29쪽.
26) 루카치에 따르면 자본주의의 상품 구조는 노동력과 상품을 동일화함으로써 인격의 층위를 사물의 층위로 바꿔놓는다. 그는 "사물화로 인하여 인간 특유의 활동, 인간 특유의 노동이 객체적인 어떤 것, 인간으로부터 독립되어 [오히려] 인간에 낯선 자기법칙성을 통해서 인간을 지배하는 어떤 것으로서 인간에 대립되어 다가온다"고 말한다. 이런 과정에서 "노동자의 인간적·개성적·질적 속성들의 배제"가 일어나게 되는 것이다. 이것을 가능케 하는 구체적 법칙이 "합리적 기계화와 계산가능성의 원리"이다. 게오르크 루카치, 『역사와 계급의식』, 박정호·조만영 역, 거름, 2005, 180~215쪽 참조.
27) 데이비드 흄, 『논고 2』, 29~30쪽 참조.

다움은 어떤 긍지나 허영심도 산출할 수 없다.[28]고 설명한다. 이는 '나'와 무관한 아름다움은 그것이 아무리 아름답다 할지라도 '나'의 정념을 촉발하기 어렵다는 사실을 시사한다. 따라서 이러한 정념의 원인은 '나'의 일부이거나 '나'와 밀접하게 관련됨으로써 즉 '나'와 유사성이나 인접성 그리고 인과성에 의해 결합됨으로써 소심이나 긍지의 정념을 낳게 되는 것이다.[29] 시 「층층계」에 보이는 '글쓰기'는 '나'와 연관된 것이며, 그 행위가 정념의 대상인 '나'의 소심과 연관된다는 점에서 이중의 연합(double relation) 관계를 드러낸다. 이때 시적 자아의 내면에 일어나는 정념이 '공허감'이라 할 수 있다. 그 자신에게 밤이 깊도록 쓴 글은 정신적 충족감이 아니라 "가랑잎처럼 쌓이는/空虛感"의 계기가 된다.

이 시에 보이는 소심으로서 정념의 두 번째 원인은 첫 번째 원인에서 파생된 것이라 할 수 있는데, 그것은 글쓰기 행위의 목적이 물신의 차원으로 변질된 것은 물론 그 변질이 현실적·물질적 차원에서조차 충족감이나 안정감을 주기에는 턱없이 부족한 열악한 보상이라는 데 있다. "나의 어린것들은/倭놈들이 남기고간 다다미 방에서/날무처럼 포름쪽쪽 얼어있구나."라는 구절이 이를 말해준다. 글을 팔아 생활할 수밖에 없다는 시인으로서의 자의식과 자신의 가장 값진 것을 팔았음에도 가족들의 고생을 막을 수 없다는 자의식이 두 겹으로 겹치면서 그의 내면은 '소심'의 절정에 이르게 된다. 박목월의 또 다른 시 「상하上下」에 나오는 "층층대는 아홉칸/열에 하나가 不足한,/발바닥으로/地上에 下降한다."와 같은 구절

---

28) 위의 책, 30쪽.

29) 흄은 사유가 진행하는 규칙을 인상과 인상의 연합, 관념과 관념의 연합으로 설명한다. 그는 인간의 본성이 본질적으로 가변적이기 때문에 정신은 최초의 인상이나 관념을 그대로 유지하는 것이 아니라 끊임없이 유사성과 인접성, 그리고 인과성을 경유하면서 연합을 시도한다고 설명한다. 이러한 관념연합의 원리가 흄이 생각한 정신의 운동태이다.(위의 책, 33~34쪽 참조.) 아울러 그는 "정신은 일종의 극장이다. 이 극장에는 여러 지각들이 계기적으로 나타나고, 지나가며, 다시 지나가고 미끄러지듯 사라지고, 무한히 다양한 자태와 상황 안에서 혼합된다."라고 말한다.(데이비드 흄, 「논고 1」, 257쪽.) 이러한 연합은 상상력에 의해 유지된다.

에 보이는 '부족(不足)한'이라는 표현도 이와 동일한 정념의 상태를 함축한다.

중요한 것은 이 같은 소심의 원인이 자신에 대한 내적 자부심을 지쳐버린 '곡예사(曲藝師)'로 전락시킨다는 점이다. 곡예사는 위태로움을 감수하면서 자신의 기예를 관객들에게 파는 자라 할 수 있다. "生活의 막다른 골목끝에 놓인" 층층계에 갇혀 상·하 운동을 하는 자아와 사다리를 밟고 원고지 위에서 상·하 운동을 하는 곡예사의 동일화는 이러한 존재의 슬픔과 고달픈 현실을 동시에 대변한다. 새까만 유리창에 비치는 "수척한 얼굴" 즉 자신의 모습을 부각시키는 까닭에는 바로 이와 같은 자신에 대한 내적 인식이 자리해 있다. 시적 자아는 그것을 "너무나 어처구니없는/〈아버지〉"로 명명한다. 이때 '아버지'는 '공허감'과 연합된 소심의 정념을 대변하는 존재의 초상이라 할 수 있다. 유의할 것은 박목월 시에 등장하는 '아버지'가 모두 소심의 정념으로 일관되지 않는다는 점이다. 대표적으로 그의 시 「가정」은 앞서 살펴본 「층층계」와 비슷한 제재를 다루는 듯 보이지만 심층적으로 분석해 보면 정반대의 정념을 발견할 수 있다. 이에 대해서는 다음 장에서 논의하고자 한다. 한편 소심의 정념이 극단화되었을 때 존재는 비존재로 표상된다.

나도/人間이 되었으면,/아름다운 여인을/약속한 시간에 기다리고/膨脹한 設計와/시작하기 전에 성공하는 事業과/거짓 것이나마/感情이 부픈/철따라 마른 옷을 입고/길거리에서 친구를 만나면/잇발이 곱게,/웃으며 헤어지는,/지금은 돌,/더운 핏줄이 가신./지금은 고양이,/접시의 牛乳를 핥는./지금은 걸레,/종일 구정물에 젖은./아아 지금은/돌며 磨滅하는 기계의 한 부분.

「돌」부분

작품의 전반부에 나열된 약속, 사업 등등은 특별할 것 없는 지극히 평범한 일상사들이다. 시적 자아의 절망은 위대한 영웅적 꿈의 좌절에서 비롯된 것이 아니라 이 같이 소박하고 평범한 일상조차 용인되지 않는다는 데서 비롯된다. 따라서 이 시의 경우 소심의 원인은 생명감 넘치는 평범한 생활의 불가능성과 좌절 혹은 비인간적으로 전락한 생활이라 할 수 있다. 이때 정념의 원인으로 작용하는 성질은 불가능성(비인간화)이며 그 주체는 생활이다. 생활은 시적 자아와 인접해 있으며 그 국면은 인간다운 생활의 불가능성과 비인간화로 이루어져 있다. 이 같은 원인이 자아에 대한 소심의 정념과 결속된다.[30] 소심은 정념의 주체를 위축시키고 자신에 대해 비하하도록 하는 부정적 에너지를 지닌 정념이다. 소심해진 자의 생명력과 역동성은 위축된다. 그렇기 때문에 그는 활달함과 능동성을 잃어버릴 가능성을 지닌다. 박목월은 이를 더운 피가 가신 돌, 접시를 핥는 고양이, 구정물에 젖은 걸레, 마멸하는 기계의 한 부분 등 비유의 연쇄를 통해 강조한다. 이 보조관념들은 비생명적이며 비루하고 비천한 성질을 공통적으로 지닌다. 이 같은 비존재의 성질들이 존재감의 상실과 더불어 자신에 대한 '환멸감'이라는 소심의 정념을 내비치는 것이다. 박목월의 '돌'의 상징성에 주목한 김용옥은 이를 "감정의 표출이 없이 무감각하게 생활하고 있는 자아에 대한 자책감을 드러내며 감정이 고갈된 시적 자아와 동일시되고 있다.[31]"고 설명한다. 한편 소심의 정념에 의해 역동성과 능동성이 위축되었을 때 현실에 대응하는 주체의 심리기제는 매우 불안정한

---

30) 흄은 『논고 1』의 상당 부분을 '인과관계'의 본질을 논하는 데 할애하고 있다. 그는 원인과 결과라고 여겨지는 대상들은 서로 '인접'해 있어야 하며 원인은 결과에 선행함으로써 '계기'로 작용해야 한다고 설명한다. 이에 대한 보다 정교한 논의는 탁석산의 논문 「흄의 두 원인 정의의 양립가능성과 완전성」, 『철학』 45, 한국철학회, 1995.12 참조.

31) 김용옥, 「문학(文學) : 박목월 시의 "돌" 상징성 연구」, 『한국사상과 문화』 43권 0호, 한국사상문화학회, 2008, 70쪽. 김용옥은 같은 글에서 박목월의 시에 표상된 '돌'의 상징성이 다양한 의미로 확장됨을 밝히고 궁극에는 '돌'과 자아가 완전한 동일성에 이르러 "철학적 시간, 공간을 아우르는 우주의 뿌리로서 존재의 중심"에 자신이 놓여있음을 확인하게 된다고 설명한다. 위의 글, 92쪽.

상태에 놓이게 된다.

등어리를
햇빛에 끄실리고
말하자면
精神의 健康이 필요한.
唐人里변두리에
터를 마련할가보아
(괜한 소리. 자식들은
어떻고, 내가 먹여살리는)
참, 그렇군.
한쪽 날개는 죽지채 부러지고
가련한 꿈.
그래도 四·伍百坪
땅을 가지고(돈이 얼만데)
수수·보리·푸성귀
(어림없는 꿈을)
지친 삶, 피로한 人生
頭髮은 히끗한 눈이 덮히는데.

「당인리唐人里 근처近處」 부분

펄럭하고 문이 열렸다.
하루 종일 나의 등 뒤에서
펄럭펄럭 문이 열리는 것은

不安한 일이었다.

라는 것은

찢어진 봉창문 같은 나의 生活이

펄럭거리기 때문이다.

펄럭하고 문이 열렸다.

또한 꽝하고 닫겼다.

라는 것은

자식들이 어리기 때문이다.

문을 열고 닫는 鍊習이

그들의 생활이기 때문이다.

그 소란스러운 成長

그 무질서한 설레임

언제나 열릴 수 있는 문을 연다는 것은

즐거운 일이었다.

(……)

꽝하고 문이 닫겼다.

잠긴 문의 등이 마르는 침묵과 고독을

그들은 모르기 때문이다.

펄럭하고 문이 열렸다.

하루 종일 펄럭펄럭 문이 열리는 것은

不安한 일이었다.

「문門」 부분

시 「당인리唐人里 근처近處」는 자연에서의 소박한 생활을 꿈꾸는 자
아와 현실에 억눌려 있는 자아가 서로 분열된 상태를 드러낸다. 이 분열

된 자아는 대결의 양상을 보이는 것이 아니라 현실적 자아의 목소리 즉 '괜한 소리', '참, 그렇군', '어림없는 꿈'과 같은 표현을 통해 '욕망하는 자아'를 설득하고 체념하게 하는 양상을 보인다는 점에서 현실적 자아의 승리를 암시한다. 그러나 그 승리는 역설적이게도 '어림없는 꿈'을 반성한 끝에 얻어진 승리라는 점에서 꿈의 포기나 희망의 좌절을 내포한다. 이때 시적 자아를 위축시키는 소심의 원인은 '가련한 꿈'이라 할 수 있다. 정념의 원인으로 작용하는 성질은 '가련함'이며 그 주체는 '꿈'이다. '가련함'으로서 원인의 성질을 파악하는 것은 현실의 원칙에 부합된 판단이라는 점에서 그리고 시의 맥락으로 볼 때 그 성질이 우세하다는 점에서 시적 자아와 인접적이라 할 수 있으며 '꿈'은 반대로 '가련한' 상태와 자아의 인접성이 커질수록 시적 자아로부터 멀어진다 할 수 있다. 이러한 이율배반의 원인이 "지친 삶, 피로한 人生/頭髮은 희끗한 눈이 덮히는데."와 같은 자기연민의 정념을 낳게 된다.

주목할 것은 시적 자아가 위축된 심리상태에 의해 삶에 대한 확고함을 잃어버렸다는 사실이다. 그는 이럴까 저럴까 갈팡질팡하며 망설인다. 소심해진 자아의 삶의 방향성은 내면이 위축된 정도에 비례해서 불안정하게 흔들린다. 이준복은 이 당시 박목월의 의식 상태를 '종점 의식' 혹은 '변두리 의식'이라 말하면서 "서울 도심에 자리 잡지 못하고, 중년 나이에 종점·변두리를 서성이며 초조히 흔들리고 있다.[32]고 설명한다. 여기에는 꿈을 거뜬히 이끌어 갈 수 없는 무력감이 개입되어 있다. 자신의 꿈을 거뜬히 이끌어 갈 수 없는 에너지의 고갈은 그 자체로 끝나는 것이 아니라 현실의 힘겨움 또한 반영하는 것이기도 하다. 자기연민과 무력감이 연합된 소심의 정념 안에서 이 시적 자아는 갈팡질팡 고통의 감정을 느끼는

---

32) 이준복, 앞의 글, 616쪽.

것이다.

시 「문門」도 「당인리唐人里 근처近處」와 마찬가지로 일상에 대한 불안정한 심리를 드러내는 작품으로 볼 수 있다. 이 시의 중심 상징인 '문'은 견고하고 육중한 형태를 벗어나 있다. '펄럭펄럭'이라는 의성·의태어는 문의 재료를 나무나 철에서 천 조각 혹은 헝겊의 층위로 전이시킨다. 이처럼 가볍게 펄럭이는 문의 외관은 다시 "찢어진 봉창문 같은 나의 生活"과 유비 관계를 형성한다. 봉해진 창문에 겨우 구멍을 낸 작고 궁색한 생활의 형편이 '펄럭펄럭' 불안정하게 이어지는 것이다. 그런데 보다 세심하게 문맥을 따져 보면 천 조각으로 된 문이 열릴 때는 '펄럭펄럭' 가벼운 형태를 지니지만 닫힐 때는 '꽝하고' 무거운 소리를 냄을 알 수 있다. 시적 자아에게 이 닫힘의 소리는 가슴 철렁한 불안의 원인을 상징한다. '불안'의 원인을 다시 따져보면 '나(가장)'의 생활이 경제적으로 안정되어 있지 못하다는 점, 자식들이 어리다는 점, 모든 문이 언제나 열리는 것이 아니라는 것을 알고 있다는 점 등이라 할 수 있다. 이 모두의 원인은 미래의 불확실성을 지시한다. 따라서 불안의 원인으로 작용하는 성질은 불확실함이며 그 주체는 미래라는 시간성이라 할 수 있다. 불안은 재앙이나 파괴·해악·위험·희생 등이 도래할지도 모른다는 생각에 의해 야기된 고통의 심리이다. 이러한 심리는 이미 자아가 약해졌음을 뜻한다. 불안한 자의 미래 대처 능력은 안정적 심리를 지닌 사람보다 열등할 수 있다. 그런 맥락에서 일상에서 반복되는 '불안'은 가족을 책임져야 하는 가장의 정념을 소심으로 몰고 가는 요인이 된다. 불확실한 미래에 대한 걱정과 근심은 곧 자식에 대한 걱정과 근심이라 할 수 있는데 혈육으로서 자식은 가장인 '나'와 가장 유사하면서 공간적으로는 인접해 있는 존재라는 점에서 '나'의 소심을 그 어떤 존재보다 가중시키는 계기를 제공할 가능성이 상대적으로 크다.

4. '금지'와 연합된 정념의 여건과 원인들

박목월의 생활시편에 내포된 소심의 정념은 생활의 어려움과 고단함이
라는 여건 속에서 생겨나지만 그것의 근본 원인은 다만 가난이라고 단순
화할 수 없는 복잡성을 지닌다. 그의 시적 자아에게 가난보다 더 그를 위
축시키는 것은 인간다움의 상실이라 할 수 있다. 존재로부터 역동성과 생
명력을 소진시키는 소심의 정념이 극단화되었을 때 그의 시적 자아는 비
존재의 상태로 전락한다. 아울러 이러한 정념이 지배적일 때 그의 내면은
삶에 대한 방향성을 확고히 하지 못한 채 갈팡질팡하거나 불안의식에 사
로잡히게 된다. 이 같은 소심의 정념이 생활의 다양한 여건을 바탕으로 촉
발된 것처럼 금지의 정념 또한 동일한 여건 속에서 생겨난다.

> 地上에는
> 아홉 켤레의 신발.
> 아니 玄關에는 아니 들깐에는
> 아니 어느 詩人의 家庭에는
> 알 電燈이 켜질 무렵을
> 文數가 다른 아홉 켤레의 신발을.
>
> 내 신발은
> 十九文半.
> 눈과 얼음의 길을 걸어
> 그들 옆에 벗으면
> 六文三의 코가 납작한

귀염둥아 귀염둥아
우리 막내둥아.

미소하는
내 얼굴을 보아라.
얼음과 눈으로 壁을 짜올린
여기는
地上.
憐憫한 삶의 길이어.
내 신발은 十九文半.

아랫목에 모인
아홉 마리의 강아지야
강아지 같은 것들아.
屈辱과 굶주림과 추운 길을 걸어
내가 왔다.
아버지가 왔다.
아니 十九文半의 신발이 왔다.
아니 地上에는
아버지라는 어설픈 것이
存在한다.
미소하는
내 얼굴을 보아라.

「가정家庭」 전문

가난은 소심의 정념을 산출할 가능성이 매우 높은 생활여건이라 할 수 있다. 흄은 "우리가 어떤 사람에게 부러움을 나타내도록 하는 가장 큰 요인(tendency)은 바로 그가 소유한 권력과 재산이다. 우리가 어떤 사람에게 경멸을 나타내도록 하는 가장 큰 요인은 그의 가난과 비천함이다. 부러움과 경멸은 사랑과 미움의 한 종류"[33]라고 설명한다. 사람들은 일반적으로 부와 권력을 부러워하며 존경한다. 반대로 가난을 경멸하고 미워한다. 따라서 경멸과 미움의 대상이 될 수 있는 가난한 자의 자존은 소심의 정념으로 얼룩질 가능성이 크다. 이 시에 등장하는 시적 자아인 '아버지'는 "눈과 얼음의 길"을 걸어, "屈辱과 굶주림과 추운 길"을 걸어 자신이 부양해야 하는 식솔에게로 돌아오는 가난한 가장이다. 그런 의미에서 그는 타인이 존경하거나 부러워할 존재가 되지 못한다. 이렇게 보면 그의 내면에는 긍지보다는 소심의 정념이 지배적일 것이라고 판단할 수 있다. 그러나 이 같은 판단은 매우 도식적인 것이다.

이 시에 등장하는 아버지는 앞 장에서 살펴본 시 「층층계」의 아버지처럼 글을 쓰는 시인이며 어려운 형편을 책임져야 하는 사람이지만 궁핍한 현실에 대해 훨씬 적극적인 자세를 보여준다는 점에서 다르다. 그가 딛고 있는 현실의 토대는 "눈과 얼음의 길"이며 "屈辱과 굶주림과 추운 길"이다. 이와 같은 "憐憫한 삶의 길"일지라도 그는 좌절하거나 슬픔에 잠기지 않는다. 그는 집으로 돌아와 '아홉 마리 강아지' 앞에서 "내가 왔다/아버지가 왔다/아니 十九文半의 신발이 왔다."고 말한다. 이 구절에 강조된 것은 시적 자아의 부드럽지만 단호한 목소리 즉 어조이다. 그는 강하고 당당한 목소리를 통해 아버지로서 자식들을 위무한다. 세 번에 걸쳐 반복한 '왔다'라는 동사는 자신을 기다렸을 어린 자식들에게 그의 무사귀환

---

33) 데이비드 흄, 「논고 2」, 106쪽.

을 확인시켜준다는 의미를 지님과 동시에 가족들의 불안을 해소시켜주는 의미를 지닌다. 이때 "十九文半의 신발"은 그가 돌아다닌 현실인 "눈과 얼음의 길", "屈辱과 굶주림과 추운 길"과 인접적이라는 점에서 힘겨운 '아버지'라는 존재를 환유한다.[34] 표면적으로 이러한 존재성은 남루한 것이라 할 수 있지만 이 시에 등장하는 아버지는 그러한 '십구문반(十九文半)의 신발'로서의 존재성을 당당히 드러내는 것이다. 그리고 "미소하는/내 얼굴을 보아라."라고 청유한다. 여기에는 자식들에게 얼굴을 드러내도 부끄럽지 않은 자의 여유와 인자함이 담겨 있다. "이 미소는 생의 무거움으로부터 다소 벗어나게 하는 따뜻함이 깃들어 있는 반면, 화자의 쓸쓸한 우수를 함께 거느리는 이중의 의미를 내포한다."[35] 신경림은 이 시의 화자가 어설픈 아버지로서 자신의 무능과 무력을 고백하고 있지만 한편으로는 아이들을 안심시키며 "얼마나 훈훈한 입김을 불어넣고 있는가도 간과해서는 안 될 것이다."[36]라고 말한다. 박목월의 다른 시 「영탄조詠嘆調」에 보이는 "안팎이 如一하고/表裏없이 살자는데/어라, 바로/너로구나./누더기 걸친 우리 內外/보고 빙긋 마주 빙긋/겨울 三冬을 지내는구나."와 같은 구절 또한 가난하지만 정직한 내외의 긍지를 드러낸 것으로 볼 수 있다.

가난에도 불구하고 이와 같은 긍지의 태도를 가능하게 하는 원인은 무엇인가? 그것은 '아홉 켤레의 신발'과 '아홉 마리의 강아지'로 표현된 자식들에 대한 사랑과 책임이라 할 수 있다. 구체적으로 말해 긍지를 산출

---

34) 김시태는 박목월이 '산도화의 세계'에서 '삶의 현장'으로 직향하기 시작했다고 그 변화를 점검하면서 "'아버지가 왔다'는 진술은 가장으로서의 사회적 자아를 확인하는 것으로서 '산도화의 세계'에서는 찾아볼 수 없는 새로운 인식이다. 이것이 자아의 확대와 심화를 뜻하는 것이기도 하다."라고 설명한다. 김시태, 「박목월의 시세계-전통의 계승과 실험」, 『한국언어문화』 17권 0호, 한국언어문화학회 (구 한양어문학회), 1999, 150~151쪽.

35) 엄경희, 앞의 책, 274쪽.

36) 신경림, 「자연의 시인, 생활의 시인, 향토의 시인 박목월」, 『초등우리교육』 88, 초등우리교육, 1997.6, 144쪽.

하는 원인으로 작용하는 성질은 보호와 양육 나아가서는 희생의 필요이며 그러한 성질의 주체는 귀엽고 사랑스러운 어린 자식이다. 이러한 원인을 둘러싼 정념의 여건은 역설적이게도 그가 딛고 있는 "눈과 얼음의 길" 그리고 "屈辱과 굶주림과 추운 길"이라 할 수 있다. 추위와 굴욕, 굶주림 등은 소심의 정념을 산출할 가능성을 지닌다. 그러나 그것이 사랑하는 자를 위한 희생이라면 얘기는 달라진다. 이러한 희생은 자신이 가치 있는 것에 헌신했다는 정신적 보상과 자부심을 줄 수 있다는 점에서 오히려 긍지의 여건이 될 수 있다. 그의 희생이 크면 클수록 정신적 보상은 더욱 커질 수 있으며 그러한 희생의 대가가 자식들을 안전하게 성장하게 하는 밑거름이 될 수 있다는 믿음을 갖게 할 것이다. 이는 매저키즘의 원리와 상동적이다.

> 매저키스트는 법을 처벌 과정으로 간주하며 그러므로 스스로에게 처벌을 요구한다. 그러나 처벌이 끝나면 지금까지 법이 금지해 왔던 쾌락을 경험할 자격이 주어진 것처럼 느낀다. 매저키즘의 유머의 본질은 바로 이것이다. 처벌이라는 위협을 통해 욕망의 충족을 금지하던 법이 처벌 후에는 당연히 욕망의 충족이 뒤따라야 한다고 주장하는 법으로 변하는 것이다. (……) 처벌이나 괴로움에서 매저키스트가 얻을 수 있는 것은 기껏해야 예비적 쾌감일 뿐이다. 그의 진짜 쾌감은 그 이후 처벌에 의해 가능해진 어떤 것에 있다. (……) 매저키스트는 순종 속에 거만함을, 복종 속에 반란을 감추고 있다.[37]

---

37) 질르 들뢰즈, 『매저키즘』, 이강훈 역, 인간사랑, 1996, 99~100쪽.

매저키스트의 쾌락은 매맞기 자체에 있는 것이 아니다. 그는 그에게 가해진 처벌이나 고통 이후에 '가능해진 어떤 것'에 커다란 보상이 있다고 믿는다. 이것이 매저키스트의 쾌락이다. 매저키스트는 순종하고 복종하지만 그의 순종과 복종은 거만한 꿈을 숨기고 그것을 참아낸다. 순교자나 희생적 부모, 사랑하는 자를 위해 목숨을 아끼지 않는 연인 등은 모두 가치 있는 것에 대한 희생이라는 동일한 정신의 메커니즘을 따른다. 추위와 굶주림과 굴욕과 싸우면서 당당하게 귀환한 자의 자부심과 긍지는 이와 같은 정신적 메커니즘에 의해 성취된다. 박목월은 긍지의 정념으로 가득한 존재가 누리는 쾌락을 다음과 같이 드러낸다.

> 따지고 보면/그것은 누구나 겪는/고된 業苦./자식을 보살피고/家族을 먹여야 할,/고되고 벅찬 하루./허지만/나 나름의/고되고 벅찬 하루가 끝나면/이제/다리를 쭉 펴고 잘 時間./다리를 쭉 펴고 자는/아아/나의 허전한 충만으로/나의 측은한 안식으로/불을 끄니/뜰에는 달빛./네 귀를 반듯하게 접어/〈오늘〉을/단정하게 챙겨두고/餘恨없는 눈을 감는다.
>
> 「마감磨勘」 부분

박목월의 시적 자아는 자식과 가족을 책임져야 하는 고된 업고를 누구나 겪는 보편의 삶으로 인정함으로써 고단한 가장의 역할에 대해 긍정하는 태도를 보인다. 그것은 그가 추위와 굶주림과 굴욕의 고통을 회피하지 않고 "고되고 벅찬 하루"를 보냈기 때문에 가능한 것이다. 그는 그런 자신에 대해 만족한다. "이제/다리를 쭉 펴고 잘 時間."이라는 구절은 이 같은 만족이 가져다준 긍지의 자세라 할 수 있다. 그는 사지를 펴고 평화롭게 휴식할 자격을 얻은 것이다. 이때 주목할 것은 "허전한 충만"이나

"측은한 안식"에서 발견되는 모순어법이다. 이 모순어법은 긍지의 정념과 상반된 의미를 드러내는 것처럼 보이지만 그것은 위축된 소심의 정념을 표현한 것이라기보다 삶에 대한 깊이 있는 성찰로 보는 것이 온당할 것이다. 고된 하루를 마감한 자의 충만함과 안식에는 여전히 무거움의 여분이 남을 수밖에 없다. 그것은 생활이 계속 이어지는 한 완벽하게 제거될 성질의 것이 아니다. 박목월의 시적 깊이와 삶에 대한 진실성은 오히려 이러한 부분에서 더욱 강화된다. 다른 시 「용설란龍舌蘭」의 "메마르지 않게 또한 화사하지 않게/자기를 보듬는/생각하는 하루의 沈黙"이 바로 이런 종류의 충만함과 안식이라 할 수 있다.

다시 시 「마감磨勘」의 맥락을 보면, 하루가 남긴 여분의 무거움에도 불구하고 이 시의 시적 자아는 "네 귀를 반듯하게 접어/〈오늘〉을/단정하게 챙겨두고" 후회 없는 잠을 잔다. 하루를 정갈하게 마감하는 것이다. 이같은 태도는 그가 의구심에 사로잡혀 소심의 정념에 물들어 있을 때와는 상반된 태도라 할 수 있다. 다른 시 「일박一泊」의 "다만 지금은/어린 것들 옆에/잠자리를 펴고/이부자리 자락으로/귀를 덮는다."와 같은 구절이 그러한 예다. 이 시의 시적 자아는 이부자리 자락으로 애써 귀를 덮는다. 그는 귀를 막음으로써 삶에 대한 의혹과 불안을 씻어내고자 하는 것이다. 이는 다리를 쭉 펴고 평온하게 잠든 자세와 대조를 이룬다. 하루를 평온하게 마감할 수 있게 하는 자아에 대한 긍지와 긍정은 "무심하고 넉넉하고/淡淡하면서 크낙한 세계"(「무제無題」)를 생각해 볼 수 있는 여유를 만들어 준다. 아울러 구수하고 푸짐하고 어리숙하며 큼직하고 소박한 인간성(「순지純紙」)에 대한 성찰을 가능하게 하는 것이다. 박목월의 시에 등장하는 어리숙하지만 인간미가 넉넉한 만술(萬術) 아비나 치모(致母), 바보 이반 등은 인간에 대한 긍지의 정념이 투사된 인물들이라 할 수 있다. 그렇다면 긍지의 정념이 가득할 때 현실에 대응하는 주체의 심리기제는 구체적으로 어떠한 양상을 드러내는가? 여기서 소심의 정념에 의해 역동성과 능동성이 위축되었을 때 주체의 심리기제가 매우 불안정하다는 사실을 상기해볼 필요가 있을 듯하다. 긍지의 정념이 가득한 주체의 심리는 이와 대조적이다.

> 衣冠을 바로하고
> 이제는
> 방황하지않는다.
> 알맞는 위치에 항상 視線을 모은다.
> (처마보다 한치 높이.
> 허나 하늘로 흘러보내지않는)
> 바득하게 고인 물의
> 팽창한 水面을.
> 그 낭창거리는 것의 本質을
> 깊숙히 生命안에 닻을 내리고
> 잠자는 어린것들
> 머리맡에서
> 詩를 읊고 讀書를 하고
> 때로 벗을 만나러
> 약속한 제시간에 거리로 나간다.
>
> 「넥타이를 매면서」 전문

字劃마다
큼직하게 움이트는

朴·木·月.

– 밤에 자라나는 이름아.

가난한 뜰의

藤床기둥을 감아

하룻밤 푸근히 꿈속에

쉬는 포도넝쿨.

「춘소春宵」 부분

시 「넥타이를 매면서」는 앞 장에서 살펴본 시 「돌」과 흥미로운 대조를 보이는 작품이다. 「돌」은 "아름다운 여인을/약속한 시간에 기다리고", "철 따라 마른 옷을 입"는 인간다운 일상의 불가능성을 보여준 시이다. 이와 달리 「넥타이를 매면서」의 시적 자아는 의관을 바로 하고 약속한 제시간에 거리로 나간다. 의관을 바로 한다는 것은 자신의 마음가짐이나 타인과의 관계를 정갈하게 가다듬고자 하는 의지를 뜻한다. 이러한 태도는 내면의 단단함과 확고함을 반영한다. 따라서 그는 "방황하지않는다."라고 스스로에게 단언할 수 있는 것이다. 그는 "깊숙히 生命안에 닻을 내리고" 있으므로 앞서 살펴본 「당인리唐人里 근처近處」나 「문門」의 시적 자아 처럼 갈팡질팡 갈등하거나 불안해하지 않는다. 그의 내면은 삶의 적당한 높이(한 치 높이)와 적당한 부피(팽창한 수면)를 가늠하는 중용의 지혜로움으로 균형 잡혀 있다. 이를 한광구는 다음과 같이 설명한다.

이 시에서 '처마'란 지붕 아래다. 이 지붕 아래 공간엔 '바득 하게 고인 물'이 있고 그 물의 팽창한 수면(水面)을 보게 된다. 그 리고 시인은 그 물을 통해서 마침내 생명의 본질을 보게 된다. 그 생명성은 '낭창거리는 것의 본질'이며 '깊숙한 생명 안'이다. 시인은 그 생명 안에 닻을 내리게 된다. 그 행위가 바로 집안의 가족들과 만남이며 '잠자는 어린것들/머리맡에서/시를 읊고 독서를 하고'하는 자신의 내면적인 작업을 하면서 동시에 외부의 사람들과 만남을 유지하는 공간이다.[38]

이러한 만족스러운 자세를 견지하는 이 시의 시적 자아 또한 "잠자는 어린 것들/머리맡에서/詩를 읊고 讀書를" 하는 존재 즉 한 가족의 가장이면서 동시에 시인이라 할 수 있다. 이 시에 암시된 긍지의 원인은 그가 시인이라는 데서 찾을 수 있다. 이 시 자체는 시인으로서 자부심을 크게 부각시키고 있지 않지만 박목월의 생활시편의 시적 자아들은 빈번하게 시인으로서의 신분을 드러내는 현상을 보인다. 「모일某日」, 「모과수유감木瓜樹有感」, 「비의秘意」, 「이 시간時間을」 등이 그러한 예이다. 그는 "〈나〉는/흔들리는 저울臺./詩는/그것을 고누려는 錘"(「시詩」)라고 고백한다. 여기서 앞장에서 살펴본 「층층계」에 등장하는 아버지이면서 시인인 시적 자아를 다시 떠올려 보면, 그는 자신의 시가 물신의 차원으로 변질되는 것에 대해 괴로워했던 자이다. 이는 그의 내적 균형을 가늠할 수 있는 추가 궤도 이탈했음을 의미한다. 이때 시적 자아는 소심의 정념에 갇히게 된다. 시가 "어린 것들을 덮기에도/너무나 어처구니 없는 것."(「모일某日」)이기도 하지만 박목월에게 시쓰기는 생활에서 비롯된 상처를 정화하고 정신적 긍지와 자부심을 유지시켜주는 가장 중요한 추 역할을 했던 것으로 판단된다. 위에 인용한 시 「춘소春宵」가 이를 말해준다. 박목월이라는 이름은 박영종이 세상에 내놓은 시인으로서의 퍼소나(persona)이

---

38) 한광구, 앞의 글, 39쪽.

다. 이것을 시인은 "字劃마다/큼직하게 움이트는/朴·木·月."이라고 강조한다. 이름자 하나하나마다 마침표를 찍음으로써 그는 시인으로서의 긍지를 강조한다. 이 같은 긍지의 원인은 두 말할 것 없이 자신이 인간 가운데 시인이라는 사실이다. 정념의 원인으로 작용하는 성질은 "가난한 뜰"에서도 꿈꾸며 자라난다는 것이며, 그 성질이 담긴 주체는 시인이라 할 수 있다. 가난한 여건 속에서도 시를 쓴다는 긍지가 그의 삶을 잡아주는 추 역할을 한 것이다.

5. 긍지와 소심의 역학관계가 빚어낸 생활시편의 진실과 그 의의

본 논문은 박목월의 생활시편에 담긴 긍지와 소심으로서의 정념을 분석함으로써 박목월이 생활의 고통에 대해 가졌던 태도와 가치지향, 그리고 그것을 어떻게 서정화하였는가 하는 과정을 정밀하게 드러내고자 하였다. 이를 위해 연구의 범주를 주로 중기 시편에 한정하였는데 이는 상상이나 관념의 작용력이 큰 초기 시나 후기 시보다 중기 시편에 경험의 구체성이 훨씬 강하게 드러나기 때문이다. 본 논의는 이를 위해 데이비드 흄의 긍지와 소심의 정념론을 이론적 토대로 삼았다. 경험적 '지각'에 바탕을 둔 흄의 정념론을 박목월의 생활시편 분석을 위한 토대로 삼은 이유는 우선 일상생활에서 야기되는 감정들이 추상적 관념보다는 경험에서 비롯될 가능성이 크다는 점에서이다. 두 번째 이유로는 흄이 말하는 정념이 단순 감각에서 비롯된 것이 아니라 인상에 대한 반성에서 비롯된 것이라는 점을 들 수 있다. 즉 생활을 몸으로 경험하면서 동시에 그에 대한 내적 고뇌를 시로 형상화했던 시인의 정념이 '반성인상'을 토대로 하기 때문이라 할 수 있다.

박목월의 생활시편에 내포된 소심의 정념은 생활의 어려움과 고단함이라는 여건 속에서 생겨나지만 그것의 근본 원인은 다만 가난이라고 단순화할 수 없는 복잡성을 지닌다. 그의 시적 자아에게 가난보다 더 그를 위축시키는 것은 인간다움의 상실이라 할 수 있다. 존재로부터 역동성과 생명력을 소거시키는 소심의 정념이 극단화되었을 때 그의 시적 자아는 비존재의 상태로 전락한다. 아울러 이러한 정념이 지배적일 때 그의 내면은 삶에 대한 방향성을 확고히 하지 못한 채 갈팡질팡하거나 불안의식에 사로잡히게 된다. 이 같은 소심의 정념이 생활의 다양한 여건을 바탕으로 촉발된 것처럼 긍지의 정념 또한 동일한 여건 속에서 생겨난다. 가난과 굴욕과 추위에도 불구하고 긍지의 정념을 가능하게 하는 원인은 자신의 희생이 가치 있는 것을 위해 행해졌다는 정신적 보상과 자부심에서 비롯된다. 이 같은 긍지로 가득한 자아는 소심의 정념에 빠진 자아와 달리 일상의 평온과 정갈함을 회복하고 자신의 삶의 방향성을 확고히 한다. 그는 중용의 지혜로움으로 삶의 균형을 유지하면서 자신이 시인이라는 자부심을 정신의 추로 고정시킨다.

이와 같은 박목월의 생활시편에 담긴 긍지와 소심의 정념은 동일한 생활 여건 하에서 발생한 시인의 자아관념을 반영한다. 그의 시에 담긴 긍지와 소심의 정념을 종합해보면, 가난한 생활여건이 공통적으로 작용하고 있으나 그 자체가 이러한 정념을 산출하는 직접적 원인이라 할 수 없다. 구체적으로 말해 그 원인은 가난과 연동된 비인간화(소심)나 가치 있는 희생에 따른 정신적 보상(긍지)이다. 결국 박목월이 생활의 국면 가운데 고뇌했던 것은 가난이라는 현실상황이 아니라 자신의 존엄성 혹은 자부심에 대한 문제라 할 수 있다. 이 같은 자세는 그의 질박하고도 고귀한 정신주의적 지향을 단적으로 드러내준다는 점에서 물신주의나 속물주의에 대한 개인적 대항으로 볼 수 있다.

김종삼 시에 나타난 유미적(唯美的) 표상과 도덕 감정의 유기성

1. 도덕 감정의 개념 정의

감정은 인간 본성이 무엇인지 말해줄 수 있는 가장 중요한 인간적 요소이다. 따라서 감정론은 곧 일종의 인간론에 관한 성찰을 포함한다. 모든 예술 가운데 특히 시는 내면의 자기 고백적 지향을 강하게 표출한다는 점에서 무수한 감정적 표상들을 담고 있는 장르라 할 수 있다. 연구자들이 시의 서정성에 깊은 관심을 기울이는 것도 이 때문이다. 그러나 그간 시의 서정성에 관한 연구들은 시에 드러난 외로움·우울·고독·분노·사랑 등 특정 감정이 지닌 각각의 본질 즉 개별 감정이 지닌 특성이나 조건을 간과한 채 주로 시적 맥락이 환기하는 정황이나 분위기를 통해 파악되는 느낌에 의존하면서 막연하게 해당 시의 서정성을 언급했던 것이 사실이다. 그간 감정에 관한 집중적 탐구는 문학이 아니라 오히려 철학 분야에서 이루어졌다고 할 수 있다. 시의 서정성에 관한 연구를 심화시키기 위해서는 감정에 대한 보다 명료하고도 엄밀한 인식의 토대가 요청되는 상황이라 할 수 있다.

본 논의는 김종삼이 그의 시세계를 통해 반복적으로 드러냈던 유미주의적 태도와 그에 동반된 감정들을 재검토하고자 한다. 그간 김종삼의 시에 대한 평가는 주로 아름다움을 추구하는 시인의 인생태도와 그것의 시적 형상화가 갖는 독자적 미감에 집중되어 왔다. 김종삼 시의 환상성, 공간성, 조형미, 미술과 음악 등 다른 예술과의 연관성 등이 그것이다. 이와 같은 연구들은 김종삼 시에 드러난 상상력과 그의 시의 본질적 성향이라 할 수 있는 미적 특질을 밝히는 데 중요한 해석적 틀과 관점을 제공한 것으로 보인다.[1] 그러나 이들 논의는 김종삼 시가 환기하는 형식미학에 초점을 맞춤으로써 시인의 의식성이나 시적 내용에 대한 세심한 해석을 결여할 가능성을 지닌다.

따라서 본 논의의 초점은 김종삼의 미적 지향에 깔려 있는 감정, 특히 도덕 감정에 주목함으로써 시인이 형상화한 아름답고 비현실적인 시적 맥락과 그로부터 환기되는 감정이 다만 시 내부에만 유효한 미적 세계의 건설이 아니라 그 이상의 의미를 담고 있음을 밝히고자 한다. 구체적으로 말해, 그의 시적 맥락에 내포된 감정들이 이 세계에 대한 도덕 감정을 강하게 시사하고 있음을 드러냄으로써 그의 시세계가 함의하는 현실인식에 대한 유의미성을 복원하고자 하는 것이다. 이를 위해 임마누엘 칸트(Immanuel Kant, 1724~1804)의 도덕 감정론을 해석의 토대로 삼음으로써 김종삼이 시를 통해 드러낸 감정이 외부 사물(존재)과의 접촉으로부터 야기되는 즉각적이고도 수동적인 감정을 넘어서 어떻게 도덕 감정으로 귀결될 수 있는지 그 근거를 제시하고자 한다.

이와 같은 논리전개와 가장 직접적인 연관성을 갖는 선행연구로는 임수만의 「金宗三 시의 윤리적 양상」[2]과 정슬아의 「김종삼 시에 나타난 윤리적

1) 이에 대한 의미 있는 논의로는 다음과 같은 논문을 들 수 있다. 황동규, 「잔상의 미학」, 장석주 편, 『김종삼 전집』, 청하, 1988; 류순태, 「1950~60년대 金宗三 시의 미의식 연구」, 『한국현대문학연구』 10, 한국현대문학회, 2001.12; 고형진, 「김종삼의 시 연구」, 『상허학보』 12, 상허학회, 2004.2; 김승희, 「김종삼 시의 전위성과 미니멀리즘 시학 연구-자아의 감소와 서술의 축소를 중심으로」, 『Comparative Korean Studies』 16권 1호, 국제비교한국학회, 2008.
2) 임수만, 「金宗三 시의 윤리적 양상」, 『청람어문교육』 47권 0호, 청람어문교육연구회, 2010.12.

주체의 가능성」[3], 조혜진의 「김종삼 시의 전쟁 체험과 타자성의 의미」[4] 등을 들 수 있다. 임수만은 "그의 작품에는 분단과 전쟁으로 인한 인류적 비극의 고통스런 기억이 지속적으로 나타나고 있으며 그것은 또한 '기억의 투쟁'이라 불릴만한 현재적 의미를 갖고 있는 것으로 판단된다."[5]고 말하면서 김종삼의 시가 지닌 윤리적 가치를 성찰한다. 그는 특히 레비나스의 『윤리와 무한』(양명수 역, 다산글방, 2000)에 개진된 윤리론에 근거해 김종삼 시에 드러난 전쟁의 상처와 기억(죽음의 모티브), 보살핌의 대상을 방기한 죄의식과 책임의식을 논의하고 있다. 정슬아는 서론에서 "그의 시 쓰기를 추동하는 근거로서 등장하는 '익명의 얼굴들'을 포착하고, 나아가 이 타자의 얼굴을 통해 타자를 환대하는 윤리적 주체로서 스스로를 세우도록 요구하는 과정을 밝히는 일은 김종삼 시가 갖는 의미의 층위를 보다 확장시켜 해석할 수 있는 자리를 마련하는 것이 된다."[6]고 논문의 취지를 밝히고 레비나스의 『시간과 타자』(강영안 역, 문예출판사, 2001)를 토대로 김종삼의 타자 인식과 윤리성을 분석하고 있다. 이때 그는 "김종삼에게 '죽음'은 세계를 인식하는 주된 통로"[7]라고 확신하면서 김종삼의 개인사적 죽음 체험이 전쟁에 대한 기억, 그리고 세계사적 사건인 '아우슈비츠'를 호명하게 한 매개라고 설명한다. 조혜진은 생존자로서 증언의 의미와 수치심의 경험 속에서 생겨나는 주체의 무능, 이방인으로서의 탈주체화의 과정, 언어의 선험성을 통한 윤리적 타자성의 회복 문제 등을 분석함으로써 김종삼의 윤리적 면모를 밝히고 있다. 임수만과 정슬아, 조혜진의 논의는 모두 김종삼의 전쟁(혹은 죽음) 인식에서 비롯된 죄의식을 통해 시인의 윤리의식을 논

---

3) 정슬아, 「김종삼 시에 나타난 윤리적 주체의 가능성」, 『돈암어문학』 제26집, 돈암어문학회, 2013.12.
4) 조혜진, 「김종삼 시의 전쟁 체험과 타자성의 의미」, 『한국문예비평연구』 제42권 0호, 한국현대문예비평학회, 2013.12.
5) 임수만, 앞의 글, 467~468쪽.
6) 정슬아, 앞의 글, 133쪽.
7) 위의 글, 142쪽.

의한다는 점에서 공통적이다. 본 논문은 이와 같은 논의를 수용하면서, 이를 보다 확장하여, 전쟁시편 자체가 환기하는 의미의 직접성을 벗어나, 전쟁의 반대편에 놓인 신성한 세계 혹은 미적 세계의 추구가 어떻게 시인의 도덕 감정과 연관되는지를 밝히고자 한다.

서양 철학에서 인간의 감정이 문제되는 이유는 그것이 인간의 비합리적이고 불완전한 측면을 말해주는 인간 요건 가운데 하나이기 때문이다. 감정은 이성에 의해 통제되거나 정화되어야 하는 일종의 질병으로 간주되었으며 '인간론'을 체계화하는 가운데 가장 부정적으로 사유되었던 골아픈 인간적 본성으로 판단되었다. 이와 같은 감정에 대한 평가가 긍정적으로 변모하게 된 것은 서구 계몽주의의 한계가 비판받기 시작한 18세기 이후라 할 수 있다.[8] "오직 이성적 존재자만이 법칙의 표상에 따라, 즉 원리에 따라 행위하는 능력 즉 의지를 갖고 있다."[9]고 본 칸트의 감정에 대한 평가를 굳이 말하자면 부정적이라 할 수 있다. 그럼에도 그의 감정론을 섣불리, 단순하게 판단할 일은 아니다. 특히 인간의 자유와 윤리의 문제가 결부된 '도덕 감정'에 관한 논의는 더욱 그러하다. 그것은 경향성(傾向性)으로서의 감정과의 차이를 통해 개진된다.

> 여러 가지 불행과 절망이 생에 대한 흥미를 완전히 앗아 갔
> 지마는, 이 불행한 자가 마음이 강해서 비겁하게 되거나 침울하게
> 된다기보다는 오히려 자기의 운명에 대해서 분발하게 되고, 죽기를

---

8) 김정현의 이 논문은 서양의 정신사에서 다루어졌던 감정에 대한 부정·긍정의 태도를 일목요연하게 정리하여 보여주고 있다. 무수한 감정론의 기초적 갈래를 잡는 데 도움을 받을 수 있는 논문으로 판단된다. 김정현 (2006), 「서양 정신사에 나타난 감정의 두 얼굴」, 『열린정신 인문학연구』 제7집, 원광대 인문과학연구소, 81쪽 참조.

9) 칸트, 「도덕철학서론」, 『실천이성비판─附 순수이성비판 연구』, 최재희 역, 박영사, 2001, 207 참조. 이 번역서에는 칸트의 「실천이성비판」, 「도덕철학서론」, 「철학서론」이 함께 묶여있다. 「도덕철학서론」의 원제 "Grundlegung zur Metaphysik der Sitten"는 「도덕 형이상학을 위한 기초놓기」(이원봉 역, 책세상, 2002)로 번역되기도 했다. 앞으로 인용할 칸트 저서의 출처에 대한 혼란을 피하기 위해 번역서의 연도를 표기하여 구분하고자 한다.

바라면서도 자기 생명을 보존하며, 생명에 대한 사랑에서나 경향성 또는 공포에서가 아니라 의무에서 생명을 보존한다면, 이러한 준칙이야말로 도덕적 가치를 가지는 것이다.

할 수 있는 데까지 타인에게 친절하다는 것은 의무이다. 그리고 세상에는 천성상 타인에 대해 매우 동정적인 사람들도 많아서, 그들은 허영심이나 이기심에 의한 어떤 다른 동기에서가 아니라 그저 자기 주위에 기쁨을 확대하는 것에 내적인 만족을 발견하고, 타인의 만족이 자기의 소위(所爲)인 한에서 타인의 만족을 기뻐할 수도 있다. 그러나 이와 같은 경우에 있어서의 그러한 행위는 극히 의무에 적합하고 사랑할 만한 것이기는 하지만 아무런 참된 도덕적 가치를 가지지 않으며, 오히려 다른 경향성들, 예컨대 명예에 대한 경향성과 같은 종류의 것이라고 나는 주장한다.[10]

경향성으로서의 감정은 감수성의 세계에서 지각적으로 경험되는 감정을 뜻한다. 칸트는 위의 예에서 보았듯이 이러한 경향성으로서의 감정이 아니라 의무에 따라 행위할 때 참된 도덕적 가치를 가진다고 말한다. 다시 말해 칸트는 자연법칙이 지배하는 감성계에 의해 결정당하지 않고 작용할 수 있는 행위자의 능동적 힘을 이성으로 보았으며 이성이 감성계로부터 완전히 자유로운 상태에서 따르는 행위의 법칙을 도덕법칙으로 보았다. 따라서 감성계로부터 촉발될 수 있는 '경향성'으로서의 행위는 도덕적 가치를 지니지 않는다.[11] 그는 경향성을 배제한 순법칙(純法則)의 표상 자체 외에는 어떠한 것도 도덕적 가치로 인정하지 않는다. 또한 "의무

---

10) 위의 책, 193쪽.

11) "결과로서가 아니라 근거로서만 나의 의지와 결합되어 있는 것, 나의 경향성에 봉사하지 않고 이것을 압도하는 것, 적어도 선택을 할 때 경향성을 타산에서 제외하는 것, 즉 순법칙 자체만이, 존경의 대상일 수 있고 또 명령일 수 있는 것이다. 의무에서 하는 행위는 경향성을 배제해야 하고 그런 일과 함께 의지의 모든 대상도 배제해야 한다."고 그는 말한다. 위의 책, 196쪽.

에서 하는 행위가 도덕적 가치를 가지는데, 이 가치는 행위에 의해서 획득되어야 할 의도에서가 아니라 행위를 규정하는 준칙에 의해서 가진다[12]고 준칙을 강조한다. 이때 "준칙은 의욕의 주관적 원리이다."[13]. 즉 준칙은 개인의 내면에 있는 법칙이라 할 수 있으며 이러한 "나의 준칙이 보편적인 법칙이 되는 것을 의욕할 수 있도록만 행위해야 한다."[14]고 함으로써 개인의 준칙이 보편적인 법칙에 포함되도록 노력할 것을 요청한다. 도덕 감정은 바로 이러한 법칙에 대한 '존경'의 감정을 뜻한다. 이것이 칸트가 말하는 도덕적 느낌(Moralische Gefühl)이며 여기에는 양심, 인간사랑, 자기 존중 등이 포함된다[15].

이 같이 경향성을 배제하고 보편적 법칙만을 도덕적 가치로 인정하는 칸트의 주장 때문에 칸트가 감수성의 세계를[16] 무가치한 것으로 여겼다고 생각하는 것은 섣부른 판단이다. 칸트는 오로지 이성적 판단에 의해 행해진 의무로서의 행위에 도덕적 가치를 부여하고 있지만 한편 감수성의 세계에서 촉발된 느낌이 도덕적 행위의 동기가 될 수 있음 또한 인정한다. 이 부분은 감성적(정감적) 세계와 밀착된 시의 윤리성 문제를 탐구하는 데 매우 중요한 부분이라 할 수 있다. 이에 대해서는 논의의 반복을 피하기 위해 '존경'으로서 도덕 감정과 더불어 본론에서 자세히 다루고자 한다.

2. 도덕 감정으로서 존경과 자각 의식으로서 수치심

앞서 살펴보았듯이 칸트가 말하는 도덕적 행위는 감성적 세계에 의해

---

12) 위의 책, 195쪽.
13) 위의 책, 196쪽.
14) 위의 책, 197쪽.
15) 칸트, 『윤리형이상학』, 백종현 역, 아카넷, 2012, 485~491쪽 참조.
16) 역자인 백종현은 칸트가 사용하는 원어 'ästhetisch'를 정감적, 감성적, 미감적, 감성학적, 미학적 등의 의미를 대변한다고 설명하면서 칸트의 개념상 "미적인 것은 윤리적으로−좋은(선한) 것의 상징"을 뜻한다고 말한다. 위의 책, 84~485쪽에 있는 주석 69를 참조.

순간적으로 좌우되는 일시적 행위와는 다른 것이다. 그가 말하는 보편적 법칙은 정언명법(定言命法)을 지칭하는데 정언명법은 "행위 자신을 낳을 형식과 원리에 관여"하며 이것이 곧 "도덕성의 명법[17]"을 뜻한다. 그것은 "비록 실지로는 결코 생기지 않더라도 생겨야 할 것의 법칙[18]" 즉 당위로서의 법칙이다. 이 같은 당위로서의 법칙 즉 도덕법칙에 대한 도덕 감정을 칸트는 "순전히 우리 행위의 의무법칙과의 합치 또는 상충에 대한 의식에서 유래하는 쾌 또는 불쾌의 감수성[19]"이라고 규정하고 이를 구체적으로 '존경'이라고 말한다.[20]

> 존경이 일종의 감정일지라도 그것은 어떤 외부의 영향에 의해 받아들여진 것이 아니고 이성의 개념에 의해 스스로 산출된 감정이다. 그러므로 그것은 경향성이나 공포 같은 전자의 [수용적] 모든 감정과는 다르다. (……) 존경의 대상이 될 수 있는 것은 오로지 법칙뿐이다. 자세히 말하면 존경의 대상은, 우리가 우리 자신에 대해 과하는 법칙이요, 그러면서도 필연적인 것으로 과하는 법칙이다. (……) 어떤 인격에 대한 존경은 사실은 모두 법칙(正直의 법칙 같은)에 대한 존경임에 불과하다. 인격은 이 법칙의 실례를 우리에게 주는 것이다. (……) 모든 도덕적인 관심은 말하자면 전적으로 법칙에 대한 존경에서만 성립한다.

---

17) 칸트, 앞의 책, 2001, 210쪽.
18) 위의 책, 220쪽.
19) 칸트, 앞의 책, 2012, 485쪽.
20) 칸트, 앞의 책, 2001, 196~197쪽. 아울러 칸트는 존경과 더불어 의무에 대해 다음과 같이 말한다. "존경은 경향성이 칭찬하는 모든 가치보다 훨씬 더 높은 가치를 존중하는 것이요, 실천적 법칙에 대한 순수한 존경에서 생기는 내 행위의 필연성은 바로 의무인 것이며, 또 의무는 다른 모든 가치를 능가하는 그 자체로서 선한 의지의 조건이기 때문에 다른 어떠한 행위의 동인도 의무에게는 양보해야 한다는 것이다." 앞의 책, 2001, 199쪽.

칸트는 존경을 다른 감정과 달리 이성에 의해 산출된 감정으로 정의한다. 즉 감수성의 세계로부터 촉발되는 경향성으로서 감정과 구분한다. 이 때 존경의 대상은 법칙이며 "어떤 인격에 대한 존경" 또한 궁극적으로는 그 인격이 지니고 있는 "행위 자신을 낳을 형식과 원리"에 대한 존경에 다름 아니다. 아울러 법칙에 대한 존경으로부터 행위의 필연성인 의무감이 생겨나게 된다. 그런 의미에서 도덕 감정으로서 법칙에 대한 '존경'은 행위자가 실천해야 할 의무가 무엇인지 일깨워주는 중요한 심리적 매개라할 수 있다. 그렇다면 김종삼이 자기 자신에게 부가한 당위로서의 법칙, 존경의 대상으로서 법칙은 무엇인가? 그것은 상징적으로 말해 "내용 없는 아름다움"(「북치는 소년」)이라 할 수 있다. 강연호는 이에 대해 "김종삼은 현실의 피폐함과 폭력성으로 인한 결핍을 그 너머의 세계에 대한 동경으로 환치시키면서 동시에 예술에 대한 각별한 관심과 경사로 보상받고자 했던 것으로 보인다. (……) 그것이 단순히 이국정취로 느껴지지 않는 이유는, 김종삼이 그것을 통해 현실의 결핍과 동경이 낳은 다른 세계를 간절히 표상하려 했기 때문이다. 그것은 가까이 있지 않은 어떤 순수의 경지에 대한 경사이며, 쉽게 다가갈 수 없어서 오히려 절대적으로 완전하게 느껴지는 어떤 아름다움에 대한 동경의 표출이었던 것이다."[21]라고 설명한다. 이 같은 아름다움의 세계는 그가 어떻게 행위하며 생존해야 하는지를 일깨워주는 삶의 법칙이라 할 수 있다. 다시 말해 그에게 도덕 감정 즉 '존경'을 불러일으키는 것은 다름 아닌 아름다움의 세계라 할 수 있다. 그렇다면 김종삼이 추구했던 유미적(唯美的) 세계의 실상은 무엇인가? 그보다 앞서 그에게 감수성의 세계를 넘어서서 유미적 세계가 자신의 준칙으로 성립하게 된 계기는 무엇일까? 전쟁 체험과 죽음에 대한 인

---

21) 강연호, 「김종삼 시의 내면 의식 연구」, 『현대문학이론연구』 18권, 현대문학이론학회, 2002, 28쪽.

식이 야기하는 강한 혐오와 고통의 감정이 마련되기 이전에 그것은 이미 형성되었던 것으로 보인다.

옛 이야기로서 고리타분하게 엮어지는 어렸을 제 이야기이
다. 그맘때만 되면는 까닭이라곤 없이 재미롭지도 못했고 죽고 싶
기만 하였다.

그 즈음에는 인간들에게는 염치라곤 없이 보이리만큼 너무
지나치게 아름다움이 풍요하였던 자연을 가까이 하면 할수록 더
욱 그러하였다.
.
.
.

풍식이란 놈의 하모니카는 귀에 못이 배기도록 매일같이 싫
어지도록 들리어 오곤 했다.
자라나서 알고 본즉 「스와니江의 노래」였다.
선율은 하늘 아래 저 편에 만들어지는 능선 쪽으로 날아 갔고.

내 할머니가 앉아 계시던 밭 이랑과 나와 다른 사람들과의
먼 거리를 만들어 주기도 하였다.

「쑥내음 속의 童話」 부분

유년시절의 기억을 바탕으로 구성된 이 시에는 김종삼의 근원적 지향
이 암시되어 있다. 이 시에는 인간 삶과 자연이 대비되어 있는데, "인간들
에게는 염치라곤 없이 보이리만큼 너무 지나치게 아름다움이 풍요하였던

자연"이라는 구절은 시에 생략된 빈곤한 인간 삶을 떠올리게 한다. 인간과 자연이라는 두 세계의 대립 속에서 화자는 "재미롭지도 못했고 죽고 싶기만 하였다."고 고백한다. 이때 등장하는 풍식이의 하모니카 소리 「스와니江의 노래」는 매우 중요한 의미를 함의한다. '스와니江'은 이후 김종삼 시에 아련한 세계의 표상으로 가끔 등장하기도 하지만 더 중요한 것은 그 소리가 이곳이 아니라 저 편의 '능선' 쪽으로 울려갔다는 것이며 다른 사람들로부터 '나'를 떼어놓았다는 점이다. 인간 삶으로부터 먼 능선만큼이나 '거리'를 만들어주는 풍식이의 하모니카 소리에 대한 반응은 김종삼의 두 가지 인생 태도를 암시한다. 세상 혹은 현실에 대한 심리적 부적응성과 음악적 세계로 대변된 미적 세계에 대한 끌림이 그것이다. 이 시의 말미에 시인은 "이때부터 세상을 가는 첫 출발이 되었음을 몰랐다."라고 쓰고 있다. 그런 의미에서 김종삼의 내면에 자리 잡은 현실에 대한 환멸감과 그와 연동된 아름다움에 대한 강한 지향은 한국전쟁과 같은 극악한 현실을 경험하기 이전 단계에 이미 예비된 것으로 보인다. 중요한 것은 풍식이의 하모니카 소리 즉 아름다움이 어떻게 도덕 감정으로서 '존경'으로 이어졌는가 하는 점이다. 이 부분은 김종삼의 아름다움에 대한 추구가 결코 도피가 아님을 밝히는 데도 매우 중요한 시안이라 할 수 있다.

노랑나비야
메리야
한결같이 아름다운
자연 속에
한결같이 마음이 고운 이들이
산다는 곳을

노랑나비야

메리야

너는 아느냐.

「앤니로리」 전문

바로크 시대 음악 들을 때마다

팔레스트리나 들을 때마다

그 시대 풍경 다가올 때마다

하늘나라 다가올 때마다

맑은 물가 다가올 때마다

라산스카

나 지은 죄 많아

죽어서도

영혼이

없으리

「라산스카」 전문

이 두 편의 시는 김종삼이 인식했던 아름다움의 실상이 무엇인지 말해주는 대표적 예라 할 수 있다. 「앤니로리」에서 시인은 자신이 생각하는 낙원의 실체를 드러낸다. 그것은 "한결같이 아름다운/자연 속에/한결같이 마음이 고운 이들이/산다는 곳"으로 규정된다. 여기에는 아름다운 공간과 선함으로서의 인간성이 하나로 묶여 있다. 미와 선이 결합되어 있는 세계가 김종삼이 생각한 낙원이라 할 수 있다. 그의 또 다른 시에 보이는 "하늘은 바른 마음을 가진 사람들이 있다고 대낮을 펴고 있었다."(「어둠 속에서 온 소리」), "얕은 지형지물들을 굽어보면서 천천히 날아갔다./

착하게 살다가 죽은 이의 죽음도 빌려 보자는/생각도 하면서 천천히"(「또 한번 날자꾸나」), "엄청난 고생 되어도/순하고 명랑하고 맘 좋고 인정이/ 있으므로 슬기롭게 사는 사람들"(「누군가 나에게 물었다」) 등에도 바른 마음, 착하게 살다가 죽은 이, 순하고 명랑하고 맘 좋고 인정이 있는 사람들과 같은 비슷한 의미의 어구가 발견된다. 미와 선이 조화롭게 되지 않았을 때, 특히 미적 세계가 부재하거나 폭력이나 부조리로 와해되고 그와 같은 현실 상황에서 마음이 고운 이들이 고통 받을 때 김종삼의 시적 감정은 세계에 대한 환멸과 선한 자들에 대한 연민으로 드러난다. 이러한 감정 구조에 대해서는 다음 장에서 구체적으로 논의하고자 한다.

시 「라산스카」는 아름다운 음악과 풍경, 공간이 화자의 내면으로 밀려 들 때 촉발되는 지극한 감동을 보여준 작품이라 할 수 있다. '들을 때마 다', '다가올 때마다'의 반복에서 발생하는 리듬은 화자가 체험하는 선율적 세계의 수렴적 움직임을 감지케 한다. 앞서 살펴 본 시 「앤니로리」에 비추어본다면, 시 「라산스카」에 보이는 미적 선율의 세계와 '하늘나라'로 표현된 절대 "고공의 신성 공간"[22] 그리고 순수를 상징하는 맑은 물가의 주민은 "한결같이 마음이 고운 이들"과 동일성을 이루는 가치의 세계를 환기한다. 이것이 김종삼의 내면에 자리 잡은 주관성으로서의 도덕적 준칙으로 세워진 낙원이라 할 수 있다. 그에게 가치 있는 인간다운 삶이란 이와 같은 세계의 당위성이 존립할 수 있을 때 보장되는 것이다.

그런데 이 풍요로운 최상의 아름다움을 체험하는 순간 화자는 "라산스카/나 지은 죄 많아/죽어서도/영혼이/없으리"라고 고백한다. 이러한 고백이 지닌 가장 중요한 사실은 김종삼이 '죄의식'에 시달렸다는 점보다 그의 죄의식이 미적 세계의 거울을 통해서 성찰된다는 점이다.[23] 김종삼 시

---

22) 서진영, 「김종삼의 시적 공간에 나타난 순례적 상상력」, 『인문논총』 제68집, 2012, pp.243~247 참조.
23) 강계숙은 김종삼 후기 시에 나타난 죄의식의 정동을 면밀하게 분석하고 아울러 김종삼의 시에 드러난 윤리

에 드러난 미적 세계의 체험은 도달할 수 없을 것 같은 신성 세계의 밀려 듦 속에서 느끼는 풍요와 이와는 이율배반적으로 다가오는 영혼의 결여 감이 서로 충돌하는 가운데 이루어진다. 또 다른 시 「글짓기」에 보이는 피아노 소리가 들려오던 유년의 호숫가로 죽으면 돌아가겠다는 발언이나, 시 「그날이 오며는」에 보이는 죽으면 뭉게구름이 되어 양떼를 몰고 가는 소년이 되겠다는 발언 등의 이면에도 이 같은 충돌이 내포되어 있다. 그는 자신이 죽은 뒤라도 꼭 그곳에 갈 수 있는 마음이 고운 사람이길 염원하는 것이다. "종교든 자연이든 '거룩한 세계'는 인간을 겸손하게 만들며, 때로는 보잘 것 없는 인간의 모습을 일깨워 주기도 하는 것이다. 자아를 되돌아보게 하는 이 순결한 거울은 투명하고 성스럽지만 흠과 때가 많은 사람에게는 한편 두려움의 대상이기도 하다. 종교적 분위기를 짙게 풍기는 바로크 시대 음악과 팔레스트리나, 그리고 하늘나라와 맑은 물가는 시인이 상상 속에서 늘 갈구하던 이상향이면서 그의 영혼의 얼룩을 훤히 비추는 거룩한 거울이다.[24]" 그런 의미에서 그의 미적 체험은 절대적 만족이 아니라 '자각'을 동반한 인식론적 층위에서 이루어진다고 볼 수 있다. "이성이 인식한 도덕법칙에 대한 관심을 갖게 하는 것은 바로 이 존경의 느낌이고, 이 존경심을 통해 이성적 행위자는 의무의 동기에서 행위할 수 있게 된다.[25]". 도덕 감정으로서 존경은 대상과 '나'의 질적 차이에서 발생한다. 대상에 대한 흠모(欽慕, 쾌)와 자신의 보잘 것 없음을 확인하게 되는 불쾌의 감정이 동시에 작용하는 것이다.

적 전망을 다음과 같이 언급한다. "후기로 올수록 '인간-임' 자체를, 인간이라는 종(種) 자체를 죄로 여기는 김종삼의 죄의식은 형이상적 성격을 띤다는 점에서 높은 윤리성을 보여준다. 더불어 형이상적 죄의식과 병행하여 고통 받는 '타자의 얼굴'을 바라보는 행위가 함께 동반된다는 것은 공동체에 요구되는 보편적인 윤리의 전망을 열어준다." 강계숙, 「김종삼의 후기 시 다시 읽기-'죄의식'의 정동과 심리적 구조를 중심으로」, 「동아시아문화연구」 제55집, 한양대학교 동아시아문화연구소, 2013.11, 174쪽.

24) 엄경희, 「月谷에 유배된 시인-金宗三論」, 「빙벽의 언어」, 새움, 2002, 57쪽.
25) 이원봉, 「칸트 윤리학과 감수성의 역할」, 「칸트연구」 18호, 한국칸트학회, 2006, 288쪽.

이와 같은 자각 의식을 가장 강렬하게 드러낸 대표적인 작품이 「園丁」이다. 신성한 낙원으로부터 거부당한 자의 고뇌를 극적으로 구성해낸 「園丁」은 김종삼의 시를 연구하는 거의 모든 연구자들이 심혈을 기울여 반복적으로 분석하였던 작품으로 꼽을 수 있다. 이는 「園丁」이 김종삼의 내면을 그 어떤 작품보다 잘 드러내주기 때문일 것이다. 그럼에도 대동소이한 의미 서술로 낭비되는 지면을 아끼기 위해서만이 아니라 그가 얼마나 지속적으로 동일한 자각 의식을 유지하였는지 입증하기 위해 이 논의에서는 「園丁」 이후에 발표된 비슷한 구조의 다른 작품을 살펴보고자 한다. 살펴볼 시 「샹펭」은 1982년에 출간된 시집 『누군가 나에게 물었다』에 실린 시로 「園丁」(『십이음계』, 1969)과는 이십 여 년이라는 시간의 격차를 지닌 작품이다.

어느 산록 아래 평지에
널찍한 방갈로 한 채가 있었다
사방으로 펼쳐진
잔디밭으론
가즈런한
나무마다 제각기 이글거리는
색채를 나타내이고 있었다

세잔느인 듯한 노인네가
커피 칸타타를 즐기며
벙어리 아낙네와 손짓으로
대화를 나누고 있었다

가까이 가 말참견을 하려 해도
거리가 좁히어지지 않았다.

「샹펭」 전문

　김종삼의 시에 등장하는 미적 공간은 대부분 환상적 느낌을 자아내는
이미지에 의해 구현되는데 이와 같은 형상화 방식은 현실과의 분리를 의
미화하는 역할을 한다. 시 「園丁」의 "구름 덩어리 얕은 언저리/植物이 풍
기어 오는/유리 溫室이 있는/언덕쪽을 향하여 갔다"와 같은 구절이 환기
하는 신비한 공간의 느낌을 이 시에서도 발견할 수 있다. 화자는 산록 아
래 "나무마다 제각기 이글거리는/색채를 나타내이고" 있는 널찍한 방갈
로 안으로 진입한다. 거기에는 수화(受話)로 대화를 나누는 노인과 아낙
이 있다. 정상적인 음성언어를 버린 이들의 모습에는 장애가 아니라 즐거
운 손짓과 다정함이 담겨 있다. 이때 "가까이 가 말참견을 하려 해도/거
리가 좁히어지지 않았다."고 화자는 고백한다. 이는 「園丁」의 화자가 평과
(苹果) 나무 열매를 집어 들면 썩거나 벌레가 먹는 것과 동일한 의미를
지닌다. 시인은 낙원의 공동체가 될 수 없는 불청객 혹은 이방인이라는
자각을 반복하는 것이다. 다른 시 「내가 죽던 날」의 "관리인에게 붙잡혀
얻어터지고 있었다", 「아데라이데」의 "고두기(경비원)한테 덜미를 잡혔다/
덜미를 잡힌 채 끌려 나갔다", 「겨울 피크닉」의 "얌마 너는 좀 빠져 꺼져",
「極刑」의 "비는 왕창 쏟아지고/몇 줄기 光彩와 함께/벼락이 친다/强打/
連打", 「궂은 날」의 "그러나 하나님은 저의 한 손을/잡아 주지 않았읍니
다."와 같은 구절 또한 불경죄를 짓거나 비도덕적 행위를 한 '나'의 추방과
소외를 드러낸다는 점에서 낙원의 주민이 될 수 없는 자각을 함의한다고
볼 수 있다. 이와 같은 자각 의식의 반복에는 '존경'의 세계로부터 비추어

진 자기인식으로서의 '수치심'이 내포되어 있다.[26]

아리스토텔레스(Aristoteles, BC 384~BC 322)는 비겁함·불의·방탕함·인색함·아첨·나약함·야비함·비천함·허풍 등이 수치심을 불러일으킬 수 있다고 설명하면서 수치심에 대한 정의와 그것이 내면에서 느껴질 수 있는 조건을 다음과 같이 밝힌다.

> 수치심은 현재, 혹은 과거나 미래에 우리의 명성을 실추시킬 수 있어 보이는 악덕에 관한 고통과 혼란함이다. (……) 도덕적인 결함으로부터 비롯되는 행위들, 혹은 그것을 보여주는 지표가 되는 행위들, 그리고 그것과 유사한 행위들, 바로 여기에 수치심과 파렴치함의 원인이 있다. (……) 이러한 모든 결점들이 전적으로 우리의 탓처럼 보일 경우 그것은 더욱 많은 수치심을 가져다준다. (……) 필연적으로 자신이 존중하는 사람들에 대해서 수치심을 가지기 마련이다. 그런데 사람들은 우리를 칭찬해 마지않는 사람들, 우리가 칭찬을 듣고 싶어 하는 사람들, 우리가 견줄만한 명예를 가지고 있는 사람들, 우리가 의견을 무시할 수 없는 사람들을 존중한다. (……) 우리는 우리 앞에 있는 사람, 우리에게 관심을 기울이고 있는 사람들 앞에서 더욱 수치심을 느끼게 된다. 왜냐하면 이러한 두 경우에 우리는 타인의 감시를 받고 있기 때문이다.[27]

수치심의 원인은 도덕적 결함에서 비롯된 행위들이며 그것을 느끼는 상황은 특히 자신이 존중하는 사람들 앞에서이다. 여기서 중요한 것은

---

26) 조혜진은 김종삼의 전쟁시편을 분석하면서 그의 시에 드러난 수치심이 "누군가를 대신해 살아남았다는 존재론적인 감정인 동시에 비인간의 위기에도 주관적인 무죄와 객관적인 유죄 사이에서 윤리적 인간임을 고수하려는 타자성의 표지"라고 설명한다. 조혜진, 앞의 글, 47쪽.

27) 아리스토텔레스, 『수사학 II』, 이종오 역, 리젬, 2007, 56~61쪽에서 발췌.

존중의 대상과 자신이 동일하지 않다는 점이다. '나'보다 나은 사람들이 '나'의 행동을 지켜보고 있을 때 더욱 수치심을 느낄 수 있다. 김종삼에게 수치심을 느끼게 하는 '나'보다 나은 대상은 곧 "한결같이 아름다운/ 자연 속에/한결같이 마음이 고운 이들이/산다는 곳"으로 표현된 미적 세계라 할 수 있다. 아름다움이 그에게 수치심을 자각시키는 원인인 것이다. 칸트 자신은 이와 같은 수치심을 도덕감정으로 규정하지 않았지만 수치심이 도덕법칙의 위배와 관련하여 발생할 수 있다는 점을 상정해볼 수 있다. 김종삼의 도덕감정의 원천을 아름다운 세계의 추구라고 본다면 그 아름다운 세계에 편입될 수 없다는 자각 의식으로서의 수치심은 그의 도덕감정과 가장 밀착되어 있는 감정 가운데 하나라 할 수 있다.

3. 도덕적 동기로서 연민과 환멸감

김종삼의 시에는 병든 아이들, 전쟁고아들, 거지, 가난한 사람들, 순한 동물들 등 연약하지만 순수한 존재들에 대한 연민의 감정을 드러낸 시편이 상당수를 차지한다. 아울러 이와 반대로 악하고 흉한 대상에 대한 혐오감이나 환멸감을 드러낸 시편도 상대적으로 적지만 일부를 차지한다.[28] 이 두 부류에 대한 김종삼의 감정은 곧 바로 칸트가 규정한 경향성이 배제된 '존경'으로서의 도덕 감정에 상응하는 것은 아니지만 그와 긴밀한 연관을 갖는다는 점에서 신중한 검토가 필요한 부분이라 할 수 있다. 이러한 감정이 완전히 경향성 혹은 경험적 감수성을 배제한다고 증명할 길은 없다. 다만 분명한 것은 감정을 자아내는 대상에 대한 '느낌'이 도덕적

---

28) 악이나 흉과 관련된 시편들은 그 내용이 주로 고통스러운 현실을 드러내는 것들인데, 김기택은 김종삼이 현실을 직접적으로 드러내는 것에 대해 매우 인색했으며 현실과 냉정한 거리를 두거나 그것을 우회적으로 드러내는 방식을 고수함으로써 현실로부터 자신을 보호하고자 했다고 설명한다. 김기택, 「김종삼 시의 현실 인식 방법의 특성 연구」, 『한국시학연구』 12권, 한국시학회, 2005 참조.

동기가 될 가능성이 있음을 말해볼 수 있다.

이원봉은 "칸트가 감수성으로부터 이루어진 행위에 도덕적 가치를 부여하지는 않지만, 감수성을 도덕적 행위의 동기로서 수용"[29]하고 있음을 "욕망의 주관적 근거"인 '동기'이론[30]을 통해 해명한다. 이는 "모든 의무는, 설령 그것이 어떤 법칙에 따르는 자기강제라 하더라도 강요 즉 강제이다."[31] 라는 칸트의 말에도 암시되어 있다. 즉 강요에 의한 도덕적 의무가 반드시 행위의 실천으로 이행되는 것이 아니라 할 수 있다. 따라서 도덕적 의무가 실행되기 위해서는 실천적 행위를 가능케 하는 동기가 필요한 것이다. 이원봉은 칸트가 "객관적 도덕법칙에 대한 인식이 유한한 존재자의 선택의지를 활동시킬 수 없음을 인정"[32]하였다고 입증함과 동시에 유한한 이성적 존재자에게 동기는 감성적 '느낌'에서 기인한다고 설명한다. "칸트는 『윤리학 강의』에서 어떤 것이 나의 의무라는 판단이 나를 "움직인다면(bewegt)", 그것은 "도덕적 느낌(Moralische Gefühl)"(27, 2.2:1428)이라고"[33] 말한다. 칸트가 말하는 도덕적 느낌과 경험적 세계의 느낌은 그의 윤리론 내부에서는 가치론적으로 차등을 지니지만 이 둘 모두는 쾌와 불쾌에 대한 감수성이라 할 수 있다. 도덕적 느낌이 의식으로부터 산출된다면 경험적 세계의 느낌은 감각을 기초로 산출된다. 이 둘의 '느낌'이 곧 행위의 실천을 가능케 하는 추동력이라는 것이다. 이때 절대적 만족이 아니라 '자각'을 동반한 느낌[34]은 인식적 요소를 동반한다는 점에서 이성의 통

---

29) 이원봉, 앞의 글, 282쪽.
30) 칸트는 의무에 근거한 도덕적 '동인'과 감수성에 근거한 도덕적 '동기'를 구분한다. 그는 다음과 같이 설명한다. "욕망의 주관적 근거는 동기이며, 의욕의 객관적 근거는 동인이다. 동기에 의거하는 주관적 목적과 모든 이성적 존재자에게 타당한 동인에 의존하는 객관적 목적과의 구별은 이래서 생기게 된다. 실천적 원리가 모든 주관적 목적을 무시하면, 그것은 형식적이다. 그러나 실천적 원리가 주관적 목적을, 따라서 어떤 동기를 기초로 할 때는 실질적이다." 칸트, 앞의 책, 2001, 221쪽.
31) 칸트, 앞의 책, 2012, 489쪽.
32) 이원봉, 앞의 글, 2006, 287쪽.
33) 위의 글, 290쪽.
34) 칸트는 자각이 없는 절대적 만족을 다음과 같이 비판한다.

제를 받을 수 있으며 도덕적 행위를 위한 동기 역할을 할 수 있음을 칸트가 인정하고 있다고 이원봉은 설명한다. 정리하자면, "도덕적 느낌이 도덕법칙에 따라 행위 하도록 추동하기 위해서는 감수성의 역할이 필요"[35]하다는 것이다. 김종삼 시 전체를 살펴볼 때 그가 타자에 대해 드러낸 연민과 악이나 흉에 대해 드러낸 혐오감 혹은 환멸감은 일순간 일어났다 사라지는 경향성으로서의 감정 이상의 의미를 지니는 것으로 판단된다. 그가 드러낸 감정에는 대상과 의무에 대한 자각이 내포되어 있기 때문이다.

> 사면은 잡초만 우거진 무인지경이다
> 자그마한 판자집 안에선 어린 코끼리가
> 옆으로 누운 채 곤히 잠들어 있다
> 자세히 보았다
> 15년 전에 죽은 반가운 동생이다
> 더 자라고 둬 두자
> 먹을 게 없을까
>
> 「虛空」 전문

> 자전거포가 있는 길가에서
> 자전거를 멈추었다.
> 바람나간 튜브를 봐 달라고 일렀다.

"생에 있어서 (절대적으로) 만족한다는 것은 무위(無爲)의 휴식이고 동기의 정지이며, 혹은 감각과 이 감각에 결합되어 있는 활동의 둔화일 것이다. 이러한 둔화는 동물의 체내에서의 심장의 정지와 같은 것으로, 인간의 지성적 생활과 양립하지 않는 것이다." 칸트, 『실용적 관점에서 본 인간학』, 이남원 역, 울산대학교출판부, 1998, 177쪽.

35) 이원봉, 앞의 글, 298쪽. 이원봉 이외에도 고현범(「감정의 병리학-칸트 철학에서 감정의 개념과 위상」, 『헤겔연구』 32집, 한국헤겔학회, 2012)은 칸트의 감정론을 인지주의에 가까운 것으로 설명하고 있으며 김광철(「도덕에 있어서 자율성과 감정의 역할」, 『철학논집』 제23집, 서강대학교 철학연구소, 2010) 또한 칸트가 도덕법칙의 실천에 감정을 중시했음을 논증하고 있다.

등성이 낡은 木造建物들의

골목을 따라 올라 간다.

새벽 같은 초저녁이다.

아무도 없다.

맨위 한 집은 조금만 다쳐도

무너지게 생겼다.

빗방울이 번지어졌다.

가져 갔던 角木과 나무조각들 속에 연장을 찾다가

잠을 깨었다.

「몇 해 전에」 전문

시 「虛空」의 시적 공간은 잡초가 우거진 무인지경(無人之境)의 공간으로 설정되어 있다. 앞서 살펴 본 「샹펭」의 공간성과 대동소이한 설정이라 할 수 있다. 시인은 불순한 현실과 분리된 유미적 세계를 드러낼 때 줄곧 이와 같은 공간성을 설정한다. 말하자면 이 '무인지경'의 신비한 공간은 독자를 자신의 유미적 세계로 초대한다는 신호라 할 수 있다. 화자는 이 아늑하고 고립된 공간에서 15년 전에 죽은 동생을 만난다. 이때 죽은 동생은 잠든 '어린 코끼리'로 묘사되어 있다. 어린 코끼리의 이미지는 죽음의 공포감을 일거에 제거함과 동시에 사랑스럽고 유순한 존재성을 느끼도록 유도한다. 그러나 이러한 존재성은 그가 이미 죽었다는 사실과 맞물리면서 안쓰러움, 혹은 연민의 감정[36]이 들도록 이끈다. 중요한 것은 이 같

---

36) 아리스토텔레스는 "세상에는 여전히 정직한 사람들이 있다고 믿는 사람들만이 연민의 감정을 느낄 수 있다."고 말한다. 그리고 그러한 사람들이 부당하게 고통당하는 것을 보았을 때 연민이 생겨난다고 설명한다. 김종삼의 시에 등장하는 약한 존재들(병약한 아이들과 동물들)이 대부분 선함을 함께 지닌다는 점을 미루어본다면 시인의 연민의 감정 이면에는 이들이 '정직한 사람들'일 거라는 믿음이 내포되어 있는 것이다. 아리스토텔레스, 앞의 책, 73쪽.

은 감정이 "더 자라고 둬 두자/먹을 게 없을까"라는 보살핌의 윤리로 전환되고 있다는 점이다. 시 「몇 해 전에」도 마찬가지라 할 수 있다. 화자는 자전거를 자전거포에 맡기고 "새벽 같은 초저녁"의 골목을 따라 올라간다. 이곳 또한 아무도 없는 무인지경의 공간으로 설정되어 있다. 화자는 골목 끝에서 무너지게 생긴 "맨위 한 집"을 발견한다. 이때 주목할 것은 이 집이 가장 꼭대기에 있는 집이라는 점과 그것의 무너짐을 "조금만 다쳐도"라고 표현했다는 점이다. 이 상방의 공간은 폐허가 되어 가는 '신성성'을 암시하는 것일 수도 있다. 아울러 "조금만 다쳐도"라는 표현에는 무너져가는 맨 위 집에 대한 화자의 걱정스러움과 연민이 묻어 있다. 이와 같은 감정은 시 「虛空」과 마찬가지로 "연장을 찾다가/잠을 깨었다"라는 보살핌의 행위로 이어진다. 이들 시의 적극적 실천성을 지시하는 언표들은 연민의 대상에 대한 감정이 도덕적 행위의 실천을 매개하고 있음을 뜻한다. 여기에는 그것이 환상이든 꿈이든 상관없이 자신이 경험했던 대상에 대한 자각으로서의 느낌이 작용하는 것이다. 이 같은 자각으로서의 느낌은 이러한 시편과는 반대되는 불쾌와 관련된 세계를 드러내는 경우에도 동일하게 작용한다.

> 새벽녘
> 창호지 문짝이 캄캄하다
> 이 地方은 無許可집들이 密集된 山동네 山팔번지 一帶이다
> 개백정도 산다
> 복덕방에 다니는 영감이 상처하고
> 두 달 만인가 석 달 만에 젊다고 부랴부랴 얻어들인 후처가
> 해괴하다 그 아낙은 아닌 밤중에 미친 시늉을 하여 동네 사람들

을 모이게 한 적도 있었다

　　그 아낙은

　　때 없이 안팎으로 떠들고 다니기도 한다 영감은 그 아낙에

게 언제나 쩔쩔 맨다

　　그들은 신문을 안 본다 文盲들인 것 같다

　　새벽녘

　　창호지 문짝이 캄캄하다

　　영감이 심장마비로 갑자기 죽었다 한다 그 아낙의 해괴한

통곡 소린 그칠 줄 몰랐다

　　동네에선 아무도 오지 않았다

　　매장하는 데 필요한 사망진단선

　　내가 떼다 주었다

　　그들과 한뜰에 살았기 때문이다.

「맙소사」 전문

한 걸음이라도 흠잡히지 않으려고 생존하여갔다

몇 걸음이라도 어느 성현이 이끌어 주는 고된 삶의 쇠사슬

처럼 생존되어 갔다

세상 욕심이라곤 없는 불치의 환자처럼 생존하여갔다

환멸의 습지에서 가끔 헤어나게 되면은 남다른 햇볕과 푸름

이 자라고 있으므로 서글펐다

서글퍼서 자리 잡으려는 샘터 손을 담그면 어질게 반영되는
것들 그 주변으론 색다른 영원이 벌어지고 있었다.
「평범한 이야기」 전문[37]

시 「맙소사」에 등장하는 복덕방 영감의 후처는 해괴한 짓으로 동네 사
람들을 불편하게 만드는 위인이다. 미친 시늉을 하거나 "때 없이 안팎으
로 떠들고 다니기도" 한다는 점에서 부덕한 인물이라 할 수 있다. 영감이
심장마비로 갑자기 죽었다는 정보는 젊은 후처 때문에 복상사가 일어났
을 가능성을 암시한다. 그런 의미에서 젊은 아낙은 박복한 여인이기도 하
다. 그녀의 해괴한 짓과 영감의 죽음의 원인 모두는 '언짢음'이라는 불쾌
의 감정을 낳는다. 데이비드 흄(David Hume, 1711~1776)은 "만족과 언
짢음은 부덕과 덕 등으로부터 떨어질 수 없을뿐더러, 부덕과 덕의 참된
본성(nature)과 실재(essence)를 조성한다. 어떤 성격에 찬동하는 것은
그 기질이 나타날 때 근원적 즐거움을 느낀다는 것이다. 그 성격에 반대
한다는 것은 언짢음을 감지한다는 것이다.[38]"라고 말한다. 이 언짢음의 감
정은 김종삼이 추구하는 미적 세계와 상충한다. 이 시에 보이는 "개백정
도 산다"는 사실보고에도 이 같은 감정이 묻어 있다. 시인은 이를 강조하
기 위해 한 행의 비중으로 이를 안배한다. 한편 언짢음의 감정에도 불구
하고 화자는 매장에 필요한 사망진단서를 떼다 주는 호의를 베푼다. 호의
는 "어떤 것을 소유하고 있는 사람이 그것을 필요로 하는 사람에게 도움
을 주도록 하는 감정"[39]이며 호의의 정도는 "도움 받는 자의 필요가 매우

---

37) 1977년 『신동아』에 발표된 「평범한 이야기」는 1961년 『한국전후문제시집』에 「이 짧은 이야기」라는 제목으로
실렸던 작품을 개작한 것이다. 「평범한 이야기」가 「이 짧은 이야기」보다 더 잘 정돈된 느낌이 들기 때문에 이
를 인용하기로 한다.
38) 데이비드 흄, 『인간 본성에 관한 논고 2 - 정념에 관하여』, 이준호 역, 서광사, 1996, 46쪽.
39) 아리스토텔레스, 앞의 책, 67쪽.

급박한 경우"⁴⁰⁾ 커진다. 갑작스런 사망으로 경황이 없는 아낙에게 화자가 호의를 베풀었다는 점보다 더 중요한 것은 언짢음의 감정에도 불구하고 호의를 베풀었다는 점이다. 이러한 호의가 촉발된 원인을 화자는 "그들과 한뜰에 살았기 때문이다."라고 밝힌다. 이는 불행한 이웃에 대한 의무감을 암시한다. 비록 언짢은 대상일지라도 그가 나의 이웃이라면 그의 불행에 대해 도덕적 의무를 이행하는 것이 인간이라면 당연한 것이라는 자각 의식이 내포되어 있는 것이다. 아울러 "새벽녘/창호지 문짝이 캄캄하다"라는 문장의 반복에는 여인의 통곡 소리를 듣는 화자의 심정이 담겨 있다. 언짢은 이웃일지라도 그들의 불행이 마음을 무겁게 하는 것이다. 이와 같은 도덕적 의무감이 가장 잘 함축된 작품이 그간 많은 논자들에 의해 거듭 언급되었던 시 「물桶」이라 할 수 있다. 시인은 이 시에서 "그동안 무엇을 하였느냐는 물음에 대해//다름아닌 人間을 찾아다니며 물 몇 桶 길어다 준 일밖에 없다고"라고 말한다.

시 「평범한 이야기」에는 '환멸의 습지'와 '남다른 햇볕과 푸름이 자라는 곳'이라는 두 개의 세계가 대립되어 있다. 이 두 세계에서 기인하는 감정은 환멸감과 서글픔이다. 주목할 것은 환멸감이 극단화되었을 때 보이는 화사의 태도이다. 그는 "성현이 이끌어 주는 고된 삶"과 "욕심이라곤 없는 불치의 환자"로서 이에 대항한다. 이러한 태도는 환멸감이 그의 지향을 더욱 확고하게 만들어줌을 함의한다. 보다 구체적으로 말해 김종삼은 환멸감을 낳는 세계에 대항하기 위해 자신의 '흠'을 없애고자 최선을 다한다. 여기에는 미적 세계 혹은 순수의 세계를 포기하지 않는 자의 자아성찰이 담겨있다. 이때 김종삼에게 미적 세계가 자신의 죄의식을 포함한 '흠'을 비추는 윤리적 거울임을 상기할 필요가 있다. 이 시의 경우 아

---

40) 위의 책, 67쪽.

름다움의 극심한 결핍 즉 환멸감이 자기 염결성에 대한 자각과 성찰의 동기로 작용하고 있는 것이다. 이와 같은 고된 생존방식을 힘겹게 이어가면서 가끔 만나게 되는 '햇볕과 푸름'은 환멸감의 반대편에 놓여있는 미적 세계를 맥락화한다. 이 아름다운 세계와의 마주침은 화자에게 반가움이나 즐거움이 아니라 '서글픔'이라는 감정을 야기한다. 소중한 이 세계가 아닌 환멸의 늪지에서 생존해야 하기 때문이다. 그런 의미에서 이때의 '서글픔'은 갈망과 연관된다. 시인은 이러한 갈망을 "나는 이세상에/계속해온 참상들을/보려고 온 사람이 아니다."(「無題」, 유고시로 제목 없이 『문학사상』에 게재되었던 시)라고 선언하기도 한다. 한편 "색다른 영원"의 샘터는 "서글퍼서 자리 잡으려는" 그의 내면성에 다름 아니다. "어질게 반영되는" 이 물거울은 그가 환멸의 습지에서 어떤 방식으로 견디며 생존해야 하는지를 말해주는 자기성찰의 거울이라 할 수 있다.

4. 맺음말

본 논의의 목적은 김종삼 시의 미적 지향 속에 깔려 있는 감정, 특히 도덕 감정에 주목함으로써 시인이 형상화한 아름답고 비현실적인 시적 맥락과 그로부터 환기되는 감정이 다만 시 내부에만 유효한 미적 세계의 건설이 아니라 그 이상의 의미를 담고 있음을 밝히는 데 있다. 구체적으로 말해, 그의 시적 맥락에 내포된 감정들이 이 세계에 대한 도덕 감정을 강하게 시사하고 있음을 드러냄으로써 그의 시세계가 함의하는 현실인식에 대한 유의미성을 복원하고자 하는 것이다. 그간 김종삼 시에 드러난 윤리의 문제는 주로 전쟁 시편을 중심으로 논의가 집중되어 왔다. 본 논문은 이와 같은 논의를 수용하면서 이를 보다 확장하여, 전쟁시편 자체가 환기하는 의미의 직접성을 벗어나, 전쟁의 반대편에 놓인 신성한 세계 혹은 미적 세계의 추구가 어떻게 시인의 도덕 감정과 연관되는지를 밝히고자 하였다.

이를 위해 주로 칸트의 도덕 감정론을 분석의 토대로 삼았다. 엄밀하게 말해 개념적 사유(철학)의 지평으로부터 생성된 인식의 틀과 감성적 상상의 지평(시)으로부터 생성된 인식의 틀이 완전히 정합적일 수는 없다. 이는 철학적 담론을 문학 작품의 해석의 틀로 끌어들일 때 예외 없이 발생하는 난점이기도 하다. 그러나 정치한 철학적·논리적 사유의 틀은 분명 한 시인의 감추어진 인식의 세계를 보다 정밀하게 이해할 수 있는 관점을 제공한다는 점에서 유효하다고 생각한다. 따라서 칸트의 도덕 감정론을 해석의 토대로 삼음으로써 김종삼이 시를 통해 드러낸 감정이 외부 사물(존재)과의 접촉으로부터 야기되는 즉각적이고도 수동적인 감정을 넘어서 어떻게 도덕 감정으로 귀결될 수 있는지 그 근거를 제시하고자 했다.

칸트는 순간적으로 생겨나는 경향성으로서의 감정에 따르는 것이 아니라 의무에 따라 행위할 때 참된 도덕적 가치를 가진다고 말한다. 도덕법칙은 "비록 실지로는 결코 생기지 않더라도 생겨야 할 것의 법칙" 즉 당위로서의 정언명법(定言命法)에 해당하는 법칙을 이른다. 도덕 감정은 바로 이러한 법칙에 대한 '존경'의 감정을 뜻한다. 이것이 칸트가 말하는 도덕적 느낌(Moralische Gefühl)이다. 김종삼에게 도덕적 감정 즉 '존경'을 불러일으키는 것은 아름다움의 세계라 할 수 있다. 그것은 "한결같이 아름다운/자연 속에/한결같이 마음이 고운 이들이/산다는 곳"으로 규정된다. 따라서 이 유미적 세계는 구체적으로 선과 상통하는 세계이다. 김종삼에게는 이 같은 아름다운 세계를 만드는 것이 곧 도덕적인 것이며 인간이 실천해야 할 의무라 할 수 있다. 그런데 김종삼의 시적 화자는 이곳의 주민이 되지 못 한다. 이러한 세계로부터 그 자신 이방인, 추방당한 자,

소외된 자라는 수치의 감정을 통해 그의 도덕 감정을 전달한다.

　한편 칸트는 도덕법칙을 규정하면서 경향성으로서의 감정을 배제하고 있지만 자각으로서의 느낌(감수성)이 실천 행위를 추동하는 동기라는 사실을 인정한다. 김종삼 시에 등장하는 연민의 대상이나 혐오의 대상으로부터 촉발되는 시적 감정이 곧 바로 칸트가 규정한 경향성이 배제된 '존경'으로서의 도덕 감정에 상응하는 것은 아니지만 그와 긴밀한 연관을 갖는다는 점에서 신중한 검토가 필요한 부분이라 할 수 있다. 이러한 감정이 완전히 경향성 혹은 경험적 감수성을 배제하고 있다고 증명할 길은 없다. 다만 분명한 것은 감정을 자아내는 대상에 대한 '느낌'이 도덕적 동기가 될 가능성이 있음을 말해볼 수 있다.

　김종삼의 경우 그가 시에 등장하는 타자에 대해 드러낸 연민, 그리고 악이나 흉에 대해 드러낸 혐오감 혹은 환멸감은 일순간 일어났다 사라지는 경향성으로서의 감정 이상의 의미를 지니는 것으로 판단된다. 그가 드러낸 감정에는 대상과 의무에 대한 자각이 내포되어 있기 때문이다. 이같은 자각으로서의 감정이야말로 김종삼이 시를 통해 드러내고자 했던 현실인식이며 동시에 그의 도덕적 면모라 할 수 있다.

김수영 시에 내포된 자발적 소외와 '설움'의 정념

1. 두 가지 개인사적 사건

본 연구는 김수영의 초기 시(1960년 4.19 혁명 이전의 시)[1]에 내포된 '소외'와 '설움'의 정념이 지닌 상관성을 밝힘으로써 그의 시세계를 이끌었던 기본 동력의 실체를 구체화하는 데 그 목적을 둔다. 이는 김수영의 초기 시를 관통한 정념이 설움이라는 사실과 그 설움이 소외된 자의 일반적 적응양태와는 다른 자발적 소외로서의 고립(isolation)과 깊이 연동되어 있다는 점을 밝힘으로써 그의 시세계를 이끌었던 의식지향의 단초를 명확하게 하기 위함이다. 김수영의 시세계는 한국전쟁 전·후에 촉발되었던 모더니즘과 1960년 4.19혁명, 그리고 당대의 정치 상황의 여파를 깊이 담지하고 있다는 점에서 많은 연구자들의 관심을 자극했으며 이에 따라 결코 적지 않은 연구 성과를 산출해낸 계기가 되었다. 그의 시에 대한 연구는 주로 시에 나타난 근대성의 문제, 자유—사랑—혁명으로 연결되는 정치의식과 윤리의식, 현실인식에 집중되어 있으며, 그 밖에 사변에 기초한

---

[1] 여태천은 1960년 이후 「여자」라는 작품에 '설움'이라는 어휘가 단 한 번 나오지만 이와 동류로 볼 수 있는 정서는 지속적으로 등장한다고 밝힌다. 아울러 그는 후기 시의 경우 설움의 정서를 유발하는 구체적 대상이 '여자'라는 점에 주목한다. 여태천, 『김수영의 시와 언어』, 도서출판 월인, 2005, 230~232쪽, 245~248쪽 참조.

실존의식, 설움과 사랑 등에 대한 감정, 시어 '아내'와 '여편네'에 내포된 여성의식 혹은 남성성, 이중어(二重語) 글쓰기 등에 관한 연구가 큰 성과를 낸 바 있다. 이와 같은 연구는 매우 의미 있는 성과를 진전시키고 있지만, 한편 기존 논의의 일정 부분이 김수영의 시세계를 연구자의 선입견에 의한 논리 즉 '보고 싶어 하는 것'에 따라 성역화(聖域化)·우상화(偶像化)를 가중시키는 역할을 했음 또한 부정하기 어렵다. 특히 김수영의 정치의식, 윤리의식, 현실인식에 대한 논의가 구체성을 도외시한 채 관념적·추상적 층위에 머물게 되는 것은 이와 무관하지 않다. 이러한 문제에 대해 한수영은 "수용의 과정에서 대개 김수영의 시는 전체적으로 읽히기보다는 수용 주체의 미학적 관점과 정치적 태도를 담아내기에 알맞은 시들이 주로 선택되어 읽혀졌고, 경우에 따라서는 같은 작품에 대한 해석의 내용이 서로 엇갈리는 일도 많았다."고 지적한 바 있다. 이와 같은 한수영의 통찰은 김수영의 문학세계에 관한 선행 연구가 지닌 특수성과 문제점을 예리하게 간파한 것이라 할 수 있다.

따라서 본 논의는 김수영의 시세계에 대한 보다 냉정한 시각이 요청된다는 점을 절감하면서 그의 시세계의 토대를 이루는 실마리를 추적하고자 한다. 즉 그가 관념이 아니라 구체적 경험과 감각을 통해 인식한 '생활'의 국면에 대한 분석이 논의의 출발점이 될 것이다. 이는 일견 사소한 영역처럼 보일 수 있지만 김수영의 정치의식이나 윤리의식, 현실인식 형성과 긴밀한 관련을 갖는다는 점에서 매우 중요한 의미를 지닌다. 김수영 시에 드러난 '생활'의 의미에는 한국전쟁 발발과 더불어 우발적으로 발생한 두 가지 개인사적 사건이 깊게 연루되어 있다. 하나는 거제도포로수용소에서의 체험이며 다른 하나는 부인 김현경과의 와해된 관계성이라 할 수 있

---

2) 한수영, 「'일상성'을 중심으로 본 김수영 시의 사유의 방법(1)」, 『소설과 일상성』, 소명출판사, 2000, 68쪽.

다. '생활'의 내용과 질은 그 토대가 되는 경제적 요인만이 아니라 생활을 함께 영위하는 구성원과의 관계에 의해 결정된다. 따라서 김수영의 생활 시편에 대한 이해는 김현경과의 관계성을 전제해야 그 구체적 의미를 밝힐 수 있을 것이다. 대부분의 논의는 김현경과의 관계성으로부터 파생된 시인의 인간적 갈등과 고뇌, 분노감을 뒤로한 채 그의 영웅적 서사에 몰입하는 경향을 보여 왔던 것으로 판단된다. 김수영에 관한 논의가 추상적 지평을 선회하는 까닭이 이와 무관하지 않은 것으로 판단된다.

그런 의미에서 본 논의는 역사와 시대를 고민했던 김수영의 면모로부터 물러나 그의 지극히 사소한 인간적 면모에 초점을 맞추고 그가 '생활'로부터 '왜' 그리고 '어떻게' 의식의 이질화(異質化)를 시도했는가에 주목하고 이와 연관해서 '무위(無爲)'의 실천과 '고절(孤絶)'의 심리가 빚어낸 고립(isolation)으로서 소외 그리고 소외의 '위치'에서 발생하는 '설움'의 정념이 지닌 실체성에 접근하고자 한다. 이러한 연구 내용과 직·간접적으로 연관된 선행 논의들은 동어반복을 피하기 위해 본론의 내용을 진행하면서 거론할 예정이다.

2. '생활' 세계에 대한 대응으로써 의식의 '이질화(異質化)'

김수영의 생활시편에 대해 이야기하기 위해서는 그전에 그의 몇 가지 전기적 사실[3]을 재고할 필요가 있다. 이미 알려진 사실이기도 하지만, 이

---

3) 김수영은 다른 문인들과 함께 '문학가동맹'에서 나누어준 '문인공작대지원서'를 작성하였는데 이것이 의용군에 끌려간 계기가 되었다. 그는 평안남북도 경계선 부근 개천훈련소를 거쳐 전열이 무너진 틈을 타 탈출하여 서울로 돌아왔으나 경찰에게 잡혀 1951년 1월경 거제도포로수용소에 수감된다. 이후 '미군야전병원근무'라는 명이 내려져 부산시 거제동에 있는 야전병원에서 6, 7개월간 주로 외과병원 원장의 통역을 돕다가 1952년 포로수용소에서 석방되었다. 이때 포로수용소의 비인간적인 환경이나 반공포로와 친공포로 간에 자행된 폭력과 처형, 살인, 그로부터 야기된 공포와 환멸에 대해서는 더 설명이 필요 없을 듯하다. 최하림, 『김수영 평전』, 실천문학사, 2001, 171~182쪽 참조.

글과 깊은 관련이 있다고 생각되는 전기적 사실을 약술하면 다음과 같다. 김수영은 한국전쟁이 일어나기 직전 1950년 4월 돈암동에 방을 얻어 이화여전 영문과 재원이었던 김현경과 신접살림을 차린다. 그러나 전쟁 발발과 더불어 김수영이 의용군에 끌려감으로써 그들의 신혼생활은 지속될 수 없었다. 의용군에 끌려간 김수영은 1951년 거제도포로수용소에 수감되었다가 1952년에 석방되었다. 한편 김현경은 김수영이 의용군에 끌려간 1950년 장남 준이를 낳았으며, 그 이후 이종구와 부산 광복동에서 동거하다가 1954년(55년 초쯤) 김수영에게로 돌아온 것으로 기록되어 있다.[4]

거제도포로수용소의 극악한 상황과 이와 동시에 발생한 불미스러운 가정사의 겹침은 김수영에게 지울 수 없는 치명적인 상처로 각인될 수밖에 없었을 것이다. 그의 포로수용소 체험은 '이데올로기'의 구속이 인간을 얼마든지 야만의 상태로 전락시킬 수 있음을 확인시켜준 계기가 된다. 무엇보다 이 글에서 중요한 것은 전쟁과 겹쳐진 김현경과의 관계이다. 그는 포로수용소에서 겪었던 고통을 씻어내기도 전에 또 하나의 고통에 직면하게 된 것이다. 선배 이종구와 아내의 동거, 그것을 청산하고 돌아온 아내를 김수영은 어떤 심정으로 견디며 받아들였을지 생각해볼 필요가 있다. 모든 일상적 사건이 역사적 사건보다 하찮거나 그 무게감이 덜한 것이라고 말할 수 없다. 김수영은 1953년에 이러한 고통을 "늬가 없어도 나는 산단다/억만번 늬가 없어 설워한 끝에/억만 걸음 떨어져있는/너는 억만개의 *侮辱*이다"(「너를 잃고」)라고 쓰고 있다. 이때 모욕은 아내를

---

4) 김수영에게 이종구는 선린상업에서 수재로 이름을 날린 2년 선배로 동경유학시절에 간혹 경제적 도움을 주기도 했던 인물이다. 유학 이후 김수영은 이종구와 함께 성북동에 있는 '성북영어학원'에서 영어를 가르친 적도 있다. 이종구는 김현경의 먼 친척으로 유학시절에도 김현경에게 편지와 책을 보내며 지속적인 관심을 보이곤 했다. 최하림은 이들의 관계에 대해 다음과 같이 쓰고 있다. "김현경은 묵은 윤리도덕을 붙들어 안고 괴로워할 여자가 아니다. 그는 자유스런 여자다. 자유부인이라고 해도 된다. 그런 김현경이 의용군으로 끌려가 생사부지의 남편을 기다릴 리 없다. 그는 그의 젊은 삶을 새롭게 시작하고 싶었을 것이고 그 욕망을 실천했다. 하필이면 이종구냐라고 할 수 있겠지만 이종구는 수재이고 직장이 튼튼한 사람이다." 위의 책, 195쪽.

양도⁵⁾한 자의 수치심과 분노, 도덕 감정(자기존중)⁶⁾의 손상, 친근한 존재(아내)에 대한 이질감 모두를 포함한다. 그럼에도 김현경을 받아들인 것은 다른 사람에게 아내를 맡기는 것보다 차라리 거두는 쪽이 자신의 자존심에 가해진 상처를 최소화하는 길이라 생각한 것으로 여겨진다. 자존심에 치명상을 입힌 이 모욕적 사건은 김현경이 돌아옴으로써 정리되었다고 볼 수 없다. 그것은 김수영의 자존심 한쪽을 손상시킨 채 아물지 않은 상처로 내면화되었을 가능성이 크다. 김현경이 돌아오고도 한참 후인 1963년에 쓴 시 「여자」를 보면 이러한 내면성이 잘 드러난다.

여자란 集中된 動物이다

그 이마의 힘줄같이 나에게 설움을 가르쳐준다

戰亂도 서러웠지만

捕虜收容所 안은 더 서러웠고

그 안의 여자들은 더 서러웠다

고난이 나를 集中시켰고

이런 集中이 여자의 先天的인 集中度와

奇蹟的으로 마주치게 한 것이 戰爭이라고 생각했다

그런 의미에서 나는 전쟁에 祝福을 드렸다

「여자」 부분

---

5) '양도'는 '소외'를 촉발시키는 본질적 동인이라 할 수 있다. 사전에 의하면 소외(alienation)라는 용어는 "라틴어 alienatio(소외, 외화 ; 타인에게 한 사물에 대한 소유권을 양도함, 이반[離反]이라는 뜻이다)와 alienare(양도하다, 소외시키다, 양분하다, 낯선 힘에 종속시키다, 타인에게 넘겨주다라는 뜻이다)에서 유래"한 용어다. 김수영 시에 나타난 소외의 문제는 아내의 '양도'와 '되찾음'이라는 사건과 깊이 연관되어 있다. 한국 철학사상연구회 편, 『철학대사전』, 동녘, 1989, 707쪽.

6) 칸트는 감정이 아니라 의무에 따라 행위 할 때 그 행위가 참된 도덕적 가치를 지닐 수 있다고 말한다. 그럼에도 그는 '도덕 감정'을 인정하고 있는데 도덕 감정은 그런 행위가 가능하게 하는 보편법칙(도덕법칙)에 대한 '존경'의 감정을 뜻한다. 이것이 칸트가 말하는 도덕적 느낌(Moralische Gefühl)이며 여기에는 양심, 인간 사랑, 자기존중 등이 포함된다. 칸트, 「도덕철학서론」, 『실천이성비판─附 순수이성비판 연구』, 최재희 역, 박영사, 2001, 193~197쪽 참조.

이 시를 보면 김수영의 여성의식과 전쟁은 서로 분리될 수 없는 하나의 인식사태로 의미화된다. '여자'는 설움을 가르쳐준 대상이라는 점에서 '고난'과 동일성을 지니며 이를 알게 해준 계기가 '전쟁'이라 할 수 있다. 다시 말해 김수영에게 전쟁은 그를 '집중'하게 만든 사건이며 이 집중된 의식이 "여자의 先天的인 集中度와/奇蹟的으로 마주치게"된 것이다. '전쟁'과 '여성'이라는 이질적 두 층위에 대한 이 같은 인식은 분리되지 않은 채 시인의 의식에 각인된다. 이러한 겹침은 김수영 시의 이면에 잠재된 고뇌의 한 축을 형성한다는 점에서 매우 중요한 의미론적 실마리라 할 수 있다. 다른 시 「먼 곳에서부터」의 "다시 내 몸이 아프다//여자에게서부터/여자에게로"와 같은 구절에 보이는 '아픔'의 내막 또한 이와 무관하지 않다. 시인은 여자의 집중도를 "이것은 罪에서 우러나오는 것이다/여자의 本性은 에고이스트"(「여자」 2연)라고 쓰고 있다. 다른 시에 보이는 여성의 이미지, '魔物'(「伏中」), '더러운 발'(「伴奏曲」) 등에도 동일한 폄훼의 감정이 배어 있음을 볼 수 있다. 이는 그의 수용소 체험과 그때 발생한 불미스러운 가정사에 대한 집요한 기억과 상처를 반영한다. 시인은 인용한 시 「여자」에 오히려 '아내'의 등장을 감추고 있지만 그 의식의 중심에 김현경이 있음을 부정하기 어렵다. 김수영의 자의식은 이와 같은 손상을 스스로 예민하게 감지하면서 김현경과의 '생활'을 시로써 형상화한다.

> 늬가 없이 사는 삶이 보람있기 위하여 나는 돈을 벌지 않고
> 늬가 주는 侮辱의 억만배의 侮辱을 사기를 좋아하고

---

7) 김수영의 여성의식에 관한 논의 가운데 임명숙의 「김수영 시에서의 '여성', 그 기호적 의미망 읽기」(『돈암어문학』, 돈암어문학회, 2010.12, 215~243쪽)는 크리스테바의 "무한히 구축되고 허물어지고 또다시 구축되는 기호들의 총체로서의 텍스트"로 김수영의 '여자', '여편네', '아내'를 면밀하게 분석한 글이다. 그에 따르면 김수영의 비천한 '여성'은 그의 화자인 '나'를 위협하고 가로지르고 교란시킴으로써 '나'의 결핍을 인지할 수 있도록 이끄는 '아브젝트(abject)'로서 기능한다. 그것은 주체의 욕동을 개방시켜 움직이게 하고 주체의 정서를 조건지어주는 존재라 할 수 있다. 그런 의미에서 전쟁=여성=설움의 도식은 김수영의 복합적 사유에 끊임없이 개입하는 힘이며 조건이라 할 수 있다.

억만인의 여자를 보지 않고 산다

「너를 잃고」 부분

김수영은 김현경이 떠나 있을 때 쓴 시 「너를 잃고」에 "늬가 없이 사는 삶이 보람있기 위하여 나는 돈을 벌지 않"라고 다짐한다. 아내의 일탈에 대한 보상심리 혹은 복수의 심정을 돈을 벌지 않겠다는 각오로 대체한 이 구절은 김수영의 생활에 대한 태도를 단적으로 드러낸다. 이는 김수영이 생활을 가능케 하는 물적 토대로서 '돈'에 대해 무관심했거나 초탈했음을 뜻하는 것이 아니다. 오히려 그는 시와 산문을 통해 그 어느 시인보다 진지하게 '돈'에 대해 '正視'(「돈」)하려고 애를 썼음을 드러낸다. 박순원은 돈 및 돈 관련 어휘들이 많이 등장하는 것을 김수영 시의 독특한 현상이라고 지적하고 "김수영의 시에서 돈 및 돈 관련 어휘가 등장하는 시는 총 36편이다. 이는 김수영 시의 약 20%에 해당한다."[8]라고 밝히고 있다. 시에 드러난 돈 및 돈 관련 어휘의 빈도수는 시인이 돈으로부터 자유로울 수 없었다는 사실과 그것으로부터 의식의 시달림을 받았음을 입증해준다.[9] 시인은 1963년에 "그러나 내 돈이 아닌 돈/하여간 바쁨과 閑暇와 失意와 焦燥를 나하고 같이한 돈/바쁜 돈—"(「돈」)이라고 쓰고 있다.

이 같은 돈의 생리를 탐구는 데는 그것과 자신의 자존을 맞바꿀 수 없다는 거부감이 일찍이 배태되어 있었기 때문인 것으로 보인다. 김수영

---

8) 박순원, 「김수영 시에 나타난 돈의 양상 연구」, 『어문논집』, 62권 0호, 민족어문학회, 2010, 257쪽.
9) 필자는 김수영의 산문을 분석하면서 돈에 관한 그의 태도 혹은 인식을 다음과 같이 설명한 바 있다. "김수영의 현실 판단은 '돈=힘'이라는 등식에서 나온 것이다. 김수영이 위 두 인용문에서 언급한 '미인', '강자', '행동인'의 자격 조건은 바로 돈의 소유에 있다. 돈은 '힘의 마력'이고, 거기에서 발현되는 '순수한 매력'에 의해 자신의 이성이 "화덕 위에 떨어진 고드름조각"처럼 녹아서 해체된다는 인식에는 돈에 대한 동경과 함께 약자의 위치에서 느끼는 열패감이 공존해 있다. 김수영은 돈과 힘의 현실적 영향력을 인정한다. 그러나 그것은 예술을 위한 필요조건으로서의 인정이지 돈 그 자체만을 추구하는 속물주의적 욕망까지 인정하는 것은 아니다." 엄경희, 「김수영 시인의 '생활'과 '예술'에 대한 사변의 역학성-산문 분석을 중심으로」, 『어문연구』 제43권 제4호, 한국어문교육연구회, 2015.12, 74쪽.

의 유년과 청년기를 보면, 그는 조부와 어머니의 남다른 보호 아래 경제적 활동과는 거리가 먼 행위, 예를 들면 독서와 같은 것을 통해 가족 사이에서 자신의 위치를 점유한 것으로 보인다. 이에 대해 김정석은 "김수영에게 획득된 아비투스는 경제적 노동이나 위계질서에 대한 복종이 아닌, 자신이 가지고 있는 지배적 위치를 누릴 수 있는 계급들의 아비투스와 부합되는 것이었다. 그리고 그것의 발현은 권위의 속성을 지니게 될 수밖에 없었다.[10]"라고 설명한다. 그의 지향은 애초부터 돈의 보람이나 돈의 위력과는 다른 쪽으로 향해 있었던 것이다. 이 같은 김수영의 아비투스(Habitus)는 김현경과의 관계가 균열되었을 때 더욱 강화되는 것으로 보인다. 따라서 김현경의 일탈을 겪으면서 돈을 벌지 않겠다는 선언은, 최하림의 설명을 빌어 표현하자면, "수재이고 직장이 튼튼한" 이종구와 그를 따랐던 김현경의 비속함을 공격하는 발언으로 해석 가능하다. 김수영은 산문을 통해서 생활을 영위(營爲)하기 위해 일을 해야만 하는 것에 대해 "제일 불순한 시간"이며 "제일 욕된 시간[11]"이라고 말한다. 따라서 김수영은 재력이 아닌 것으로 자신의 자존심을 회복하고자 한다. 아내의 일탈과 같이 치명적으로 자신의 자존심을 실추시키는 사건이 일어났을 때 그의 대응방식은 생활을 윤택하게 만드는 일, 즉 돈의 힘을 권력화하는 일에 전념하는 것이 아니라 오히려 생활과 거리를 두고 생활과 자신을 구별해줄 수 있는 '위치'를 확보하는 쪽으로 자신의 태도를 강화한다. 그것은 생활 속에서 겪는 의식의 이질화를 통해 반복적으로 드러나곤 한다.

차라리 偉大한 것을 바라지 말았으면
柔順한 家族들이 모여서

---

10) 김정석, 『김수영과 아비투스』, 인터북스, 2009, 44쪽.
11) 김수영, 「日記抄 I (1954)」, 『金洙暎 全集 2 散文』, 민음사, 1984, 326쪽.

罪없는 말을 주고받는

좁아도 좋고 넓어도 좋은 房안에서

나의 偉大의 所在를 생각하고 더듬어보고 짚어보지 않았으면

거칠기 짝이없는 우리집안의

한없이 순하고 아득한 바람과 물결—

이것이 사랑이냐

낡아도 좋은 것은 사랑뿐이냐

「나의 家族」 부분

나들이를 갔다 온 씻은 듯한 마음에 오늘밤에는 아내를 껴

안아도 좋으리

(…)

意志의 저쪽에서 營爲하는 아내여

길고긴 오늘밤에 나의 奢侈를 받기 위하여

어서어서 불을 끄자

불을 끄자

「奢侈」 부분

물을 뜨러 나온 아내의 얼굴은

어느틈에 저렇게 검어졌는지 모르나

차차 시골동리사람들의 얼굴을 닮아간다

뜨거워질 햇살이 산 위를 걸어내려온다

가장 아름다운 利己的인 時間 우에서

나는 나의 검게 타야할 精神을 생각하며

區別을 容赦하지 않는

밭고랑 사이를 무겁게 걸어간다

「여름 아침」 부분

    시「나의 家族」은 가족(생활)에 대한 화자의 긍정적 시선을 드러낸 경우라 할 수 있다. "좁아도 좋고 넓어도 좋은 房안"이라는 표현은 유순한 가족에 대해 화자가 너그럽고 따듯한 감정을 가지고 있음을 짐작케 한다. 그럼에도 화자의 자의식은 가족과 완전히 합치될 수 없음을 드러낸다. "나의 偉大의 所在를 생각하고 더듬어보고 짚어보지 않았으면"이라는 토로가 그러하다. 이 격절의 지점에는 '유순함(소박함)'과 '위대함'라는 이질적 층위가 맞붙어 있다. 시「奢侈」의 화자는 "오늘밤에는 아내를 껴안아도 좋으리"라는 다소 들뜬 듯한 태도를 보이고 있으나 이것이 아내와 완전한 합일을 뜻하는 것이 아님을 눈여겨 볼 필요가 있다. 화자는 "意志의 저쪽에서 營爲하는 아내"라고 말한다. 다른 시「풍뎅이」의 "나의 意志보다 더 빠른 너의 노래/너의 노래보다 더 한층 伸縮性이 있는/너의 사랑"이라는 구절 또한 이와 유사한 의미를 담고 있다. 즉 아내는 '나'의 의지로부터 멀리 떨어진 곳에서 영위하는, 의지를 벗어난 존재다. 따라서 화자에게 아내를 껴안고자 하는 도취적 마음은 자신의 의지를 벗어난 '사치'에 해당하는 것이다. '사치'라는 시어에는 자신의 행동에 대한 자의식이 개입되어 있다. '껴안다'라는 행위에도 불구하고 아내의 영위방식과 '나'의 의지로서의 삶의 방식은 서로의 이질성을 벗어나지 못하는 것이다. 시「여름 아침」을 보면, 아내는 "시골동리사람들의 얼굴을 닮아" 햇빛에 검어진 형상을 하고 있다. 이는 밭을 일구며 검어진 '육체성'을 의미한다. 이때 화자는 검게 타야할 노동으로서의 육체가 아니라 자신의 "검게 타야할 精神"에 대해 생각한다. 아내와 화자가 육체와 정신이라는 서로 다른 층위로 이질화되고 있는 것이다. '밭고랑'은 이러한 이질화에 의한 구별을 용사(容赦)하지 않는 생활의 완강함을 함의한다. 화자의 발걸음이 무거운 것은 이 때문이다.

김수영의 화자는 생활 안에서 시달리면서 동시에 그것과 자신의 구별점을 만들고자 하는 자의식에 시달리곤 한다. 서정주, 박목월, 박용래 등 다른 시인들의 생활시편과 달리 김수영의 생활시편에 사유의 대상으로서 '돈'이 문제될지언정 '가난' 자체가 큰 비중을 차지하지 않는 이유가 여기에 있다. 이는 그의 생활시편을 이해하는 데 매우 중요한 내용물이라 할 수 있다. 그에게 생활의 하중은 가난에 있는 것이라기보다 자신의 정신의 '위치'에 있는 것이다. 다른 시의 "다리밑에 물이 마르고/나의 몸도 없어지고/나의 그림자도 달아난다(…)//生活無限/苦難突起/白骨衣服"(「愛情遲鈍」), "涸渇詩人"(「PLASTER」)과 같은 구절에 보이는 '마름', '백골', '증발' 등과 같이 물기가 사라진 비생명적 이미지는 생활이 그의 지향과 의식을 얼마만큼 위협했는가를 입증해준다. 그런 의미에서 김수영에게 생활은 그의 자의식을 발동시키고 자신의 존재성을 재고하게 하는 역설적 대상이라 할 수 있다. 시인은 「謀利輩」라는 시를 통해 "言語는 나의 가슴에 있다/나는 謀利輩들한테서/言語의 단련을 받는다/그들은 나의 팔을 支配하고 나의/밥을 支配하고 나의 慾心을 지배한다//(…)/生活과 言語가 이렇게까지 나에게/密接해진 일은 없다"고 고백한다. 그의 정신을 단련시키는 생활은 '모리배'와 다를 바 없다.

3. 소외의 '위치'로부터 파생한 '설움'의 정념

김수영이 생활을 도외시하지 않으면서도 그것에 대한 의식의 이질화를 반복하는 태도에는 자신이 "마지막에는 海底의 풀떨기같이 혹은 책상에 붙은 민민한 판대기처럼 무감각하게 될 생활"(「구슬픈 [肉體]」)에 흡수되기를 거부하기 때문이다. 그의 시에 이와 같은 생활 태도와 밀착되어 나타나는 정념이 '설움'이라 할 수 있다. 유종호가 일찍이 "그의 설움은 요약해서 말한다면 '예언자가 나지 않는 거리'에서 '바늘구녕만한 叡智를 바라면서' '모든 것을 제압하는 생활'을 사는 자의 설움이다."[12]라고 설명한 이후 대부분의 논자는 생활과 반속주의적 정신이 서로 갈등하면서 설움의 정념이 배태되었다는 사실에 합의하는 듯 보인다.[13] 아울러 김수영의 설움이 긍지로 극복되었다는 논리적 도식에도 합의하는 듯 보인다. 이러한 합의점에도 불구하고 김수영의 '설움'에 관한 논의는 분석 작품에 따라 종종 다른 내용들이 끊임없이 첨가되곤 하는데 이는 시인이 설움이라는 시어를 매우 다채로운 층위에서 사용함과 동시에 때로 그 사용이 모호성을 지니기 때문이라 할 수 있다. 이와 같은 '설움'에 관한 논의들 가운데 선행 연구의 추상적 논의로부터 벗어나 보다 구체적으로 '설움'이 지닌 다층성과 복합성을 예리하게 간파한 황현산과 여태천의 논의에 주목하고자 한다.[14]

---

12) 유종호, 「詩의 自由와 관습의 굴레」, 『金洙暎의 文學—김수영 전집 별권』, 황동규 편찬, 민음사, 1989, 241쪽.

13) 전병준, 「김수영 초기 시의 설움에 나타나는 주체와 타자의 관계 연구」, 『비평문학』, 한국비평문학회, 2011.3, 377~400쪽; 한용국, 「김수영 시의 생활인식과 시적 대응」, 한국시학회 학술대회 논문집, 2011.4, 16~28쪽; 여태천, 「김수영의 시와 언어」, 도서출판 월인, 2005, 224~263쪽.

14) 김수영의 '설움'에 관한 논의 가운데 황현산과 여태천 외에 박수연과 김유중의 논의 또한 중요한 관점을 제공하는 것으로 판단된다. 박수연은 김수영의 설움을 근대와 전근대에 대한 인식과 맞물린 감정으로 보고 "도시의 유행을 뒤따르는 근대적 삶이 낡고 전통적인 전근대적 삶을 설움으로 바꾸어 놓는다"라고 말한다. 그는 김수영이 무력한 전근대로부터 파생된 필요 없는 설움을 넘어서 참된 생활의 근대로부터 파생된 필요한 설움으로 인식변화를 보인다고 설명한다. 김유중의 경우는 그 해석의 층위가 다른 논의들과 다소 차이를 보이는데, 그는 김수영의 시에 나오는 '생활'(일상성)이라는 시어가 두 개의 상반된 의미로 사용되고 있음을 밝히고 있다. 하나는 "타성에 젖어든 세인으로서의 생활"을 의미하며 다른 하나는 "'설움'이 번져 나오는 기원으로서의 생활"이 그것이다. 후자는 일상성에 대한 반성과 회의적 인식이 동반된 존재론적 고민에 가깝다고 설명한다. 아울러 같은 글에서 "김수영이 그의 시에서 줄곧 강조했던 '피로'와 '설움'의 감정이란 결국 하이데거가 말한 '깊은 권태' 내지 '불안'이라는 근본 기분에 상응하는 감정으로 이해해도 되지 않을까?"라고 김수영의 '설움'을 존재론적 층위에서 해석하고 있다. 박수연, 「김수영 시 연구」, 충남대학교 국어국문학과 박사학위논문, 1999, 72~90쪽 참조; 김유중, 『김수영과 하이데거』, 민음사, 2007, 197쪽, 203쪽.

① 『달나라의 장난』을 쓸 때의 김수영에게서는 "바늘구녕 저쪽에" 현실을 움직여 떠오를 때까지 정신을 집중하는 순간의 앞과 뒤에 어김없이 이 투명한 비애가 있다.

김수영의 "설움"이나 "비애"만큼 복잡하고 복합적인 감정도 드물다. 그것은 한편으로 타기하고 극복해야 할 대상이며, 정신과 몸을 사로잡는 마취제이지만, 다른 한편으로는 판단과 예지의 한 형식이자 그 원기이며, 현실의 열림과 움직임을 믿게 하고 정신이 시적 상태에 이르렀음을 말해주는 특별한 심리적 반응이다.[15]

② 김수영은 자신을 속이는 일에 대해 서러워했다. 그것은 현실을 직시하지 못하고 회피하려는 자신에 대한 반성에서 오는 정서적 분비물이다. (…) 설움과 비애의 정서는 현실 속에서 무기력하게 살아가는 자신에 대한 연민이 불러일으키는 게 아니라 적극적인 주체의 태도에 의해 생긴다. (…) 설움이 자기 갱신의 힘이 된다. (…) 설움과 비애의 정서는 몸의 움직임에 따른 피곤과 피로와 아픔과 긴밀한 관계를 지닌다. (…) '설움'의 정서가 대부분 부단히 전진하는 몸의 움직임에 의한 것이라면, '긍시'는 움직임 가운데 잠시 정지하는 순간 몸이 얻는 충일된 정서에 해당된다. (…) 설움과 비애의 정서는 끊임없이 미지의 세계로 나아가는 주체의 움직임 때문에 생긴다.[16]

황현산은 '설움'이라는 시어가 포함된 구절들을 분석함으로써 김수영의 내면에서 이 정념이 지닌 복잡성과 복합성을 ①같이 종합한다. ①을

15) 황현산, 「시의 몫, 몸의 몫」, 『살아있는 김수영』, 창비, 2005, 118쪽.
16) 여태천, 『김수영의 시와 언어』, 도서출판 월인, 2005, 224~263쪽에서 발췌.

보면, 김수영의 설움은 상반된 가치를 함께 내포한 정념으로 파악된다. 극복해야 할 마취제이면서 동시에 판단과 예지의 한 형식이라는 사실이 그러하다. 이러한 관점을 다시 생각해보면, 사로잡힘(도취)과 각성(이성)이라는 이율배반적 상태가 하나의 정념에 의해 수행될 수 있는가? 그것이 가능하다면 이 이율배반을 하나로 묶어주는 근원은 무엇인가? 아울러 김수영에게 '설움'은 극복의 대상인가? 등을 물음하게 된다. 여태천은 몸의 움직임과 사유의 움직임이 현실과의 차이를 발생시킬 때 김수영의 설움이 생성된다고 보고 그 의미를 ②와 같이 설명한다. 발췌한 문장의 요체를 보면, 설움은 적극적인 주체의 태도에 의해 생성된 자기 반성적 정서로서 자기 갱신의 힘이 되지만 충일된 정서로서 '긍지'와는 다르다. 여태천은 이와 같은 논리 곳곳에서 김수영이 어떻게 설움과 맞서며 그것을 극복하는가에 대해 설명한다.

　살펴본 논의들은 김수영의 '설움'의 정념을 다양성 속에서 심도 있게 분석하고 있다는 점에서 시사하는 바가 적지 않다. 그러나 이러한 논의에는 정념 일반에 대한 통념 혹은 그것을 대하는 고착된 태도가 담겨 있다는 생각을 지우기 어렵다. 일반적으로 정념을 벗어나야 하는 혹은 극복해야 하는 상태로 인식하곤 하는데 그것은 옳은 것인가? 어떠한 정념은 그 자체로 고유한 원인을 지니고 있으며 그 자체로 고유한 가치를 지닐 수 있다. 아울러 가변성을 지닌 정념의 특성에도 불구하고 동일한 정념이 한 인간의 내면에서 지속적으로 반복·생성될 때 그것은 그의 마음의 양태 혹은 정체성과 깊이 연관된다. 이때 그 정념은 자신을 드러내는 하나의 방식일 수 있다. 결론적으로 말하면 김수영의 설움도 그러하다. 여기서 다른 많은 논자들에 의해 얘기된 김수영의 설움이 긍지, 사랑 등에 의해 발전적으로 극복되었다는 도식을 유보할 필요가 있다.[17] 정념의 위계를 설정하는 문제는 매우 조심스러운 일이다. 그의 설움이 이미 긍지와 사랑을 포함하는 것일 수도 있다. 그리고 그의 설움은 유사성과 인접성, 인과성을 경유하면서 다른 정념과 연합을 시도할 가능성을 갖는다.[18] 이제 보다 구체적인 논의를 위해, 김수영이 생활 속에서 의식의 이질화 현상을 보이고 있음을 상기하면서, 설움과 관련한 다음 예를 볼 필요가 있을 듯하다.

> 일한다는 意味가 없어져도 좋다는 듯이 구수한 벗이 있는 곳
>
> (…)
>
> 이 事務室도 네가 만든 것이며
>
> 이 많은 倚子도 네가 만든 것이며
>
> 네가 그리고 있는 종이까지 네가 製紙한 것이며

---

17) 「矜持의 날」은 이러한 해석적 도식의 중심에 놓인 작품이라 할 수 있다. 이 시에 나오는 "설움과 아름다움을 대신하여있는 나의 긍지"라는 구절에 대해 논자들은 설움의 상태를 현재로, 긍지의 상태를 미래로 의미화함으로써 김수영의 설움이 긍지로 나아간다고 판단한다. 여태천은 이 시의 마지막 부분에 해당하는 "모든 설움이 합쳐지고 모든것이 설움으로 돌아가는/긍지의 날인가보다"라는 구절에 일상의 순환성에서 빚어지는 피로와 그로부터 야기되는 설움을 긍지로 인식하는 태도가 담겨있다고 판단한다. 그에 따르면 "환상 속에서는 피로가 몇 배의 아름다움으로 바뀔 수도 있는 것"이라는 김수영의 인식이 피로를 설움이 아닌 긍지로 바꿀 수 있게 한다는 것이다. 그러나 이러한 설명에는 다소의 오해가 있는 것으로 보인다. 문제가 된 부분은 이 시의 2연 "내가 살기 위하여/몇 개의 번개 같은 幻想이 필요하다 하더라도/꿈은 敎訓/靑春 물 구름/疲勞들이 몇 배의 아름다움을 加하여 있을 때도/나의 源泉과 더불어/나의 最終點은 긍지/波濤처럼 搖動하여/소리가 없고/비처럼 퍼부어/젖지 않는 것"이라는 구절들인데, 이 구절들에 보이는 '~하더라도', '~있을 때도'와 같은 표현에 주목해볼 필요가 있다. 문장의 구조를 보면, '~하더라도', '~있을 때도' '나'의 긍지는 동요하지 않는다고 해석하는 것이 타당하다. 그렇다면 '환상'과 '아름다움'이 加해진다해도 '나'의 원천과 더불어 긍지는 변함이 없다는 얘기가 된다. "잠시라도 나는 취하는 것이 싫다는 말이다"(「陶醉의 彼岸」), "동무여 이제 나는 바로 보마"(「孔子의 生活難」), "瓦斯의 政治家들을 凝視한다"(「아메리카 타임誌」)와 같은 구절을 보면 김수영의 성향은 도취나 환상이 아니라 각성, 이성적 판단 등에 기울어져 있다. 그가 여태천이 말한 것처럼 환상(아름다움) 속에서 피로를 설움이 아닌 긍지로 바꾸었다고 보기 어렵다. "모든 설움이 합쳐지고 모든것이 설움으로 돌아가는/긍지의 날인가보다"라는 구절 그대로 김수영의 '설움'은 긍지를 포함한 정념이라 할 수 있다.

18) 인간의 정념을 경험철학을 바탕으로 논의한 데이비드 흄(David Hume)은 사유가 진행하는 규칙을 인상과 인상의 연합, 관념과 관념의 연합으로 설명한다. 그는 인간의 본성이 본질적으로 가변적이기 때문에 정신은 최초의 인상이나 관념을 그대로 유지하는 것이 아니라 끊임없이 유사성과 인접성, 그리고 인과성을 경유하면서 연합을 시도한다고 설명한다. 이러한 관념연합의 원리가 흄이 생각한 정신의 운동태이다. 데이비드 흄, 『인간 본성에 관한 논고 2-정념에 관하여』, 서광사, 1996, 33~34쪽 참조.

清潔한 空氣조차 어즈러웁지 않은 것이
오히려 너의 냄새가 없어서 심심하다

남의 일하는 곳에 와서 덧없이 앉았으면 비로소 설워진다
어떻게 하리
어떻게 하리

「事務室」 부분

돈 없는 나는 남의집 마당에 와서
비로소 마음을 쉬다
(…)
마음을 쉰다는 것이 남에게도 나에게도
속임을 받는 일이라는 것을
(쉰다는 것이 무엇이라는 것을 알면서)
쉬어야 하는 설움이여

「休息」 부분

　시 「事務室」의 화자는 "일한다는 意味가 없어져도 좋다는 듯이" 편하
게 대해주는 친구의 사무실에 일 없이 앉아 있다. 그의 친구는 사무실
과 의자와 종이를 스스로 만들며 자신의 고유의 '냄새'를 지워버린 자이
다. 즉 그의 노동이 그 자신의 고유성을 앗아간 것이다. 그런 의미에서 친
구는 자본주의 세계에서 노동으로부터의 소외를 겪고 있는 자이다. 그러
나 그는 "일한다는 意味"로써 화자를 억압하지 않는 너그러운 자이다. 이
같은 '구수한 벗'을 느끼면서도 화자의 '무위(無爲)'는 일하는 친구 곁에
서 '설움'의 정념으로 전이된다. 시 「休息」의 화자는 자신의 집이 아닌 남

의 집 마당에 앉아 휴식을 취한다. 문맥을 보면 그의 휴식은 육체의 휴식이라기보다 마음의 휴식이며 설움의 휴식이라 할 수 있다. 그런데 그것은 남과 나를 "속임을 받는 일"이라고 말한다. 즉 그의 마음과 설움은 쉬어서는 안 되는 것이다. 쉬는 행위가 '거짓'과 관련되기 때문이다. 이와 같은 맥락을 뒤집어보면 '나의 집'은 마음과 설움이 쉴 수 없는 공간이라 할 수 있다. 이 두 편의 의미를 종합하면, 김수영의 설움의 정념은 노동하는 사람들 사이에서 무위의 상태로 있을 때 생성된다. 그것은 남과 '나'를 속이지 않으려는 삶의 태도와 관련한다. 그렇다면 그의 '무위'는 아무 것도 하지 않음이 아니라 '설움'이라는 고통의 정념을 통해 생활에 대한 대응을 다지는 내적 행위를 의미하는 것으로 볼 수 있다. 그 지점이 바로 시「生活」에 보이는 '고절(孤絶)'로 상징된다.

> 無爲와 生活의 極點을 돌아서
>
> 나는 또하나의 生活의 좁은 골목 속으로
>
> 들어서면서
>
> 이 골목이라고 생각하고 무릎을 친다
>
>
> 生活은 孤絶이며
>
> 悲哀이었다
>
> 그처럼 나는 조용히 미쳐간다
>
> 조용히 조용히……

　김수영 화자의 의식은 "無爲와 生活의 極點" 사이를 오고간다. 무위와 생활의 극점을 오가며 더 좁은 생활과 마주칠 때 그는 '고절'과 '비애'를 함께 느낀다. 비애를 설움의 유사어로 본다면 그의 설움에는 고절의 상황이 동반되어 있음을 알 수 있다. 무위⇄생활→고절(비애)로의 이행은 앞서 살펴본 시「事務室」에 드러난 '나'의 무위⇄친구의 노동(생활)→설움과 동일한 흐름을 보인다. "남의 일하는 곳에 와서 덧없이 앉았"있는 어긋남의 상황이 바로 심리적 '고절'이 생성되는 지점이라 할 수 있다. 즉 이 고절의 지점은 생활(노동)을 무위로 응대할 때 생겨나는 심리적 공간이며 이 공간에 들어서는 것이 설움인 것이다. 그렇다면 김수영의 '무위'로서 설움은 구체적으로 무엇인가?

내가 으스러지게 설움에 몸을 태우는 것은 내가 바라는 것
이 있기 때문이다.

그러나 나는 그 으스러진 설움의 풍경마저 싫어진다.

나는 너무나 자주 설움과 입을 맞추었기 때문에
가을바람에 늙어가는 거미처럼 몸이 까맣게 타버렸다.

「거미」 전문

이 시에 보이는 무위로서의 설움은 "내가 바라는 것이 있기 때문"에 생겨난다. 이는 앞서 보았던 시「나의 家族」의 "나의 偉大의 所在를 생각하고 더듬어보고 짚어보지 않았으면"과 동일한 의미를 지닌다. 김수영의 설움은 생활 속에서 생활과는 다른 차원의 것을 소망하는 데서, 자신의 위대함을 입증하려는 열망에서 비롯된다. 그것이 다른 사람의 관점으로는 생활과 직접 관련된 가시적 행동을 하지 않는다는 점에서 무위로 판단되며 '나'의 관점으로는 생활과 마찰하는 자의식의 고통을 거느리기 때문에 설움의 정념이 되는 것이다. 시인은 "그 으스러진 설움의 풍경마저 싫

어진다."라고 말하고 있지만 이러한 고백은 설움의 고달픔과 고통을 토로한 것이지 그것을 거부하겠다는 표현이 아니다. 그의 무위와 설움에 대한 지향은 "내가 바라는 것이 있기 때문"에 실행되는 정신의 활동이며 정념이라는 점에서, 생활의 억압에 대한 반동형식을 취할지라도 수동적이라기보다 자발적이라 할 수 있다.

예를 들어 그 스스로 자신의 행동 규범이나 존재성, 앎에 대한 신념을 규정하는 문장을 보면, "영원히 나 자신을 고쳐가야 할 運命과 使命에 놓여있는 이 밤에"(「달나라의 장난」), "누가 무엇이라 하든 나의 붓은 이 時代를 眞摯하게 걸어가는 사람에게는 恥辱"(「九羅重花」), "잠시라도 나는 취하는 것이 싫다는 말이다"(「陶醉의 彼岸」), "나는 노염으로 사무친 정의 소재를 밝히지 아니하고/운명에 거역할 수 있는/큰 힘을 가지고 있으면서/여기에 밀려내려간다"(「나비의 무덤」), "그러나 필경 내가 일을 끌고가는 것이다/일을 끌고 가는 것은 나다"(「거리(一)」), "어두운 圖書館 깊은 房에서 肉重한 百科事典을 농락하는 學者처럼/나는 그네들의 苦憫에 대하여만은 透徹한 自信이 있다"(「거리(二)」)와 같이 자신에 대한 자부심과 자기애(自己愛)가 강하게 노출되곤 한다. 이 같은 자기이해와 더불어 "내가 바라는 것이 있기 때문"에 실행되는 정념인 설움은 그 안에 이미 긍지를 내포한다고 볼 수 있다. 그런 의미에서 김수영의 설움은 긍지로 나아가기 위한 단계가 아니라 이미 긍지를 포함한 정념이라 할 수 있다. 때문에 시 「矜持의 날」의 "모든 설움이 합쳐지고 모든 것이 설움으로 돌아가는/긍지의 날"이라는 표현이 가능한 것이다. 아울러 "秩序와 無秩序와의 사이에/움직이는 나의 生活은/섧지가 않아 屍體나 다름없는 것이다"(「여름 뜰」)와 같은 구절에 보이는 설움에 대한 옹호적 태도는 설움이 "내가 바라는 것"에 대한 열망에 의해 배태된다는 사실을 간접적으로 시사한다.

이때 무위와 생활 사이, 고절과 생활 사이, 설움과 생활 사이에서 고립으로서 소외가 발생한다. 프롬(Erich Fromm, 1900~1980)은 "소외란 스스로를 따돌림 당한 사람이라고 느끼게 되는 경험형식을 뜻한다. 인간이 자기 자신으로부터 떨어져나가게 됐다고 말할 수 있다. (…) 소외된 인간은 다른 사람들로부터 떨어져 있듯이 자기 자신으로부터도 떨어져 있다. 그는 다른 사람들과 마찬가지로 지각과 양식을 갖고 사물이 경험되어지는 바로 그대로 경험하지만, 자기 자신과 외부 세계를 생산적으로 연결시키지 못하고 있다.[19]고 설명한다. 김수영에게 생활은 '나'가 아닌 것 즉 "자기 자신으로부터 떨어져나가게 된" 것을 인식하게 하는 소외의 장이라 할 수 있다. 이때 그는 생활로부터의 소외를 생활에 부합하는 활동 즉 돈을 버는 것(노동)과 같은 활동으로 벗어나려 하기보다 무위로 대응함으로써 그 소외의 양태를 자발성에 의한 자신의 새로운 '위치'로 바꾸어 놓는다. 그것이 바로 고립(isolation)으로서 소외라 할 수 있다. 멜빈 시만(Melvin Seeman)은 소외의 양상을 무력감, 무의미성, 무규범성, 고립, 자기소원 등 다섯 가지로 나누고 그 가운데 고립을 다음과 같이 설명한다.

이것은 지식인의 역할을 묘사할 때 공통적으로 나타나는데, 이 경우 지식인은 대중 문화의 기준으로부터 유리되어 있다. (…) 이 네 번째 소외유형도 보상가치(reward values)에 의해 규정하는 것이 유용할 것이다. 고립의 의미에서 소외되어 있는 사람은 지식인처럼 주어진 사회 속에서 일반적으로 높이 평가되는 목표나 신념에 낮은 보상가치를 부여하는 사람이다. (…) 이런 입장에서 사회구조와 아노미에 대한 머튼의 논문에서는, 목표와 수단이 잘 정합(整合)되어 있지 못한 상황에 대해 개인들이 행하는 적응양태

---

19) 에릭 프롬, 『건전한 사회』, 김병익 역, 범우사, 1975, 114쪽.

를 묘사하기 위하여 '무규범성'과 '고립'이 함께 사용되고 있다. 이러한 적응양태 중의 하나인 '혁신형'은 개인이 당면한 목표를 성취하기 위하여 문화적 측면에서 용인되지 않은 수단을 혁신적으로 사용하는 경우인데, 이것은 무규범성의 의미에서 본 소외의 원형(prototype)이다. 그러나 다른 적응유형, 즉 '반역형'은 내가 '고립'이라고 부른 것에 밀접히 근접하고 있다. "이러한 적응(반역)을 통해 인간은 새로운, 즉 대단히 변형된 사회구조를 구상하고 실현하기 위하여 그를 둘러싼 사회구조 밖으로 벗어나게 된다. 그것은 지배적인 목표와 표준으로부터의 소외를 전제로 하는 것이다.[20]

고립으로서의 소외를 감수하는 자는 사회 속에서 일반적으로 높이 평가되는 목표나 신념에 대해 큰 가치를 부여하지 않는다. 이를 김수영에게 적용해보면, 그는 생활을 잘 영위하기 위해 행하는 노동이나 그것에 의한 부의 축적, 일상적 안락과 화목을 위한 행위를 통해 만족스러운 정신적 보상에 이르지 못 한다. 그의 정신적 보상을 가능케 하는 것은 생활과는 다른 차원의 '위대함'(「나의 家族」)이라 할 수 있다. 위대함을 꿈꾸며 사유할수록 생활의 하중은 그를 괴롭힌다. 이때 김수영의 화사는 일상적 활동에 적극성을 보이는 것이 아니라 오히려 무위(고절)라는 독특한 위치를 점함으로써 생활로부터 자신을 떼어낸다. 이 소외의 위치는 정신적 보상가치를 얻기 위한 고통의 지점이라 할 수 있다. 이 소외의 위치에서 발생하는 정념이 설움이며 그 적응양태는 멜빈 시만이 소개한 '혁신형'과 '반역형' 모두와 관련되는 것으로 파악된다. 김수영이 "문화적 측면에서 용인되지 않은 수단" 즉 문학적 관습에 벗어난 시의 문법을 과감하게

---

20) 멜빈 시만, 「소외의 의미」, 『현대소외론』, R.터커·A.샤프 외, 조희연 역, 참한, 1983, 30~31쪽.

보여주었다는 점에서 그는 혁신형의 적응양태를 보인다 할 수 있다. 한편 "지배적인 목표와 표준으로부터의 소외를 전제"하는 '반역형'으로서 적응 양태는 그의 생활시편에 보이는 갈등과 의식의 이질화, '무위=고절=설움= 위대함'의 등식에 의해 구체화된다. 그의 시에 등장하는 '헬리콥터'는 이러한 의식성을 가장 잘 드러내주는 상징적 등가물이다.

「헬리콥터여 너는 설운 動物이다」

―自由
―悲哀

더 넓은 展望이 必要없는 이 無制限의 時間 우에서
山도 없고 바다도 없고 진흙도 없고 진창도 없고 未練도 없이
앙상한 肉體의 透明한 骨格과 細胞와 神經과 眼球까지
모조리 露出落下시켜가면서
안개처럼 가벼웁게 날아가는 果敢한 너의 意思 속에는
남을 보기 전에 네 자신을 먼저 보이는
矜持와 善意가 있다

「헬리콥터」 부분

김수영은 헬리콥터의 비행을 보며 시·공간의 제한성으로부터 벗어난 자유, 삶의 질곡을 의미하는 진흙과 진창과 미련을 떨쳐낸 홀가분함, 그리고 골격과 세포와 신경과 안구가 함의하는 육체성의 무게감을 덜어내는 노출낙하의 가벼움의 상태를 사유한다. 여기에는 생활의 차원을 과감하게 벗어나는 '의사(意思)'의 힘이 내포되어 있다. 이는 자신의 정신과

육체를 한정지으려 하는 일체의 것으로부터의 '고립'을 시사한다. "남을 보기 전에 네 자신을 먼저 보이는" 당당한 고립, 그것은 벌거벗은 긍지이며 선의이며 자유이며 비애다. 생활에 좌우되지 않는 소외의 위치를 만듦으로써 그는 '서러운 긍지'를 회복할 수 있는 것이다. 이러한 정신의 결연함을 통해 김수영은 생활 속에서의 뚜렷한 자신의 위치를 확보하고자 했으며 생활에 흡수되지 않는 자의 정신세계를 보존하고자 했던 것이다.

4. 결론

본 논의의 목적은 김수영의 초기 시를 관통한 정념이 '설움'이라는 사실과 그 설움이 소외된 자의 일반적 적응양태와는 다른 자발적 소외로서의 고립(isolation)과 깊이 연동되어 있다는 점을 밝힘으로써 그의 시세계를 이끌었던 의식지향의 단초를 명확하게 하는 데 있다. 이때 역사와 시대를 고민했던 김수영의 면모로부터 물러나 그의 지극히 사소한 인간적 면모에 초점을 맞추고 구체적 경험과 감각을 통해 인식한 '생활'의 국면과 그로부터 파생한 자발적 소외와 설움의 정념에 주목하고자 하였다.

김수영의 생활시편과 몇몇 전기적 사실은 매우 긴밀한 관련을 갖는데 그 가운데 특히 거제도포로수용소 체험과 부인 김현경의 일탈은 그의 생활시편에 드러난 '의식의 이질화(異質化)'를 강화시킨 주요 요인으로 볼수 있다. 거제도포로수용소의 극악한 상황에 대한 기억과 이와 동시에 발생한 부인 김현경의 일탈로 인한 불미스러운 가정사의 겹침은 김수영에게 '모욕'으로 각인된다. 이때 모욕은 아내를 양도한 자의 수치심과 분노, 도덕 감정의 손상, 친근한 존재(아내)에 대한 이질감의 생성 모두를 포함한다. 아내의 일탈과 같이 치명적으로 자신의 자존심을 실추시키는 사건이 일어났을 때 김수영의 대응방식은 생활을 윤택하게 만드는 활동(노동) 쪽으로 나아가는 것이 아니라 오히려 생활과 거리를 두고 생활과 자신을 구별해줄 수 있는 위치를 확보하는 쪽으로 더욱 강화된다. 그것은 생활 속에서 겪는 의식의 이질화를 통해 반복적으로 드러나곤 한다. 김수영의 화자는 생활 안에서 시달리면서 동시에 그것과 자신의 구별점을 만들고자 하는 자의식에 시달리곤 하는 것이다. 김수영의 생활시편에 사유의 대상으로서 '돈'이 문제될지언정 '가난' 자체가 큰 비중을 차지하기 않는 이유가 여기에 있다.

이와 같은 생활 태도와 밀착되어 나타나는 정념이 '설움'이라 할 수 있다. 김수영의 설움의 정념은 노동하는 사람들 사이에서 무위의 상태로 있을 때 생성된다. 그것은 남과 '나'를 속이지 않으려는 삶의 태도와 관련하며 생활 속에서 생활과는 다른 차원의 것을 소망하는 데서, 자신의 위대함을 입증하려는 열망에서 비롯된다. 그것이 다른 사람의 관점으로는 생활과 직접 관련된 노동을 하지 않는다는 점에서 무위로 판단되며 '나'의 관점으로는 생활과 마찰하는 자의식의 고통을 거느리기 때문에 설움의 정념이 되는 것이다. 김수영의 무위와 설움은 "내가 바라는 것이 있기 때문"에 실행되는 정신의 활동이며 정념이라는 점에서, 생활의 억압에 대한 반동형식을 취할지라도 수동적이라기보다 자발적이라 할 수 있다. 한편 설움은 "내가 바라는 것이 있기 때문"에 생성되는 정념이라는 점에서 그 안에 이미 긍지를 내포한다고 볼 수 있다. 그런 의미에서 김수영의 설움은 긍지로 나아가기 위한 단계가 아니라 이미 긍지를 포함하고 있는 정념이다. 이때 무위와 생활 사이, 고절과 생활 사이, 설움과 생활 사이에서 고립으로서 소외가 발생한다. 이 소외의 위치는 정신적 보상가치를 얻기 위한 고통의 지점이라 할 수 있다. 김수영은 생활에 좌우되지 않는 소외의 위치를 만듦으로써 '서러운 긍지'를 내면화하고 생활에 흡수되지 않는 자의 정신세계를 보존하고자 했던 것이다. 이와 같은 그의 자발적 소외와

설움의 역학관계는 그의 후기 시에 등장하는 또 다른 정념과의 유사성과
인접성, 인과성을 바탕으로 보다 총체화될 필요가 있는 것으로 생각된다.

김수영의 산문에 나타난
'생활'과 '예술'에 대한 사변(思辨)의 역학성

1. 연구의 필요성

김수영에 대한 연구는 주제와 방향의 다양성은 물론 양적인 면에서 상당한 진전을 보이고 있다. 이러한 연구 성과에 대해 황동규는 "이 땅에서 일어난 중요한 문화현상이 한둘이 아니겠지만, 그 가운데 하나는 김수영 문학의 진화일 것"이라는 말로 진단한다. 김수영 연구의 흐름은 김수영과 동시대를 살았던 세대와 그 이후 세대의 연구를 분기점으로 대별된다. 전자의 주요 연구 성과는 김수영 전집을 간행하면서 별권으로 발행한 『金洙暎의 文學』(민음사, 1984)에 수록되어있으며, 그 성과를 바탕으로 이후 세대들이 김수영의 시와 산문에 대한 다양한 연구들을 전개했다. 그러나 이후 세대들의 연구가 동시대의 연구자들이 이룩한 성과를 질적으로 확산시켰다고 보기에는 다소 어려움이 있다. 이유는, 이후 세대들의 연구가 대부분 '자유'와 '사랑', '양심'과 '정의'라는 주요 키워드에 대한 일반적 의미부여로 단순 귀착되고 있기 때문이다. 이러한 경향은 자유, 사랑, 정의, 양심 등과 같은 추상의 개념이 내포하는 '역사적 가치'와 '내면적 가치'라는 이중의 맥락을 세심하게 분별하여 규명하지 않고 시대적 요청 내지는 역사적 당위성만을 강조한 외재적 분석에 기인한 것으로 여겨진다. 또한 "한 시인의 정신과 그 정신이 이룩한 세계를 이해하려는 데서 출발하여 그 출발의 결과로 평가가 행해지는 것이 아니라 평가가 미리 내려진 상태에서 출발"하는 태도와도 연관이 있다.[1]

『金洙暎의 文學』에 수록된 동시대 연구자들의 논의가 김수영 연구의 초석을 마련했다면, 『김수영 연구의 새로운 진화: 이중언어, 자코메티 그리고 정치』에 수록된 논문들은 표제에 드러난 것처럼 김수영 연구에 '새로운 진화'의 계기를 마련해주고 있다.[2] 특히 '이중언어'의 사용과 '자코메티적 변모'의 의미를 바탕으로 김수영의 정신에 함의된 현재적 가치를 새롭게 조명한 점은 김수영 연구의 질적 변화를 보여주는 단초라 할 수 있다. 이러한 두 세대의 성과를 바탕으로 본 연구는 김수영의 산문에 언급된 '생활'의 의미를 '돈'과 '처세'의 관계 속에서 고찰한 후 그것이 어떻게 김수영의 사유와 심리에 내면화되어 작동하고 있는지를 심층적으로 살펴보고자 한다.

김수영은 자유를 갈망했으나, 자유를 온전히 실행하지 못했다. 그 이유는 이념과 생활의 대립 속에서 늘 생활의 영역을 벗어나지 못했기 때문이다. 김수영은 생활의 속박으로부터 자유롭지 못한 자신의 모습에 대해 분노하거나 자기비하적인 태도를 보인다. 이러한 태도는 '돈'과 '처세'의 세속적 논리를 내면화하는 방식과 관련된다. 처세의 내면화는 예술가(시인)로서의 이상을 좌절시키는 요인이 된다는 점에서 세심한 고찰이 필요하다. 이와 함께 김수영의 산문에 주요하게 강조되고 있는 '이행(履行)'

---

1) 황동규, 「良心과 自由, 그리고 사랑」, 황동규 편찬, 『金洙暎의 文學』, 민음사, 1984, 8쪽.
2) 『金洙暎의 文學』(민음사, 1984)에 수록된 28편의 평문은 발표연대순으로 수록되어 있어 김수영 문학에 대한 비평의 흐름이 어떻게 전개되고 있는지를 일목요연하게 보여준다. 『김수영 연구의 새로운 진화: 이중언어, 자코메티 그리고 정치』(보고사, 2015)에 수록된 15편의 논문은 김수영의 시와 산문 연구에 근본적인 전환을 모색하는 논문들이 '이중언어', '자코메티적 변모', '시와 정치'로 분류되어 실려 있다.

이라는 표현에 주목하고자 한다. '이행'은 현실의 대립과 모순을 지양하려는 '실천'의 의지라기보다는 생활의 '속물성'과 예술의 '숭고성' 사이에서 방황하는 자신의 내면적 갈등은 물론 자신을 향해 던져지는 외부적 '소음'을 일거에 녹여 버리는 사변의 동력으로 작용하고 있다. 이는 김수영을 참여시인으로 미리 규정하고 그에 상응하는 결론을 도출하는 도식적 경향에 대한 반론 내지는 전환의 근거가 될 것이다. 이러한 문제의식을 바탕으로 본 논문은 '돈'과 '처세'의 내면화, '이행(履行)'과 '실천'의 양상, '모호성'과 '침묵'의 기능을 고찰하여 김수영의 사변이 지닌 의미를 조명하고자 한다.

2. 생활과 위치-돈과 처세의 내면화

김수영의 산문에는 '생활'이라는 단어가 빈번하게 사용되고 있으며, 그로 인해 받게 된 피로감과 수치가 산문 곳곳에서 격정적인 태도와 정념으로 표출되고 있다. 그러한 정념의 구체적인 반응양상은 불결, 경멸, 비참, 불순 등과 같은 '분노의 정념'으로 나타나고 있는데 이는 김수영이 현실에 어떻게 대응하고 있는지를 파악할 수 있는 주요한 심리적 기저가 된다. 김수영의 분노 정념은 개인의 기질에 의해 촉발되는 면도 있지만 보다 근본적으로는 '근대'의 출현과 함께 시작된 자본주의적 생존방식이 개인에게 누적시키는 생활의 보편적 피로양상으로부터 촉발되는 것이기도 하다. 따라서 '생활'의 의미를 어떻게 수용하는지를 구체적으로 파악해본다면 김수영이 취하는 현실대응방법의 특징이 무엇인지를 밝힐 수 있을 것이다.

생활이란 생존을 위해 개인이 취하는 다양한 형태의 사회적 응전방식이다. 생존은 본능적인 욕구이며, 물리적 차원에서 개진되는 욕망의 실현

과정이다. 노예제사회 이후 근대(자본주의)에 이르기까지 개인들(피지배자)의 역사는 지배자의 이데올로기와 대립·갈등하면서 생존의 당위성을 확보하기 위해 분투한 '생활투쟁'의 과정이었다고 요약할 수 있다. 여기서 말하는 '생활투쟁'은 마르크스주의자들이 주장하는 '경제투쟁'과는 차원을 달리하는 개념이다. 모든 사회적 현상을 경제적인 문제로 환원·귀결시키는 '결정론적 관점'은 생존을 위해 벌이는 인간의 다양한 활동에 내포된 심리적이고 윤리적인 문제, 특히 비윤리적인 행위에 대한 명확한 원인을 제시하기에는 미흡한 면이 있다. 본고에서 사용하는 '생활'의 개념은 '경제행위+문화행위'라는 이중의 의미를 내포한 '심리적 차원'의 욕망과 관련된 개념이라는 점을 밝혀두고자 한다. 이는 김수영 산문에 빈번하게 드러나는 '생활'의 다변(多變)한 의미를 심층적으로 밝히기 위한 논리적 전제이며, 김수영이 내면화한 의식의 층위가 어떻게 예술적 의식과 연계되는지를 파악하기 위한 것이다.

생활은 생존의 당위와 절박을 실현하려는 구체적 행동의 개진이며, 이념보다 앞선 실존의 절실한 필요조건이다. 그러한 생활의 절박성이 권력자들의 억압에 의해 차단될 때 피지배자들의 삶은 '우울'의 정념에 빠지게 된다. 우울은 삶의 생기를 탈취하여 사람들을 무기력하게 만든다. 김수영은 산문 「治癒될 기세도 없이」에서 '경북교조(慶北敎組)'와 '경방파업(京紡罷業)'의 사태를 '빨갱이'에 의한 선동으로 몰아가는 허정과도정부(許政過渡政府)의 태도에 대해 "없는 사람이 잘 살아보겠다고 하는 운동을 노골적으로 억압하는 정부의 처사가 상식화되어 가고 있는 사태처럼 우리들을 다시 우울하게 만드는 것은 없다."며 개탄한다. "없는 사람이 잘 살아보겠다고 하는 운동"이란 결국 생존을 위한 투쟁이며, 그것이 곧 '진정한 민주운동'이라는 김수영의 생각은 당시에 전개되고 있던 노동운동의 양상과 이념을 고려한 정치적 판단의 결과라기보다는 '생활'에 입각한 소시민적 안정의식의 발로라고 보아야할 것이다. 즉 지배자의 '억압'과 '탄압'에 대한 김수영의 분노는 당시의 상황에 대한 객관적 판단에 근거한 실천적 정치의식의 소산이라기보다는 소시민의 중도적 '위치'에서 나온 '심리적 반항의 포즈(pose)'가 아닐까라는 해석의 여지를 남긴다.

① 우리들은 오랫동안 억압 밑에서 살아온 민중이라 억압의 기미에 대해서는 지극히 민감한 것도 사실이지만 반면에 지극히 비굴한 것도 사실이다. 이와 같이 자칫하면 과거의 타성에서 수그러지기 쉬운 국민의 혁명적 사기를 북돋아주는 것이 정부가 할 일이라고는 생각하지 않지만 적어도 이러한 운동에 원수가 되어서는 아니 될 것이다.[3] (방점 필자. 이하 모든 방점도 동일)

② 〈사람이 돈을 따라서는 아니 된다〉는 말을 앞서 인용하였는데 소위 처세상에 있어서, 즉 사람과 사람의 관계에 있어서 나는 이 원리를 이용하여 보는데 확실히 효과가 있다. 돈을 벌기 위해서가 아니라 나 자신을 잃지 않기 위해서 하게 되는 것인데, 결과적으로 보아 악마의 초소가 수시로 떠오르는 데는 세상에 대하여서나 나 자신에 대해서나 미안한 일이다. 하여간 악마의 작업을 통해서라도 내가 밝히고 싶은 것은 나의 위치다. 그리고 이러한 작업은 역대의 모든 시인들이 한 번씩은 해온 일이라는 것을 나는 잘 안다.
고독이나 절망도 마음대로 되는 것이 아니다. 고독이나 절망이 용납되지 않는 생활이라도 그것이 오늘의 내가 처하고 있는 현

---

3) 김수영, 「治癒될 기세도 없이(1960)」, 『김수영 전집2 산문』, 민음사, 1984, 25쪽.

실이라면 조용히 받아들이는 것이 오히려 순수하고 남자다운 일
이라고 생각한다. 이러한 緯度에서 나는 나의 생활을 향락하고 사
람을 사랑하는 법을 배운다.[4]

인용문 ①에서 김수영은 민중을 '억압의 기미'에 '지극히 민감'하기도
한 반면 '지극히 비굴'하기도 한 이중적인 존재로 정의한다. 이러한 정의
의 저변에는 민중의 삶 자체가 '잘 살아보겠다고 하는' 생존의 욕망에 의
해 영위되는 것이기 때문에 상황에 따라 자신들의 태도를 언제든지 변경
할 수도 있는 인식이 자리 잡고 있다. 생존을 위한 개인들의 태도는 자신
이 처한 '사회적 위치'에 대한 자각과 그 위치에서 자신이 취할 수 있는
최선의 행동을 '처세'라는 원칙으로 내면화하면서 확립된다. 처세라는 측
면에서 볼 때 '민감'과 '비굴'은 윤리적인 문제가 아니라 생존을 위해 취
하게 되는 실존의 문제와 관련된 것이다. 그렇기 때문에 생활의 영역에서
개인이 취하게 되는 제반의 처세는 '시비(是非)'의 대상이 아니라 '선택'의
대상이 된다. 선택은 생활의 영위에서 시작된다. 그 과정에서 생활을 위
한 '나'의 선택이 옳은가라는 윤리적 물음과 함께 '정당성'의 문제가 제기
된다. 생활을 영위하는 개인들의 고민은 처세와 윤리의 대립에서 발생되
는 심리적 하중을 어떻게 경감시켜 내면화할 것인가에 있다. 현실적 선택
과 그에 따른 행동이 자신의 윤리적 원칙과 어긋나게 될 때 사람들은 '생
존의 당위'(=처세의 당위)라는 명제로 자신의 선택과 행동을 합리화하게
된다.

'민감'과 '비굴'의 태도는 '위치'에 의해 선택되는 생활의 변수이지 김수
영이 말하는 것처럼 민중의 '타성' 그 자체는 아니다. 그것이 타성처럼 보

---

4) 「無題(1955)」, 위의 책, 24쪽.

이는 이유는 위치와 힘의 역학관계 때문이다. 위치는 힘의 강도와 우열을 나누는 분기점이다. 계급사회에서 지배와 피지배의 위치와 힘의 구도는 늘 지배자의 우위로 드러난다. 이런 상황에서 민중들이 취하는 태도는 힘의 역학관계에 의해 결정된다. 그런 면에서 '민감'과 '비굴'은 본래적인 타성의 문제가 아니라 권력자와의 관계에 의해 규정되는 사회적 선택의 문제인 것이다.

인용문 ②에서 김수영은 "사람이 돈을 따라서는 아니 된다."는 보편적 윤리를 처세의 전제로 내세운다. 김수영은 자신이 처세의 원리를 이용해 효과를 보았지만 그것은 돈을 벌기 위한 목적이 아니라 "자신을 잃지 않기 위해서 하게 되는 것"이라며 처세의 정당성을 유독 강조한다. 이는 '세속화'에 따르는 심리적 부담을 줄이려는 것으로 여겨진다. 자신의 정체성을 잃지 않기 위해 분투함에도 불구하고 자꾸 자신과 세계에 대해 '미안'한 일만 생기는 현실의 하중에 대해 "역대의 모든 시인들이 한 번씩은 해온 일"이기에 "조용히 받아들이는 것이 오히려 순수하고 남자다운 일"이라고 역설하는 것은 일종의 자기 위안이라 할 수 있다. "사람이 돈을 따라서는 아니 된다."는 전제와 '악마의 조소'를 수시로 떠오르게 하는 현실을 '조용히 받아들이는 것'이 '순수'하고 '남자다운' 것이라는 결론 사이에 놓인 괴리를 통해 '생활'이라는 영역에서 김수영이 겪게 되는 '심리적 딜레마'를 읽을 수 있다. 현실과 처세의 괴리로 인해 발생하는 김수영의 이중적 태도는 민중을 '민감'하면서도 '비굴'한 존재로 정의한 맥락과 근원적으로 상통하는 면이 있다. 민중에 대한 김수영의 정의는 현실에 대한 객관적인 분석에 근거한 것이라기보다는 자신의 생활과 처세의 경험에서 확인된 심리적 딜레마를 투영한 것으로 볼 수 있다. '민감'과 '비굴'은 민중의 태도이기도 하지만, 시인이면서 생활인이라는 이중의 위치에서 겪을 수밖에 없는 김수영의 심리적 괴리를 반영한 것이다.

김수영이 "악마의 작업을 통하여서라도 내가 밝히고 싶은 것은 나의 위치"라고 결연하게 말한 것은 생활인으로서의 역할에 최선을 다하면서 시인으로서의 '위치'도 확고히 하겠다는 의지를 표현한 것이다. "이러한 緯度에서 나는 나의 생활을 향락하고 사람을 사랑하는 법을 배운다."는 삶의 지표를 제시한 것도 같은 맥락이다. '위도'는 지구의 위치를 나타내는 좌표축에서 가로로 된 선이다. 김수영이 자신이 처한 생활의 위치를 '위도'로 비유한 것은 인간과 인간의 수평적 관계, 즉 처세의 관계를 나타내기 위한 것이다. 위치는 '위도와 경도'가 마주치는 지점에 의해 결정된다. 김수영이 밝히고 싶어 하는 '나의 위치'란 바로 생활이라는 위도와 예술이라는 경도가 마주치는 지점이다. 위치를 분명히 하려면 우선 생활이라는 위도에 충실해야 한다는 것이 김수영의 논리인데, 이는 "이러한 緯度에서"라는 표현 속에 함축된 위치 설정의 '우선성'을 근거로 유추해 볼 수 있다.

　'생활을 향락'하고, 타인에 대한 '사랑'도 공존시키려는 김수영의 노력은 동시적인 것이라기보다는 선후의 관계를 상정한 '단계론적(段階論的)'인 것이라 판단된다. 이는 생활에서 '나의 위치'를 우선적으로 강조한 것과 연관된다. 선후의 문제를 분명히 규정한 후 행동을 모색하는 단계론은 자기계발과 같은 사적이고 단순한 영역에서는 일정한 역할을 기대할 수 있지만 복잡한 이해관계에 의해 추동되는 사회적 영역에서는 상황의 '정체성(停滯性)' 내지는 '고착성(固着性)'을 합리화시키는 논리로 작용할 수도 있다. 고독이나 절망조차 허용하지 않는 생활이지만 그것을 받아들이는 이유는 예술이라는 영역을 통해 '나의 위치'를 밝히기 위해서다. 그러나 생각처럼 쉽게 생활에서 예술로 '이행'되지 않음으로 인해 겪게 되는 갈등의 양상이 그의 산문 곳곳에서 '분노의 정념'으로 표출된다. 그럴 때마다 김수영의 설명은 모호하고 추상적인 발언 또는 논리적 혼란을 노정하는데, 특히 '돈'과 관련하여 그 점이 두드러진다.

① 30대까지는 여자와 돈의 유혹에 대한 조심을 처신의 좌
우명으로 삼고 있던 것이 요즘에 와서는 오히려 그것들에 대한 방
심이 약이 되고 있다. (중략) 없는 사람의 처지는 있는 사람은 모른
다고 하면서 있는 사람을 나무라는 없는 사람들의 가치관에 대한
공감도 소중하지만, 사실은 있는 사람의 처지를 알아주는 있는 사
람들의 가치관에 대한 없는 사람으로서의 공감이 따지고 보면 더
어려울 것 같다. 왜냐하면 어느 시대도 그렇지만 오늘날도 역시 가
난하게 살기는 쉽지만 돈을 벌기는 어렵기 때문이다. (중략) 그런
데 미인과 돈은 이것이 따로따로 분리되면 재미없다. 미인은 돈을
가져야 하고 돈은 미인에게 있어야 한다. 그런데 미인과 돈의 인연
이 가까운 경우를 예나 지금이나 우리들은 흔히 우리들의 주변에
서 보게 되는데, 그런 경우의 대부분이 돈이 미인을 갖게 되는 수
가 많지 미인이 돈을 갖게 되는 일이 드물다. 말할 필요도 없이 자
본주의의 사회에서는 돈이 없이는 자유가 없고, 자유가 없으면 움
직일 수가 없으니, 현대미학의 제 1조건인 動的美를 갖추려면 미인
은 반드시 돈을 가져야 한다. 그리고 이 돈 있는 미인을 미인으로
생각하려면, 있는 사람의 처지에 공감을 가질 수 있을만한 돈이
있어야 한다. (중략) 현대시를 쓰려면 돈이 있어야 한다. 이런 晩覺
은 나로서는 만권의 책의 지혜에 해당하는 것이나 만권의 그것을
잊어버리는, 완전한 俗化에 해당하는 것이다.[5]

---

5) 「美人(1968)」, 위의 책, 102~103쪽.

② 힘의 마력, 그것은 행동의 마력이다. 詩의 마력, 즉 말의 마력도 원은 행동의 마력이다. 그러나 그것은 詩의 원리상의 문제이고, 속세에 있어서는 말과 행동은 완전히 대극적인 것이다. 말에 진력이 나서 그런지, 가난에 너무 쪼들려서 그런지, 간혹 이런 행동인들의 힘을 보면 그 순수한 매력에 나의 이성은 화덕 위에 떨어진 고드름조각처럼 너무나 맥없이 녹아버린다.[6]

인용문 ①은 돈의 '유혹'에 대한 '조심'의 태도에서 '방심'의 태도로 변하게 된 연유를 설명하고 있다. 김수영은 "있는 사람을 나무라는 없는 사람들의 가치관에 대한 공감"도 소중하다는 일반적인 전제를 내세운 후 "있는 사람의 처지를 알아주는 있는 사람들의 가치관에 대한 없는 사람으로서의 공감"이 더 어렵다는 사실을 강조한다. 김수영이 말하는 '있는 사람'과 '없는 사람'의 기준은 상당히 모호하다. 있고 없음이라는 외연의 차이는 '돈'에 의해 생긴다는 사실은 분명하나, '있는 사람'이 '자본가'를 뜻하고 '없는 사람'이 '노동자'를 뜻한다고는 확실하게 말할 수 없는 것이 인용문 ①에 담긴 '모호성'의 근간이다. 더불어 '돈'과 '미인'은 따로 분리될 수 없으며, 주변의 경우를 보더라도 "돈이 미인을 갖게 되는 수가 많지 미인이 돈을 갖게 되는 일"은 드물다는 논거를 제시하면서 '자본주의' 사회에서 '자유'를 구가하려면 반드시 '돈'을 가져야 한다는 다소 비약적인 주장을 내세우는데, 그것은 사회적 담론에 대한 분석적 논리라기보다 개인의 특수한 경험을 일반화하려는 세속적 논리의 전개로 볼 수 있다. 이러한 논리의 저변에는 "오늘날도 역시 가난하게 살기는 쉽지만 돈을 벌기는 어렵기 때문"이라는 경험적 판단이 작용한다. 그 경험의 골자를 문

---

6) 「民樂記(1967)」, 위의 책, p.82.

맥에 근거해 추론·요약해보자면 '나는 돈이 없어 생활이 힘들다. 더불어 자유도 없다. 고로 돈은 꼭 필요하다.'는 것이다. '있는 사람'이 곧 '미인'이고, '미인'이 곧 '있는 사람'이라는 등식과 '있는 사람'을 이해하려면(=미인을 이해하려면) "있는 사람의 처지에 공감을 가질 수 있을만한 돈"이 필요하다는 주장의 이면에는 생활인이 아닌 예술인(詩人)으로서의 자유로운 삶에 대한 절실한 갈망이 담겨있다.

인용문 ②는 김수영 부부가 강릉에 놀러가서 돈 많은 손아래 매부의 환대를 받고 서울에 돌아와 깨달은 점을 적은 것이다. 당시의 상황에 대해 김수영은 "돈을 물같이 쓰면서 나를 환대해주는데 야코가 죽은 터"라 매부의 장광설을 얌전히 듣고 있을 수밖에 없었다고 말한다. 매부의 거침없는 행동은 '돈'이 많기 때문에 가능한 것이며, 그것이 곧 '힘과 행동의 마력'이라는 것이 김수영의 생각이다. '시의 마력'도 기실 행동의 마력에서 나오는 것이지만 그것은 '원리상'의 문제이고, 현실에서는 '말과 행동은 완전히 대극적'이라는 김수영의 현실 판단은 '돈=힘'이라는 등식에서 나온 것이다. 김수영이 위 두 인용문에 언급한 '미인', '강자', '행동인'의 자격 조건은 바로 돈의 소유에 있다. 돈은 '힘의 마력'이고, 거기에서 발현되는 '순수한 매력'에 의해 자신의 이성이 "화덕 위에 떨어진 고드름조각"처럼 녹아서 해체된다는 인식에는 돈에 대한 동경과 함께 약자의 위치에서 느끼는 열패감이 공존해 있다. 김수영은 돈과 힘의 현실적 영향력을 인정한다. 그러나 그것은 예술을 위한 필요조건으로서의 인정이지 돈 그 자체만을 추구하는 속물주의적 욕망까지 인정하는 것은 아니다.[7] 그럼

---

7) 데이비드 흄은 어떤 사람에 대해 갖게 되는 '부러움'의 가장 큰 요인(tendency)은 바로 그가 소유한 권력과 재산이고, 어떤 사람에 대해 갖게 되는 '경멸'의 가장 큰 요인은 '가난과 비천함'이라고 말한다. 김수영이 '돈'의 위력을 내면화하게 된 것은 생활의 가난이 유발하는 '자기경멸'의 상태로부터 벗어나 '자존'을 지키기 위한 것이지 돈 그 자체를 추구하는 속물성의 표현은 아니라고 판단된다. 데이비드 흄, 『인간 본성에 관한 논고 ─정념에 관하여』, 이준호 역, 서광사, 1996, 106쪽 참조.

에도 현실과 이상, 생활과 예술, 억압과 자유라는 대립적 영역의 상호침투적인 역동적 관계를 고려치 않고 '돈의 위력'을 우선시하고 그것이 해결되지 않으면 '자유'는 없다는 논지의 단계론적 입장을 취하고 있기 때문에 그가 '속물성'으로부터 완전히 벗어났다고 볼 수는 없다. 그 점은 인용문 ①의 '완전한 속화'라는 고백을 통해 충분히 유추해 볼 수 있다.

돈과 처세를 당면의 문제로 내면화해서 현실과 응전할 때 예술가라는 자신의 위치는 상대적으로 격하될 수밖에 없다. 돈 많은 매부로부터 '힘의 마력'을 느낀 김수영이 서울로 그를 찾아온 매부에게 이번에는 자신이 주체가 되어 응당한 답례를 하려고 했으나 결과는 이전과 마찬가지였고, 그로인해 자신이 "더 비참했다."라고 한 점은 매우 시사적이다. 김수영의 산문에 언급된 '비참'의 정념은 돈과 처세의 내면화와 단계론적 사고에 근거한 의식의 산물로 보인다. 생활의 전개가 자신이 생각한 대로 순조롭게 이행되지 못할 때 생활의 비참은 물론 내면의 비참까지 초래한다. 그런 점에서 '비참'의 위치와 위상이 무엇을 동인으로 하여 어떻게 변모하는지를 고찰하는 일은 김수영이 늘 강조한 '자유', '양심', '사랑', '죽음' 등과 같은 추상적 키워드의 구체적 의미가 무엇인지를 조감할 수 있는 근거가 될 것이다.

3. 생활과 비참의 위상―'모호성'의 기능

김수영이 '악마의 조소'를 수시로 떠올리면서도 끝까지 밝히고자 한 '자신의 위치'라는 것은 '생활인'으로서의 '위도(緯度)'와 '시인'으로서의 '경도(經度)'가 마주치는 지점으로, 실질적으로는 '처세'와 '이념'이 갈등하는 위상학적(位相學的) 공간이라 할 수 있다. 인간의 삶은 생존본능(경제본능)과 예술본능(미적 본능)이라는 두 축의 길항과 교류에 의해 직조

된다. 생활의 영역은 개인들의 삶의 형태를 규정하는 경제구조에 의해 통제되는 물리적이고 역사적인 장(場)이다. 반면 예술의 영역은 개인들의 내면에 봉인(封印)된 유희적 욕망이 발산되는 문화적 공간으로, 생활의 질곡을 정신으로 승화시키는 미적 활동이 개진되는 곳이다. 이 두 영역 간의 영향관계는 어느 한 쪽이 다른 한 쪽을 일방적으로 규정하는 '결정론적'인 관점만으로는 설명될 수 없다. '결정'이라는 틀에는 '규제와 억압'이라는 심리적 기제가 내재되어 있다. 김수영은 두 영역 사이에서 늘 심리적 갈등을 겪게 되는데, 이러한 정황은 '수치', '치욕', '비참' 등과 같은 정념으로 드러난다.

> 나는 아직도 나의 신변얘기나 문학경력 같은 지난날의 일을 써낼만한 자신이 없다. 그러한 내력얘기를 거침없이 쓰기에는, 나의 수치심도 수치심이려니와, 세상은 나에게 있어서 아직도 암흑이다. 나의 처녀작의 얘기를 쓰려면 해방 후의 혼란기로 소급해야 하는데 그 시대는 더욱이 나에게 있어서 텐더 포인트다. 당시의 나의 자세는 좌익도 아니고 우익도 아닌 그야말로 완전 중립이었지만, 우정관계가 주로 작용해서, 그리고 그보다도 줏대가 약한 탓으로 본의 아닌 우경 좌경을 하게 되었다고 생각된다. 돌이켜 생각해보면 지금도 그렇지만, 그때는 더한층 지독한 치욕의 시대였던 것 같다.[8]

해방 후나 지금이나 자신의 '텐더 포인트'(tender points, 壓通點)는 '자세'에 있다는 것이 김수영의 고백이다. 김수영이 말하는 '중립'의 위치는 좌·우의 대립에서 어떠한 입장도 취하지 못하는 '어정쩡한 모습', 즉

---

8) 김수영, 「演劇하다가 詩로 전향(1965)」, 앞의 책, 226쪽.

'계급관계'가 아닌 '우정관계'로 현실과 대응하는 '줏대' 약한 모습으로 표현되고 있다. 같은 글에서 김수영은 자신의 처녀작이자 유일한 연애시로 꼽은 「거리」에 나오는 '귀족'이라는 표현을 '영웅'으로 고치면 어떠냐는 김기림의 말에 대해 "그것은 모독이었다. 앞으로 나의 운명이 바뀌어지면 바뀌어졌지 그 말은 고치기 싫다고 생각했다. 나의 체질과 고집이 내가 좌익이 되는 것을 방해했다. 그러고 보면 나의 시적 위치는 상당히 정통적이고 완고하기까지도 하다."는 언급을 한다. 이는 '체질'이 '이념'보다 우선한다는 것이고, 그러한 태도는 '완고'한 것으로서 어떠한 상황에서도 불변하는 가치판단의 기준이라는 입장의 표명이다. 이러한 사정을 고려한다면 "지금도 그렇지만, 그때는 더한층 지독한 치욕의 시대"였다는 생각은 이념적인 문제와 함께 생활과 연계된 '위치'의 문제를 동시적으로 고려한 것으로 볼 수 있다.

'시적 위치'는 '정통적이고 완고'하지만 '생활의 위치'가 그러하지 못하기 때문에 '수치심'과 '치욕'이 발생한다. 김수영이 이상적으로 설정한 생활과 이념의 관계는 종속이 아닌 양산의 관계다. 김수영은 "진정한 현대성은 생활과 육체 속에 자각되어있는 것이고, 그 때문에 그 가치는 현대를 넘어선 영원과 접한다."[9]라고 정의한다. '현대성'의 맹아는 '생활과 육체' 속에 있는 것이고, 그것이 잘 발아되어 '현대를 넘어서 영원'과 접하게 될 때 '진정한' 현대성의 가치가 발현된다는 논지전개는 생활과 이념이 양산의 관계에 있어야한다는 신념을 바탕으로 한 것이다. '양산'은 생활과 이념의 선후 또는 종속의 여부를 결정하는 기준이 아니라 생활과 자유의 확산 여부를 결정하는 이행의 기준이라 할 수 있다.

근대의 특징을 핵심적으로 요약한다면 양산의 다양한 과정을 이데올

---

9) 「진정한 현대성의 지향(1965)」, 위의 책, 214쪽.

로기로 규격화시키는 것이라 할 수 있다. 서구에서 진행된 제반의 시민혁명은 개인의 권리와 인권의 신장이라는 자유이념을 표방하고 있으나 결국에는 개인들의 삶을 '시장'이라는 무한경쟁의 구조 속에 일방적으로 재편시킴으로써 생활의 불안정성을 초래하는 행로를 보였다. 즉 생활의 방식을 자유의 이념으로 다양하게 양산하기보다는 '돈'과 '처세'라는 두 항목으로 집약시킴으로써 개인들의 삶을 협소화시켰다. 봉건영주의 권력을 무너뜨리고 새롭게 권력을 쟁취한 신흥계급에 의해 수립된 근대는 신과 인간의 수직적 구조에 의해 규제되었던 개인의 '생활영역'을 새롭게 변모·확장시킨 것은[10] 분명하지만 그 귀결점은 '비참'이 되었다. 김수영은 그러한 근대의 생활현실을 '비참의 계수'라는 표현을 통해 직시한다.

> 그러나 전체적으로 이 시는 오늘의 우리의 생활현실을 담지 못했다. 이 세계는 어느 특수층에 속하는 나의 생활현실이지 우리들의 생활현실은 아니다. 금방 나는 〈소시민의 정서의 세계〉라고 했지만, 엄격히 말해서 오늘날 우리들에게는 소시민이라는 게 없다. 구태여 갖다붙이자면, 오늘의 〈특권계급〉이라는 것이 지난날의 소시민의 자리를 차지하고 있다고 할까. 〈日曜日〉이나 〈福券〉이 낡은 말인 것처럼 〈소시민〉도 낡은 말이다. 〈지게꾼〉도 낡은 말이다. 비참의 係數가 다른 데로 옮겨갔다. 부르조아와 프롤레타리아의 대립은, 선진국과 후진국의 대립으로, 남과 북의 대립으로, 인간

---

10) 농노계급이 시민혁명의 과정을 거치면서 자신의 토지로부터 분리되어 임금노동자로 전락하는 근대화의 과정은 종교가 중심이 된 중세의 '생활공간'을 끊임없이 '세속화'하는 과정과 맥을 같이 한다. '세속화'는 신과 인간의 수직적 관계를 인간과 인간의 수평적 구조로 전환시켜 '개인의 발견'을 가능케 만들었다. '개인의 발견'과 함께 시작된 근대는 이전까지 생활을 지배했던 종교적 규율을 대체할 새로운 규율을 필요로 했으며, 그것은 신에 대한 '봉헌'의 종교적 의무를 개인과 개인 사이의 '처세'라는 생활수칙으로 대체하면서 구체화되었다. 근대의 '처세'는 무한경쟁이 촉발되는 자본주의적 시장구조 속에서 생존을 위해 개인이 취할 수 있는 모든 수단들을 정당화시켜주는 생활의 모럴(moral)이자 윤리의 근간이다. 조르조 아감벤, 『세속화 예찬』, 김상운 역, 난장, 2010, 108~109쪽 참조.

과 기계의 대립으로 미·소의 우주 로케트의 회전수의 대립으로 대치되었다.

　　오늘날의 詩가 가장 골몰해야 할 가장 큰 문제는 인간의 회복이다. 오늘날 우리들은 인간의 상실이라는 가장 큰 비극으로 통일되었고, 이 비참의 통일을 영광의 통일로 이끌고나가야 하는 것이 시인의 임무다. 그는 언어를 통해서 자유를 읊고, 또 자유를 산다. 여기에 시의 새로움이 있고, 또 그 새로움이 문제되어야 한다. 시의 언어의 서술이나 시의 언어의 작용은 이 새로움이라는 면에서 같은 감동의 차원을 차지하게 된다. 따라서 우리의 생활현실이 담겨있느냐 아니냐의 기준도, 진정한 난해시냐 가짜 난해시냐의 기준도 이 새로움이 있느냐 없느냐에서 결정되는 것이다. 새로움은 자유다, 자유는 새로움이다.[11]

위 인용문은 시인 이설주의 시 「福券」에 대해 논평한 부분으로, 이설주의 시가 생활현실을 담지 못하고 '소시민적 정서의 세계'에 머물러 있다는 점을 지적하고 있다. 김수영은 〈진달래〉와 고구마로/한 끼를 때우고/福券을 사본다"는 표현에 대해 "어느 특수층에 속하는 나의 생활현실이지 우리들의 생활현실은 아니다."라고 지적한다. 김수영의 논지를 문맥적으로 살펴볼 때 '나의 생활현실'은 이설주의 개인적 경험을, '우리들의 생활현실'은 당시 민중들의 삶을 의미하는 것으로 파악된다. 진달래와 고구마로 허기를 달래며 복권을 사는 것은 '우리들의 생활현실'이 아닌 이설주 개인의 소시민적 정서이기에, 그의 시에 언급된 '일요일', '지게꾼', '복

---

11) 김수영, 「生活現實과 詩(1964)」, 앞의 책, 195쪽.

권'과 같은 시어는 비참의 현실을 제대로 반영하지 못한 낡은 것이 될 수밖에 없다는 것이 김수영의 설명이다. 그와 함께 '소시민적 정서의 세계'라고 표현은 했지만 작금의 현실에서 '소시민'이란 계층은 존재하지 않고, 그 자리를 '특권계급'이 대신하고 있다고 부연한다. 여기서 말하는 '특권계급'은 사회과학적인 개념이라기보다는 의식적이든 혹은 무의식적이든 생활의 비참에서 벗어나 있거나 혹은 비참의 지경을 망각하고 있는 계층에 대한 심리적 통칭으로 파악된다.

김수영이 현실을 인식하는 기준은 '비참의 계수'다. 김수영은 당시의 시대적 상황에 대해 '부르조아와 프롤레타리아의 대립'이라는 중심축이 '선진국과 후진국', '남과 북', '인간과 기계', '미·소의 우주 로케트의 회전수'라는 주변축으로 '대치'되었다고 진단한다. 일반적으로 '대치(代置)'라는 표현의 함의는 근본적인 것이 은폐되고 부차적인 것이 부각됨을 뜻한다. 사회과학적인 견지에서 본다면 계급대립이라는 주요모순이 진영문제, 민족문제, 문명과 기술문제에서 파생된 부차모순에 의해 왜곡·변질되었다는 것이 대치의 의미일 것이다. 그러나 김수영의 인식은 그러한 사회과학적인 인식과는 무관하다고 판단된다. '부르조아와 프롤레타리아의 대립'이 '선진국과 후진국', '남과 북', '인간과 기계', '미·소의 우주 로케트의 회전수'의 대립으로 대치된 것이 현실의 문제라면, 그것을 해결할 수 있는 구체적인 실천대안을 제시하는 것이 당연하다. 그런데 김수영은 '새로움'과 '자유'라는 추상적인 개념으로 문제의 본질을 모호하게 만든다.

'새로움'과 '자유'는 김수영만이 추구한 것이 아니라 모든 사람이 인정하는 보편적 가치이자 이념이다. "새로움은 자유다, 자유는 새로움이다."라는 명제가 보편적 공감을 얻기 위해서는 자유를 쟁취하기 위한 구체적인 실천과 지침이 확보되어야만 한다. 그러나 김수영은 늘 이 지점에서 추상적인 개념전개로 문제의 본질을 벗어나는 모습을 보인다. 그가 제시한 '인간회복'이라는 과제나, "언어를 통해서 자유를 읊고, 또 자유를 산다. 여기에 시의 새로움이 있고, 또 그 새로움이 문제되어야 한다."는 강변(強辯)은 가치론적으로는 충분히 납득이 되지만 그 '새로움'의 내용이 무엇이냐는 질문에는 무력하다고 할 수 있다. '인간의 상실'로 인한 '비참의 통일'을 '영광의 통일'로 이끌어가는 것이 '시인의 임무'이고, 그 임무의 실행 여부는 '새로움'의 유무에 의해 결정된다는 주장은 구체성을 결여한 사변적(추상적)인 논리다. 김수영의 산문에 논리의 사변성이 유독 강조되는 부분은 주로 시(예술)와 관련된 내용들이다. 반면 자기성찰의 솔직성이 과감하게 표출된 내용들은 생활과 관련된 부분들이다. 김수영이 예술과 관련된 영역에서 유독 개념적 추상성을 노정하는 이유는 생활의 영역에서 겪게 되는 세속적 '불순(不純)'으로부터 자신을 지키기 위한 것이다. 생활을 영위하기 위해 일을 해야만 하는 순간을 김수영은 '제일 불순한 시간'이며 '제일 욕된 시간'[12]이라고 자조한다. 돈을 벌기 위해 번역을 하고 양계(養鷄)를 하는 처세의 비참한 순간을 견뎌내기 위해 김수영은 정신의 자세를 완고히 해야 한다는 것을 강박적으로 요구한다.

> 꾸준히 이 어려운 가운데에서 글공부를 하자. 문학은 이 안에 있는 것이다. 부족한 것은 나의 재주요, 나의 노력이다.
> 부디 돈많은 여자를 바라서는 아니된다. 더러운 일이다.
> 이름을 팔려고 하지 않을 것이다. 그것은 값싼 광대의 근성이다. 깨끗한 선비로서의 높은 정신을 지키자.[13]

위 인용문은 생활의 불순에 침윤된 자신의 모습을 바로 세우고자 하

---

12) 「日記抄 I (1954)」, 위의 책, 326쪽.
13) 「日記抄 I (1954)」, 위의 책, 323~324쪽.

는 반성과 결의를 드러낸다. 여기에는 '돈'과 '처세'의 세속적 논리를 내면화시킨 자신의 일상적 모습에 대한 경멸이 담겨있다. '글공부'나 '문학'에 매진하자는 결의는 생활 속에서 개진되는 '값싼 광대의 근성'에서 벗어나려는 노력의 표현이며, 그것의 표상으로 제시된 것이 '깨끗한 선비'의 모습이다. 김수영의 반성과 결의는 '더러운' 것으로 통칭되는 생활영역에서 '깨끗한' 것으로 설정된 예술영역으로의 이행을 감행하려는 의지의 소산이다. 선비정신은 세속의 속물성과는 절연된 고고한 추상의 세계에 속해있다. 김수영이 추구하는 '자유'와 '새로움'의 세계는 정치적이거나 사회적인 이념의 영역이라기보다는 생활의 비참에서 벗어나 자신의 자존을 지킬 수 있는 정결한 사상의 영역이라 판단된다.[14]

김수영의 사고는 '생활=불순=속물'이라는 현실의 계열과 '예술=정결=숭고'라는 정신의 계열이 서로 마찰하면서 '비참', '경멸', '자책', '수치' 등과 같은 자학의 정념을 산출한다. 그러한 자학의 정념으로부터 벗어나기 위해 '글공부'와 '문학'에 대한 매진의 자세를 스스로에게 독려하지만 그러한 다짐이 명확한 사유로 정립되지 못한 채 혼란을 겪게 된다. 생활에서 예술로 이행하려는 의지는 분명하지만, 그 이행의 근거가 명확하게 제시되지 못할 때 오게 되는 의식의 혼란을 김수영은 '모호성'과 '혼돈'이라는 개념을 통해 수습한다. 이는 "나의 체질과 고집이 내가 좌익이 되는 것을 방해"한다는 고백과 긴밀한 연관성이 있으며, 좌익도 우익도 아닌 어정쩡한 '중립'의 포즈를 취할 수밖에 없는 심리적 상태와 연관된 것으로 보인다.[15]

---

14) 김현승은 김수영이 새로운 수법과 형식으로 시를 쓰고 있지만 그 이면에는 모종의 '사상성'이 깔려 있는데, "그 사상성의 본질은 대개가 현대사회에 결핍된 요소들―즉 사랑과 이해 또는 우아한 생명력 같은 것을 강조"하는 것이라고 말한다. '우아한 생명력'이란 김수영이 언급한 '깨끗한 선비로서의 높은 정신'과 일맥상통하는 것으로 볼 수 있다. 현대사회의 속물성에 매몰된 자신을 바로 세울 수 있는 정신의 요체로서의 선비정신이 곧 삶의 숭고함을 간직할 수 있는 길이기 때문이다. 김현승, 「金洙暎의 詩史的 位置와 業績」, 황동규 편찬, 「金洙暎의 文學」, 민음사, 1984, 65쪽 참조.

15) 안수길은 김수영에 대해 "귀족적인 일면이 있는 동시에 서민적 요소가 풍부하고 사치한 것이 있는 반면에 전

나의 시에 대한 思惟는 아직도 그것을 공개할만한 명확한 것이 못된다. 그리고 그것을 조금도 부끄럽게 생각하고 있지 않다. 이러한 나의 模糊性은 詩作을 위한 나의 정신구조의 上部 중에서도 가장 첨단의 부분을 차지하고 있는 것이고, 이것이 없이는 무한대의 혼돈에의 접근을 위한 유일한 도구를 상실하는 것이 되기 때문이다. ……(중략)……詩作은 〈머리〉로 하는 것이 아니고, 〈심장〉으로 하는 것도 아니고, 〈몸〉으로 하는 것이다. 〈온몸〉으로 밀고 나가는 것이다. 정확하게 말하자면, 온몸으로 동시에 밀고 나가는 것이다.

　　그러면 온몸으로 동시에 무엇을 밀고 나가는가. 그러나―나의 模糊性을 용서해준다면―〈무엇을〉의 대답은 〈동시에〉의 안에 이미 포함되어 있다고 생각된다. 즉 온몸으로 동시에 온몸으로 밀고나가는 것이 되고, 이 말은 곧 온몸으로 바로 온몸으로 밀고나가는 것이 된다. 그런데 시의 사변에서 볼 때, 이러한 온몸에 의한 온몸의 이행이 사랑이라는 것을 알게 되고, 그것이 바로 시의 형식이라는 것을 알게 된다.[16]

　위 인용문은 「詩여, 침을 뱉어라」의 일부인데, 김수영의 '시론'을 대표하는 것으로 알려져 있다. 시론의 핵심은 시란 '머리'로 하는 것도 '심장'으로 하는 것도 아닌 "온몸으로 동시에 밀고 나가는 것"으로 요약된다. 그러나 그것은 "공개할 만한 명확한 것이 못된다."라든지 "나의 模糊性을 용서해준다면"이라는 표현에 근거해 볼 때 명확한 논리로 정립되지 못한 미완

투적인 逆動性"이 있다고 술회하면서 김수영은 자신의 '귀족적'인 면에 대해 스스로 반발하면서, 그에 대한 반대급부로 '전투적인 역동성'을 취한 것이 아닐까라고 말한다. 아울러 그 역동성이 동세대 일부에겐 적을 만들 수 있는 태도와 자세일 수도 있을 것이라고 설명한다. 안수길의 이러한 언급은 김수영의 기질이 어떤 것인지를 짐작케 한다. 귀족적인 면과 서민적인 면의 대립과 공존은 김수영이 좌도 우도 아닌 '중립'의 위치에 서게 만드는 심리적 요인으로 작용하고 있다. 안수길, 「兩極의 調和」, 황동규 편찬, 위의 책, 51쪽 참조.
16)　김수영, 「詩여, 침을 뱉어라(1968)」, 앞의 책, 249쪽.

의 상태에서 도출된 주장이라 볼 수 있다. "詩作을 위한 나의 정신구조의 上部 중에서도 가장 첨단의 부분을 차지하고 있는 것"으로서의 '모호성'은 일반적으로 거론되는 시의 장르적 속성으로서의 애매성과는 구별된다. '모호성'이 자신의 정신세계에 가장 중요한 역할을 하는 것이며, 그것은 '무한대의 혼돈에의 접근'을 가능케 하는 '유일한' 매개라는 언급은 김수영의 정신과 논리전개 방식을 이해하는 데 매우 중요한 의미를 지닌다. 그렇다면 '무한대의 혼돈'이란 무엇일까? 같은 글에서 김수영은 "자유와 사랑의 동의어로서의 〈혼란〉의 향수"가 문화의 본질적 근원이고, 그것을 잘 발효시키는 것이 시의 임무라고 말한다. '혼돈'과 '혼란'이라는 단어 사용에는 미묘한 뉘앙스가 있지만 거시적인 차원에서 볼 때 두 단어는 '자유'와 '사랑'이라는 단어와 동의관계에 있는 것이 분명하다.

김수영이 '혼란'과 '혼돈'을 '자유'와 '사랑'의 동의어로 설정한 이유는 무엇일까? 김수영의 「詩여, 침을 뱉어라」에 대한 기존의 연구들은 '머리', '심장', '온몸', '세계의 개진'과 '대지의 은폐'라는 표현에 내재된 시의 '형식'과 '내용'의 관계를 분석하는 것이 대부분이다. 그러한 분석은 '내용과 형식 논쟁' 혹은 '참여와 순수논쟁'으로 귀결되는 양상을 보인다. 이러한 흐름에 대해 김윤식은 "형식이 내용을 향해 '너는 너무 많은 자유를 가지고 있다'고 주장하고, 내용은 형식을 향해 '너는 너무나 자유가 없다'고 주장하는 싸움의 치열성, 긴장성이 모든 예술가의 영원한 아포리아이며 고민의 원천인 것이다."라는 말로 참여와 순수논쟁의 비생산적 측면을 지적한다. 「詩여, 침을 뱉어라」의 내용 가운데 우리가 주목해야할 것은 참여와 순수라는 일반론적인 문제가 아니라 김수영의 내면의식과 논리의 전개방식이다.

---

17) 김윤식, 「詩에 대한 質問方式의 發見」, 황동규 편찬, 『金洙暎의 文學』, 민음사, 1984, 76쪽 참조.

시에 대한 나의 사유가 아직도 명확한 것이 못되고, 그러한 模糊性은 무한대의 혼돈에의 접근을 위한 도구로서 유용한 것이 기 때문에 조금도 부끄러울 것이 없다는 말을 했다. 그리고 이러한 模糊性의 탐색이 급기야는 참여시의 효용성의 주장에까지 다다르고 말았다. 그러나 나는 아직까지도 〈여직까지 없었던 세계가 펼쳐지는 충격〉을 못주고 있다. 이 시론은 아직도 시로서의 충격을 못주고 있는 것이다. 그 이유는 여태까지의 자유의 서술이 자유의 서술로 그치고, 자유의 이행을 하지 못한 데에 있다. 모험은, 자유의 서술도 자유의 주장도 아닌 자유의 이행이다. 자유의 이행에는 전후좌우의 설명이 필요 없다. 그것은 援軍이다. 원군은 비겁하다. 자유는 고독한 것이다. 그처럼, 시는 고독하고 장엄한 것이다.……당신의 얼굴에 침을 뱉는 일이다……내 얼굴에 침을 뱉기 전에…… 당신도, 나도 새로운 문학에의 용기가 없다.[18]

김수영은 자신의 정신구조에서 첨단을 차지하고 있는 것이 '모호성'이라고 말한다. '모호성'의 실체는 '혼돈'과 '혼란'이라는 단어와의 연계에서 파악될 수 있다. 앞서 '혼돈'과 '혼란'은 '자유'와 '사랑'이라는 단어와 동의관계에 있다는 것을 언급했다. 여기서 주의 깊게 살펴볼 것은 '혼돈'과 '혼란'의 뉘앙스다. 같은 글에서 김수영은 "혼란은 허용되어야 한다."는 그레이브스의 말을 인용하면서 자유당 시절에 대해 "요즘 가만히 생각해보면 그당시에도 자유는 없었지만, 〈혼란〉은 지금처럼 이렇게 철저하게 압제를 받지 않은 것이 신통한 것같다."라고 회고한다. 문맥상으로 볼 때 김수영이 여기서 말하는 '혼란'은 '비판'을 의미하는 것으로 파악된다. '혼

---

18) 김수영, 「詩여, 침을 뱉어라(1968)」, 앞의 책, 252쪽.

란'이 허용되어야 한다는 말은 '비판'이 허용되어야 한다는 것을 뜻하기에, '혼란'은 '자유'와 동의어가 될 수 있다는 김수영의 논리전개는 타당하다. 문제는 '혼돈'과 '혼란'의 차이다. 거시적인 차원에서 두 단어는 '자유'와 동의관계에 있을 수 있지만, 미시적인 차원에서는 분명한 차이를 노정한다. '혼돈'이 현실(생활과 정치)과 예술(詩)을 포괄하는 정신의 총체성과 관련된 것이라면 '혼란'은 현실문제와 관련된 것이다. "그러한 模糊性은 무한대의 혼돈에의 접근을 위한 도구로서 유용한 것이기 때문에 조금도 부끄러울 것이 없다는 말을 했다. 그리고 이러한 模糊性의 탐색이 급기야는 참여시의 효용성의 주장에까지 다다르고 말았다."는 표현이 의미하는 것은 모호성에 대한 탐구가 참여시의 효용과 무관한 것은 아니지만 그것이 모호성 탐구의 전부는 아니라는 것이다. 이러한 의도는 같은 글에 언급된 "나는 시단의 일부의 사람들로부터 참여시의 옹호자라는 달갑지 않은, 분에 넘치는 호칭을 받고 있다."는 표현에서도 확인할 수 있다. 이는 '혼돈'과 '혼란'이 '자유'라는 차원에서는 공통되는 부분이 있지만 정신의 발현이라는 차원에서는 차이가 있음을 의미한다.

'자유의 서술'이 '자유의 서술'로 그치고 '자유의 이행'을 하지 못하는 이유는 현실(생활)과 문학(정신)의 문제를 '동시적'으로 밀고 가지 못하고, '혼란'의 요인인 '현실'의 측면(참여시의 효용)에만 급급하기 때문이라는 것이 김수영의 생각이다. 그러한 문제는 '나'의 문제이기도 하지만 '당신'의 문제이기에 우리 모두 스스로의 얼굴에 '침을 뱉는 일'이 필요하며, 그것은 '용기'를 필요로 한다는 김수영의 주장은 시의 '형식과 내용'에 관련된 것이 아니라 '정신'과 관련된 것이다. 김수영이 말하는 '모호성'은 생활과 현실의 굴레에 묶여 '자유의 이행'을 감행하지 못하는 자신의 불분명한 내면의식의 상태를 반영한 성찰적 표현이라 할 수 있다.

4. 이행(履行)과 실천의 양상─'침묵'의 기능

김수영은 그의 산문에서 '이행'이라는 말을 자주 언급하고 있다. 이는 그만큼 그 의미에 집중하거나 또는 의지하고 있다는 것을 의미한다. 그의 산문에서 '이행'이라는 표현은 대부분 한글로 표기가 되어 있어, 문맥상 의미가 '실제로 행함'이라는 뜻의 '이행(履行)'인지 '다른 곳으로 옮아감'이라는 뜻의 '이행(移行)'인지가 분명치 않은 경우가 있다. 대표적인 것이 「詩여, 침을 뱉어라」에 주요하게 언급되고 있는 '자유의 이행'이라는 한글 표기다. 이는 '자유의 실천(履行)'으로 독해할 수도 있고, 억압적 상황에서 자유로 '옮겨감(移行)'이라는 뜻으로 독해할 수도 있다. '온몸에 의한 온몸의 이행'이라는 표현도 마찬가지다. 그럴 경우 두 가지의 해석이 가능하다.[19] 김수영의 산문을 읽는 사람들은 '이행(履行)'과 '이행(移行)'의 의미 차이를 분별하기보다는 '자유'라는 단어에 중점을 두고 읽기 때문에 두 단어의 차이에 신경을 쓰지 않는다.

김수영이 '이행'의 의미를 분명하게 적시(摘示)한 곳은 「詩作 노우트 7」에 영어표기까지 부기하면서 강조한 "침묵은 履行(enforcement)이다."라고 한 부분이다. 이를 근거로 김수영이 산문에서 사용한 한글 표기의 '이행'은 실천의 의미를 내포한 '이행(履行)'이라 판단된다. '이행(履行)'과 '이행(移行)'의 혼선은 '이행(履行)'보다는 '실천(實踐)'이라는 단어를 사용했다면 애초에 없었을 것이다. 그렇다면 김수영은 왜 '자유'와 관련된 부분에서 '실천'이라는 단어보다 '이행(履行)'이라는 단어를 골라 사용했을까? 이 질문은 그가 한자어 '이행(履行)'과 '이행(移行)'의 동음이의를 의식하고 있었는가, 그리고 '실천'이라는 단어와 '이행(履行)'의 이음동의를

---

19) '이행(履行)'과 '이행(移行)'의 의미는 다르다. 전자는 주체의 행동에 중점을 둔 실천을 의미하며 후자는 주체보다는 객관적 상태의 진행과정에 중점을 둔 변화를 의미한다.

의식하고 있었는가라는 문제와 긴밀한 연관성이 있다. 만약 인식하고 있었다면 '실천'과의 의미의 차이를 분명히 하기 위해 '이행(履行)'이라는 단어에 특별한 관심을 가지고 의식적으로 표기한 것으로 볼 수 있다. 이러한 언어표기의 혼선 문제는 다른 곳에서도 드러난다. 서석배는, 「詩作 노우트 6」에 적시된 '망령(妄靈)'이라는 표현은 '망령(亡靈)'으로 읽는 것이 김수영의 의도에 더 가깝다는 의견을 제시한다.[20] 서석배의 의견은 의미를 강조하기 위해 김수영이 의식적으로 언어를 골라 사용했다는 것이다. 그러한 점을 고려한다면 문맥상 '이행(履行)'이라는 표현보다는 '실천'이라는 표현이 더 자연스러운데, 굳이 '이행(履行)'을 한자와 영어로 병기한 이유는 모종의 의도가 개입되어 있다고 추론할 수밖에 없다. 그러나 김수영이 '이행(履行)'이라는 단어만 사용하고 '실천'이라는 단어를 전혀 사용하지 않은 것은 아니다.

현대시는 이제 그 〈새로움의 모색〉에 있어서 역사적인 經間을 고려에 넣지 않으면 아니 될 필연적 단계에 이르렀다. 연극성의 와해를 떠받치고 나가야 할 역사적 지주는 이제 個人의 신념이 아니라 인류의 신념을, 관조가 아니라 실천하는 단계를 밟아 올라가고 있다. 그리고 이러한 실천은 윤리적인 것 이상의, 作品의 image 에까지 강력한 영향을 끼치는, 보다 근원적인 것으로 되어있다. 현대의 순교가 여기서 탄생한다. 죽어가는 자기를 바라볼 수 있

---

20) 서석배는 '망령(妄靈)'이라는 표현은 '망령(亡靈)'으로 읽는 것이 합당하다는 논거를 다음과 같이 들었다. "첫째, 원래 원고가 일본어로 씌어졌음을 감안할 때, 김수영이 한국어 妄靈(나이 들어 정신이 흐려짐)을 뜻하는 일어 단어 耄碌 대신 妄靈이라고 쓴 점이다. 둘째, 古文에서는 妄자가 亡자로 통용된 경우가 있었던 점을 고려할 때, 妄靈이 老妄을 뜻한다기보다는, 亡靈을 뜻하는 것이 아닐까 여겨지기 때문이다. 결론적으로 말하면, 자신의 포스트 식민주의적 일본어 사용을 亡靈에 비유함으로써, 김수영은 망령처럼, 일본어가 사라질 운명에 처했음에도 불구하고, 여전히 자신을 떠나지 않고 출몰하고 있다는 점을 강조한 것이 아니까 생각된다." 서석배, 「단일 언어 사회를 향해」, 『김수영 연구의 새로운 진화: 이중언어, 자코메티 그리고 정치』, 연구집단 '문심정연', 보고사, 2015, 107쪽.

는 자기가 아니라, 죽어가는 자기—그 죽음의 실천—이것이 현대
의 순교다. 여기에서는 image는 바라볼 것이 아니라, 자기가 바로
image이다.[21]

위 인용문은 '연극성의 와해'라는 상황에서 현대시가 취해야할 새로움
의 향방에 대해 논한 것이다. 김수영이 강조하는 내용의 요지는 '새로움
의 모색'을 위해서는 '역사적 經間[22]'을 고려해야 하며, '개인의 신념'과 '관
조'보다는 '인류의 신념'과 '실천'이 '역사적 지주'가 되어야 한다는 것이
다. '개인'에서 '인류'로, '관조'에서 '실천'으로의 이행을 강조하는 김수영
의 설명은 생활에 침윤되어 '어정쩡한 태도'를 취하는 일면과 비교해볼
때 다소 돌발적인 것으로 보인다.[23] 위 인용문에 '실천'이라는 표현을 사용
한 의도는 '관조'와의 대립적 문맥관계를 분명히 하려는 데 있는 것으로
판단된다.

김수영이 '이행'이라는 말을 반복적[24]으로 언급하면서 강조한 이면에는
'실천'이라는 의미에 대한 모종의 심리적 반응이 내재해 있다는 추측을
해볼 수 있다. '실천'은 '자연이나 사회를 변혁하는 의식적이고 계획적인

---

21) 김수영, 「새로움의 摸索(1961)」, 앞의 책, 171쪽.
22) '경간(經間)'이라는 표현도 '기둥과 기둥 사이 또는 그 사이의 거리'를 뜻하는 '경간(徑間)'을 의도적으로 바꿔
    표기한 것으로 판단된다. '경(經)'은 날실이나 세로축을 의미하는데, 김수영이 '경(經)'을 사용한 이유는 역사
    의 통시적인 진행을 강조하기 위한 것으로 보인다. 또한 "이러한 緯度에서 나는 나의 생활을 향락하고"라는
    표현에서 '위도'라는 단어를 통해 생활의 수평적 위치를 설명한 점을 고려해볼 때 '경(經)'의 사용은 '위(緯)'와
    의 관계 속에서 선택된 것으로 보인다.
23) 조강석은 관조에서 실천의 단계로 진입해야 할 '역사적 책무' 앞에 '연극성의 와해'가 전제되어야 할 이유가
    무엇인지에 대한 의문과 함께 김수영의 발언은 맥락을 떠나 '대단히 생경한 것'이라고 설명한다. 조강석, 「김
    수영의 시의식 변모 과정 연구: '시적 연극성'과 '자코메티적 전환'을 중심으로」, 『김수영 연구의 새로운 진화:
    이중언어, 자코메티 그리고 정치』, 연구집단 '문심정연', 보고사, 2015, 327쪽.
24) 반복의 양상에 대해 들뢰즈는 "반복은 항상 어떤 극단적 유사성이나 완벽한 등가성으로 '재현'될 수 있다. 그
    러나 점진적으로 한 사태에서 다른 한 사태로 이행할 수 있다고 해서 두 사태 간의 본성상의 차이가 사라지
    는 것은 아니다."라고 말한다. 반복이 유사성이나 등가성으로 재현될 수는 있으나 본성상의 차이까지 없앨
    수는 없다는 들뢰즈의 말은 김수영이 '이행'이라는 단어를 반복적으로 언급한 이유와 '실천'이라는 단어를
    사용하지 않은 이유에 대해 시사하는 바가 크다. 질 들뢰즈, 『차이와 반복』, 김상환 역, 민음사, 2004, 27쪽.

모든 활동'이라는 철학적 의미를 가지고 있다. 특히 마르크스주의 철학에서는 계급투쟁의 의미로 주요하게 취급된다. 의용군 포로로 거제도에 수용되었던 경험과 체질적으로 자신은 좌익이 될 수 없다는 김수영의 고백을 근거로 유추해볼 때, '실천'이라는 단어의 사용은 이념에 대한 괜한 오해를 살 수도 있다는 판단이 들어 신중을 기했을 것이라 판단할 수 있다. 김수영이 '실천'이라는 단어보다 '이행'이라는 단어를 자주 사용하게 된 이유는 앞에서 언급한 '모호성'의 의식과 관련이 있다. 즉 생활의 '굴욕'에 대해서도, 예술의 영역에서 요구되는 '정신의 새로움'에 대해서도 분명한 태도를 취할 수 없었던 '어정쩡한' 위치에 대한 자기성찰의 결과가 '실천'이라는 단어에 내포된 이념적 행동성을 유보시키고 '이행'이라는 동의관계의 단어를 선택하게 된 연유라고 볼 수 있다.

그렇다면 '이행(enforcement)'의 실체는 무엇일까? 김수영은 "고독이나 절망이 용납되지 않는 생활이라도 그것이 오늘의 내가 처하고 있는 현실이라면 조용히 받아들이는 것이 오히려 순수하고 남자다운 일"이라며 현실에 대한 순응적 태도를 보인다. 반면 정치적 '자유'가 허용되지 않는 현실에 대해서는 지식인으로서의 비판적 태도를 분명하게 드러낸다. 김수영이 강조한 '이행'은 생활에 대한 순응과 현실에 대한 비판이 공존하는 내면의 모순을 돌파하려는 실천의지를 표현한 것인데, 그 의지의 발현양상이 행동이나 말로 설명할 수 없는 '침묵'으로 드러난다는 것이 특징적이다.

우리들 중에 누가 죄없는 사람이 있겠는가. 인간은 神도 아니고 악마도 아니다. 그러나 건강한 개인도 그렇고 건강한 사회도 그렇고 적어도 자기의 죄에 대해서는 몸부림은 쳐야 한다. 몸부림은 칠 줄 알아야 한다. 그리고 가장 민감하고 세차고 진지하게 몸부림을 쳐야 하는 것이 지식인이다. 진지하게라는 말은 가볍게 쓸 수 없는 말이다. 나의 연상에서는 진지란 침묵으로 통한다.[25)]

나의 진정한 비밀은 나의 생명밖에는 없다. 그리고 내가 참말로 꾀하고 있는 것은 침묵이다. 이 침묵을 지키기 위해서라면 어떤 희생을 치르어도 좋다. 그대의 박해를 감수하는 것도 물론 이 때문이다. 그러나 그대는 근시안이므로 나의 참뜻이 침묵임을 모른다.[26)]

피가 녹는 것이라고 생각해본다. 얼음이 녹는 것이 아니라 피가 녹는 것이다. 그리고 목욕솥 속의 얼음만이 아닌 한강의 얼음과 바다의 피가 녹는 것을 생각해본다. 그리고 그 거대한 사랑의 행위의 유일한 방법이 침묵이라고 단정한다.[27)]

현대의 작가들은 자기들의 문학을 불신한다는 까뮈의 선언은, 시는 절대적으로 현대적이어야 한다는 랭보의 말만큼 중요하다. 이것이 오늘의 척도다. 그러나 이런건 말로 하면 싱겁다. 그냥 혼자 알고 있으면 된다. 이런 고독을 고독대로 두지 않기 때문에 〈문학〉이 싫다는 것이다. 침묵은 履行(enforcement)이다. 이 이행을 용서하지 않는다. 이오네스끄는 이것을 〈미친 文明〉이라고 규탄하고 있다. 좀 비약이 많을 것을 용서해준다면, 나에게 있어서 소음은 훈장이다.[28)]

---

25) 김수영, 「제 精神을 갖고 사는 사람은 없는가(1966)」, 앞의 책, 141쪽.
26) 「詩作 노우트 6(1966)」, 위의 책, 301쪽.
27) 「解凍(1968)」, 위의 책, 96쪽.
28) 「詩作 노우트 7(1966)」, 위의 책, 307쪽.

위의 인용문들은 김수영이 '침묵'에 대해 언급한 것들이다. 침묵에 대한 김수영의 논지를 정리해보면, "진지란 침묵으로 통"하는 것이고, "내가 참말로 꾀하고 있는 것은 침묵"이며, "거대한 사랑의 행위의 唯一한 방법이 침묵"이기에 "침묵은 履行(enforcement)"이라는 것이다. 침묵이 자신의 이행(실천)이라고 언명한 것은 타자의 시선이나 사회적인 요청과 같은 외부적 요소에 더 이상 신경을 쓰지 않겠다는 의미로 받아들여진다. '희생'과 '박해'를 감수하면서라도 침묵을 지키겠다는 의지를 강하게 피력하는 이유는 침묵이 자신이 추구하는 '참뜻'이며 '진지'로 통하는 것이기 때문이다. 김수영은 이런 자신의 '참뜻'을 이해하지 못하는 타자들의 '근시안'과 "고독을 고독대로 두지" 않는 '미친 문명'에 대해 혐오의 감정을 표현하면서, 외부의 '소음'을 오히려 '훈장'으로 취급한다. 김수영은 소음이 훈장이라는 진술과 함께 같은 글에서 "아직도 나는 이 정도로 허영이 있는 속물이다.", "싸우는 중에, 싸우는 한가운데서 휴식을 얻는다. 이 말도 말로 하면 싱겁게 된다.", "진정으로 절망해야겠다는 것조차 벌써 야심이 있어서 하는 말이다."라는 솔직하고 과감한 진술을 거듭한다. 이러한 진술태도에 대해 황동규는 "그의 글은 어른들 사이의 논리적 설득이라기보다는 모든 것을 전부 던지는, 던져서 아프게 하는 방법"[29]이라고 설명한다. 세상의 소음에 대해 일일이 논리적으로 대응하는 것이 아니라 "던져서 아프게"하는 것, 그것이 바로 김수영이 말하는 '침묵'의 기능이다. 결국 "침묵의 履行"이란 논리를 무력하게 만드는 비논리의 솔직성이며, '말로하면 싱겁게 되는' 추상의 힘이다.

"정신구조의 上部 중에서도 가장 첨단의 부분을 차지하는" 모호성에 대한 탐구는 침묵으로 귀결된다. 김수영의 침묵은 생활의 '속물성'과 예술

---

29) 황동규, 「정직의 空間」, 황동규 편찬, 『金洙暎의 文學』, 민음사, 1984, 123쪽 참조.

의 '숭고성' 사이에서 방황하는 자신의 내면적 갈등은 물론 자신을 향해 던져지는 사회적 소음 모두를 일거에 녹여 버리는 사변의 용광로와 같은 것이다. 김수영 산문에 나타난 '자유', '사랑', '정의', '양심' 등과 같은 추상적 개념과 그 개념의 진술과정에서 빚어지는 논리적 비약의 양상은 가치론과 관련된 이데올로기의 문제라기보다는 "던져서 아프게"하는 "침묵의 履行"과 관련된 성찰적 문제다. "침묵의 履行"은 생활과 예술의 역학관계에서 발생하는 제반의 갈등과 정념을 융화시키는 사변의 동력이며, 자신의 모순성을 극대화하여 드러내는 '솔직성'의 작동방식이다.

5. 맺음말

본 논문은 김수영의 산문에 언급된 '생활'의 의미를 '돈'과 '처세'라는 관계 속에서 고찰한 후 그것이 어떻게 김수영의 사유와 심리에 내면화되어 작동되고 있나를 '모호성'과 '침묵'의 사변적 기능을 통해 심층적으로 살펴보았다.

김수영은 생활의 속박으로부터 자유롭지 못한 자신의 모습에 대해 분노하거나 자기비하석인 태도를 보인다. 이러한 태도는 '돈'과 '처세'의 세속적 논리를 수용하는 생활인으로서의 위치와 정신의 숭고함을 추구하는 예술가(시인)로서의 위치의 갈등에서 오는 것이다. 김수영은 생활을 혐오했으나 결코 생활의 굴레를 벗어나지 못했다. 이러한 이중적 태도는 '돈'이 없으면 '자유'도 없다는 근대의 세속적 논리를 우선적으로 내면화한 결과에서 기인한다. "나 자신을 잃지 않기 위해서 하게 되는 것"이지만 결국 '악마의 조소'를 떠오르게 하는 처세의 논리와 '돈'의 위력에 굴복한 김수영은 '비굴'의 정념에 민감하게 반응한다. 이러한 반응은 시인이면서 생활인이라는 이중의 위치에서 겪을 수밖에 없는 김수영의 심리적 괴리를 반영한 것이다.

　김수영은 '생활'과 '예술'의 영역을 상호침투적인 역동적 관계로 설정하지 않고 '돈의 위력'을 우선시한다. 생활의 곤란이 해결되지 않으면 '자유'는 없다는 김수영의 논리는 단계론적 사유와 맥락을 같이하는 것이다. 김수영이 고독이나 절망조차도 허용하지 않는 생활의 현실을 받아들이는 이유는 예술가(시인)로서의 '위치'를 확보하기 위한 것이다. 그러나 생각하는 것처럼 쉽게 생활에서 예술로의 이행이 이루어지지 않음으로 인해 내면의 갈등이 격화된다. 그러한 갈등은 '비참'이라는 분노의 정념으로 표출된다. 한편 생활에서 예술로 이행하려는 의지는 분명하지만, 그 이행이 순조롭게 전개되지 않아서 오게 되는 비참의 내면적 혼란을 김수영은 '모호성'과 '혼돈'이라는 개념을 통해 수습한다.

　김수영은 '모호성'을 자신의 정신세계에 가장 중요한 역할을 하는 것이며, '무한대의 혼돈'에 접근을 가능케 하는 '유일한' 매개라고 언급한다. 이는 김수영의 정신과 논리전개 방식을 이해하는 데 매우 중요한 의미를 지닌다. 김수영은 '혼돈'과 '혼란'을 '자유'와 '사랑'의 동의어로 설정한다. 김수영이 말하는 '혼돈'은 현실(생활과 정치)과 예술(시)을 포괄하는 정신의 총체성과 관련된 것이다. 생활에서 예술로, '자유의 서술'에서 '자유의 이행'으로 옮겨가지 못하는 이유는 '중립'의 위치와 '어정쩡한' 태도에 있으며, 이러한 위치와 태도는 생활의 당위성과 '돈'과 '처세'의 내면화가 강제한 것이다. 이러한 상태에서 '모호성'은 생활과 현실의 굴레에 묶여 '자유의 이행'을 감행하지 못하는 자신의 내면의식을 합리화하는 매개 역할을 한다.

　모호성의 탐구로 표현된 합리화의 방식은 "침묵의 履行(enforcement)"이라는 명제를 통해 구체화된다. 김수영의 '침묵'은 생활의 '속물성'과 예술의 '숭고성' 사이에서 방황하는 자신의 내면적 갈등은 물론 자신을 향해 던져지는 사회적 소음 모두를 일거에 녹여 버리는 사변의 동력이다. 내면적 갈등과 세상의 소음에 대해 일일이 논리적으로 대응하는 것이 아니라 "던져서 아프게"하는 것, 그것이 바로 김수영이 말하는 '침묵'이다. "침묵의 履行(enforcement)"은 논리를 무력하게 만드는 비논리의 힘이며, '말로하면 싱겁게 되는' 추상의 힘이다. 김수영 산문에 나타난 '자유', '사랑', '정의', '양심' 등과 같은 추상적 개념과 그 개념의 진술과정에서 빚어지는 논리적 비약의 양상은 가치론과 관련된 이데올로기의 문제라기보다는 "던져서 아프게"하는 "침묵의 履行"과 관련된 성찰적 문제이며, "침묵의 履行(enforcement)"이란 결국 생활과 예술의 대립에서 발생하는 제반의 갈등과 정념을 융화시키는 사변의 동력이라는 것이 본 논문의 결론이다. 김수영의 사변적 의식지향을 보다 총체적으로 점검하기 위해서는 지금까지 살펴본 산문세계에 대한 분석과 그의 시세계에 대한 분석이 유기적 의미망에 의해 재구축될 필요가 있을 것이다.

최승자 시에 내포된 열정적 사랑의 역설과 존재의 비극성

1. 문제적 테마로서 '사랑'

사랑은 주체와 타자가 하나라는 감정적 추구일 뿐만 아니라 타자와의 관계를 구체화해가는 방식과 태도를 포함한 커뮤니케이션의 일종이다. 나아가서 사랑의 방식은 타자에 대응하는 주체의 관념을 내포한다는 점에서 세계를 바라보는 관점을 우회적으로 드러낸다. 사랑은 근대 이후 개인의 자유로운 생활방식과 맞물려 있는 '연애'[1]의 출현 이전부터 존재해왔던 인간 보편의 감정적 추구라 할 수 있다. 사랑은 고조선 여옥의 「公無渡河歌」, 고구려 유리왕의 「黃鳥歌」, 신라 노인의 「獻花歌」, 작자미상의 고려가요 「가시리」 등 전통시가만이 아니라 1920년대 나운규의 영화 「아리랑」에 삽입된 민요 아리랑, '님'의 상징을 표상화한 김소월과 한용운의 시편들, 그리고 지금에 이르기까지 끊임없이 호출되었던 시적 테마 가운데 하나이다.

---

1) 연애 혹은 낭만적 사랑은 전통사회의 사랑과 달리 '사랑-성-결혼'이 하나로 묶인 근대적 생활방식의 출현과 더불어 발명된 사랑의 유형이라 할 수 있다. 앤소니 기든스의 『현대사회의 성·사랑·에로티시즘』(배은경·황정미 역, 새물결, 1999)과 울리히 벡, 엘리자베트 벡 게른스하임의 『사랑은 지독한 혼란』(강수영·권기돈·배은경 역, 새물결, 1999)은 낭만적 사랑과 현대사회의 역학관계를 자세히 다룬 저서이다. 아울러 김동식의 「낭만적 사랑의 의미론」(『문학과 사회』 14권 제1호(통권 제53호), 2001.2)은 근대 초기 우리 소설에 나타난 낭만적 사랑의 의미를 심도 있게 분석한 논의이다.

우리 시의 '사랑'은 주로 이별의 슬픔, 그리움, 기다림, 님의 부재 가운데 겪게 되는 외로움 등으로 서정화되어 왔으며 이때 사랑하는 자는 떠나보낸 님에 대해 흠모의 정을 간직한 채 수동적 태도로 기다리는 것이 보편적 서사의 공식이었다. 예를 들면 「가시리」에서 "잡ᄉᆞ와 두어리마ᄂᆞᄂᆞᆫ/선ᄒᆞ면 아니 올셰라"와 같은 부분에서 떠나는 님의 마음을 거슬리지 않으려는 화자의 태도가 그러하다. 여기에는 애착대상을 사랑하는 자의 의지대로 함부로 해서는 안 된다는 미의식이 작동한다. 슬픔과 그리움과 외로움을 조용히 감내하는 절제의 태도야말로 지극한 사랑의 아름다움을 지켜내는 행위가 되는 것이다. 근대 이후 지금까지 사랑의 방식과 타자에 대한 인식이 달라졌음에도 불구하고 이러한 사랑시의 전통은 대다수의 시인에게 여전히 유효한 미감으로 작용하고 있으며 독자 또한 이러한 사랑의 서정에 공감하는 것으로 판단된다.

그러나 이와 같은 사랑시의 유구한 전통이 모든 사랑시에 부합되는 것은 아니다. 그간 전통적 사랑의 공식에 균열의 징후가 없었던 것은 아니나 보다 대대적으로 나타나는 것은 1980년대 최승자의 시에 이르러서이다. 김소월·한용운 이후 최승자는 시집 『이 時代의 사랑』(문학과지성사, 1981)과 『즐거운 日記』(문학과지성사, 1984)에 사랑이라는 테마를 가장 문제적인 것으로 드러낸 시인 가운데 하나라 할 수 있다.[2] 그의 시세계는 여타의 다른 시인들이 사랑이라는 테마를 부분적으로 다루는 것과 달리 집중적으로 전면화하는 경향을 드러낸다. 아울러 그는 막연한 이별이나 떠나감이 아니라 '버림받음'이라는 보다 구체적 상황을 과감하게 노출

---

2) 지금까지 최승자는 『이 時代의 사랑』(문학과지성사, 1981), 『즐거운 日記』(문학과지성사, 1984), 『기억의 집』(문학과지성사, 1989), 『내 무덤, 푸르고』(문학과지성사, 1993), 『연인들』(문학동네, 1999), 『쓸쓸해서 머나먼』(문학과지성사, 2010), 『물 위에 씌어진』(천년의시작, 2011) 등 모두 일곱 권의 시집을 출간하였다. 이 가운데 '열정적 사랑'이 집중적으로 드러나는 것은 첫 시집과 두 번째 시집이라 할 수 있다. 이후의 시집은 시인의 존재성과 시간성에 대한 비극적 인식을 노정하고 있다.

함으로써 사랑하는 자의 비극을 극대화한다. 한편 그는 애착대상에 대한 숭배와 흠모라는 연모의 정감 속에서 수동화되었던 주체의 태도를 과감하게 벗어남으로써 "님에 대한 그리움과 막연한 기다림, 슬픔의 정황이라는 고전적 포즈"[3]를 쇄신한다. 즉 보다 적극적 수동성으로 위장된 전투적 사랑의 방식으로 자신이 말하고자 하는 '사랑의 역설'을 의미화한다. 더 문제적인 것은 유구한 전통 속에서 완강하게 고수되었던 이상적 존재로서 사랑의 대상에 대한 기대를 와해시킨다. 이 모두는 고착된 사랑의 공식과 그에 접합되어 있는 숭고미를 해체[4]함으로써 사랑시에 대한 기존의 도식적 반응에 동요를 일으킨다.

그간 최승자의 사랑시에 대해서는 대부분 그의 시세계의 일부로서 지엽적 논의가 이루어졌다고 할 수 있다.[5] 이 논의는 최승자의 문제적 테마로서 열정적 사랑(passionate love)의 구체적 방식을 면밀하게 분석함으로써 그것이 지닌 역설적 의미와 존재의 비극성을 밝히는 데 초점을 맞추고자 한다.

2. 전투적 방식으로서 열정적 사랑

최승자의 시에 나타나는 사랑은 우리 시에서 드물게 목격되는 '열정적 사랑'으로 유형화할 수 있다. 그것은 이상화의 시 「나의 침실로」나 서정

---

3) 엄경희, 「매저키스트의 치욕과 환상」, 『빙벽의 언어』, 새움, 2002, 158쪽.

4) 박순희는 최승자 시의 원동력을 부재의 세계관과 세계의 불확실성으로 규정하고 그의 시에서 발견되는 문법적 구조의 '해체'를 세계관과 결부하여 분석하고 있다. 박순희, 「최승자 시에 나타난 해체주의적 경향성」, 『돈암어문학』 제7호, 돈암어문학회, 1995, 163~183쪽 참조.

5) 김치수의 논의는 실패한 사랑의 경험이 야기한 의식의 불행에 초점을 맞추고 있으며, 김현은 괴로운 사랑과 죽음의식의 얽힘에 대해, 김수이는 여성성을 염두에 두면서 사랑의 부재와 텅 빈 실존성의 맞물림에 대해 설명하고 있다. 엄경희는 최승자의 존재인식과 관련해서 그의 매저키즘적 사랑의 방식을 언급하고 있다. 김치수, 「사랑의 방법」, 『이 時代의 사랑』 해설, 문학과지성사, 1981, 89~96쪽; 김현, 「게워냄과 피어남」, 『젊은 시인들의 상상세계 : 말들의 풍경』, 문학과지성사, 1992, 225~236쪽; 김수이, 「사랑과 죽음—최승자, 한영옥의 시에 나타난 죽음 의식」, 『풍경 속의 빈 곳』, 문학동네, 2002, 149~158쪽; 엄경희, 앞의 책, 141~169쪽 참조.

주의 시집 『花蛇集』에 등장하는 일시적 관능성의 추구와 달리 집요하게, 반복적으로 '너'와의 관계를 문제 삼으면서 형상화된다. 최승자는 소위 말하는 질병으로서의 사랑, 혹은 죽음을 불사하는 사랑, 자기 파괴적인 사랑을 적나라하게 강조함으로써 열정적 사랑을 문제적인 것으로 의미화한다. 그에게 사랑은 쥘리아 크리스테바의 말을 빌자면 "죽음과 재생이 서로 힘겨루기를 벌이는[6]" 사투의 장이라 할 수 있다. 예를 들면 시 「사랑 혹은 살의랄까 자폭」에 "한밤중 흐릿한 불빛 속에/책상 위에 놓인 송곳이/내 두개골의 살의(殺意)처럼 빛난다./고독한 이빨을 갈고 있는 살의,/아니 그것은 사랑."이라고 시인은 쓰고 있다. 이 시에서 송곳과 살의와 고독과 사랑은 동일한 의미로 맥락화된다. 아울러 제목에 암시되어 있듯이, 상대를 죽이고 싶은 욕망과 고독이 뒤엉킨 극렬한 심리상태가 곧 사랑의 추구와 연관된 것이라면 이 또한 '자폭'을 예비하는 일이기도하다. 죽이고 싶은 욕망과 죽고 싶은 욕망 사이에 사랑이 남긴 고통으로서의 고독이 이빨을 갈고 있는 것이다. 그런 의미에서 최승자의 열정적 사랑은 도취나 쾌락보다는 존재를 위태롭게 하는 거대한 결핍 속에서의 자기 파괴 욕구와 더불어 진행된다. 이 같은 열정적 사랑의 특성을 앤소니 기든스는 다음과 같이 설명한다.

> 열정적 사랑 즉 아무르 빠씨옹(amour passion)은 사랑과 성적 애착 사이의 일반적 연관을 표현한다. 열정적 사랑은 틀에 박힌 일상생활과는 구별될 뿐 아니라 실제로 그것과 갈등하기도 하는 어떤 급박함으로 특징지워진다. 타자와의 감정적인 연루가 너무도 강렬히 스며들어서 그 사람 또는 그 두 사람으로 하여금 자

---

6) 줄리아 크리스테바, 『사랑의 역사』, 김인환 역, 민음사, 2008, 14쪽.

기의 통상적 책무를 무시하게 만드는 것이다. 열정적 사랑은 가히 종교적이라고 할 만큼 진지한 열의를 불러일으키는 매혹의 속성을 가지고 있다. 세상의 모든 것들이 갑자기 새로워지고, 그리고 아마 거의 동시에 자기의 이익이나 관심사는 포착할 수 없게 된다. 열정적 사랑에 빠진 사람의 관심은 자신이 사랑하는 대상에 너무도 강력히 묶여있다. 열정적 사랑은 카리스마의 경우와 유사하게 인간관계라는 면에서 특히 파괴적이다. 그것은 개인들을 현세로부터 뽑아올려, 희생뿐 아니라 극단적 선택마저도 기꺼이 받아들이게끔 만든다.[7]

    일상생활의 특성이 자기보존과 안정과 휴식을 지향한다면 열정적 사랑은 이와 같은 생활 토대로부터 개인을 '뽑아올려' 일상과는 전혀 다른 세계로 존재를 몰아간다. 이때 오로지 '타자와의 감정적인 연루'만이 문제가 된다. 이 사로잡힘의 상태가 지닌 특성을 앤소니 기든스는 급박함, 파괴성, 희생, 극단적 선택으로 설명한다. 이와 같은 열정적 사랑의 특성은 사랑의 실현이 현실적으로 불가능함을 암시한다. 만일 실현 가능한 것이라면 파괴나 희생과 같은 순교적 시련을 무릅써야할 이유가 없을 것이다. 루만은 "사랑이 관능적이고 세속적 욕망을 불러일으키기 때문에 고통을 겪는 것이 아니다. 우리가 고통을 겪는 것은 아직 사랑을 성취하지 못했거나 성취했지만 사랑이 약속한 것이 유지되지 않기 때문"[8]이라고 사랑이 야기하는 고통의 원인을 설명한다. 고통 없는 사랑이 되기 위해서는 욕망이 성취되어야 하고 그것이 또한 영속적으로 유지되어야 한다. 그런데 사랑이 사랑하는 자와 사랑 받는 자의 일체화를 추구하는 감정을 뜻하는

7) 앤소니 기든스, 앞의 책, 82쪽.
8) 니클라스 루만, 『열정으로서의 사랑』, 정성훈·권기돈·조형준 역, 새물결, 2009, 103쪽.

것이라면 이는 그 자체로 환상일 수밖에 없다. 타자와의 영속적 일체화는 근본적으로 불가능하기 때문이다. 시간이 지나면 시작과 달리 사랑은 변질되거나 변형될 수밖에 없다. 따라서 영원한 사랑은 현실에서가 아니라 오직 기억으로 혹은 관념으로 추구될 뿐이다. '사랑은 영원하다'라는 유구한 테제는 타자와의 오랜 경험적 사실을 끊임없이 물리치며 존속해 왔던 인간관계의 이상적 추구일 뿐인 것이다. 그럼에도 사랑은 대상에 대한 일시적 이상화가 영구적인 관여(permanent involvement)와 결합[9]하는 것을 멈추지 않는다.

> 겨울 동안 너는 다정했었다.
> 눈(雪)의 흰 손이 우리의 잠을 어루만지고
> 우리가 꽃잎처럼 포개져
> 따뜻한 땅 속을 떠돌 동안엔
>
> 봄이 오고 너는 갔다.
> 라일락꽃이 귀신처럼 피어나고
> 먼곳에서도 너는 웃지 않았다.
> 자주 너의 눈빛이 셀로판지 구겨지는 소리를 냈고
> 너의 목소리가 쇠꼬챙이처럼 나를 찔렀고
> 그래, 나는 소리 없이 오래 찔렸다.
>
> 찔린 몸으로 지렁이처럼 기어서라도,
> 가고 싶다 네가 있는 곳으로.

---

9) 앤소니 기든스, 앞의 책, 83~84쪽 참조.

너의 따뜻한 불빛 안으로 숨어들어가
다시 한번 최후로 찔리면서
한없이 오래 죽고 싶다.

그리고 지금, 주인 없는 해진 신발마냥
내가 빈 벌판을 헤맬 때
청파동을 기억하는가

우리가 꽃잎처럼 포개져
눈 덮인 꿈 속을 떠돌던
몇 세기 전의 겨울을.

「청파동을 기억하는가」 전문

이 시는 최승자의 사랑시의 서사를 압축적으로 드러낸다는 점에서 매우 중요한 작품으로 여겨진다. 이 시의 가장 중요한 사실은 그의 사랑이 '몇 세기 전' 아득한 과거의 일이라는 점이다. 1연에 제시된 것처럼 그 과거는 다정하고 따뜻한 체온을 간직한 에로틱한 풍경으로 기억된다. 그러나 이 먼 과거의 사랑은 영속적으로 유지되지 못한다. 이제 '너'는 부드러운 생명적 '꽃잎'에서 '셀로판지 구겨지는 소리'를 내는 날카롭고 차가운 금속의 차원으로 변질된다. 앞서 예시했던 「사랑 혹은 살의랄까 자폭」에서 보았던 송곳과 살의와 사랑이 하나로 뒤엉키는 심리적 고통을 이 시에서도 포착할 수 있다. '너'는 '나'를 찌르는 가해자가 되어 아직 과거의 사랑을 버리지 못한 '나'에게 피 흘림의 고통을 안겨 준다. 최승자의 사랑의 서사는 이로부터 출발한다. 상대와의 사랑이 시작되는 지점이 아니라, '버림받음'이라는 죽음의 자리에서 "찔린 몸으로 지렁이처럼 기어서라도"

상대에게 가고 싶은 재생의 욕망이 힘겨루기를 하는 지점에서 그의 열정적 사랑은 극대화된다. 그의 또 다른 시에 발견되는 "날마다 나는 버려진 거리 끝에서 일어나네."(「버려진 거리 끝에서」), "아무도 나의 손을 잡아 일으키지 않아요"(「슬픈 기쁜 생일」), "식은 사랑 한 짐 부려놓고/그는 세상 꿈을 폭파하기 위해/나를 잠가 놓고 떠났다."(「우우, 널 버리고 싶어」)와 같은 구절 또한 버림받음의 고통을 드러낸 예라 할 수 있다.

우리의 사랑시 전통에서 님과의 이별은 가장 빈번하게 등장하는 서사의 한 축이라 할 수 있다. 이때 대부분의 시에 드러난 이별 혹은 님의 부재가 남긴 고통은 그리움이나 기다림이라는 형태로 미화된다. 더 구체적으로 말해 이별의 원인은 생략된 채 님을 떠나보낸 자의 수동적 기다림만이 강조되어 왔다고 할 수 있다. 최승자의 경우 이러한 전통적 틀에서 벗어나 이별의 구체적 원인을 '버림받음'의 상황으로 반복해서 제시한다. '버림받음'이란 '나'의 의사결정과 상관없이 가해진, 그러나 '나'의 의지로 어찌해볼 수 없는 최악의 관계상황을 뜻한다. '버림받음'의 상황을 거듭 강조하는 이 같은 시적 맥락은 시인의 몇 가지 의도를 내포한다. 첫째는 그간 이별의 상황을 전제하면서도 사랑을 '우아함' 혹은 '숭고함'으로 승화시키려는 태도가 우세했다면 최승자는 이러한 아름다움의 충동을 제어하고 존재의 비극성을 부각시키는 데 초점을 맞추고 있는 것으로 볼 수 있다. 그에게 사랑은 아름다움 이전에 고통인 것이다. 두 번째는 시적 화자를 버리고 떠난 사랑의 대상을 일종의 가해자로 의미화하고자 하는 의도를 읽을 수 있다. 최승자 시에서 자주 발견되는 가학과 피학의 맥락은 이와 무관하지 않다. '님'을 아름다운 숭배의 대상으로 묘사해왔던 사랑시의 전통과 비교해볼 때 이와 같은 '님'에 대한 의미화는 매우 새로운 것이라 할 수 있다. 아울러 '버림받음'에 대한 반복적 표방은 사랑의 대상이 저지른 행위에 대한 원망, 혹은 애증의 감정을 내포할 가능성이 짙다.

세 번째, '버림받음'을 강조한다는 것은 역으로 사랑의 대상을 포기할 수 없음을 뜻하는 것이다. 인용한 시 「청파동을 기억하는가」에 보이는 "너의 따뜻한 불빛 안으로 숨어들어가/다시 한번 최후로 찔리면서/한없이 오래 죽고 싶다."는 발언에서 그러한 의지를 발견할 수 있다. '버림받음'과 '포기할 수 없음'이라는 두 상황의 팽팽한 양립을 통해 최승자는 열정적 사랑의 비극을 극화한다.

> 햇빛이 점점 남루해지는
> 저물녘 거리에서
> 먼지처럼 떠돌며
> 나는 본다.
>
> 내 그리움의 그림자들이
> 짓밟히며 짓밟히며
> 다시 일어서는 것을.
> 집과 거리와 나무들이
> 소리 없이 흔들리며
> 세상을 향한
> 내 울음의 통로를 만드는 것을.
>
> 「부질없는 물음」 부분

> 네게로 가리.
> 혈관을 타고 흐르는 매독 균처럼
> 삶을 거머잡는 죽음처럼.
>
> 「네게로」 부분

떠나간 님을 그리워하거나 기다리는 수동적 자세를 버리고 '버림받음'을 다시 사랑의 재탄생으로 돌려놓고자 할 때 사랑은 일종의 '전투'가 된다. 그것은 떠나간 상대의 의지를 꺾고 자신의 바람대로 사랑을 다시 연장하겠다는 의지라는 점에서 상대에 대한 '정복'의 욕망을 포함한다. "짓밟히며 짓밟히며" 다시 일어나는 재탄생의 욕망을 시인은 '일어서다' 혹은 '가다'라는 동사를 통해 드러내곤 한다. '버림받다'와 '포기할 수 없음'이 곧 '짓밟다'와 '일어서다(가다)'라는 구체적 행위로 형상화되고 있는 것이다. 이러한 전투적 상황의 반복은 재탄생의 기대가 실패했음을 뜻한다. 시 「청파동을 기억하는가」의 "너의 목소리가 쇠꼬챙이처럼 나를 찔렀고/그래, 나는 소리 없이 오래 찔렸다."라는 구절이 이를 말해준다. 화자의 '일어섦'을 '쇠꼬챙'으로 대응하는 이 고통스러운 관계는 사랑인가, 전쟁인가? 최승자의 화자는 포기하지 않는다. 그는 '매독 균처럼', '삶을 거머잡는 죽음처럼' 치명적인 것으로 '너'에게 도달하겠다고 말한다. 그는 '쇠꼬챙'으로 상징되는 쓰라린 결핍과 고통에 맞서 매독균과 죽음이라는 무기를 꺼내드는 것이다. 여기에는 상대를 지속적으로 사랑하고자 하는 감정과 자기를 파괴하고 싶다는 욕망이 동시에 작동한다. 아울러 신체 파괴에 의한 자기희생을 불사하는 극단적 태도 또한 내포되어 있다. 따라서 포기할 수 없는 이 사랑의 열정은 존재의 비극으로 이어지게 된다.

3. 거짓 대상이 내포하는 역설

시에 등장하는 사랑의 대상은 일반적으로 고귀함을 간직한 이상적 존재로 그려진다. 사랑의 대상이 쓰라린 고통과 외로움을 안겨주는 원인일지라도, 혹은 원망의 대상일지라도 그는 궁극적으로는 흠모와 찬미를 받는 대상으로 의미화된다. 소설에 간혹 사랑의 대상으로 사기꾼이나 바람

둥이가 등장하기도 하지만 시에는 이 같은 부정적 자질을 지닌 사랑의 대상이 거의 등장하지 않는다. 예를 들어 향가 「獻花歌」와 「海歌」에 등장하는 순정공의 부인 수로는 용모가 너무 아름다워 귀신이나 영물들까지 그녀를 탐할 정도였다고 기록되어 있다. 소를 끌고 가던 노인이 사람의 발길이 미칠 수 없는 절벽에 올라 붉은 철쭉을 꺾어 수로에게 헌화한 사건은[10] 사랑의 대상이 지닌 원형적 자질, 즉 '완벽성'을[11] 상징화한다. 이처럼 사랑의 대상은 모든 수난을 기꺼이 감수할 만한 가치를 지닌 이상적 존재로 표상된다. 한용운의 시에 등장하는 '나'를 버리고 떠난 '님' 또한 초세속적 숭배의 대상으로 묘사된다. 사랑의 대상이 지닌 아름다움과 완벽함, 사랑하는 자가 도달할 수 없는 상대의 능력 등은 사랑시의 서사를 이루는 일종의 공식이라 할 수 있다. 그럼에도 최승자의 사랑시가 지닌 가장 독특한 국면은 사랑의 대상이 지닌 이상적 형상, 혹은 미적 자질을 거의 소거한다는 점이다. 시에 등장하는 '너(당신)'는 시적 화자를 짓밟고 버렸다는 점에서 시적 화자보다 강력한 힘을 지닌 자이지만 그는 부도덕하고 거짓된 자로 그려진다. 말하자면 위악적인 사랑의 폭군이라 할 수 있다.[12]

　　　　한잠 자고 일어나 보면

　　　　당신은 먼 태양 뒤로 숨어 보이지 않는다.

---

10) 일연, 『三國遺事』, 「卷第二 奇異 第二 水路夫人」, 이민수 역, 을유문화사, 1993, 123~124쪽.

11) 상대에 대한 열망과 기대와 헌신을 통해 구체화되는 것이 사랑이라면 이는 애착대상에 대한 끌림과 긴밀한 관련을 갖는다. 애착대상에 대한 끌림은 이상적 존재로서의 상대를 상정하는데 루만은 이를 '대상의 완전함'으로 설명한다. "사랑의 코드는 이상을 고정시킨다. 사랑은 사랑을 끌어당기는 대상의 완전함에서 사랑 고유의 정당성을 발견한다(오래된 가르침을 따르는 모든 노력이 그에 고유한 대상에 의해 규정되듯이). 따라서 사랑은 완벽함(perfektion)을 추구하는 이념, 즉 그 이념이 [사랑하는] 대상의 완벽함에서 도출되는 이념이며, 그러한 대상의 완벽함 때문에 거의 어찌할 수 없는 일이고, 그런 한에서 '수난'이었다." 니클라스 루만, 앞의 책, 2009, 79쪽.

12) 최승자 시에 등장하는 '님'의 기만적·폭력적 성격에 관해서는 엄경희, 앞의 글, 156~157쪽 참조.

이윽고 어 얼마 뒤, 불편한 안개 뒷편으로
당신은 어 엉거주춤 떠오르기 시작한다,
이상하게, 낯설게,
시체 나라의 태양처럼 차갑게.
나는 그 낯설고 차가운 열기에
온몸을 찔리며 포복한 채
당신에게로 기어가기 시작한다.
이윽고 거북스런 안개가 걷히고
당신과 나는 당당하게 서로를 바라본다.

그때 당신이 또 날 죽이려는 음모를 품기 시작한다.
뒤에다 무엇인가를 숨기고서
당신은 꿀물을 타 주며 자꾸만 마시라고 한다.
나는 그게 독물인 줄 알면서도 자꾸만 받아 마신다.
나는 내 두 발이 빠져 들어가는 것을 알면서도
자꾸만 빠져 들어간다.
당신은 당신이 하는 장난이
내게는 얼마나 무서운 진실인가를 모르는 체한다.
당신이 모르는 체하는 것을 모르는 체하면서,
내가 자꾸 빠져 들어가는 게 나의 사랑이라는 것을 당신은
모르고, 모르는 체하고,
그리고 보이지 않는 곳에서 진딧물이 벼룩을 낳고 벼룩이
바퀴벌레를 낳고 바퀴벌레가 거미를 낳고……
우리의 사랑도 속수무책 거미줄만 깊어 가고,
또 다른 해가 차가운 구덩이에 처박힌다.

「연습」 전문

최승자 시에 내포된 열정적 사랑의 역설과 존재의 비극성 **275**

시 「청파동을 기억하는가」에 호명된 사랑의 대상인 '너'가 셀로판지 구겨지는 소리와 쇠꼬챙이라는 금속의 이미지로 그려진 것과 마찬가로 이 시의 '당신'도 '낯설고 차가운 열기'로 화자를 찌르는 금속의 이미지로 묘사된다. 화자는 태양과 안개 뒤편에 숨어있는 당신을 향해 찔리며 기어서 간다. 이 같은 내용의 1연은 화자와 당신이 이미 정상적인 연인의 관계가 아님을 암시한다. 그들은 차가운 것으로 찌르고 찔리는 가해자와 피해자이며 동시에 헤어진 연인이며 적인 것이다. 이때 당신은 "날 죽이려는 음모를 품기 시작한다". 당신은 달콤한 꿀물로 위장한 독물로 화자를 죽이려 하고 화자는 이에 복종한다. 이때 "애인의 의지에 무조건 스스로 복종하는 것이 사랑을 드러내고 '과시하는' 형식이 된다. 이런 절대적 복종에서 관건이 되는 것은 인격적 고유성을 완전히 포기하는 일이다.[13]". 열정적 사랑은 이와 같은 자기 소멸의 지점, 즉 자기 정체성이 몰각되는 지점에서 절정을 이룬다. 한편 당신은 이와 같은 순교적 복종 심리를 이용해 '무서운 진실', 즉 화자를 더 이상 사랑하지 않는다는 사실을 '독물'로 극명하게 각인시킨다. 우리의 사랑시 전통에서 이와 같은 폭력적이고 비인간적인 '님'의 등장은 일찍이 없었던 것이다. 이 시의 당신은 사랑을 철저히 외면함으로써 사랑의 부재를, 즉 죽음의 음모를 꿈꾸는 악인이라 할 수 있다. 또 다른 시에 보이는 "지금 내가 없는 어디에서/내 애인은 내 애인의 애인과 놀아나고"(「지금은 내가 없는 어디에서」), "내 애인은 太平洋처럼 누워 있다./내 애인의 눈동자 속으로/한 낯선 사내가 걸어 들어간다."(「S를 위하여」), "사랑은 나가 몇 달째 돌아오지 않는다./부정한 아내야,/슬픔의 매독균을 간직한 여자야."(「K를 위하여」)와 같은 구절 또한 '나'를 배신한 비도덕적이고 가학적인 '님'의 형상을 드러낸다.

---

13) 니클라스 루만, 앞의 책, 100쪽.

최승자의 화자와 사랑의 대상인 당신은 죽음과 삶 사이에서, 음모와 사랑 사이에서, 꿀물과 독 사이에서, 장난과 진실 사이에서 '모르는 체'하는 상대를 '모르는 체'한다. 모르는 체하는 것을 모르는 체하는 두 겹의 장막은 이들 사이에 벌어져 있는 심리적 거리를 나타낸다. 여기에 최승자가 말하고자 하는 열정적 사랑의 역설이 담겨있다. 시인은 '나'를 배반한 사랑, 끊임없이 찌르는 사랑, 독을 마시게 하는 사랑, 아무리 애를 써도 외면하는 사랑, 이러한 부조리한 혹은 어긋남의 관계방식에 대한 대응으로써 죽음을 불사하는 순교적 사랑의 자세를 강조함으로써 이 시대에 온전한 소통 혹은 온전한 결합으로서의 사랑은 불가능하다는 사실을 역설하는 것이다. 고귀하고 아름다운 전통적 사랑의 대상을 매장시키고 그와 반대되는 위악적이고 폭력적인 사랑의 대상을 내세움으로써 최승자는 이에 부합하는 파트너, 즉 순교적 화자를 탄생시킬 수 있었던 것이다. 최승자의 화자가 온몸을 찔리며 당신으로 향할 때 사랑의 목마름과 그것이 초래하는 비극의 함량은 커지게 된다. 이 목마름과 비극의 함량을 증폭시키는 자가 바로 위악적인 애착대상이며 이 위악적 대상을 통해 재탄생의 실패, 사랑의 부재, 혹은 사랑의 불가능, 나아가서는 관계의 대립과 타자와의 소통불능[14]을 더욱 더 강렬하게 우리 앞에 각인시키는 것이다. 그런 점에서 최승자의 사랑시는 역설적이다. 이와 같은 소통의 장벽을 시인은 시 「나는 그대의 벽을 핥는다」의 "나는 그대의 벽을 핥는다./달디단 내 혀의 입맞춤에 녹아/무너져라고 무너져라고/나는 그대의 벽을 핥는다."는 구절을 통해 고백한다. 이처럼 그의 시에서 사랑의 재탄생을 위한 시도는 거듭 실패하고 그것은 수많은 죽음의 이미지를 낳는 원인이 된다.

---

14) 루만은 다음과 같이 사랑을 일종의 소통 코드로 정의한다. "사랑이라는 매체 자체는 감정이 아니라 하나의 소통 코드이다. 즉 그것의 규칙들에 따라 감정을 표출하고 형성하고 모사할 수 있게 해주고 타인이 그런 감정을 갖고 있다고 보거나 그렇지 않다고 볼 수 있게 해주며, 또한 이 모든 것을 통해 그 규칙들에 따른 소통이 실현될 때 생기는 온갖 결과들에 대처할 수 있게 해주는 코드이다". 위의 책, 37쪽.

너는 날 버렸지,

이젠 헤어지자고

너는 날 버렸지,

산 속에서 바닷가에서

나는 날 버렸지.

수술대 위에 다리를 벌리고 누웠을 때

시멘트 지붕을 뚫고 하늘이 보이고

날아가는 새들의 폐벽에 가득찬 공기도 보였어.

하나 둘 셋 넷 다섯도 못 넘기고

지붕도 하늘도 새도 보이잖고

그러나 난 죽으면서 보았어.

나와 내 아이가 이 도시의 시궁창 속으로 시궁창 속으로

세월의 자궁 속으로 한없이 흘러가던 것을.

그때부터야.

나는 이 지상에 한 무덤으로 누워 하늘을 바라고

나의 아이는 하늘을 날아다닌다.

올챙이꼬리 같은 지느러미를 달고.

　나쁜 놈, 난 널 죽여 버리고 말 거야

　널 내 속에서 다시 낳고야 말 거야

내 아이는 드센 바람에 불려 지상에 떨어지면

내 무덤 속에서 몇 달간 따스하게 지내다

또다시 떠나가지 저 차가운 하늘 바다로,

올챙이꼬리 같은 지느러미를 달고.

오 개새끼

못 잊어!

「Y를 위하여」 전문

최승자 시에 자주 발견되는 자기비하의 이미지들, 예를 들어 곰팡이, 오
물자국, 매독 균, 문둥병, 지렁이, 다족류의 벌레, 검은 독버섯, 누더기 옷
감, 동냥 바가지 등은 자아존중감(self—esteem)의 상실과 관련하며 이
는 궁극적으로 이 세계로부터의 소외감, 즉 버림받음이라는 상징적 사건
으로부터 기인한 것이다.[15] 버림받은 상태에 이르렀을 때 그의 화자는 "산
속에서 바닷가에서/나는 날 버렸지."라고 자술한다. 자기 존경과 자신에
대한 가치를 완전히 상실했다는 것은 한 생명이 자기보존욕구를 상실했
음을 뜻하는 것이며 이는 곧 존재의 죽음과 다를 바 없음을 의미하는 것
이다. 이와 같이 애착대상과 자아존중감의 동시적 상실의 사태를 최승자
는 '사산' 혹은 낙태로 사건화한다.

인용한 시는 최승자 이전의 여성시에서 발견할 수 없었던 낙태 장면
을 상징적으로 처리한 작품이다. 화자는 마취의 혼수상태에서 "나와 내
아이가 이 도시의 시궁창 속으로 시궁창 속으로/세월의 자궁 속으로 한
없이 흘러가던 것을." 처연하게 본다. 시궁창 속으로 흘러갈 수밖에 없는
'나와 내 아이'는 이 세계의 하수관을 흘러가는 오물에 불과하다. 이때
'시궁창'이 '세월의 자궁'으로 전이되고 있는데 이 시간의 지표는 가사상

---

15) 최승자를 비롯하여 김승희, 김혜순, 김상미, 황인숙, 박서원 등의 작품을 여성시의 관점에서 분석한 이은정
은 최승자의 시에 나타난 자기비하와 가사상태에 빠진 육체를 "남성적 질서의 삶으로부터 일탈을 꿈꾸고 또
그 일방적 질서에서 해방되기 위해서 허구화된 자신의 몸을 상징적으로 분해하는 것"이라고 설명한다. 이런
의미에서 본다면 최승자 시에 반복되는 자해와 훼손된 성은 억압과 강제, 폭력에 저항하는 육체성을 함의
한다. 극단적 자기비하는 부조리한 세계(애착대상)로부터 가해졌던 고통의 외현인 것이다. 이은정, 「육체, 그
불화와 화해의 시학」, 『한국 여성 시학』, 김현자·김현숙·황도경 외 공저, 깊은샘, 1997, 63~64쪽.

태의 존재상황이 일시적인 것이 아니라 반복적이고 지속적임을 말해주는 것이다. 김수이는 이러한 죽음의 반복성을 "사랑의 대상은 소멸되고 사랑의 주체인 '나'만 남은 상태, 텅 빈 무기력한 실존! 이것이 바로 삶을 압도한 죽음의 내용물이다. 사랑의 대상이 부재하므로, 주체인 나도 없다. 나는 이미 죽었다. 이 죽음은 치명적임에도, 하찮고 무의미하다. 이 죽음은 죽은 나를 능욕하면서 계속 죽게 만든다.[16]"고 설명한다. 한편 이 시에서도 최승자는 "타인 속에서의 자기 포기, 소멸, 재탄생이라는 원리[17]"를 그대로 드러낸다. 버림받음과 자아존중감의 상실, 그리고 다시 낳겠다는 사랑의 의지가 반복되고 있는 것이다. "나쁜 놈, 난 널 죽여 버리고 말 거야/ 널 내 속에서 다시 낳고야 말 거야"라는 역설적 문장에 담겨있는 애증의 공격성은 재탄생의 소망을 함축하는 의지적 표현이라 할 수 있다. 시인은 이러한 소망을 시 「슬픈 기쁜 생일」에서 "아픔이 아픔을 몰아내고/죽음으로 죽음을 벨 때까지"라고 다짐한다.

4. 숭고미의 해체와 존재의 비극성

최승자는 첫 시집부터 에로스Eros의 욕망 이면에 타나토스Thanatos의 욕망을 강하게 내포하면서 그의 시세계를 전개한다. 그의 시세계에 죽음의 강박과 관련한 시편들은 헤아릴 수 없이 많은 양을 차지한다. 앞서 보았듯이 그의 에로스적 욕망이 '버림받음'이라는 상실감과 재탄생의 실패를 통해 증폭되고 있음을 볼 때 사랑과 죽음의 상호침투는 자연스러운 귀결로 볼 수 있다. 반복적으로 버림받는 가운데 거듭되었던 불안애착처럼 그의 시에 등장하는 죽음의 형상은 '불안'이라는 정서 상태로 종종 드

---

16) 김수이, 앞의 글, 154쪽.
17) 니클라스 루만, 앞의 책, 101쪽.

러나는데, 예를 들면 "나를 덮치기 위해/마악 손을 내뻗고 있는/저 튼튼한 죽음의 팔뚝."(「밤」), "숨죽이며 다가오는 삿대 소리./보이지 않는 허공에서/죽음이 나를 겨누고 있다."(「불안」), "응답처럼 보복처럼, 나의 기둥서방/죽음이 나보다 먼저 누워/두 눈을 멀뚱거리고 있다."(「오늘 저녁이 먹기 싫고」)와 같은 구절이 그것이다. 그런데 중요한 것은 자신을 위협하는 이 죽음의 그림자를 '기둥서방'이라고 표현한 것처럼 죽음을 두려워하면서도 그것에 애착한다. "아무도 다가오지 마라./내가 버리고 싶은 것은/오직 나 자신일 뿐……"(「허공의 여자」), "녹슨 내 외로움의 총구는/끝끝내 나의 뇌리를 겨누고 있다."(「외로움의 폭력」), "다시 한번 최후로 찔리면서/한없이 오래 죽고 싶다."(「청파동을 기억하는가」)에 보이는 자학적 태도에는 차라리 죽고 싶다는 비장함이 숨어 있다. 사랑의 재탄생의 실패 앞에서 목숨을 버리는 것이야말로 열정적 사랑의 귀결일지도 모른다. 그러나 최승자의 비극은 여기에 있지 않다. 오히려 이런 미적 죽음의 꿈이 현실적으로 실현되지 않는다는 데 그의 비극적 인식이 있다.

죽고 싶음의 절정에서
죽지 못한다, 혹은
죽지 않는다.
드라마가 되지 않고
비극이 되지 않고
클라이막스가 되지 않는다.
되지 않는다,
그것이 내가 견뎌내야 할 비극이다.
시시하고 미미하고 지지하고 데데한 비극이다.

하지만 어쨌든 이 물을 건너갈 수밖에 없다.

맞은편에서 병신 같은 죽음이 날 기다리고 있다 할지라도.

「비극」 전문

　사랑을 갈구하는 자가 사랑을 위해 장렬하게 죽는다면 최승자의 사랑의 서사는 숭고미를 성취하게 될 것이다. 버림받음과 거짓된 애착대상, 재탄생의 실패로 점철되었던 그의 사랑의 서사는 미감보다는 고통을 드러내는 데 집중된다. 이와 같은 서사의 맥락 속에서 죽음에 애착하는 것은 아름다운 사랑의 종결방식에 대한 애착과 다를 바 없다. 그러나 드라마가 되지 않고 클라이맥스가 되지 않는 시시하기 이를 데 없는 것이 사랑의 종말이라면 이보다 더한 비극은 없다. 최승자는 그의 사랑의 서사에서 끝끝내 숭고미를 소거함으로써 열정적 사랑이 지닌 대미의 환상을 해체한다. 온전한 사랑이 존재하지 않는 것이 삶이라면 그 삶의 서사로부터 도출되는 죽음이 삶의 내력과 따로 분리되어 숭고함을 이룰 수는 없는 것이다. "병신 같은 죽음"을 인정해야 하는 것이 숭고한 죽음보다 더 고통스러운 일이라는 점을 강조함으로써 시인은 끝끝내 존엄해질 수 없는 존재의 비천함을 드러낸다. 이것이 최승자가 말하는 존재의 비극적 초상이다. 이와 같은 자기이해는 사랑의 서사가 잦아들기 시작하는 세 번째 시집 이후부터 시인의 시간인식과 맞물리면서 줄곧 반복된다.

아무도 모르리라.

그 세월이 어떻게 흘러갔는지.

아무도 말하지 않으리라.

그 세월의 내막을.

세월은 내게 뭉텅뭉텅

똥덩이나 던져주면서

똥이나 먹고 살라면서

세월은 마구잡이로 그냥,

내 앞에서 내 뒤에서

내 정신과 육체의 한가운데서,

저 불변의 세월은

흘러가지도 못하는 저 세월은

내게 똥이나 먹이면서

나를 무자비하게 그냥 살려두면서.

「未忘 혹은 備忘 1」 전문

　최승자의 시에서 '치욕'이라는 시어를 자주 발견할 수 있는데, 그가 말하는 치욕의 구체적 형상은 바로 위의 시와 같은 시간의 질을 의미한다. "저 불변의 세월"을 치열하게 사랑으로 바꾸어보려 했던 것이 시인의 의지였다면 "흘러가지도 못하는 저 세월은/내게 똥이나 먹이면서/나를 무자비하게 그냥 살려두면서" 화자의 의지를 배반한다. 고문과도 같은 이러한 치욕스러운 시간인식은 종결되지 않는다. 세월은 죽음으로 겁주면서 치욕감으로 범벅된 존재의 비참 속에 그를 살려놓으며 한없이 지연된다. 더럽고 추악한 "시간의 구정물"(「슬픈 기쁜 생일」)과 "구역질의 시간들"(「봄의 略史」)을 견뎌야 하는 것이 최승자의 존재론적 몰락인 것이다. 절망의 클라이맥스가 없는 이 비루한 상태를 시인은 시 「말 못 할 사랑은 떠나고」에서 "그래 아 드디어 이 시대, 이 세계,/희망은 죽어 욕설만이 남고/절망도 죽어 치정만이 남은……"이라고 비탄한다. 그리고 시 「河岸發 2」에서 "(이 고통의 개밥 그릇을/내 앞에서 치워다오./나는 개가 아니다.)"라고 절규한다. 한 존재의 죽음이 비극이라면 죽어야 하는데 죽지 못하는 이 같은 존재의 상태는 죽음보다 더 비참한 비극이라 할 수 있다. 이때 존재는 김수이의 해석처럼 "텅 빈 무기력한 실존"[18]에 이르게 된다.

> 네게, 또 세상에게,
> 더 이상 팔 게 없다.
> 내 영혼의 집 쇼 윈도는
> 텅 텅 비어 있다.
> 텅 텅 비어,
> 박제된 내 모가지 하나만
> 죽은 왕의 초상처럼 걸려 있다.
>
> 「너에게」 부분

영혼이 텅 빈 존재는 육체가 있어도 없는 존재와 같다. 이 존재부정의 형상을 시인은 단단하게 메마른 '박제된 모가지'로 이미지화한다. 영혼이 빠져나간 존재의 껍질을 그로테스크하게 부각시키는 것이다. 자기 자신이 부재로 인식될 때 물리적 시간은 존재 밖으로 빠져나가고 '나'는 시간을 통솔할 수 있는 능력을 잃게 된다. 또 다른 시 「어떤 아침에는」에서 발견되는 "시간의 사막 한가운데서/죽음이 홀로 나를 꿈꾸고 있다."라는 진술은 시간의 사막을 헤쳐 갈 수 없는 자의 탈진된 모습을 드러낸다. 이제 죽음이 '나'를 꿈꾸는 역전된 징역의 시간 앞에 놓여있는 것이다. 이와 같은 존재의 시간에 대한 인식은 시 「어떤 아침에는」이 실려 있는 세 번째 시

---

18) 김수이, 위의 글, p. 154.

집『기억의 집』(문학과지성사, 1989)과 그 후 발간된 시집『쓸쓸해서 머나 먼』(문학과지성사, 2010)이 십여 년이라는 시간의 격차를 보이고 있음에 도 불구하고 달라지지 않는다.『쓸쓸해서 머나먼』에 실려 있는「한 세월 이 있었다」에서 시인은 "한 세월이 있었다/한 사막이 있었다//그 사막 한 가운데서 나 혼자였었다/하늘 위로 바람이 불어가고/나는 배고팠고 슬 펐다"고 고백한다.

　다시 위에 인용한 시「너에게」로 돌아가서, 이 시에서 눈에 띄는 것은 "네게, 또 세상에게,/더 이상 팔 게 없다."는 구절이 함의하는 바이다. '팔 다'가 함의하는 시장경제의 논리는 그의 사랑시의 맥락이 자본주의의 시 대성과 맞물릴 가능성을 시사한다. 시「다스려야 할 상처가」에서 "모든 물질적 정신적 소비가/지겨워 나는 떠났다./나는 소비를 위한 생산을 할/ 능력이 없는 사람이므로."라고 시인은 말한다. 울리히 벡은 사랑이 현대 인에게 모든 믿음의 종말 이후 궁극적 믿음으로 부상한 "세속적 신흥 종 교[19]"라고 말한다. 현대사회의 수많은 우상, 예를 들어 TV, 맥주, 모터사이 클 등과 다르게 "사랑이 이러한 다른 도피로들과 구분되는 이유는 사랑 은 만질 수 있고, 특별하고, 개인적이고, 바로 지금의 일이기 때문[20]"이라고 설명한다. 최승자가 보여준 자기 파멸로 향한 열정적 사랑의 선택은 생산 과 소비로 점철되는 자본주의적 삶의 논리를 벗어나고자 하는 욕구와 깊 이 관련 있는 것으로 판단된다. 최승자의 사랑시와 자본주의 메커니즘의 상관성에 관해서는 보다 심도 있는 분석을 요한다는 점에서 별도의 논의 가 필요하리라 생각한다.

---

19) 울리히 벡 , 엘리자베트 벡 게른스하임, 앞의 책, 40쪽.
20) 위의 책, 307쪽.

5. 맺음말

　최승자는 사랑시의 전통적 아우라를 해체함으로써 사랑이라는 테마를 문제적인 것으로 부각시켰던 시인 가운데 하나라 할 수 있다. 이 논의는 그의 시세계가 보여준 열정적 사랑이 구체적으로 어떤 방식으로 실행되고 있는지 분석함으로써 그것이 함의하는 역설적 의미와 그에 따른 비극적 존재의 의의를 밝히는 데 초점이 주어져 있다.

　최승자의 사랑시는 우리 시에 드물게 목격되는 '열정적 사랑'으로 유형화할 수 있다. 열정적 사랑의 특성, 즉 급박함과 파괴성, 희생, 극단적 선택과 같은 성향을 그대로 드러내는 그의 사랑시는 이별이나 헤어짐이라는 막연한 시적 상황을 '버림받음'이라는 구체성으로 거듭 노출시키면서 출발한다. 이는 전통적 사랑시의 공식에서 반복되었던 사랑하는 자(화자)가 지녀야 할 절제의 미덕을 해체시키고 버림받은 자의 내적 고통을 강조하는 시적 전략이라 할 수 있다. 이때 버림받음이라는 시적 상황은 사랑을 재탄생시키고자 하는 욕망을 열렬하게 불태우게 하는 심리적 기반이 된다. 최승자의 시적 화자는 수동성을 벗어나 전투적 방식으로 사랑의 부활을 반복적으로 시도하고 동시에 실패하는 것으로 나타난다.

　한편 최승자의 시에 나타나는 애착대상은 '완벽함'으로 표상되는 이상적 존재가 아니다. 일반적으로 애착대상의 아름다움과 완벽함은 흠모와 숭배의 개연성을 낳는 원인이라 할 수 있다. 그러나 시인은 애착대상으로부터 이 같은 미적 자질을 소거하고 그의 위선과 폭력성을 폭로함으로써 역으로 사랑하는 자의 순교성을 강화시킨다. 부조리한 애착대상과 순교적 화자의 사랑의 전투는 재탄생의 실패로 반복되곤 하는데 이를 통해 시인은 사랑의 부재, 혹은 사랑의 불가능성, 나아가서는 관계의 대립과 타자와의 소통불능을 더욱 더 강렬하게 우리 앞에 각인시킨다. 말하자면 순교적 사랑의 서사를 통해 이 시대에 온전한 소통 혹은 온전한 결합으로서의 사랑은 불가능하다는 역설을 낳고 있는 것이다.

최승자의 시에서 사랑의 재탄생이 거듭 실패할 때 죽음의 충동이 동반되곤 한다. 그러나 그의 죽음의 충동은 열정적 사랑의 대미를 장식하는 숭고미로 이어지지 않는다. 사랑의 재탄생의 실패 앞에서 목숨을 버리는 것이야말로 열정적 사랑의 정점일지도 모른다. 그러나 최승자의 비극은 여기에 있지 않다. 오히려 이런 미적 죽음의 꿈이 현실적으로 실현되지 않는다는 데 그의 비극적 인식이 있다. 아름다운 죽음으로의 마무리가 이루어지지 않을 때 그의 시적 화자는 비천함 속에서 죽음보다 더 비참한 생존의 비극을 체감한다. 이와 같은 상황 속에 시인의 시간인식은 무기력한 자아를 이끌고 가는 몰락의 시간으로 의미화된다.

최승자 시가 보여준 열정적 사랑은 그의 비극적 시세계를 이해하는 단초를 제공한다는 점에서만이 아니라 기존의 온건한 절제미로 다듬어졌던 사랑시와는 전혀 다른 징후를 보인다는 점에서 우리 시 역사에 매우 중요한 의미를 부가한 경우로 판단된다. 한편 최승자가 보여준 자기 파멸로 향한 열정적 사랑의 선택은 생산과 소비로 점철되는 자본주의적 삶의 논리와 깊이 연관되어 있는 깃으로 보인다. 이에 대해시는 보다 심도 있는 분석을 요한다는 점에서 앞으로 별도의 논의가 필요하리라 생각한다.

기본 자료

이상,　『李箱 全集 第二券. 詩集』, 임종국 엮음, 태성사, 1956.

―――,　『이상문학전집 1 시』, 이승훈 엮음, 문학사상사, 1989.

―――,　『이상문학전집 3 수필』, 김윤식 편저, 문학사상사, 1993.

서정주, 『미당 서정주 시전집 1』, 민음사, 1983.

박목월, 『박목월 시전집』, 이남호 엮음, 민음사, 2003.

김종삼, 『김종삼 전집』, 장석주 편, 청하, 1998.

김수영 (1984), 『金洙暎 全集 1 詩』, 민음사, 1984.

―――, (1984), 『金洙暎 全集 2 散文』, 민음사, 1984.

최승자 (1981), 『이 時代의 사랑』, 문학과지성사, 1981.

―――, (1984), 『즐거운 日記』, 문학과지성사, 1984.

―――, (1989), 『기억의 집』, 문학과지성사, 1989.

―――, (1993), 『내 무덤, 푸르고』, 문학과지성사, 1993.

―――, (1999), 『연인들』, 문학동네, 1999.

―――, (2010), 『쓸쓸해서 머나먼』, 문학과지성사, 2010.

―――, (2011), 『물 위에 씌어진』, 천년의시작, 2011.

단행본

고은,　『이상 평전』, 청하, 1992.

김대행, 『웃음으로 눈물 닦기』, 서울대학교출판부, 2005.

김유중, 『김수영과 하이데거』, 민음사, 2007.

김정석, 『김수영과 아비투스』, 인터북스, 2009.

류정월, 『오래된 웃음의 숲을 노닐다』, 샘터, 2006.

류종영, 『웃음의 미학』, 유로, 2007.

신범순, 『이상 문학 연구―불과 홍수의 달』, 지식과교양, 2013.

안형관, 『인간과 소외』, 이문출판사, 1995.

엄경희, 『미당과 목월의 시적 상상력』, 보고사, 2003.

여태천, 『김수영의 시와 언어』, 도서출판 월인, 2005.

연구집단 '문심정연', 『김수영 연구의 새로운 진화: 이중언어, 자코메티 그리고 정치』, 보고사, 2015.

오생근·윤혜준 공편, 『性과 사회』, 나남출판사, 1998.

이순욱, 『한국 현대시와 웃음 시학』, 청동거울, 2004.

이승하, 『한국 현대시 비판』, 월인, 2000.

일연, 『三國遺事』, 卷第二 奇異 第二 水路夫人, 이민수 역, 을유문화사, 1993.

임홍빈, 『수치심과 죄책감』, 바다출판사, 2014.

전미정, 『한국 현대시와 에로티시즘』, 새미, 2002.

정대현 외, 『감성의 철학』, 민음사, 1996.

정문길, 『소외론 연구』, 문학과지성사, 1978.

조해옥, 『이상 시의 근대성 연구』, 소명출판사, 2001.

최하림, 『김수영 평전』, 실천문학사, 2001.

한국 철학사상연구회 편, 『철학대사전』, 동녘, 1989.

한양문학회(편), 『목월문학탐구』, 민족문화사, 1983.

황동규 편찬, 『金洙暎의 文學』, 민음사, 1984.

게오르그 짐멜, 『돈의 철학』, 김덕영 역, 도서출판길, 2013.

게오르크 루카치, 『역사와 계급의식—마르크스주의 변증법 연구』, 박정호·조만영 역, 거름, 2005.

니클라스 루만, 『열정으로서의 사랑』, 정성훈·권기돈·조형준 역, 새물결, 2009.

다마지오, 『스피노자의 뇌: 기쁨, 슬픔, 느낌의 뇌과학』, 임지원 역, 사이언스북스, 2007.

데이비드 흄, 『인간 본성에 관한 논고 제1권-오성에 관하여』, 이준호 역, 서광사, 1994.

_____, 『인간 본성에 관한 논고 2-정념에 관하여』, 이준호 역, 서광사, 1996.

데카르트, 『방법서설·성찰·정념론·철학의 원리 외』, 김형효 역, 삼성출판사, 1982.

레나테 라흐만, 「축제와 민중 문화」, 여홍상 역, 『바흐친과 문화 이론』, 문학과지성사, 1995.

뤼스 이리가레, 『사랑의 길』, 정소영 역, 동문선, 2009.

바흐찐, 『프랑수아 라블레의 작품과 중세 및 르네상스의 민중문화』, 이덕영·최건영 역, 아카넷, 2001.

비사리온 그리고리예비치 벨린스키, 『전형성, 파토스, 현실성』, 심성보·이병훈·이항재 역, 한길사, 2003.

볼프강 카이저, 『미술과 문학에 나타난 그로테스크』, 이지혜 역, 아모르문디, 2011.

블라디슬로프 타타르키비츠,『여섯 가지 개념의 역사』, 이용대 역, 이론과실천, 1990.

스피노자,『에티카』, 강영계 역, 서광사, 2007.

아놀드 하우저,『예술과 소외』, 김진욱 역, 종로서적, 1981.

아리스토텔레스,『수사학 Ⅱ』, 이종오 역, 리젬, 2007.

_____ ,『詩學』, 천병희 역, 문예출판사, 1996.

R.터커·A.샤프 외,『현대소외론』, 조희연 역, 참한, 1983.

앙리 베르그송,『웃음』, 정연복 역, 세계사, 2000.

앤소니 기든스,『현대사회의 성·사랑·에로티시즘』, 배은경·황정미 역, 새물결, 1999.

에릭 프롬,『건전한 사회』, 김병익 역, 범우사, 1975.

울리히 벡, 엘리자베트 벡 게른스하임,『사랑은 지독한 혼란』, 강수영·권기돈·배은경
　　　　역, 새물결, 1999.

임마누엘 칸트,『실용적 관점에서 본 인간학』, 이남원 역, 울산대학교출판부, 1998.

_____ ,『실천이성비판-附 순수이성비판 연구』, 최재희 역, 박영사, 2001.

_____ ,『도덕 형이상학을 위한 기초놓기』, 이원봉 역, 책세상, 2002.

_____ ,『윤리형이상학』, 백종현 역, 아카넷, 2012.

장 메종뇌브,『감정』, 김용민 역, 한길사, 1999.

조르조 아감벤,『세속화 예찬』, 김상운 역, 난장, 2010.

조르주 바타유,『에로스의 눈물』, 유기환 역, 문학과의식사, 2002.

_____ ,『에로티즘』, 조한경 역, 민음사, 2009.

줄리아 크리스테바,『사랑의 역사』, 김인환 역, 민음사, 2008.

질르 들뢰즈,『매저키즘』, 이강훈 역, 인간사랑, 1996.

_____ ,『차이와 반복』, 김상환 역, 민음사, 2015.

카를 로젠크란츠,『추의 미학』, 조경식 역, 나남, 2008.

칼 마르크스,『경제학-철학 수고』, 강유원 역, 이론과실천, 2006.

프란츠 파펜하임,『현대인의 소외』, 황문수 역, 문예출판사, 2003.

프로이트,『농담과 무의식의 관계』, 임인주 역, 열린책들, 2005.

플라톤,『국가·政體』, 박종현 역, 서광사, 2011.

필립 톰슨,『그로테스크』, 김영무 역, 서울대출판부, 1986.

헤겔, 　『정신 현상학 1,2』, 임석진 역, 한길사, 2005.

논문 및 평론

강계숙,「1960년대 한국시에 나타난 윤리적 주체의 형상과 시적 이념-김수영·김춘수

　　　　　·신동엽을 중심으로」, 연세대학교 박사학위논문, 2008.

_____, 「김종삼의 후기 시 다시 읽기-'죄의식'의 정동과 심리적 구조를 중심으로」, 『동아시아문화연구』 제55집, 한양대학교 동아시아문화연구소, 2013. 11.

_____, 「김수영 문학에서 '이중언어'의 문제와 '자코메티적 발견'의 중요성」, 『김수영 연구의 새로운 진화: 이중언어, 자코메티 그리고 정치』, 연구집단 '문심정연', 보고사, 2015.

강동수·김재철, 「근대의 상상력 이론: 상상력의 기능과 근원」, 『철학논총』 제45집, 제3권, 새한철학회, 2006.

강동수, 「흄의 철학에서 상상력의 성격과 의미」, 『철학논총』 제70집, 제4권. 새한철학회, 2012.

강성훈, 「스토아 감정 이론에서 감정의 극복」, 『고대 그리스 철학의 감정 이해』, 동과서, 2010.

강연호, 「김종삼 시의 내면 의식 연구」, 『현대문학이론연구』 18권, 현대문학이론학회, 2002.

고현범, 「감정의 병리학-칸트 철학에서 감정의 개념과 위상」, 『헤겔연구』 32집, 한국헤겔학회, 2012.

곽명숙, 「한국 근대시의 비극성」, 『한국시학연구』 제28호, 한국시학회, 2010.

김광철, 「도덕에 있어서 자율성과 감정의 역할」, 『철학논집』 제23집, 서강대학교 철학연구소, 2010. 11.

김기택, 「김종삼 시의 현실 인식 방법의 특성 연구」, 『한국시학연구』 12권, 한국시학회, 2005.

김도일, 「맹자의 감정 모형-惻隱之心은 왜 兼愛와 다른가?」, 『동아문화』 제41집, 서울대학교 동아문화연구소, 2003. 12.

김동식, 「낭만적 사랑의 의미론」, 『문학과 사회』 제14권 제1호(통권 제53호), 2001. 2.

김상현, 「칸트 미학에 있어서 感情과 상상력의 관계」, 『칸트연구』 제17집, 한국칸트학회, 2006. 6.

김석, 「정념, 욕망의 목소리-세 가지 정념을 중심으로」, 『철학연구』 제45집, 고려대학교 철학연구소, 2012. 3.

김성환, 「데카르트의 동물론: 동물의 감각과 감정」, 『과학철학』 12-2, 2009.

김세화, 「감정에 대한 인지주의와 그에 대한 수정」, 『철학』, 제84집, 2005.

김수이, 「사랑과 죽음-최승자, 한영옥의 시에 나타난 죽음 의식」, 『풍경 속의 빈 곳』, 문학동네, 2002.

김시태, 「박목월의 시세계-전통의 계승과 실험」, 『한국언어문화』 17권 0호, 한국언어문화학회 (구 한양어문학회), 1999.

김영진, 「서얼, 케니, 그리고 감정의 지향성 이론의 정초」, 『과학철학』, vol. 10, 2007.

김옥순, 「서정주 시에 나타난 우주적 신비체험-화사집과 질마재 신화의 공간 구조를 중심으로」, 『梨花語文論集』 제12집, 이화여자대학교 한국어문연구소. 1992.

김옥희, 「오빠 이상」, 『이상문학전집 4』, 김윤식 편저, 문학사상사, 1995.

김요한, 「아리스토텔레스의 감정과 노예」, 『지중해지역연구』 제12권 제4호, 2010. 11.

김용환, 「공감과 연민의 감정의 도덕적 함의」, 『철학』, 한국철학회, Vol. 76, 2003.

김윤식, 「詩에 대한 質問方式의 發見」, 황동규 편찬, 『金洙暎의 文學』, 민음사, 1984.

김재홍, 「목월 박영종-인간에의 길, 예술에의 길」, 『한국현대시인연구』, 일지사, 1986.

김정현, 「서양 정신사에 나타난 감정의 두 얼굴」, 『열린정신 인문학연구』 제7집, 원광 대학교 인문과학연구소, 2006.

김종국, 「도덕 감정 대 공통감 : 칸트와 스피노자에서 도덕 감정의 문제」, 『칸트연구』 제16집, 한국칸트학회논문집, 2005. 12.

김주리, 「근대 사회의 관음증과 이상 소설의 육체」, 『문예운동』 제107호, 문예운동사, 2010.

김준경, 「박목월 시의 변모 과정론」, 『문학춘추』 7, 문학춘추사, 1994. 6.

김준연, 「흄철학의 현상학적 이해 흄철학에 관한 후설의 해석」, 『동서철학연구』 10권 0호, 한국동서철학회, 1993.

김치수, 「사랑의 방법」, 『이 時代의 사랑』 해설, 문학과지성사, 1981.

김행숙, 「'시적인 것'과 '정치적인 것'-김수영의 시론 「시여, 침을 뱉어라」를 중심으로」, 『국제어문』 47호, 국제어문학회, 2009.

김현, 「게워냄과 피어남」, 『젊은 시인들의 상상세계 : 말들의 풍경』, 문학과지성사, 1992.

김현선, 「맹자에서 감정의 문제」, 『철학논집』 제20집, 서강대학교 철학연구소, 2010. 2.

김현승, 「金洙暎의 詩史的 位置와 業績」, 황동규 편찬, 『金洙暎의 文學』, 민음사, 1984.

김현자·엄경희, 「한국 근현대문학에 나타난 가족담론의 전개와 그 의미」, 『한국언어문학』, 51집, 2003. 12.

김혜련, 「아리스토텔레스의 수사학에서 감정의 역할: 인지주의적 해석」, 『철학연구』 제76.

김흥수, 「시인 김수영 산문의 문체」, 담화·인지언어학회 학술대회 발표논문집, 담화·인지언어학회, 2006.

남진우, 「상상된 자연, 무갈등의 평온과 소외의식의 거리」, 『한국근대문학연구』 19, 한국근대문학회, 2009. 4.

류순태, 「1950~60년대 김종삼 시의 미의식 연구」, 『한국현대문학연구』 제10집, 2001. 12.

류종렬, 「웃음거리 : 웃음의 미학-웃음거리(le comique)의 발생과 의미」, 『시대와 철학』 제17권, 학국철학사상연구회, 2006. 9.

문종필, 「김수영 산문에 언급된 '무의식'이라는 용어와 '순수' 그리고 '사이'」, 『한국근대문학연구』 29호, 한국근대문학회, 2014.

박근서, 「오용과 남용의 미학 : 웃음의 기호구조」, 한국웃음문화학회 제1회 학술발표대회 자료집, 2005.

박미영, 「아리스토텔레스의 감정개념에서 본 무용예술에서의 감정」, 『움직임의 철학』, 한국체육철학회지 제20권 제3호, 2012.

박상준, 「잃어버린 정체성을 찾아서-「날개」 연구(1)-'외출-귀가' 패턴 및 부부관계의 변화를 중심으로」, 『이상 문학연구의 새로운 지평』, 신범순 외, 역락, 2006.

박수연, 「김수영 시 연구」, 충남대학교 국어국문학과 박사학위논문, 1999.

박순원, 「김수영 시에 나타난 돈의 양상 연구」, 『어문논집』, 62권 0호, 민족어문학회, 2010.

박순희, 「최승자 시에 나타난 해체주의적 경향성」, 『돈암어문학』 제7호, 1995.

박승위, 「현대사회와 인간소외 : 소외론의 전개와 쟁점 및 그 사회학적 연구의 동향 (1)」, 『인문연구』 13권 2호, 영남대학교 인문과학연구소, 1992.

박재주, 「아리스토텔레스 윤리학에 있어서 덕의 감정적 구조」, 『동서철학연구』 제20호, 한국동서철학회.

박정석, 「오장환 초기 시의 감정과 비극성」, 『어문논집』 66, 2012.

박정호, 「사물화와 계급 의식-루카치의 「역사와 계급 의식」에 대한 비판적 검토」, 『철학연구』 29권 0호, 철학연구회, 1991.

박필배, 「칸트의 도덕 감정에 대한 체계적 고찰」, 『칸트연구』 제15집, 한국칸트학회, 2005. 6.

배용준, 「D. Hume의 미학에 관한 연구」, 『철학논총』 제52집, 새한철학회, 2008·제2권.

변상출, 「탈현대논리와 비판이론의 한계극복을 위한 '고전적' 전략 – 루카치의 사물화이론과 '존재론'」, 『문예미학』 8권 0호, 문예미학회, 2001.

서석배, 「단일 언어 사회를 향해」, 『김수영 연구의 새로운 진화: 이중언어, 자코메티 그리고 정치』, 연구집단 '문심정연', 보고사, 2015.

서진영, 「김종삼의 시적 공간에 나타난 순례적 상상력」, 『인문논총』 제68집, 2012.

소래섭, 「1930년대의 웃음과 이상」, 『이상 문학연구의 새로운 지평』, 신범순 외, 역락, 2006.

소병일, 「헤겔 철학에 나타난 감성의 운동구조」, 『헤겔연구』 18호, 2005.

송영진, 「아리스토텔레스의 비극론에 나타난 '감정의 카타르시스(catharsis)'의 다양한 의미」,『인문학연구』통권 85권 0호, 2011.

신동욱, 「박목월의 시와 외로움」,『관악어문연구』3권 0호, 서울대학교 국어국문학과, 1978.

안세권, 「흄의 자아동일성 개념」,『범한철학』제33집, 범한철학회, 2004년 여름.

안수길, 「兩極의 調和」, 황동규 편찬,『金洙暎의 文學』, 민음사, 1984.

양선이·진태원, 「정념의 문제」,『서양근대철학의 열 가지 쟁점』, 창작과비평, 2004.

양선이, 「윌리엄 제임스의 감정이론과 지향성의 문제」,『철학연구』제79집.

_____, 「흄에 있어서 정념과 자아」,『철학연구』, 55권 0호, 철학연구회, 2001.

_____, 「흄의 인과과학과 자유와 필연의 화해 프로젝트」,『철학』제113집, 한국철학회, 2012. 11.

엄경희, 「서정주 시의 자아와 공간·시간 연구」, 이화여자대학교 박사학위논문, 1999.

_____, 「여성시에 대한 기대지평의 전환-최승자 시를 중심으로」,『이화어문논집』제13권, 1995.

_____, 「月谷에 유배된 시인-金宗三論」,『빙벽의 언어』, 새움, 2002.

_____, 「매저키스트의 치욕과 환상」,『빙벽의 언어』, 새움, 2002.

오종환, 「허구에 의해 환기되는 감정의 합리성 문제」,『인문논총』제47집, 2002. 8.

오성, 「감정에 대한 인지주의 이론의 경계 짓기-Nussabum과 De Sousa의 논의를 중심으로」,『철학사상』, vol. 27, 2008. 2.

유종호, 「소리 지향과 산문 지향」, 조연현 외,『미당 연구』, 민음사, 1994.

_____, 「詩의 自由와 관습의 굴레」,『金洙暎의 文學-김수영 전집 별권』, 황동규 편찬, 민음사, 1989.

유지현, 「서정주 시의 공간 상상력 연구」, 고려대학교 박사학위논문, 1997.

윤재웅, 「『질마재 신화』의 내러티브 연구-서사소통의 문제를 중심으로」,『내러티브』제8호, 한국서사학회, 2004.

이광호, 「김수영 시에 나타난 시선의 정치학」,『한국문학이론과 비평』52호, 한국문학이론과 비평학회, 2011.

이근세, 「스피노자의 철학에 있어서 정념과 자유의 문제」,『철학논집』제25집, 2011. 5.

이상호, 「박목월 시 연구」,『동아시아문화연구』6권 0호, 한양대학교 동아시아문화연구소(구 한양대학교 한국학연구소), 1984.

이숭원, 「김종삼 시의 환상과 현실」,『20세기 한국시인론』, 국학자료원, 1997.

_____, 「일제 강점기 시에 나타난 가족」,『인문논총』, 서울여자대학교 인문과학연구소, Vol.11, 2003.

이승훈, 「평화의 시학」, 장석주 편, 『김종삼 전집』, 청하, 1998.

이원봉, 「칸트 윤리학과 감수성의 역할」, 『칸트연구』 18호, 한국칸트학회, 2006.

이은정, 「육체, 그 불화와 화해의 시학」, 『한국 여성 시학』, 김현자·김현숙·황도경 외 공저, 깊은샘, 1997.

이장희, 「荀子 心性論에 관한 小考－心의 자율성을 중심으로」, 『공자학』 8호, 2001.

이재복, 「이상 소설의 각혈하는 몸과 근대성에 관한 연구」, 『여성문학연구』 제6호, 한국여성문학학회, 2001.

이준복, 「박목월 시 연구」, 『청람어문교육』 8권 0호, 청람어문교육학회(구 청람어문학회), 1993.

이찬, 「김수영 시와 산문의 진리의 윤리학과 알레고리적 역사의식」, 『한국근대문학연구』 30호, 한국근대문학회, 2014.

이혜원, 「1920~30년대 시에 나타난 가족과 여성」, 『한국여성문학회』, vol. 13, 76, 2005.

임명숙, 「김수영 시에서의 '여성', 그 기호적 의미망 읽기」, 『돈암어문학』, 돈암어문학회, 2010. 12.

_____, 「이상 시에 드러난 여성의 이미지, 혹은 "몸" 읽기」, 『겨레어문학』, 제 29권, 겨레어문학회, 2002.

임수만, 「金宗三 시의 윤리적 양상」, 『청람어문교육』 47권 0호, 청람어문교육연구회, 2010. 12.

임일환, 「인식론에서의 감성: 감정과 정서의 이해」, 『감성의 철학』, 정대현 외, 민음사, 1996.

전병준, 「김수영 초기 시의 설움에 나타나는 주체와 타자의 관계 연구」, 『비평문학』, 한국비평문학회, 2011. 3.

정성미, 「신체어 감정 관용 표현의 서술어 의미 연구」, 『한국어 의미학』 27, 2008. 12. 31.

정슬아, 「김종삼 시에 나타난 윤리적 주체의 가능성」, 『돈암어문학』 제26집, 돈암어문학회, 2013. 12.

정의진, 「도시와 시적 모더니티: 김수영의 시적 산문정신과 서울-보들레르와의 비교를 경유하여」, 『서강인문논총』 26호, 서강대학교 인문과학연구소, 2009.

조강석, 「김수영의 시의식 변모 과정 연구: '시적 연극성'과 '자코메티적 전환'을 중심으로」, 『김수영 연구의 새로운 진화: 이중언어, 자코메티 그리고 정치』, 연구집단 '문심정연', 보고사, 2015.

조두섭, 「박목월 시 지향의 변모 양상」, 『우리말글』 10, 우리말글학회, 1992. 6.

조두영, 「이상의 인간사와 정신 분석-초기 작품을 중심으로 하여」, 『이상문학전집
　　4』, 김윤식 편저, 문학사상사, 1995.

조만영, 「근대와 물신을 넘어서-게오르크 루카치의 미학 문학 사상」, 『문예미학』 3권
　　0호, 문예미학회, 1997.

조혜정, 「한국 가부장제에 대한 해석적 분석」, 『성, 가족, 그리고 문화』, 집문당, 1997.

조혜진, 「김종삼 시의 전쟁 체험과 타자성의 의미」, 『한국문예비평연구』 제42권 0호,
　　한국현대문예비평학회, 2013. 12.

최승호, 「박목월론 : 근원에의 향수와 반근대의식」, 『국어국문학』126, 국어국문학회,
　　2000. 5.

탁석산, 「흄의 두 원인 정의의 양립가능성과 완전성」, 『철학』 45, 한국철학회, 1995. 12.

한광구, 「박목월 시의 향토성-자연의 변화유형분석」, 『한민족문화연구』 4권 0호. 한민
　　족문화학회, 1999.

한수영, 「'일상성'을 중심으로 본 김수영 시의 사유의 방법(1)」, 『소설과 일상성』, 소명
　　출판사, 2000.

한용국, 「김수영 시의 생활인식과 시적 대응-1950년대 시를 중심으로」, 『비평문학』 40
　　호, 한국비평문학회, 2011.

홍길표, 「근현대의 사랑 혹은 낭만적 사랑의 발명」, 『괴테연구』, 한국괴테학회, 2010.

홍인숙, 「금기와 위반의 미학-사랑 담론의 역사적 분석」, 『독어교육』, 한국독어독문
　　학교육학회, 2007.

황동규, 「잔상의 미학」, 장석주편, 『김종삼 전집』, 청하, 1998.

──, 「정직의 空間」, 황동규 편찬, 『金洙暎의 文學』, 민음사, 1984.

황현산, 「시의 몫, 몸의 몫」, 『살아있는 김수영』, 창비, 2005.

▪ 용어 ▪

■ 인명 ■

■ 작품 ■